蜜蜂与远雷

[日] 恩田陆 著　安素 译

中国友谊出版公司

图书在版编目（CIP）数据

蜜蜂与远雷 / （日）恩田陆著；安素译 . —北京：中国友谊出版公司，2018.10
ISBN 978-7-5057-4449-3

Ⅰ . ①蜜… Ⅱ . ①恩… ②安… Ⅲ . ①长篇小说—日本—现代 Ⅳ . ① I313.45

中国版本图书馆 CIP 数据核字（2018）第 174654 号

MITSUBACHI TO ENRAI
Copyright © 2016 by Onda Riku
Original Japanese edition published by Gentosha, Inc., Tokyo, Japan
Simplified Chinese edition is published by arrangement with Gentosha, Inc. through Discover 21 Inc., Tokyo.

著作权合同登记号　图字：01-2018-5835

书名	蜜蜂与远雷
作者	〔日〕恩田陆
译者	安素
出版	中国友谊出版公司
发行	中国友谊出版公司
经销	新华书店
印刷	河北鹏润印刷有限公司
规格	880×1230 毫米　32 开 15.75 印张　350 千字
版次	2018 年 12 月第 1 版
印次	2018 年 12 月第 1 次印刷
书号	ISBN 978-7-5057-4449-3
定价	52.00 元
地址	北京市朝阳区西坝河南里 17 号楼
邮编	100028
电话	（010）64668676

目 录

第六届芳江国际钢琴大赛比赛曲目 / 001

报名

主旋律 / 010

前奏曲 / 012

夜曲 / 027

震音 / 037

摇篮曲 / 047

鼓手 / 056

贡茶队伍 / 067

《平均律键盘曲集》第一卷第一首 / 078

《洛奇》的主旋律 / 086

第一次预选

没有比音乐大赛更好的买卖 / 096

叙事曲 / 105

间奏曲 / 114

明星的诞生 / 123

It's only a paper moon / 133

哈利路亚 / 140

若你能回来那多好 / 155

浪漫曲 / 167

欢喜之歌 / 177

第二次预选

魔法师的弟子 / 188

黑键练习曲 / 200

回旋随想曲 / 212

音之绘 / 218

女武神的骑行 / 225

爱的启蒙 / 239

月光 / 245

彩虹那头 / 254

春的祭典 / 259

鬼火 / 280

天国与地狱 / 289

第三次预选

幕间休息 / 302

狂欢节 / 311

b小调奏鸣曲 / 321

假面舞会 / 339

我想要你 / 354

喜悦之岛 / 389

"不仁之战"的主旋律 / 413

决赛

管弦乐团彩排 / 440

狂热之日 / 449

爱的问候 / 490

音乐 / 496

第六届芳江国际钢琴大赛评审结果 / 499

第六届芳江国际钢琴大赛比赛曲目

第一次预选

(1) J．S．巴赫：从十二平均律曲集中选取一曲，必须选取赋格为三声以上的一曲。

(2) 海顿、莫扎特、贝多芬的奏鸣曲中选择第一乐章，或是包含第一乐章的多个乐章。

(3) 浪漫派作曲家的作品中选出一曲。

以上三题的演奏要在二十分钟内完成。

第二次预选

(1) 从肖邦、李斯特、德彪西、斯克里亚宾、拉赫玛尼诺夫、巴托克、斯特拉夫斯基的练习曲中选取两位不同作曲家的曲子各一曲。

(2) 从舒伯特、门德尔松、肖邦、舒曼、李斯特、勃拉姆斯、弗兰克、福雷、德彪西、拉威尔、斯特拉夫斯基的曲子中选取一曲或数曲。

(3) 第六届芳江国际钢琴大赛的特别创作作品：菱沼忠明的《春天与阿修罗》。此曲禁止在比赛前公开演奏。

另，第一次预选中演奏过的曲目应当除外。演奏时间总计不超过四十分钟。

第三次预选

一个小时的演奏。参赛者自由安排自己的独奏。

另，第一次预选、第二次预选演奏过的曲目除外。

决赛

管弦乐团：新东都音乐爱好者管弦乐团　指挥：小野寺昌幸

从以下钢琴协奏曲中挑选任意一曲，与新东都音乐爱好者管弦乐团合作演奏。

贝多芬

　　C大调第一协奏曲　作品十五号

　　降B大调第二协奏曲　作品十九号

　　c小调第三协奏曲　作品三十七号

　　G大调第四协奏曲　作品五十八号

　　降E大调第五协奏曲《皇帝》　作品七十三号

肖邦

　　e小调第一协奏曲　作品十一号

　　f小调第二协奏曲　作品二十一号

舒曼

　　a小调协奏曲　作品五十四号

李斯特

　　降E大调第一协奏曲

　　A大调第二协奏曲

勃拉姆斯

　　d小调第一协奏曲　作品十五号

　　降B大调第二协奏曲　作品八十三号

圣-桑

g小调第二协奏曲 作品二十二号

c小调第四协奏曲 作品四十四号

F大调第五协奏曲《埃及》 作品一百零三号

柴可夫斯基

降b小调第一协奏曲 作品二十三号

格里格

A小调协奏曲 作品十六号

拉赫玛尼诺夫

升f小调第一协奏曲 作品一号

c小调第二协奏曲 作品十八号

d小调第三协奏曲 作品三十号

帕格尼尼主题狂想曲 作品四十三号

拉威尔

G大调协奏曲

左手钢琴协奏曲

巴托克

第二协奏曲

第三协奏曲

普罗科菲耶夫

　　g小调第二协奏曲　作品十六号

　　C大调第三协奏曲　作品二十六号

风间尘

第一次

巴赫《十二平均律 第一卷第一首 C 大调》

莫扎特《F 大调 第十二号钢琴奏鸣曲 K.332》第一乐章

巴拉基列夫《伊斯拉美》

第二次

德彪西《十二练习曲 第一卷第一首 五指练习/仿采尼尔》

巴托克《小宇宙第六卷 六首保加利亚舞曲》

菱沼忠明《春天与阿修罗》

李斯特《两个传说 阿西西的圣方济向小鸟布道》

肖邦《升 c 小调第三号谐谑曲》

第三次

萨蒂《我要你》

门德尔松《无言歌 春之歌 A 大调 Op.62-6》

勃拉姆斯《b 小调随想曲 Op.76-2》

德彪西《版画》

拉威尔《镜子组曲》

肖邦《降 G 大调第三即兴曲 Op.51》

圣–桑/风间尘《非洲幻想曲 Op.89》

决赛

巴托克《第三钢琴协奏曲》

荣传亚夜

第一次

　　巴赫《十二平均律 第一卷第五首 D 大调》
　　贝多芬《降 E 大调 第二十六号钢琴奏鸣曲 告别》第一乐章
　　李斯特《梅菲斯特圆舞曲 第一首 乡村酒馆的舞蹈》

第二次

　　拉赫玛尼诺夫《音画练习曲 Op.39-5 豪迈英雄 降 E 小调》
　　李斯特《超级技巧练习曲集 第五首 鬼火》
　　菱沼忠明《春天与阿修罗》
　　拉威尔《小奏鸣曲》
　　门德尔松《庄严变奏曲》

第三次

　　肖邦《g 小调第一叙事曲 Op.23》
　　舒曼《D 大调第二新事曲 Op.21》
　　勃拉姆斯《f 小调第三钢琴奏鸣曲 Op.5》
　　德彪西《喜悦之岛》

决赛

　　普罗科菲耶夫《第二钢琴协奏曲》

马赛尔

第一次
巴赫《十二平均律 第一卷第六首 d 小调》
莫扎特《降 B 大调第十三号钢琴奏鸣曲 K.333》第一乐章
李斯特《梅菲斯特圆舞曲 第一首 乡村酒馆的舞蹈》

第二次
菱沼忠明《春天与阿修罗》
拉赫玛尼诺夫《音画练习曲 Op.39-6 快板》
德彪西《十二练习曲 第五首 为重复音而作》
勃拉姆斯《帕格尼尼主题变奏曲 Op.35》

第三次
巴托克《奏鸣曲 Sz.80》
西贝柳斯《五个浪漫小品》
李斯特《b 小调钢琴奏鸣曲 S.178》
肖邦《e 小调十四号华尔兹》

决赛
普罗科菲耶夫《第三钢琴协奏曲》

高岛明石

第一次

巴赫《十二平均律 第一卷第二首 c 小调》

贝多芬《C 大调第三钢琴奏鸣曲 Op.2-3》第一乐章

肖邦《F 大调第二叙事曲 Op.38》

第二次

菱沼忠明《春天与阿修罗》

肖邦《黑键练习曲 Op.10-5》

李斯特《帕格尼尼大练习曲 S.141 第六首 主题与变奏》

舒曼《C 大调阿拉伯风格曲 Op.18》

斯特拉夫斯基《彼德鲁什卡 三乐章》

第三次

福雷《A 大调第一随想圆舞曲 Op.30》

拉威尔《水之戏》

李斯特《b 小调第二叙事曲 S.171》

舒曼《克莱斯勒偶记》

决赛

肖邦《第一钢琴协奏曲》

报名

主旋律

不知是何时的记忆了。

不过，可以确定的是，那是我刚刚开始学步的幼儿时期。

有光芒降临。

从遥远高空的一点，降下那道对万物众生一视同仁的冷澈高贵的光。

世界一片光明，这光明占领世界每个角落，世界摇摇欲动，神圣而又令人恐惧。

有淡淡的甜香味。自然界特有的闷闷的青草味，夹杂着烟熏味从脚下和身后飘来，里面夹杂着的是，无法忽视的甜香。

柔软而清凉的沙沙声包围了身体。这时我还没察觉，那是树梢叶片互相摩挲的声音。

不过，还不止这些。

有许多浓密而又生机勃勃却大小不一的东西，充盈于我周围每时每刻不停变幻的空气。

怎么形容才好呢？

那时我还不会叫爸爸妈妈，但已经在寻找表达自己的语言。

答案升到了喉头，真的几乎脱口而出，只差一点点就可以找到那个词了。

然而，在找到语言之前，新的声音从头顶上降下，我立刻被它夺去了心神。

对，那声音就像骤雨一样，从天而降。

明亮而强有力的音色，令世界震颤。

既是音波，又是振动，远远地响彻整个世界。

侧耳倾听这声音的人，感到自己的存在被完完全全包裹，心情平静下来。

如今，如果能重新看到那时的情景，我肯定会这样形容：

那是在明亮野山上成群飞舞的无数蜜蜂，祝福这个世界的音符。

这个世界，每时每刻都被美妙绝伦的音乐充满。

前奏曲

少年在一个大十字路口猛然回过头,但并不是因为听到了车的喇叭声。

他正置身于大都市的正中央。

这是会集了世界各地观光客、极富国际感的欧洲的中心。

路上的行人也来自不同国家,外表和身材都千差万别。人种各异的行人,好像马赛克一样散布。从世界各地来到这里的观光团走了过去,各种各样的语言如同涟漪一样散开。

逆人流而上,在人流中站定不动的少年,中等个头,中等身材,看起来是个潜在的高个子,以后还会长高。十四五岁,给人天真无邪的印象。

他头戴阔檐帽,棉质裤子配卡其色T恤,上身穿浅米色薄外套。肩上斜挎一个学院风大背包。一眼看上去,是那种随处可见的青少年打扮,仔细看却分外洒脱。

帽子底下那张端正的脸看起来是亚洲人,眼眸的颜色和白皙的肌肤却让他更像无国籍人士。

他的目光,向宇宙中游去。

周围的喧哗他仿佛充耳不闻,平静的眼睛望向天空中的一点。

被他传染,经过他身边的母子俩中金色头发的小男孩也抬起头看天,但马上被他母亲牵着手,拉着走过人行横道。男孩还在回首望戴着茶色帽子的少年,不过已经放弃了挣扎。

站在人行道正中央的少年,发现信号灯开始变了,赶紧跑过十字路口。

真的听到了。

少年一边调整着斜挎的书包位置,一边反刍着在十字路头听到耳朵里的声音。

那是蜜蜂的羽翅声。

他从幼小时就很熟悉，绝对不会听错。

大概是从市政府附近飞过来的吧。

少年禁不住东张西望，看到街角的时钟，才发现自己快要迟到了。

不能失约。

少年压压帽子，迈开灵活的步子快步跑起来。

虽然已经习惯忍耐，嵯峨三枝子仍然发现自己不知不觉睡着了，她一时有些惊慌。

一瞬间，她分不清自己置身何处。她正要抬头四望，看见了眼前正对大钢琴坐着的少女。啊，她想起来了，这里是巴黎。

当然，她算得上经验丰富，这种时候，她知道不能恍若梦醒地东张西望或是舒展身体。如果那样，自己刚才坐着打瞌睡的事反而会暴露。她轻轻以手抵住太阳穴，装出专心倾听的样子。诀窍是装出长期保持同一姿势后的疲劳，轻轻端正坐姿。

当然，不光是三枝子。坐在旁边的两位教授，也正处于同样的状态，不用盯着看也能明白。

身边的阿兰·西蒙是个重度烟鬼，动不动就会犯烟瘾。枯燥无味的演奏持续着，他越来越不耐烦，三枝子都真切地感受到了他的焦虑，感觉他的手指都要颤抖了。

再旁边的谢尔盖·斯米诺夫，简直就要把自己巨大的身体堆放在桌子上了，他愁眉苦脸，一动不动地倾听着音乐。但是，很明显，他也盼着演奏早点结束，好去喝跟自己同名的酒。

三枝子也一样。她不光热爱音乐，也同样热爱人生。喜欢烟，酒也是心头大好。希望苦行早点结束，三人好把这次试听当作下酒菜，好好喝一杯。

这次的试听在世界五大都市举行。

莫斯科、巴黎、米兰、纽约，还有日本的芳江。除了芳江，其他各城市都借用了著名的音乐专业学校的音乐厅。

"凭什么巴黎的评审是那三个人？"三枝子也知道背后有人说闲话，实际上，为了三个人能一起，三枝子背后做了工作。他们三个人，无论在评审里面还是在业界，都被视为"不良中年"，都是毒舌家，在工作之外，也常常结伴痛饮。

另外，他们都对自己的耳朵极度自负。虽说三人平时风评不好，但他们独创性的演奏，以及在音乐领域的宽容却是大家一致认可的。如果光凭送选资料就能挑出耀眼的个性，那一定非自己莫属，他们都有这样的自信。

然而，就算是他们三个，也渐渐开始思想开小差。

午饭过后就开始的试听，就是无聊到了这个地步。一开始，倒是有两三个孩子让人觉得"好像还行"，后面就无法期待了。

那些绷紧全身、拼尽全力进行这一生一次的演奏的年轻人，说句不好听的话，他们企望的，是成为明星，而不是成为"会弹钢琴的人"。

一共有二十五个候选者，看看数字，好不容易才到第十五个。一想到接下来还有十个人，就感到要昏过去。这种时候，经常会觉得，当评审简直是就是对新手的拷问。

就像顺序播放一样听着巴赫、莫扎特、肖邦、巴赫、莫扎特、贝多芬，更感觉注意力飞远了。

本来，会弹钢琴的孩子，有闪光点的孩子，一出手的瞬间就能知道。有些老师甚至夸口，一出场的瞬间就能见分晓。确实，有些孩子有天生的灵气，就算不到天才的程度，稍微听一会儿，水平就能大致见分晓。打瞌睡可能失礼又残酷，但如果连忍耐力这么强、这么愿意倾听的评审都不能吸引，吸引到粉丝，成为专业钢琴家，就更加不可能了。

看来，奇迹并不是那么容易碰到。

三枝子确信，身边的两个人也是同样想法。

芳江国际钢琴大赛，每三年举办一次，如今已经是第六次。世界上多的是国际钢琴比赛，芳江近年来获得的评价特别高。原因在于，在这里获奖的人，后来在其他著名的比赛中也能获奖，接连几届都是如此。作为新秀不断涌现的比赛，芳江获得了大众的关注。

特别是上次的获奖者，在资料甄选时曾经一度名落孙山。为了避免光靠资料甄选会遗漏不为人知的才华，芳江从初选开始，就针对资料甄选落选者进行试听，他通过了试听，得以参加第一次预选。后来一鼓作气，一路拼杀，进入了决赛，最后竟然获得了优胜。第二年，他更是在世界屈指的S钢琴大赛中获得优胜，一举成名。

理所当然，这次的试听也广受期待，参加者受到上次灰姑娘式的童话故事的鼓舞，怀着"运气好的话，也许那就是未来的自己"的期待，因此大家都紧张万分，这也可以理解。

然而，就算上次的优胜者，也是著名音乐大学的学生，年纪轻轻，没有比赛经验，才会在资料甄选中落选。实际上资料甄选和实力基本上一致。从小专注于练习，崭露头角，又师事著名教授，表现出色的人行业里都清楚。毕竟，不能忍受这样的生活，也成不了"表现出色的人"。完全籍籍无名，如同彗星一样闪现的明星，其实很少见。有些出身名门、从小"养在深闺人未识"的孩子，受到过于细心的照料，反而难以离巢独立。演奏会钢琴家必须要有强韧的神经。没有顶住压力、转战各大比赛的体力和意志力，要挑战残酷的环球音乐巡回演奏会，成为专业钢琴家，是很困难的。

然而，眼前，仍有这些年轻人，一个接一个地对着钢琴坐下，队伍望不到尽头。

技术只达到了最低水平。没有成为音乐家的保证。就算运气好，成为专业钢琴家，也不一定能够持续下去。他们从小开始，对着那黑乎乎的恐怖的乐器，不知浪费了多少时间，不知牺牲了多少当孩子的乐趣，背负着多少父母的期待走到了今天。而且，他们每个人，都在脑子里梦想着自己沐浴着如雷般喝彩的那一天。

你们行业和我的行业一样。

三枝子脑中浮现了真弓的话。

猪饲真弓是她高中时代的友人，现在是当红悬疑作家。三枝子原本是海归子女，只有从中三到高三住在日本，真弓是她为数不多的朋友之一。三枝子从小跟随外交官父亲，往来于南美和欧洲，在讲究整齐划一的日本，自然无法融入，最后能深交的只有真弓这样的独狼式人物。现在两人仍会偶尔一起喝酒，每次见面她都会说，文艺界和古典钢琴的世界很相似。

你瞧，很像吧，各类名目不一的比赛林立，新人奖也是层出不穷。为了镀金，每个人都去参加音乐比赛，或是去参加新人奖。能以此为生的却只有一小撮人。想让自己的书被人阅读，想让自己的演奏被倾听，这样的人乌泱乌泱，但两个行业都是夕阳行业，读者和听众的人数都越来越少。

三枝子苦笑了。古典音乐的听众，在全世界都趋向高龄化，吸引年轻的听众，是这一行面临的真实问题。

真弓继续说。

需要一直一直不停地锤炼核心本质，这一点相似；一眼看上去是优雅的工作，这一点也相似。人们都只看到华丽舞台上的完成形态，为此平时几乎所有的时间都需要老老实实沉淀下来，花许多时间练习，花许多时间来写作。

确实，需要一直不停地锤炼核心本质，这一点相同。三枝子表示同意。真弓的声音，带着几分自虐的味道。

然而，音乐比赛和新人奖还是越来越多。大家都在拼命寻找新人。为什么呢？因为这两个都是难以为继的买卖。这个世界异常残酷，只是一般程度的努力，马上就会被淘汰。必须不断地拓展领域，持续输送新鲜血液。否则，领地马上就会缩小，那张大饼也会被摊薄。所以，大家永远都在寻找新的明星。

三枝子只能回答说，成本不一样。

小说本来就不需要投入成本，我们投入了多少代价，你知道吗？

这一点我也同情你们啊。真弓并不反驳，点头赞同，开始扳起手指。

乐器费、乐谱费、上课费、发布会的费用、鲜花、置装、留学费用加上交通费。啊，还有什么？

有时候还有场地费和人工费。制作CD，有时候也是自费制作。再加上传单和广告费。

穷人反正是玩不开的。真弓简直要颤抖了。三枝子嘻嘻地笑起来。

这可是世上难寻的好买卖。一个接一个演奏会，永远在旅途，永远面对新的乐器。有些人会随身带着自己的乐器，但几乎所有的钢琴家都要在目的地的港口与等待他的那个女人相会。这个女人的性感地带在哪里，那个女人意外地难伺候，都必须一一记清楚，否则就会倒霉了。真羡慕那些能跟自己的乐器一起旅行的音乐家。不过，也只羡慕小提琴和笛子这样的轻型乐器。大型乐器的演奏家，我可不羡慕。

两人齐声笑起来。

不过，有一点，我们是绝对赢不了的。

真弓露出一丝羡慕的神情。

不管到这个世界哪个角落，音乐都是共通的语言，没有语言的墙壁。每个人都能分享音乐的感动。人类有语言的墙壁，我们真羡慕音乐家。

是啊。

三枝子缩起肩膀。关于这一点，她并不想多说。没有亲身体验的人不会理解，也无法用语言传达。而且，投资巨大，却不一定能收回成本，但一旦体验过"那个瞬间"之后，会得到无上的快乐，所有的辛苦都可以抵消。

确实如此。

最终，每个人都在寻求"那个瞬间"。一旦品尝过了"那个瞬间"，就无法再逃离那种快乐的诱惑。"那个瞬间"就是那样完美，是至高无上的快乐。

我们就算昏昏欲睡也还是一动不动坐在评审席上，过后一边痛饮红酒，一边针砭业界，投入看起来像是白费心力的劳动和金钱，一个一个站上舞台的年轻人，也都是在追求"那个瞬间"，他们为此焦灼，为此热烈期盼。

资料还剩下五份。

还剩下五个人。

三枝子开始考虑，之前的候选者里应该给谁及格。到现在为止自己听到的，只有一个人，她可以肯定地给他及格。另一个人，其他两位评审也推荐的话，也许可以及格。但是，其他人都没有达到及格标准。

这种时候，她最犹豫的是次序问题。一开始自己认为"有戏"的候选者们，真的可以吗？相同的演奏，现在再听一遍的话，会不会评价不同呢？受出场顺序的影响，恐怕是试听和比赛的宿命。出场顺序也应该算在实力里面，可以这么说。不过她仍然很介意这一点。

到现在为止，有两个日本人。两人都在巴黎的高等音乐学院留学，技术上无可挑剔。其中一个孩子，如果其他两个人也推荐，三枝子可以给他及格。另一个人，很遗憾，没有令人眼前一亮的地方。

技术都势均力敌，剩下的只能比谁能让人"眼前一亮"了。才能突出、个性开朗的孩子当然占优势，距离合格线，都只有分毫之争。"那孩子有点意思""那孩子有点特别""那孩子让人移不开眼睛"。犹豫不决的时候，最后只能靠这种语言无法表达的含混不清的感觉来判断，这是实情。在比赛的时候，三枝子只能简单地以自己"想不想再听下去"为标准。

往下翻资料，一个名字映入眼帘。

JIN KAZAMA。

在评选前，三枝子尽量不去了解候选者的信息。她希望自己能以对候选者本身和演奏的印象做判断。

不过，她还是忍不住仔细地看起了那份资料。

资料是法语写的，不知道他的名字是哪几个汉字，应该是日本人。照片上，是一个品貌端正，同时让人感觉野性十足的少年的脸。

十六岁。

令三枝子注意的是，履历书上一片雪白。几乎没有什么可看的。

学历没有，也没有参赛经历。日本的小学读完后来到法国。从资料上只能知道这些。

没上过音乐小学，并不少见。这个行业神童层出不穷，很小就出道的人就可能不去上音乐学校。很多人等长大了以后为了学习演奏理论而重新进音乐大学学习。三枝子就是这样。十岁出头就在两个国际大赛上得了亚军和冠军，被誉为天才少女，马上开始了演奏活动，进音乐学校，有点像是先上车后补票。

但是，光看这份资料，也看不出KAZAMA JIN这个少年，参加过什么演出活动。

难道他是特许旁听生？还有这种规定？

三枝子歪着头思考。但是，这份资料竟然通过了，现在来到了巴黎国立高等音乐学院的选拔现场，简直像是搞错了。

但是，目光落到角落里的"师从"这一项，她马上明白这份像是恶作剧的资料能够通过的理由。

她全身唰地发起热来。

不，不对。

三枝子在心里摇了摇头。

这里，我一来就看到了，只是装作没发现。

那一项写的是：

自五岁起师事尤治•冯-霍夫曼。

三枝子清楚，自己的心脏正在扑通扑通，向全身输送血液。

她不清楚，是什么在动摇着自己。这一点不确定，令她更加动摇。

她明白，这一行字十分重要，但光凭这一行字，就通过了资料筛选，也是不可能的。没有参加过表演，也没上过音乐学院，完全是一个无法归类的存在。

三枝子拼命抑制住想跟旁边的两个人讨论这件事的冲动。三枝子习惯事前完全不看候选者的信息，西蒙会"看一眼"，斯米诺夫则会"仔细看一遍"，他们不可能没发现这行字。而且，令人吃惊的是，还有"有推荐信"的标记。

那位尤治·冯-霍夫曼的推荐信！这件事，一定曾让这两个人吃惊地跳起来。

这么说来，昨晚三个人一起吃饭的时候，西蒙欲言又止似乎有什么话想说。三个人约定好，在试听之前不讨论关于候选人的一切事情。

此时，三枝子清楚地回想起了他当时那副欲言又止的表情。

当时，他说起了今年二月静悄悄地去世的尤治·冯-霍夫曼。这个传说中的名字，一直备受全世界音乐家和音乐爱好者的尊敬，但他本人却希望安静地死去，葬礼只允许亲近的人出席。

但是，事情并没有就此打住，最终，两个月后的忌日，音乐家们为他举行了一个盛大的告别仪式。三枝子当时有独奏音乐会，没能参加，有人给了她当时的记录摄像。

霍夫曼没有留下遗言。这符合对万事都不执迷的他的风格，在告别会上，去世前霍夫曼留给朋友的话成了众人议论的中心。

我留下了一个炸弹哦。

"炸弹？"

三枝子反问道。她知道，霍夫曼虽然是个传说中神秘的伟岸的存在，实际上是个爱开玩笑、不喜虚饰的人。但这句话，还是让人摸不着头脑。

我去世以后，就会爆炸哦。世上最美的炸弹。

霍夫曼的朋友也跟三枝子一样想问个究竟，但霍夫曼只是这么说了一句，笑而不答。

三枝子看着一片空白的资料，不觉变得焦躁不安。

西蒙和斯米诺夫肯定也看过了霍夫曼的推荐信。到底写着什么呢？

太兴奋了，周围的嘈杂声她都没有注意到。

抬起头来，舞台上空无一人。员工在舞台上慌慌张张跑过。

KAZAMA JIN，没有出现？

三枝子不由得松了一口气。

是啊，这种资料，应该是出错了吧。就是吸引眼球。推荐信也说明不了什么。就算是霍夫曼，死之前也会脆弱，某个时刻忽然心软写了封推荐信而已。

然而，舞台侧翼的员工面无表情地大声宣布：

"下一位参选者联系我们说，在路上需要一点时间，会迟到。把他排到最后一个，接下来候选者表演次序顺移。"

下面的座席上一片安静，出场顺序提前了，一个红裙子的少女明显准备不足，眼神畏畏缩缩地登上了舞台。

什么啊。

三枝子失望不已，同时，也松了一口气。

KAZAMA JIN，究竟会演奏什么呢？

"快，快，赶紧！"

少年终于赶到周边空旷的事务局，交了参赛证，匆忙赶向舞台。

"啊，那个，想洗个手。"

对着长着一张可怕的脸的大个子男人后背，少年紧握帽子怯生生地问道。

男人那副气势，似乎马上就会抓起少年的后颈，把他拎起来扔上舞台，不过他只是说了声："啊，是嘛。"告诉了少年洗手间的位置。

"得赶紧换装吧。等候室在那边。"

"换装？"

少年茫然地开口：

"那个，必须换装吗？"

男人仔仔细细地把少年从头看到尾。

怎么看都不是舞台服装。难道他准备穿这身站到舞台上吗？其他候选人，大多数都着正装，就算是便装，至少也有件夹克。

少年沉默片刻。

"对不起,我帮父亲干好活儿,直接就过来了。——总之,我先去洗手。"

他无意中摊开的手,让男人吃了一惊。大大的手掌上,还沾着已经干掉的泥,好像是刚干了园艺活儿过来的。

"你到底是……"

男人朝奔向洗手间的少年背后叫道。少年转眼就不见了踪影。

男人看着洗手间的门,说不出话来。

莫不是来错了地方?来参加钢琴比赛,还从没见过满手泥污来的人。

他有些怀疑地看了一眼参赛证。会不会是别的什么比赛的证?但是,没有错。申请资料上的照片也是一致的。

男人歪起了头。

看见出现在舞台上的少年,三枝子和其他两位评审都大吃一惊。

一个孩子。

三枝子脑子里只浮现出这个词。

而且,是个随处可见的普通孩子啊。

头发没有用任何定型啫喱整理过,T恤加纯棉裤子,这副打扮,还有好奇地打量舞台和座席的样子,感觉像是进错了场。

有些孩子,仿佛是立志打破古典音乐界的沉闷气氛,会自命不凡地穿上便服或是穿上朋克风服装来登台,但眼前这个少年怎么看也不像是那种孩子,他好像生来就是这样。

是个漂亮的孩子,而且对自己的美毫无自觉、毫不自矜。正在成长中的骨骼舒展自在,也天然秀美。

三枝子他们面面相觑,一时哑口无言。

"你是最后一个。开始吧。"

看不下去的斯米诺夫在麦克风里说。

本来,麦克风是为了跟候选人说话准备的。不过,今天这还是第一次使用。

之前都没有必要用到麦克风。

"啊，好的。"

少年如梦初醒，伸伸手脚。他的声音比想象中更沉着有力。

"对不起，我来晚了。"

少年低头致歉，面朝向钢琴。此时，自己将要弹奏的大钢琴才映入他的眼帘。

一瞬间，仿佛有一阵奇妙的电流在空气中游走。

三枝子他们，还有身后坐着的员工们都心中一动。

少年眼睛闪闪发光，露出了微笑。

然后，他恭恭敬敬地伸出手，向钢琴走去。

就像走向自己一见钟情的少女。

他的眼睛充满了热情的泪光。

少年敏捷中似乎又带着几分羞赧，以优雅的动作在钢琴面前坐下。

三枝子汗毛都快竖起来了。

少年的眼睛里，浮现出喜悦，那是处于快乐顶点的表情。跟刚才一脸迷糊地站在舞台上的质朴少年判若两人。

三枝子像是看到了不该看的东西，同时感到后背一阵冷风。

为什么她感到一阵恐怖？

在少年弹出第一个音符的一瞬间，这种恐怖达到了顶峰。

三枝子感到，自己的头发倒竖起来，没有一分夸张。

她还知道，其他两位教授，还有工作人员，这个大厅里的其他所有的人，都感受到了这种恐怖。

到刚才为止一直懒洋洋的空气，以这个音符为分界，戏剧性地觉醒了。

不对，音完全不对。

他所弹奏的莫扎特，三枝子完全听不出来，这是她听过几百遍的同一首曲子。虽然大家用的都是同一架钢琴、同一本谱子。

当然，这样的经验以前也有无数次。就算是同一架钢琴，了不起的钢琴师弹，常常会弹出不一样的音色。

然而，这个孩子……

简直是闻所未闻——令人恐惧。

三枝子在混乱和动摇中，贪得无厌地听着少年的音色。不知不觉间，她身体前倾，仿佛一个音符都不愿漏掉。她的视角一隅，西蒙的手指开始颤抖，又忽然停止。

舞台是亮的。

少年与钢琴互相抚摩（只能这么形容）的部分发出特别的光亮，似乎有色彩缤纷、闪闪发光的东西从那里流淌出来。

弹奏纯度很高的莫扎特，每个人都会竭尽全力把自己提升到莫扎特的纯度。为了表现纯洁无瑕、毫无杂质的音乐，会瞪大眼睛，强调无瑕的情绪和音乐的欢喜。

但是，少年完全没有必要做出那样的表演。他只是轻松地碰触着钢琴，自然而然就流淌出闪光的音乐。

丰富饱满，而且，挥洒自如。可见这还不是他的极限。

目睹了深不可测的才能，会唤起近似恐惧的感情。

三枝子模模糊糊地想着。

不知何时，曲子已经换成了贝多芬。

五颜六色的色彩起了变化。

这次是速度。音乐的速度和表达，让人感受到了能量的交织。

三枝子形容不好，贝多芬的曲子所特有的矢量般的能量在少年的指尖下如同箭一样向大厅各个方向射出。

三枝子分析了自己的感受，在寻找表达自己情绪的词句。但少年弹出的音乐已经完全捕获了她，让她丧失了思考能力。

接下来，换了巴赫的曲子。

三枝子内心叫道：这是怎么回事？

少年毫无停顿地连续弹了三曲。就像一旦奔腾就无法停歇的奔流一样，不，更像是呼吸一样，自然而然地完成了曲子的转换。

每个人都被征服，听得入了迷。

大厅完全成为少年的世界，每个人都沉醉于他那从天而降的音乐。

声音很大。

三枝子模糊地思考着。

刚才还呜呜咽咽气息似有似无的那架钢琴，怎么会发出这样巨大的声响呢？谁能想到呢。

少年宽大的手，轻松欢快地在琴键上跃动。

大厅里，充满了神殿般的巴赫的音乐。

那细致缜密的计算之后以和声构建的建筑般完美的声响，以无法动摇的迫力压倒过来。

如同恶魔，三枝子想。

可怕，令人毛骨悚然。

三枝子激动不已，感情大起大落，慢慢她发现变成了一股怒火。

少年干净利落、毫不做作地低头致谢，用袖子遮住脸。大厅包围在一阵奇异的静寂中。

不过，每个人都回过神来，清醒的一刻来了。大家拼命拍手，拍得脸都红了，站起身来，大声叫好。

舞台上已经空无一人。

刚才的事就像是一场梦，大家面面相觑。

斯米诺夫摇晃着巨大的身体叫道：

"喂，把他叫回来，我有很多问题要问他。"

"不可思议。"

西蒙呆然瘫坐在椅子上。

大厅里一阵骚乱。

"怎么了,把他带过来。"

斯米诺夫大声叫着。舞台背后一片混乱。大个子男人叫道:

"他已经回去了,下了舞台马上走了。"

"什么?"

斯米诺夫挠挠头。

"难道是做了一个梦?我们不会一起做了一个白日梦吧?"

"——跟霍夫曼推荐信上说的一样。"

似乎已经呆掉的西蒙,忽然起劲地冲着三枝子说:

"三枝子还没看过吧?我本来想说的,不过我们约好不讨论。"

"不可原谅。"

三枝子自言自语道。

"啊?"

西蒙不知所措地瞪大了眼睛。

"我不认可,那种音乐。"

三枝子斜眼看着西蒙。

西蒙眨了眨眼,这才注意到三枝子已经怒不可遏。

"三枝子?"

三枝子微微发抖,手放到桌子上。

"不可原谅。那是对霍夫曼先生的巨大冒犯。我坚决反对给那孩子合格。"

西蒙困惑而不知所措地看着因愤怒而发抖的三枝子。

大厅仍旧包围在混乱的兴奋与喧嚣中。

夜曲

各位,我把 KAZAMA JIN 送给大家。

确实,他是一件"礼物"。

也许,是上天送给我们大家的。

不过,别误会了。

被测试的不是他,是我,是我们大家。

只要"品尝"过他就明白了,他绝不是甜美的恩宠。

他是剧毒。

肯定有人会嫌恶他,憎恨他,拒绝他。但是,这也是他的真实,是"品尝"过他的人心中的真实。

到底是把他当作真正的"礼物",还是当成"灾难",由大家,不,我们来决定。

尤治·冯—霍夫曼

"呀,真是吃惊啊。"

西蒙似乎还没有从震惊中恢复,嘴里一直念叨。

"霍夫曼预料到的反应,真的在三枝子身上出现了呢。而且,居然是三枝子你。真意外。莫斯科那边的老顽固有这样的反应我倒不吃惊。"

他身边,坐着手持红酒杯、尚未平复的三枝子。

斯米诺夫仍然默默地干了酒杯,一脸沉思的表情,从刚才开始就寡言少语,一直盯着桌子上霍夫曼的推荐信。

夜还早。外面人来人往,车流如同泅开的红线,街尽头的小酒馆,紧凑的里间座席上，三人围坐一桌。

店主人还记得每年出现几次，长时间围在一起边喝酒边激烈争论的三人组，把他们带到了往常的座位。

他们很快吃完了饭，也许是没什么食欲，桌子上的盘子很少，红酒却已经空了两瓶。

三枝子臭着脸，似乎是为了掩藏自己的羞耻感。

她还记得那流丽的笔迹。

一开始，她就气不打一处来，西蒙和斯米诺夫当时摆出为难的样子面面相觑，三枝子火冒三丈，"快给我看"，粗暴地从西蒙手上劈手夺过推荐信复印件。

然而，看到了那上面的笔迹，三枝子毫不夸张地一个字也说不出来。接着，她又重新把那封信看了一遍，羞耻感一点点涌上来，冷汗从头上冒出来，她感到自己的脸一阵火烫。

冲击、混乱、羞耻心、屈辱感。

这些感觉结成一团，在身体里咕噜噜地转动，她只能一直死死盯着推荐信，努力忍耐。

另外两个人带着同情，或是说暗自闷笑望着此时的三枝子。

因为呢，刚才试听最后她对 KAZAMA JIN 表现出来的态度，几个月前去世的霍夫曼信中已经预料到了。

还真应该佩服做出正确预言的霍夫曼，或许该说表现与霍夫曼预期一致的三枝子还不够成熟，也许两者兼有。不过，三枝子还是在心中痛骂了完全掉进霍夫曼预言中的自己。

她仿佛能看到，现在天国里的霍夫曼正在笑眯眯地说："看吧！如我所料！"

"真坏！"

三枝子嘀咕着。平时喝红酒的时候总能感到放松，今晚却只有微微的苦涩。

说实话，真是巨大的冲击。

从小，她就被评价为野性十足，天真烂漫。应该说是被大家当作问题儿童，从未被当作优等生。

这样的自己,怎么会像那些贬低过自己的日本和欧洲的教授们——无法控制、格调低下、太过奔放等等暧昧的恶评如山——那样,一口否定还没出道的新闯入者呢?

三枝子不由得打了个冷战。

我的脑子也开始固化了?难道,随着年纪增长,自己也变成了一个无聊的阿婆,而自己竟然毫无察觉?本来以为这种事绝不会发生在自己身上,什么时候,自己竟然站到了"权威"那一面?

她只好大口大口地喝着酒。

"不过,三枝子,你为什么生那么大的气?"

刚才一直唯恐天下不乱地看她的笑话的西蒙(到他的孙子一辈都会嘲笑她吧),忽然正色说。

"啊?"

"那种反应,我还是第一次见到。三枝子你从前从不会这么生气。三枝子生气的时候,应该说是十分阴险——会冷眼旁观。你为什么如此抗拒?"

三枝子也陷入了沉思。

是啊,事情发展到这个地步真是不可思议。现在,当时感觉到的怒气已经荡然无存。现在再去追忆,激起自己愤怒的演奏到底是怎么回事,已经很难回到那个时刻了。

怎么回事?是什么引起了我的不安呢?

"难道说,你们没有任何感觉?那种可怕的——不快感——生理上的拒绝感。"

三枝子寻找着语言。

但是,只是徒劳无功。能描述当时感受的词语一个也找不出来。

西蒙歪着头。

"呀,毛骨悚然,又幸福万分。当时觉得,真是不得了啊。"

"那就对了。"

"这种感觉,跟厌恶感大概只隔着一层纸吧。同样的情绪,有人觉得是快感,有人觉得是冒犯,大概是这么一回事吧?"

"确实,快乐和厌恶其实是硬币的两面。"

试听的气氛是十分独特的。就算当时录了音,当时的感受也不会重现。

试听什么的,你不需要吧。

突然,不知在哪里听到的声音在三枝子脑中苏醒。那声音平静和蔼,带着笑意,但又不可思议地充满威严。

那是霍夫曼先生的声音。

三枝子内心深处一阵疼痛,那已经遗忘的感觉从脚到头摇晃着她的身体。

啊,是啊。

三枝子轻声在心中对自己说。

也许,我是在忌妒那孩子吧。

从看到他履历书上的那一行字的时候起,就悄悄地有了情绪。

"自五岁起师事尤治·冯-霍夫曼。"

那短短的一行。其实,自己很希望这一行字能写在自己的履历书上。

"怎么样,真的不错吧,那孩子。"

西蒙有点不安地自言自语。一瞬间,三个人面面相觑。

这一点,三枝子也有同感。

"有些瞬间,会让人特别兴奋,不过,也只有那些瞬间。"

"啊,我们也是普通人啊。"

这就没办法了。出场次序、整体氛围、身体状况,是鬼使神差,还是天使庇佑,都有关系。试听现场或是第一次预选时觉得是天生奇才,下次再听却令人失望,这种情况也会不时遇见。事后打听,选手在试听的时候发高烧,本人都不记得自己演奏了什么,甚至会有这样的乌龙事件。

"——问题在别的地方。"

斯米诺夫紧绷着脸开了口。

"问题？"

西蒙和三枝子同时反问道。

"我渐渐明白了，霍夫曼说的'剧毒'是什么意思。"

斯米诺夫的表情很认真，同时也很不安。他只要探出身子，酒馆的椅子就会嘎吱作响，发出吓人的响声。

"什么意思？"

西蒙挑起右眉。

"我们被推入了进退两难的困境啊。"

斯米诺夫一口气干了那杯酒，就像喝白开水一样。其实，斯米诺夫酒量很好，对他来说确实就像喝水一样。不过，因为陷入了思考，他的嗓门也大起来，就像从醉酒中醒了过来。

"困境？"

三枝子自言自语道，斯米诺夫看起来清醒的侧脸上有一丝不安。

三枝子独自暴怒，KAZAMA JIN 离去后，现场工作人员都兴奋无比。

演奏会还没影儿呢，但每个人都交口称赞，期待着明星的诞生。最后一个登场，又在瞬间如风般消失无踪，令人印象深刻。话题里的主人公已经消失了踪影，会场的热烈气氛仍然不减。唯一一个跟他打过交道的工作人员解释说："KAZAMA JIN 的双手沾满了泥，说是帮父亲干活儿来晚了。都没有进等候室，去洗手间洗了手，直接就站到舞台上了。"大家对 KAZAMA JIN 更加兴趣盎然，这肯定将成为关于他的"传说"开头意想不到的一笔。

"他父亲是干什么的？"

斯米诺夫焦急地问道。事务局关于他的信息少得可怜。除了履历书上的信息几乎什么都没有，评审和事务局所知道的信息完全一样。

通常，合格者会很快确定，结果会马上通知候选人。

但是，这次，在单独房间里商量的三个人关起门来好久。不时传出激烈的争论声，走廊里的工作人员都一脸不可思议地面面相觑，这还真是少见。

当然，这是因为三枝子强硬地反对给 KAZAMA JIN 合格。

评审是评分制，得分高的选手就能合格，但试听时，会设定最低线，不达到最低线，也不能合格。

KAZAMA JIN 以外，三人对可以给合格的候选者意见一致，那两个人很快定了下来，只是，到了 KAZAMA JIN 这里，却大费周折。

西蒙和斯米诺夫都给出了接近满分的分数，三枝子即使给零分，KAZAMA JIN 的分数也能勉强达到合格线。完全可以无视三枝子，直接给 KAZAMA JIN 及格。但西蒙和斯米诺夫不准备这样，于是争论持续了很久。

三枝子坚持己见，尽管已经知道 KAZAMA JIN 合格大局已定，仍然继续抵抗，坚持应该撤回。

三枝子的理由如下。

如果他不是霍夫曼的弟子，我没有什么好说的。但是，他顶着霍夫曼弟子的名号，甚至拿到了货真价实的推荐信，却弹奏出了正面否定霍夫曼音乐的那种儿戏般的音乐，难以原谅。简直就像是对老师的音乐的冒渎，像是在向老师挑衅。作为音乐家，这种态度该如何评价？如果他是作为音乐家力求独树一帜而背离老师的风格，还可以理解。但在他这个阶段，还没有完全理解老师的音乐，这就是他的问题。

西蒙和斯米诺夫对三枝子的意见表示了理解，两人轮流说服她。

你承认他有着出类拔萃的技巧和冲击力吧？如果是这样的话，是否容忍他的音乐，就不是我们应该决定的事。只要达到合格线，就要给他机会。这就是这次试听的目的，候选者的音乐是否合自己的心意，不是现在讨论的问题。

其实，能引起我们这样的争论，本身就很了不起。像他这样，在不同的听众身上激发出支持和拒绝两种完全相反的态度，就已经证明，他拥有某种魔力。三枝子平时不是总抱怨，评审有好几个人，就只留下没有瑕疵却平淡无奇的候选者，一点都没意思吗？也许是偶然，但他确实将听众带入了某种情绪中，这是我们应该首先考虑的。而且,他还拥有那么出色的技术。

两人的说辞毫无漏洞,渐渐地,三枝子处于了劣势,无言以对。

最后起决定作用的,是两个人的这句话。

要不然再听一次?不想再确认一下,那是不是偶然的意外?

莫斯科和纽约的那帮家伙,不想让他们听听这孩子的演奏吗?不想知道他们是什么反应?让他们皱起眉头,也是一大乐事吧?

这两个人知道三枝子的死穴。当今,在世界各地的试听中担任评审的各个小团体,有着微妙的差异。特别是莫斯科和纽约的小团体,不是中伤他们,三枝子在背后称他们"权威派"和"良知派"(当然是饱含讽刺意味的)。

于是,三枝子不免浮想联翩。

那些一本正经的面孔,在听了 KAZAMA JIN 的演奏后沉浸在嫌恶感中,变得歇斯底里,他们大叫着,这种不入流的演奏怎么会合格,在对方的怒吼中自己安然稳坐。

三枝子完全忘了自己也有过同样的反应,一度十分向往那个场面。她无法抵挡这个诱惑,最后不情不愿地勉强答应了让 KAZAMA JIN 合格。

好了,去通知合格的候选者。

三枝子还没来得及点头,西蒙和斯米诺夫同时站起身来,打开门叫着工作人员。

三枝子哑口无言。真受不了,着了这两个人的道儿。她想着,不过,已经无力回天了。

放马后炮的,还有斯米诺夫。

服务生像个影子一样飘过来,拿来第三瓶红酒,三枝子看着服务生把红酒倒入酒杯,盯着斯米诺夫的侧脸。

"也许,他以前从没有接受过正规的音乐教育。"

斯米诺夫自言自语似的说道:

"出场时的模样,连续弹奏好几首曲子。说不定,还是第一次在很多人面前演奏呢。霍夫曼都知道这些。所以,霍夫曼才写来推荐信,说是自己的学生。"

"为什么?"

西蒙和三枝子隐约猜出了答案,却不想说破。

斯米诺夫一脸看透他们心事的表情,同样若无其事地回答:

"为了让他参加试听,让他合格。"

"那是当然了。"

三枝子耸耸肩。

斯米诺夫见状,做了一个更夸张的耸肩动作。

"喂,喂,别装作什么都不知道,你们两个。我要说什么,你们都心知肚明吧。"

斯米诺夫把酒杯里的酒一饮而尽。

"白天,三枝子也说过了,我们不可能做出否定霍夫曼音乐的事。我们太尊重他了,他的音乐也太完美了。而且,他已经不在人世了。"

他的表情很严肃。

"然后,KAZAMA JIN 合格了。完全如霍夫曼所料,我们让他合格了。看到了吧,工作人员的狂热?消息马上会传出去,还有霍夫曼的推荐信。"

三枝子不知为何打了个冷战,身体颤抖起来。

"一开始为什么要附上推荐信呢?因为有了推荐信就不容易被刷掉。自己重要的弟子,你们也要好好对待哦。"

斯米诺夫脸上浮出奇妙的微笑望着两人。

西蒙接着说:

"也就是说,没有推荐信的家伙,刷掉了也无所谓。"

斯米诺夫满足地点了点头。

"对。我们正是靠正规的音乐教育糊口的啊。从小有人交音乐课学费,进音乐大学,付学费,花了这么多金钱和时间,这可是我得意的弟子,可不能跟从没跟正规音乐教育打过交道、不知哪里来的野孩子一样对待啊。推荐信是这个意思。"

虽然唐突,三枝子不由得想起最近听到的一件事。

日本某地方自治体主办了一个钢琴比赛,一位才华横溢的候选者获得了优胜,但在国内音乐界一个熟人也没有,评审就别说了,其他人的一节课也没有上过,虽说他的分数最高,但最后被挑出许多毛病,给了他个不及格。

"霍夫曼的推荐信,有双重目的。首先是让籍籍无名的他参加试听,让他合格。然后……"

斯米诺夫一瞬间似乎望向远处。

"还有,防止他被古典音乐界无视、冷藏。否则,就没有必要写推荐信。完全来自一个不同的世界的他。我们,还有其他的老师,就算想无视他,霍夫曼的推荐信也让人不能无视。否则,那就等于否定我们和全世界音乐迷推崇万分的霍夫曼。而且,更可怕的是,"

斯米诺夫一脸严肃地望着他们,

"这个少年,有着令人惊叹的技巧,能令听众狂热,而且完全没有接受过音乐教育。"

三枝子和西蒙一动不动,全神贯注地听着斯米诺夫的话。

难道,我们做了错误的决定?

心中似乎出现了一片恐怖的空洞。

突然,手机响了。

三枝子和西蒙同时吓了一跳。

"抱歉。"

斯米诺夫取出手机,去接电话。手机在斯米诺夫宽大的手掌里,就像抓着一块手指巧克力。

"嗯,啊,原来如此。是嘛。"

斯米诺夫对着话筒嘀嘀咕咕了几句,致谢后挂了电话。

在两人询问的目光中,他一边收起电话一边说:

"是事务局的电话。总算联系到 KAZAMA JIN 了。"

"现在?"

西蒙不由得看了看手表。马上就是新的一天了。

"他父亲是养蜂专家,生物学博士,现在在研究城市养蜂。今天在巴黎市政厅收集蜜蜂。"

"养蜂专家?"

三枝子和西蒙好像是第一次听到这个词,反问道。

"还真不是同一个世界。"

西蒙苦笑了。

把他当作真正的"礼物",还是一场"灾难",要看大家,不,"我们"了。

毫无疑问,现在,三个人脑中,霍夫曼的声音在念着同一封信。

震音

雨声越来越大，荣传亚夜无意识地从书本上抬起视线。

大玻璃窗外虽然还是白昼，但已经一片昏暗，大雨夺去了屋后杂树林的色彩。

还是能听见，雨中的马群。

那是幼小时起就经常能听到的旋律，亚夜告诉大人说"雨中马在奔跑"，大人们只是摸不着头脑。

如果是现在，她可以详细跟他们解释清楚。

家后面的杂物小屋，屋顶是镀锌铁皮的。

雨不大的时候，什么也听不见。但是，如果是一小时几十毫米的大雨，就能听到不可思议的音乐。

也许，雨势一强，雨水就会从主屋的屋顶溅到铁皮屋顶上。于是，铁皮屋顶上，雨水就奏出了独特的节奏。

那是群马奔腾的节奏。

幼年时，她曾经弹奏过一首节奏如群马奔腾的曲子，叫《贵妇人骑马》。铁皮屋顶上的雨奏出的，正是那节奏。

最近，在 YouTube 上，有一段很受欢迎的短片，内容是，乐队练习时，正好楼里响起了火灾警报，怎么也停不下来，于是乐队配合警报声来了一段即兴演奏。

亚夜低低地叹了口气。

这个世界上，充满了各种各样的音乐。

呆呆望着失去色彩的雨中凌乱的风景，某种感觉苏醒了。

我还有必要刻意去给这个世界添加音乐吗？

亚夜瞥了一眼桌子上的资料。

燃尽症候群。过了二十岁就是个普通人。

这种闲话她已经听厌了。

每年，世界上都会涌现出无数钢琴天才少年、天才少女。跃上龙门跟管弦乐团一起演出，被赞誉为神童，父母梦想着儿子女儿玫瑰色的未来。

但是，不是每个人，最后都能有大成就。有很多人，在迎来青春期后，察觉到自己所在的世界的狭隘，苦苦挣扎，或是想和同龄人过同样的青春，不断斗争，开始厌倦练习，音乐上无法获得进展，最后默默无闻地消失。

亚夜也是其中一个。她在国内外的未成年人比赛中夺得冠军，甚至出了CD，那张CD还得了一个颇有传统的奖，引起了不小的话题。

在亚夜身上，艺术生涯中断的原因清清楚楚。

那就是她最初的指导者，她的守护者，鼓励她、照顾她的一切的母亲，在她十三岁那年猝死了。

如果当时她年纪更大一点，可能就不一样了。至少到十四五岁，让青春期的反叛和在母亲庇护下的忧郁撞在一起，这样的话，母亲的死，对她的音乐来说或许会有别样的意义。

然而，对热爱母亲，想让母亲高兴，为了母亲而弹钢琴的亚夜来说，母亲忽然离世，这种丧失感过于巨大。她完全失去了弹钢琴的理由。

而且，作为母亲和教师，母亲太过优秀。

本来，亚夜无忧无虑，对任何事情都无欲无求。但是，在众人当中，她并不是能泰然自若的那种，别人赤裸裸地对她表现出竞争心和忌妒心，她就会退缩，胆子很小。母亲了解这一点，所以一直保护她，为了保持生性敦厚的女儿的好胜心，时而化作老师，时而化身难缠的经纪人，常常引导着她。

母亲死后的第一次演奏会，亚夜却没有演奏。

日程一年半以前已经确定。为她制作出道CD的唱片公司的人，临时受命当她的经纪人。

母亲生前，家务由住在一起的祖母一手包办，生活上没有什么不方便的地方。也许，当时亚夜自己也没有理解，失去了母亲，到底意味着什么。

亚夜第一次意识到母亲不在，是在当地的演奏会音乐厅的后台。

新经纪人给她配了新的造型师，检查了舞台服装，做好头发，化了淡妆。那是一直以来母亲做的事。准备工作结束后，造型师离开化妆室，去做别的工作了。

妈妈，有红茶吗？

亚夜问。忽然发现，后台只有自己一个人。

以前，母亲总会泡一杯浓浓的甜甜的红茶，温度正好，装在保温杯里递给她，现在，母亲不在了。

亚夜动摇了。

巨大的丧失感向她袭来，她的双脚渐渐沉没其中。

真的，天花板越来越灰暗，离她越来越远。远远地，远远地，渐渐远离的天花板。全身血液上涌的感觉，暖暖的，痒痒的，感觉很奇妙。

我一个人，只有我一个人。母亲已经不存在于这个世界任何地方，再也不可能给我递红茶了。

这一瞬间，她认识到这一点。

接着，她忽然清醒过来。

这是哪里？我在做什么？

她向四周张望。

白墙。镜子上方的圆形时钟。后台，这里是后台。某家音乐厅的后台。

而且，她突然发现，自己马上要上演一场演奏会。

对了，刚才，自己不是才和管弦乐团排练嘛。普罗科菲耶夫的《第二协奏曲》。若无其事，极其自然地。我是怎么做到的？

指挥和其他人，都很佩服我。我听见有人在小声说。

太好了，太好了，本来很担心呢，她一个人也很坚强。

真了不起。本来以为她会大受打击呢。真沉得住气。

果然，还是只能靠演奏来渡过难关。

他们说的是什么意思？

想到这里，心脏那里变得冰冷。

令人恐惧的现实，再次袭来。

对了。只剩下我自己一个人了。母亲已经不在了。所以，大家才会说那种话。

我一个人。我一个人。

舞台监督来叫她了，和指挥一起进入舞台的瞬间，她脑中也反复回响着这句话。

明亮的舞台对面，响起充满期待的喝彩声时，亚夜的心仍然一片冰冻。

她的眼睛里，只能看见静静沐浴在光芒中的大钢琴。

于是，她明白了。

观众席上，舞台侧面，世界上任何地方，都已经没有母亲存在了。

清楚地了解了这一点，大钢琴在她的眼里就像一座墓碑。

以前不是这样的。

以前，舞台上的大钢琴闪闪发光，里面盛满的音乐仿佛要撑破钢琴，喷涌而出，等待着她。

快快，赶快坐下，释放音乐。

每次，看到琴箱里塞得满满的音乐，她都要抑制住冲动，让自己不要小跑过去。而且，有母亲在，她从琴箱中取出生动的音乐，最开心的人，是母亲。

然而，现在呢？

只剩下一个里面空空如也的墓碑。没有一点声响，保持着沉默和静寂的黑箱子。

里面已经没有音乐了。对我来说，音乐已经消失了。

冷冷的确信结成沉重的团状，啪嗒一声落在她体内。她轻快地掉转了脚步。

视线中，能看见吃惊的管弦乐团团员，还有舞台监督的脸，但她再也没有回头，啪嗒啪嗒，不久变成一路小跑，离开了舞台。

观众席在骚动，有人在叫她，她也完全听不见。

她跑啊，跑啊，跑啊。

推开无人守候的音乐厅后门，黑黑的屋外下着蒙蒙细雨，她一口气逃了出去。

就这样，她成了"消失的天才少女"。

这次的罢演事件，反而成为一个传说。乐队团员们都说，排练室，她的表现完美，比母亲在世时更出色。

然而，缺少了独奏者的舞台，接下来要怎么收场？违约金，不光是唱片公司的经纪人遭了殃，抛弃舞台的钢琴家，不是什么不可替代的大牌的话，就再也不会有人来邀请她开演奏会。年轻的"天才"钢琴师可是多得是。

一时，"荣传""荣传亚夜"在钢琴系的学生中成了互相揶揄的话题，指的就是罢演。"荣传"本来就是个少见的姓，成了揶揄的对象后，不再是"传承光荣"了，作为"拒绝光荣的钢琴师"，她被揶揄地唤作"荣断"。

然而，意外的是，亚夜自己本身并没有挫折感。

因为，在她心中，那次罢演是说得通的。

钢琴中再也没有应该取出来的音乐了，还有什么必要站在舞台上呢？

比起受人注目或是受人忌妒，被轻视、被无视对她来说完全无所谓。

曾经有许多人怀着这样那样的目的来接近她，想从"天才少女亚夜"身上获得这样那样的好处，罢演以后，他们的态度，就像是肿泡被戳破，不久就像退潮一样消失了踪影。

自从确认母亲已经不在的瞬间起，她就开始了自己全新的人生。她考上了普通高中。弹钢琴的孩子，而且弹得好的孩子，一般都成绩优秀。她的成绩也名列前茅。进了当地的升学学校，满足地过着普通的高中生活。

她并没有远离音乐。仅仅是舞台上的演出钢琴里，再也没有可以取出来的音乐了，也没有倾听音乐的母亲了，她享受听音乐，也会不时弹钢琴。

不过，亚夜跟其他许多"天才儿童"不同。

毫无疑问，充溢的音乐天才埋藏在她身体里面。

发觉这种音乐天才，而且意识到这种音乐天才可能让亚夜远离钢琴的，大概只有母亲和另外一个人。

本来，她是不需要钢琴的。

小时候，她把铁皮屋顶的雨声当成万马奔腾来听，自此以后，她能从万物中听到音乐，并享受着自己的敏感。

正巧母亲教了她钢琴，她掌握了技巧，通过钢琴来表现音乐，其实通过其他媒介也可以。即使自己不演奏，只要这个世界存在音乐，就足够让人感到幸福了。从这个意义上来说，她真是天才少女。正因为如此，母亲才必须管束她，引导她，让她的兴趣不至于从钢琴上分散。

失去了管束者，对她来说是幸还是不幸，现在已经说不清了。

生前，母亲只向一个人倾诉了对女儿音乐天才的担心，只有那个人分享了她的担忧。

在不得不开始考虑升大学的时候，一个男人来看她。

那个男人说自己曾和母亲是音大的同级生，母亲的忌日快到了，他提出要听听母亲最疼爱的亚夜弹钢琴。

自从亚夜掉转头离开舞台那天起，她再也没有在别人面前弹过钢琴。她在朋友的摇滚乐队、爵士乐队里面兼职，演奏过电子钢琴，但一直回避在他人面前正经地弹钢琴。当然，周围人也都不提这个碴儿。

如果是平时，她应该会拒绝吧。

但是，一看到这个叫浜崎的男人，亚夜就感到一种莫名其妙的亲切。

他就像个狸猫摆设，圆鼓鼓胖墩墩的体形。就像过去的电视连续剧里出场的校长先生，眼镜背后有一双细细的温厚的眼睛。

最重要的是，他说话慢悠悠，就像拜托亚夜去街角的小店买冰激凌，给零花钱哦。亚夜也轻轻松松就答应了：好啊，要听什么曲子？

什么都可以，亚夜喜欢的曲子就行。你妈妈喜欢的也行。

亚夜一边带他去放着钢琴的房间一边想。

最近我喜欢的曲子也可以吗？

当然，浜崎点点头。

母亲离开后，她不再在人前演奏钢琴，放钢琴的房间气氛完全变了。

放满了 CD、书、玩偶、观赏植物，现在完全成了亚夜的第二个房间。

浜崎仔细打量着这个房间。

真对不起，乱糟糟的。

以为浜崎受到了惊吓，亚夜赶紧道歉。浜崎却摇摇头说，真是不错的房间，钢琴和亚夜是一体的。

一体的，确实如此呢。亚夜笑着，咔嗒一声打开了钢琴的盖子。

有一点点兴奋。那是已经遗忘了的感觉。

弹琴给别人听，已经很久没有的事了。

没有看谱，她忽然就开始了演奏。

肖斯塔科维奇的奏鸣曲。

她听过俄罗斯的年轻钢琴家弹奏，觉得很有意思，很喜欢，于是自己也开始练习。乐谱很贵，她反复听，记下来，再在键盘上重现。

浜崎显出些许意外的表情，随着亚夜的弹奏，他渐渐坐直了背，脸色也变了。

亚夜弹奏完毕，浜崎一脸认真地使劲拍着手。

这个，有别的老师听过吗？

没有，现在我没有老师。

亚夜苦笑了。母亲还在世的时候，她曾跟随一位著名的老师，在辞演事件后，那位老师也担心自己的指导会被人质疑，宣称自己和这个问题少女没关系，两人断了联系。

完全是自己来，一直都是。

浜崎一瞬间自言自语道,然后便说不出话来。

真是太好了,弹的时候在想什么呢?

浜崎以手掩口,陷入了沉思,严肃地盯着亚夜。

西瓜在滚动。亚夜回答。

西瓜?

浜崎一脸不解。

亚夜解释道:

最近,我看了一部电影,里面有非常有趣的一幕。在一条山路上,有很多西瓜,咕噜咕噜地滚下来,有的破了,有的没破。柏油路变得通红,没有破的西瓜仍然在到处咕噜咕噜滚动。听这首曲子的时候,眼前浮现的就是这幅景象。听,这首曲子,不觉得像是西瓜跌落在坡道上吗?不时,还有一个两个,追上西瓜抓住的场面吧?后面还有收拾跌碎的西瓜的场面。

浜崎眨巴着眼睛,摇晃着身体笑了。

原来如此,西瓜啊。

笑过之后,浜崎在椅子上重新坐好。

荣传亚夜小姐,请务必来考我们大学。

如此郑重的口吻,让亚夜大吃一惊。

我们大学,是指?

她诚惶诚恐地问,浜崎拿出名片。

名片上的头衔让亚夜大吃一惊。浜崎是日本能排进前三名的著名私立音乐大学的校长。

你喜欢音乐吧,而且,是非常喜欢,理解非常深刻。我想让这样的人,进我们大学。现在,到处有各种音乐可以欣赏,不过,在音乐大学学习会接触到更多有趣的东西,越学会越觉得音乐有意思。像你这样的人,希望能来我们大学学习,怎么样?

他一口气不停地说下去,亚夜更是惊得不停眨眼睛。

浜崎一直在等她回话。

不知道为什么，她产生了要去试试的念头。

之前，她一直在研究各个大学的课程，觉得理科也不错。

但是，浜崎的话确实打动了她的心。

就算她不能成为音乐会钢琴家，也很难离开音乐。

不过，毕竟她还是有兴趣。她听各种各样的音乐，参加各种乐队活动，总感到哪里不能满足。

在入学考试上，各位知名教授考官坐成一排，令人备感压力。她感觉到了他们的冷冷视线，只有浜崎一个人，一脸轻松，对她点头，令她放心，这一幕想起来如同昨日。

她的演奏结束的瞬间，教授们一起望向浜崎，拍起了手。那一瞬间，浜崎笑着向亚夜挥了挥手。

后来，她听说，这次入学考试算是史无前例。一个没有任何老师的学生，由校长推荐，接受入学考试，一个失手，恐怕会有损校长的脸面。

听到她的名字，同为钢琴系的同学，一开始他们都面面相觑："啊，那个……"露出想起来那段传闻的表情。也有人在背后说风凉话。

但是，亚夜毫无粉饰的性格，在同学中明显出类拔萃的技术，令大家渐渐都只把她当作一个优秀的同学，这一点也令亚夜欢喜。

而且，学习乐典、作曲和历史，确实也十分有趣。

如同浜崎所预言，在音乐大学学习，音乐也变得越来越有趣。

但是，难道，现在，要去参加比赛？

亚夜一边望着叩打窗户的雨，一边再次深深叹了口气。

小时候参加青少年比赛的记忆几乎都已经淡忘了。当时，不像是去参加比赛，更像是去参加发布会。参加成年人的比赛，还是第一次。

过了二十岁，就是普通人了。

她听到过这样的闲话。对了，今年春天，她就要迎来二十岁了。离开舞台已经七年。

现在的指导老师（非常有趣的人，或者可以说是个怪人，这位教授却意外地与亚夜投缘）建议她去参加，背后很明显是校长的意思。

亚夜自己，也很感怀校长的恩情。

她也意识到，拒绝参加这次比赛，将会有损校长的面子。校长动用了特别手段才让她入学，她必须要证明自己存在的意义。

但是，在我身体里，从那时起，那种音乐就已经不存在了啊，老师。

亚夜在心中叫着。

她对现在的大学生活十分满意。品味着外部的音乐，通过弹钢琴再次体验，她很享受将充溢这个世界的音乐再现出来。这就够了。学习理论，倾听其他系的演奏，也能深入挖掘音乐的内在。

怎么办，妈妈？

亚夜凝视着越来越激烈的雨点敲打窗户。

她把书放下，疲惫地趴在桌子上。

雨中的万马奔腾，在她脑中节奏分明地继续回响。

摇篮曲

"啊，对不起，太太，能和孩子一起从那边过来再走一次吗？对了，麻烦了，再走一遍。"

雅美举起一只手，表情僵硬的满智子牵着明人的手从保育园门口笨拙地走过。

"跟平常一样，跟平常一样，就当镜头不存在。"

明石在旁边看着，苦笑了。

不说倒好，一听见这种话，肯定更加放松不下来了。

当然，雅美也在尽力让满智子放松，之前到家里来过好几次，就是为了跟满智子和明人事前说明清楚情况。但是，现实中面对镜头时，紧张感是无法避免的。今天是室外摄影，而且，保育园的其他妈妈都远远在旁边观望，似乎更让本来性格沉着冷静的满智子紧张了。

"好，好了！"

雅美活泼地挥着手。

满智子一脸松了一口气的表情。

"谢谢，明人。谢谢你协助。"

明石抱起一脸茫然的明人。

"谢谢协助，谢谢，谢谢。"

也许是觉得这句话的发音很有趣，明人一直微笑着重复这句话。

雅美卸下摄影用的数码相机，走到明石身边。

"接下来，再拍摄一些练习场面，就在比赛当天的后台。"

"明白了。"

"怎么样，有练习时间吗？"

虽然是一上镜头就利落干练的电视记者，不面对镜头时，雅美就马上变成高中生的面孔。

"嗯。工作很忙啊，说实话，很想躲在什么地方，想要整块的时间，可以创作曲子。"

明石的回答模棱两可。

雅美呵呵地轻声笑了。

"看你的样子，还是原来的高岛君啊。"

"什么样子？"

"从来不会清楚地说我要什么，稳重老成啊。"

"射中了！"

"什么？"

"那是我作为音乐家最自卑的地方。"

"是这么回事吗？"

"就是这么回事。"

雅美认为这是明石的优点，明石很清楚。但在要求强烈自我和个性化独奏的世界，就一点也不讨好，这一点明石也比任何人都清楚。

"我喜欢高岛君的钢琴——我说不好，听了会感到很安心。有种说不清的优雅。"

"优雅啊。"

明石口中念道。

雅美有些担心地看着明石。

"其他人的拍摄还顺利吗？"

明石现出开朗的笑容，转移了话题。

雅美略为放心地点了点头。

"嗯，大家都很配合。还去拍了预备在芳江寄宿的乌克兰和俄罗斯孩子。

那个寄宿的人家，不知为什么总是有有趣的孩子。而且每次来的一定都会获奖，好像是个好运的人家。这次来的乌克兰孩子，听大家私下讨论是个相当有实力的孩子。"

"哦——"

相当有实力。当然。拥有光辉灿烂历史的俄罗斯古典音乐界选送来的，都是相当有实力的天才少年少女。

明石内心深深叹了口气。

高岛明石，二十八岁，出生在父亲的外派地兵库县明石市，这是他名字的由来。

芳江国际钢琴大赛参赛者中，他是年纪最大的，刚刚够报名资格。在低龄化理所当然的钢琴比赛中，这个年纪完全算是老人了。

组委会提出要拍摄比赛的纪录片，希望能允许摄影，而且负责摄影的还是高中时代的同班同学仁科雅美，明石知道时着实大吃一惊。

一问才知道，提出企划的就是她。她知道明石要参加，自告奋勇要来拍摄明石。

芳江是日本首屈一指的大企业所在的城市，芳江国际钢琴大赛有好多家大的赞助企业，预算充裕，所以这个企划也得以顺利通过。

明石一开始断然拒绝了，在电视节目里露面，算是什么事儿？

"我都不知道自己能不能留到第二轮。"

这个岁数，已经参加了工作，连孩子都有了。说实话，根本不该来参加比赛，只会让人感到"难为情"。

"没关系。"

雅美干脆地说。

"现在，观众希望从音乐里看到故事。像高岛君一样举家来参加比赛，能引起观众共鸣。"

雅美没有点明的是，如果参赛的都是富裕家庭的少爷小姐，节目就没有看点了。有明石这样的异类,作为一幅全景图才会有趣。

确实,明石一家是十分普通的上班族家庭。妻子是青梅竹马的高中物理老师,明石自己是大型乐器店的店员,他们的下一代也是平凡人,是一个普通的家庭。

一个平凡父亲参加国际钢琴大赛!在回归家庭的压力和风潮愈演愈烈的日本,这将成为一大卖点。

明石最终决定出演电视节目,是因为想留下纪念。

参加这次比赛,是他作为音乐家生涯的最后一战,这是很明白的事。接下来,他会作为音乐的业余发烧友继续剩下的音乐人生。

不过,他想留下爸爸曾经努力成为"真正的"音乐家的证据,留给以后长大成人的明人。这是他最终决定的理由。对满智子和雅美,还有父母,他也是这样解释的。

不,实际上,不是这样的。

明石身体里的另一个自己在说。

那是借口。

那家伙戳穿了他。

你满怀着愤怒,满怀着疑问。你常常感到这个世界很荒谬。

从来不说"我要"的你,纤细温柔的你,那个你在心底杀掉的愤怒和疑问。你不是正想在这次大赛上把这些发泄出来吗?

你说得对。明石回答。

我一直觉得荒谬——只有孤高的音乐家是正确的吗?只有为音乐而活的人是值得尊敬的吗?

生活着的人的音乐,真的比不上以音乐为生的人的音乐吗?

厚厚的门扉需要用力推才缓缓打开,光线唰刷地射进来。

地面上出现了光的四方形,中间是明石的头部投影。

令人怀念的味道。

坐在钢琴前面，脚还够不到地面，那个少年的身影浮现在眼前。

明明已经是遥远的往事，那熟悉的味道唤回的幼年时代的影像却如此鲜明。

"哇，天花板好高。巨大的屋梁。以前的房子，可真结实啊。"

雅美的声音，将明石拉回现实。

雅美抬头看着天花板。灯亮着，但眼睛还没有习惯周围的阴暗。

"这是夹层吧？"

"嗯，这里都是养蚕架。"

"哦，原来如此。"

抱着相机的雅美，在这里慢慢拍照。

空荡荡的房间。空气意外地干燥。

一架盖着罩子的大钢琴。

雅美把照相机转向钢琴，一直转动镜头。

给他买钢琴的祖母，在他中三的时候去了另一个世界。

明石的目光投向放在房间一角没有靠背的木椅子。祖母总是一个人坐在那里，伸直背，听孙子弹钢琴。

明石弹出的钢琴声十分温柔。蚕宝宝们，似乎也喜欢明石的钢琴声。

"还真是合适啊，在仓库里弹大钢琴。"

"啊，仓库本来就是隔音的。"

"你经常来吗？"

"好久没来了。"

到现在，他也每年给钢琴调一次音。这次，决定参加比赛的时候，再一次仔细地调了音。

调音师花田的年纪可以做明石的父亲了，两人相交已久。明石告诉他自己要参加芳江国际钢琴大赛，他的惊喜超过明石想象，很仔细地给明石调了音。

太高兴了，太高兴了，我一直都是明石君的粉丝啊。

钢琴不光是属于天才少年少女的。

当然,他知道自己不是天才少年。花田也不认为他是,这一点多少令他内心受伤,不过,这个年纪像留念一样参加比赛,这也算是中肯的评价。

不过,知道花田也怀着和明石一样的想法,多少令他勇气大增。

钢琴不光是为天才少年、天才少女而存在的。

"这是高岛君的奶奶买给你的钢琴吧?真是架可爱的钢琴,简直像一幅画。高岛君,弹来看看。"

雅美天生就是个制造影像的人,她总是注意画面作为节目里的镜头是否完美。

明石揭开盖布,打开钢琴盖,拉开椅子,坐在钢琴面前。

这是熟悉的椅子。一直承受着明石体重的垫子部分,凹陷下明石屁股的形状。

跟比赛用的巨大三角钢琴相比,这个钢琴算是小巧,在已经长大成人的明石面前就像是缩小了。

以前,明明感觉它是个庞然大物。

明石轻轻抚摩着些许泛黄的键盘。

第一次坐到这架钢琴前的激动,令人难忘。

祖母看了明石的钢琴表演后,被孙子的演奏感动,碰到邻居就会说:"这孩子以后会成为音乐家。"不过,不久,就有人对她说:"要成为专业钢琴家,光弹立式钢琴可不行。"

本来,明石小时候手掌大,技术难度高的曲子他也能轻而易举弹下来,人们都满怀期待,说他将来必成大器。

他家祖上就是这一代的养蚕大户,明石出生时养蚕已经是夕阳产业。本来应该继承家业的父亲和哥哥也都去了电气公司上班,养蚕成了副业。尽管如此,祖母还是默默地存钱,给明石买了这架二手的大钢琴。

明石高兴得不得了。他第一次高兴地流出了眼泪。对弹钢琴的人来说,大钢琴是他们梦寐以求的。

但是,祖母好不容易买来的大钢琴,却没有运到明石家。

父亲经常各地调职,普通日本上班族家里,也放不下大钢琴。就算放得下,弹起来会打扰邻居。父亲告诉他不能搬回家,明石又伤心得流出了眼泪。

所以,每到暑假、正月,还有钢琴表演的前夕,他都会来这里,整天整天地在这里弹钢琴。

当然,关于古典音乐,祖母一无所知。

但是,祖母耳朵很好,听孙子演奏多年,耳朵更加敏锐。在祖母去世前的几年,明石常常为祖母听觉的敏锐感到吃惊。

首先,她能细心地听出明石的身体状态和心情。练习结束后围坐在晚餐桌前,她就会问他"今天有点累吧"或者"有什么担心的事吗"。每次都被她猜中。祖母还说:"明石心里有事情,弹出来的声音就会有点局促。"明石自己也吓了一跳。在钢琴课上,老师也多次指出,他一旦心情不好,就会失去目标,比起状态好的时候,演奏时间也会变短。这个时间差很短,一般人听的时候,根本不会发觉,但祖母竟然发现了。

还有,邻居学钢琴的孩子经常会过来玩,轮流着弹钢琴,祖母都能准确地说出是哪个孩子在弹,那个孩子是什么性格。

明石的音乐观,现在他心中的逆反,恐怕都是受祖母的影响。

那家伙,钢琴里面养了虫哦。

在满是毛毛虫的房间里练习哦。真恶心。

他告诉大家那是蚕房改造的仓库,不知何时起,钢琴教室里就流传着这些闲话,他一直被大家嘲笑。有一个男孩一直对嘲笑他乐此不疲。他去了另一所音乐大学,上了大学以后,他还继续兴致勃勃地跟明石的同学讲这个段子,真叫人受不了。现在想起来,在钢琴教室(那个钢琴教室相当有名,出了好几个专业钢琴家),这家伙的实力仅次于明石,是万年老二。大概很羡慕生性温和、人缘好的明石吧。这家伙如此执着,还真让人哑然失笑。

大学的朋友里面，有个女孩是东京有名的私立女校的。听她说，那个学校学生父母的职业，最多的组合是父亲是医生母亲是钢琴老师，明石很是惊讶。

明石不算是引人注目的天才少年，但也被人们认为前途光明，才进了音乐大学，这个行业和它周边的一部分人扭曲的"上帝选民"的想法，一直令他很不自在。

在生活中享受音乐，拥有健康的耳朵的人，像祖母一样的人，到处都有。普普通通的角落里，也应该有演奏者。

他不是没有成为专业钢琴家的机会。要不要成为专业钢琴家，全看他的个人意愿。虽然热爱钢琴和音乐，在内心深处，他却非常恐惧身处那个看似宽广实则狭隘的"非同一般"的世界。他想待在"普通"的地方。他属于祖母那样的人居住的世界。

"我知道这首曲子，叫什么来着？"

"是舒曼的曲子，《梦幻曲》。"

神清气闲地弹着钢琴，明石回答雅美。

"这个也听过吧。"

他又弹了一首。

"啊，是胃药广告的配乐呢。"

"是肖邦。"

"果然，高岛君的音乐很温柔啊。"

明石不知为何心中一动。

蚕宝宝也在听明石的钢琴呢。

就像祖母借雅美的身体，在跟明石说话。

忽然，身体里涌出了一股暖流。

"我准备就待在这里，准备比赛。"

"啊？不是说借那须高原还是哪里的工作室吗？"

"算了，还是这里好。"

"是嘛。对我来说，这里比较近，方便许多。"

雅美的声音里有困惑。

几个小时前，他还在跟她抱怨自己没有独处的时间和地方，也难怪。

不过，现在明石的心里一片晴朗。

就在这里完成吧。用祖母买的钢琴，在祖母曾经倾听过音乐的这间蚕室改造的房间里，完成比赛的曲子吧。这对现在的自己来说，再合适不过了。

"*Never on Sunday* 这部电影，你知道吗？"

明石一边慢慢地确认键盘的感触，一边望向雅美的脸。

"什么啊，忽然问这个。玛丽娜·墨蔻莉演的那个对吧？"

雅美噘起了嘴，电影可是她的强项。

"那里面，有句台词我很喜欢。"

"哪句？我可能不记得了。"

蚕室的莫扎特。

"那部电影以希腊为背景，玛丽娜·墨蔻莉演的活泼妓女是主人公，不知哪里来的一本正经的大学教授，和当地的奔放居民产生了各种碰撞。当地的音乐家，不会看乐谱，关于古典音乐一窍不通。大学教授吐槽说他们根本不是音乐家，一直无忧无虑的音乐家们也大受打击，情绪消沉，不想再演奏了，认为自己没有演奏的资格了。"

"哦，有这样的情节？"

"嗯，我也是不入流的音乐家，所以印象深刻。"

"所以？"

"梅丽娜·梅尔克丽听说了这话，对他们这么说:说什么呢，鸟也看不懂乐谱，但一直在唱歌。于是，音乐家们眼中又放出了光芒，又开始在广场上演奏。"

"哦——"

"肯定，是这样的。"

在日光渐长的午后仓库里，悠悠地流淌着莫扎特的音乐。

鼓手

高高的天花板形成舒缓的穹顶，喧哗的笑声反射回来，又降落在大厅的人群之上。

照相机的闪光灯此起彼伏。穿着深色西服，带着笔记本，一脸警醒地四处穿梭的是当地媒体和音乐杂志的记者，或是赞助企业市场宣传的相关人员。近年来，芳江国际钢琴大赛的势头如日中天，这里能看见全国各地纸媒和著名音乐评论家的身影。

嵯峨三枝子手持香槟杯，目光投向巨大玻璃幕墙大厅对面圆形广场上的黑暗。

这座音乐厅处于集酒店、办公楼、购物中心于一体的综合性商业建筑中，大堂围绕石造广场一圈，外面可以看得很清楚。已经将近晚上十点，广场上空无一人，一片黑暗。大堂内灯火通明，光彩流溢，一块玻璃之隔，却是静寂无边的黑暗，就像是音乐比赛华丽的舞台与背后悲喜交集的对比。晚秋日本冷冷的空气，一瞬间穿过玻璃，令人产生冰冷刺骨的错觉。

她的目光忽然落在映在玻璃上的自己的脸上。

玻璃里她的脸上表情严峻，颇为不安。

哎呀，我怎么会有这么可怕的表情，自己简直就像参加比赛的音大学生。

她赶紧戳戳自己的脸，揉揉面颊，想让自己的表情柔和下来，然而似乎成效不大。

长达两周的芳江国际钢琴大赛，终于迎来了开幕之夜。第一次预选从明天早上开始。

开幕音乐会,由上一届的获奖者表演独奏。对钢琴大赛的优胜者来说,能在日本国内各地开展巡回音乐会也是特别的荣誉,这次的开幕音乐会之后,他将启程去巡演。

上次,他曾一度在资料筛选中被淘汰,后来又在试听中起死回生,最终获得了优胜,紧接着又在 S 大赛上获胜,一跃成为明星。他来到日本,本身就是一大话题,他也格外精神奕奕地登上了舞台。

在观众席上尽情欣赏自己发掘的明星的凯旋公演,也是评审的荣耀。心头不由得涌上"这次也要选出个明星来"的豪情壮志。

音乐会之后,音乐大厅的会场会召开只有业内人士参加的派对。在这里,来自世界各地的评审第一次会集一堂,一部分参赛者也会参加,充满了国际氛围。主办团体,芳江的市长,当地有头有脸的人物,当地赞助企业的重要人物都会集一堂,真是个群星生辉的派对。全国首屈一指的大企业所在的城市,拥有好几家世界知名的机械制造厂的芳江,在全世界经济不景气的今天,仍然税收可观。

"一个人在顾影自怜啊,三枝子。"

三枝子正在按摩自己紧绷的脸,忽然肩膀被砰地敲了一下,原来是作曲家菱沼忠明。三枝子苦笑了。

"真不会说话,沼先生。我明明是在思考。"

"是谁说的,思考一分钟都嫌多,读谱这些基本功最讨厌,老是翘我的课,那位大小姐是谁?怎么看,都是在恶狠狠地数着这一年多了几条皱纹。"

"真讨厌。"

三枝子不怒反笑。

芳江国际钢琴大赛,每次的主题曲都会委托日本作曲家创作新曲,这次委托的作曲家是菱沼。他祖上是大文豪和大政治家,自己也名声在外,他相貌堂堂,风度翩翩,一开口更显得专业,令人在他面前不自觉地自惭形秽。

"听说法国组出现天才了?"

菱沼饶有兴趣地盯着三枝子。

"啊,连沼先生都知道了。"

三枝子掩饰不住脸上的不悦。

"听说是养蜂家的儿子?大家都叫他'蜜蜂王子'呢。"

"蜜蜂王子?"

三枝子目瞪口呆的同时也忧虑重重。

风间尘。

这个名字重重地压向三枝子心头。刚才,自巴黎的试听之后她还是第一次和西蒙、斯米诺夫见面,这个名字给三个人都带来了不小的压力。

试听之后,三人的日程也都满满的,每天忙忙碌碌,关于他的消息很有限。

三枝子首先感到吃惊的,是他名字的汉字。

JIN 这个读音首先让人想到的肯定是"仁"字,然而竟然是"尘"。西蒙在电话里告诉三枝子,他的名字竟然是"dust"的意思时,三枝子也颇感意外,西蒙在电话那头大声笑起来。

听着西蒙的笑声,三枝子变得忧心忡忡。霍夫曼的预言全都实现了,名字还是"尘埃"。他父亲肯定就是个怪人。西蒙觉得有趣的是,三枝子对风间尘这个少年的忧虑越来越强烈。

但是,在巴黎的试听中,出现了了不起的天才,这一消息已经转瞬在业界传播开来。

三枝子像以前一样,为了避免先入为主,仍然尽量不去了解候选者的情况,但关于风间尘表现惊人的评价仍然不免传到她耳朵里。当然,这之前他籍籍无名,关于他的信息少得可怜,但这似乎更燃起了众人对他的期待。那么,如果他真正出现在音乐会上,演奏不尽如人意,听众的失望会多么大,简直没法去想。听众的失望,势必会变成对巴黎试听的评审的怒气,加之于他们身上。

"怎么了,愁眉苦脸的。"

菱沼一脸意外。他大概以为,三枝子会如获至宝,陷入狂喜吧。

"啊,各种情况。啊,霍夫曼先生大概做错了。"

三枝子不由得脱口抱怨道。

"听说写了推荐信?"

菱沼不知道有没有听懂三枝子的忧虑,忽然一脸严肃。

"不过,听说尤治真的指导过那个蜜蜂王子哦。前几天我打电话给达芬妮,她说尤治真的有经常出去教某些孩子弹琴呢。"

"啊?"

达芬妮是尤治•冯－霍夫曼的妻子。菱沼和霍夫曼一家都有交情,在霍夫曼过世后也会打电话过去。

"霍夫曼先生亲自出去?难以置信。"

三枝子的口气里不由得充满了怀疑。霍夫曼以"不收弟子"闻名,也从来不在自己家以外的地方教授钢琴。

"达芬妮也觉得奇怪,问来问去,霍夫曼只是笑笑,并不告诉她是在什么地方教谁钢琴。难道是撞鬼了?霍夫曼只是笑着说,对方是流浪音乐家。"

流浪音乐家。原来如此。跟随花开的养蜂家的孩子,这么形容也算恰当。

但是,他到底是怎么教的呢?

从那少年对舞台礼仪一无所知的样子来看,完全看不出接受过专业人士指导的痕迹。"说来,那位王子什么时候出场,当然,今天应该是不会来了吧?"

菱沼向四周左顾右盼张望着。

"是第一次预选的最后一天,不知是幸还是不幸。到日本的时间刚好能赶上。"

时间长达两周,而且有九十个人要参加演奏的第一次预选长达五天。参加今晚的开幕之夜派对的,都是参加过很多次大赛的常客,还有第一次预选中最先出场的参赛者。现在这个时间,肯定还有人在拼命练习吧。

在欧洲和美国人看来,日本是个遥远的国度。来参加比赛也需要很大的费用。就算当地有住宿,对参加者来说也是笔不小的负担。比赛前提早几天来芳江、住在市内酒店的参赛者，都是从比较近的中国、韩国来的富裕阶层的孩子。很多参赛者都是算好日子才来。不知道风间尘经济上是否宽裕，也没有听说他很有钱。

听众和其他评审的意见，是先听听比较好，还是赶快溜走比较好呢？

"哎哟，女皇来了。"

菱沼微微缩起肩膀。

"说什么呢，忠明。"

传来浑厚的女中音。

"真是，耳朵真尖。"

菱沼嘴里嘟嘟囔囔着。

身材修长，丰满的上半身裹在宝蓝色衬衫里，走过来一个华丽而有重量级压迫感的红发俄罗斯美女，她是奥莉加·斯鲁茨卡娅。她本人是著名的钢琴家，又培养出许多钢琴家，作为钢琴教师也名声在外。她喜欢日本，培养出了好几个日本弟子，日语也很流利。虽然已经年近七十，但明艳照人，活力四射，不见一丝衰老。在音乐界人脉很广，实务能力和政治手腕都一流，芳江国际钢琴大赛能成为名副其实的国际大赛，曾多次担任评审委员长的她厥功甚伟。

"是在说我的坏话吗？"

奥莉加妩媚微笑，微微吊起形状完美的眉毛。

"怎么可能。"

菱沼露出讨好的笑脸。他和奥莉加岁数相差不大，但这位大叔遇见美女就骨头软了，三枝子苦笑了。

"听说，今年也出现了明星啊。"

"呵呵，要是有就好了。"

奥莉加的眼睛里，一瞬间闪过一丝光芒。

当然，巴黎试听的传言想必也早就传入她耳朵里。对当时的三位评审的偏好和平时表现，她也十分清楚。奥莉加是个严格的人，偏好建立在对乐曲的深刻理解之上的正统派演奏。理所当然,对"蜜蜂王子"之类的噱头,应该会皱起眉头吧。但是,奥莉加有能干实业家的那一面,还要能炒热大赛知名度,吸引公众注意,霍夫曼的推荐信当然值得大肆宣传,推荐来的不管是蜜蜂王子还是尘埃王子,她都会牢牢抓住机会利用。

"三枝子,好久不见。等会儿到我房间来一下。"

奥莉加眼光流转,跟三枝子打了声招呼,就走过去了。三枝子面带笑容目送她走过去,嘴里念着"上天保佑,上天保佑",目光投向另一群衣着光鲜的人。

实际上,把"蜜蜂王子"视为眼中钉的,应该是那边的人吧。

"试听就不说了,听说从纽约来了超级新星呢。"

菱沼随三枝子的视线望去,低声说。

"哦,是吗?"

这位大叔,简直像人肚子里的蛔虫。

三枝子在内心抱怨道。

视线尽头,是一个身材高挑、满脸笑容但目光锐利的男人。

纳撒尼尔·席尔伯格。

明亮的茶褐色卷发发量惊人,虽然努力梳平,但仍然像狮子的鬃毛一样,不听话地向各个方向弹跳。平日里他和蔼可亲,不拘小节,颇具人格魅力,另外,相当情绪化,特别是在音乐方面,对自己和他人都很严格。一不小心触了他的逆鳞,就不能轻易全身而退了。三枝子目睹过他爆发的场面,他愤怒到极点,头发倒竖,何止是像狮子的鬃毛,简直就像不动明王背后燃烧的火焰。

三枝子和他同龄(差不多快听到五十岁的召唤了),在钢琴家里面,他的人气、实力都如日中天,最近也涉足指挥和舞台演出,在古典音乐界之外也颇有知名度。他是英国人,近年来担任茱莉亚音乐学院的教授,在美国也很活跃。

"一点没变,头发还是那么多,真羡慕。"

菱沼嘀咕着,摸摸自己已经有些许凉意的头。

"啊,还是少了很多的,以前有人吐槽说是顶着这头头发可以直接去舞狮子了。"

菱沼兴许是想象着那个场面，哧哧笑了。

"听说离婚官司打了好久，皮肤还这么有光彩。"

"那是油光吧。"

纳撒尼尔跟著名舞台剧女演员前妻的离婚大战，三枝子也听说过。

一碰到女人，就变成了个儿女情长的男人。

三枝子在心里轻轻叹了口气。

菱沼看着三枝子，脸上闪过一丝意外，砰地敲了一下自己的头。

"对啊，那家伙，是你的前夫啊。"

这位大叔，难道之前真的忘了？三枝子再次在心中暗暗吐槽。

"几百年前的事了。"

"是嘛，你儿子还好吗？"

"不久前给我发了信息。对了，今年上班了，在政府部门。啊，是通产省。"

菱沼在心底里做了一个无可奈何的表情。

"喂，通产部什么的，已经不存在了。那是多久以前的事了。现在叫经济产业省，脑子灵光啊，真哉君。"

"像他爸爸，从脸到性格都像。"

和纳撒尼尔离婚后，在双亲的劝说下，她和东大毕业的银行职员相亲结婚。现在看起来当时肯定是鬼迷心窍，当时她因为和纳撒尼尔的感情纠葛，已经疲惫至极，想着如果要生活在一起，还是选一个认真可靠的男人。这场婚姻生下来的孩子，连三枝子这个自由奔放的母亲都难以相信，简直就像是和父亲从一个模子里铸出来的。头脑清晰，稳重可靠，长成了一个靠谱的青年。

在孩子上小学前，三枝子就离婚了，孩子归父亲抚养，他的成长过程三枝子并没有参与。前夫很快结了婚，三枝子记忆中的真哉还是幼小时的模样。他的继母好像是个能干的女人，真哉健康成长，长成了一个有为青年，三枝子从心底里感谢她。

真哉自己虽然不演奏，但喜欢音乐，从高中时起，就会去听三枝子的演奏，把感想写进信里寄给她。他的感觉敏锐，带着几分欢喜，又带着几分害羞。现在，两人会用手机互通信息。他父母也默许这一点。

纳撒尼尔的女儿像谁呢？

她忽然想到这一点，一瞬间，对上了纳撒尼尔的眼睛。

她不由身体一震。

纳撒尼尔的眼睛里浮现出一丝羞愧的表情。

三枝子知道他还没有忘掉她，现在也并不讨厌她，这并不让她不快。但，他的表情马上一变，变得十分严肃，这不是个好兆头。三枝子可以打赌，他准是想起了巴黎出现的"蜜蜂王子"。

他带着一脸严肃，往这边笔直走过来。

三枝子勉强做出笑脸。

"好久不见。"

纳撒尼尔直直盯着三枝子，跟她打招呼。

眼睛里没有笑意。

"很精神啊。"

三枝子故作开朗地说。

"你也不错。"

纳撒尼尔的表情没有一丝波澜。不过，对着旁边的菱沼，他露出了惯有的亲切笑容。

"菱沼先生，好久不见。这次的主题曲，真有意思。我也试着弹过了，我很喜欢。"

"这家伙挺开心啊。"

看着与菱沼热情探讨曲子内容的纳撒尼尔的侧脸，三枝子感到自己正在受到指责。

生气了，他生气了。

我让拿着霍夫曼推荐信的少年合格了，他很生气。

为什么，三枝子，你为什么没有阻止？

他的侧脸正在这样责备三枝子。

要是他也听了那孩子的演奏……

纳撒尼尔眼睛里似乎已经显出暴怒的预兆。

他会像不动明王一样头发倒竖吧。因为——

因为，他正是霍夫曼为数不多的弟子之一。

他从英国每周一次，坐飞机到霍夫曼家里去请他指教，但是霍夫曼从未给他写过推荐信。

对的，对那些憧憬霍夫曼、敬畏霍夫曼、仰慕霍夫曼的人来说，霍夫曼既是束缚他们的咒语，也是扰乱他们心神的存在。带着已经辞世远去的心中恩师写的、自己从未见过的推荐信出现的少年，我也不知道应该怎么对待他，只会惊慌失措。

我也没办法啊。

三枝子在心里对眼前的纳撒尼尔说。

而且，霍夫曼先生设下的炸弹已经爆炸了。接下去我们也束手无策了。先生已经把"礼物"递过来了——

此时，一个人影仿佛劈开了空气，忽然进入三枝子的视野。

"席尔伯格先生。"

那个身影，似乎有柔软的光环环绕。他的轮廓似乎在发光。

三枝子不由得眨巴眨巴眼睛。

"啊，是马赛尔啊。"

纳撒尼尔不再一脸冰霜，向那人招手。

"马赛尔？"

三枝子下意识地反问道。

纳撒尼尔看看三枝子，应了一声"啊"，看着那个人。

"对啊，他也有日本血统。据说母亲是秘鲁的日裔第三代。"

"秘鲁的日裔第三代。"

三枝子仔细地打量着对方，他更像是拉丁血统，已经看不出日本人的特征。大概是血统复杂，三枝子脑子里浮现的是"杂种"这个词。

忽然她意识到纳撒尼尔说的是"他也"。他一定是想起了风间尘。

这个年轻人个子很高，跟纳撒尼尔几乎肩并肩。他穿着做工考究的灰色苏格兰呢西装，一点也不显得单调。看上去十分精悍又十分安静，充满野性又心思细密。各种矛盾的特征在他身上却显得相当和谐。不时会碰到有些人，他们的身体正是"肉体所拥有的速度"的可视化，眼前的年轻人就是这种人。他是隐藏着爆发力的灵巧的野兽。

"来，见见我的老朋友。"

纳撒尼尔带着戏谑的表情深深低下头，紧紧拉过年轻人的肩膀。

"他可是朱丽叶隐藏的珍宝哦。今年开始参加比赛。第一次参赛是在大阪？为什么是大阪？"

"当作是芳江国际大赛的练习赛吧。日本的习俗、会场之类的，先习惯一下。不过，我因为不了解规则，违反规定被刷下来了。"

年轻人不好意思地挠挠头。

三枝子不由得"啊"了一声。

难道是这个孩子？

她再次仔细打量他。

听说有一个年轻人以绝对优势得到了最高分，却因为完全不符合规则最终落选，难道就是他？

"马赛尔这个名字的意思是 VICTORY 啊。"

纳撒尼尔挑衅般地看着三枝子。

"这位是嵯峨三枝子，我的老朋友。"

"我知道。请多多关照。"

马赛尔的眼睛闪闪发亮,伸出手来。

握着他完美的大手,三枝子在内心叹了口气。

VICTORY 和 DUST 啊,一开始就胜负已分啊。

三枝子瞥了一眼玻璃那边的广场。

黑暗越来越浓,夜更深了。几个小时后,大赛就正式开幕了。

贡茶队伍

"决赛还是穿红色这件吧?"

奏在一脸认真地思考,亚夜苦笑了。

"还不知道能不能进入决赛呢。"

亚夜只是半开玩笑地随口说说,奏却一脸严肃地回头对她说:

"亚夜,你怎么还在说这种话?这个世界上,有些孩子,很想参加比赛,却在资料筛选或者试听中就被刷了下来。这么想的话,就不会轻易放弃了。别管我爸爸。"

"对不起。"

亚夜不再作声,犹豫不决地看着地上摆着的色彩鲜艳的礼服。

芳江国际钢琴大赛明天就正式举行,白天演奏顺序的抽选结束后,亚夜当晚返回了东京。

现在她在大学附近的浜崎校长家里。

当然,今天他不在家。现在在宽敞的房间里摊满了礼服的是浜崎的次女浜崎奏。

穿着礼服站在舞台上是女孩子的梦想。有很多女孩,就是为了在表演时穿着礼服才开始学习钢琴的吧。

但是,成为演奏者之后,礼服却变成了一件麻烦的东西。

体积太大,又费钱。而且,也穿不了几次。

在比赛场上,通常,女孩子每次出场都要换不同的礼服。这次的芳江国际钢琴大赛,有第一次预选、第二次预选、第三次预选、决赛四道关卡,一直走到决赛需要四套衣服。都穿同一件也不是不行，但实际上，每次演奏后，都会汗流浃背，就算是加急干洗也来不及，而且还会多花很多钱。

也可以租借礼服，但穿着租来的礼服会对演奏有微妙的影响，女孩子还是更习惯穿自己的衣服。

在人前演奏，对亚夜来说已经是很久以前的事了。她根本没有礼服。十三岁以前，她的舞台装都是母亲缝制的。她自己粗枝大叶，喜欢做中性打扮，本来准备穿着长裤套装去演奏。

毕竟，她最后一次参加比赛时还是小学生，参加成人比赛还是第一次，完全缺乏知识。

直到马上要开始比赛，奏无意中问她："准备穿什么衣服？"她回答说："就穿平时穿的长裤套装。"奏闻之愕然，然后强烈反对：怎么能这样！她说，长裤套装太奇怪了，考虑到演奏效果，女孩子还是得穿礼服，才看上去体面。

浜崎家的两个女儿，长女晴歌学习声乐，现在在意大利留学，次女奏拉小提琴，和她上同一所大学，比她高两个年级（两人的人生道路就如她们的名字所揭示，看来名字真的很重要）。

大概是浜崎嘱咐的，奏从亚夜入学开始就一直很照顾她。一开始是有一种义务感吧，不过认真可靠的奏和随遇而安的亚夜竟意外地合拍，现在两个人就像亲姐妹一样。

浜崎姐妹有很多衣服，而且和亚夜个头差不多，于是，在紧急关头，只好跟她们借衣服。

亚夜喜欢简约的设计和单调的色彩，总是选择暗色系，但钢琴本身就是黑色的，决赛时要和管弦乐团一起演出，管弦乐团的人也都穿着黑色，会淹没其中。在比赛的舞台上，给观众留下印象非常重要，奏的意见是，要尽量选能让观众眼前一亮的亮色系。

不光是钢琴家，女性演奏者为了避免肩膀受到牵制，往往选择无袖礼服。无肩带的款式也很流行，不过亚夜有点接受不了。有细肩带的款式，她是溜肩，总是担心肩带会滑落下来。试来试去，最后选了无肩带的连衣裙。太过在意礼服，不能集中精力演奏，就本末倒置了。担心踩到裙角啦，担心演奏太用力裙子裂开啦，担心肩带滑落，如果选了便宜的化纤面料，演出时会汗如雨下，还有裙子越来越往上滑，影响心情，注意力不能集中，等等。礼服虽然漂亮，但演奏时关于礼服的各种烦恼，之前都听前辈们说过。

曾经有一位吉他手朋友给奏展示特别定制的衬衫。一般的衬衫都是前胸一片，后背一片，再加上袖子，但为了吉他手肩膀和手腕活动自如，定做的衬衫就像两片奴仆风筝①叠起来一样，前胸和左右袖子连在一起，后背也和左右袖子连在一起，两片合起来就成了一件衬衫。

左也不是，右也不是，挑来挑去之后，只剩下四件礼服。颜色都不一样，正红、宝蓝、深绿、镶金线的银。现在两个人在考虑这四件礼服的穿着顺序。

奏已经看出了亚夜的彷徨。

她知道，是自己的父亲力荐亚夜入学，亚夜感怀知遇之恩才勉强参加大赛，其实并不是很情愿，也完全没有获奖的欲望。

"喂，亚夜。"

奏平静地打开话题。

"你肯定觉得，我这么照顾你，是因为爸爸嘱咐我的对吧？"

"啊？"

亚夜紧张起来。

怎么忽然现在说起这个？而且，她以前确实是这么以为的。

"我可是你的粉丝啊。"

奏一脸严肃地说。

"从小时候起，爸爸就一直夸奖我耳朵好。我去听音乐比赛，不管是什么乐器，都能猜得出哪个孩子能获奖，哪个孩子前途有望。最后，连爸爸都来问

---

① 日本式风筝的一种，图案为江户时代武家的奴仆向左右张开两袖。

我：这次是谁？"

优秀的演奏家必然有一对了不起的耳朵。奏的耳朵敏锐，亚夜也知道。她不光有精确的绝对音感，在提出批评意见方面，她的直觉和分析也是一流的。她懂的音乐种类很多，独立乐队也有研究。"这些孩子肯定会出名。"她推荐给亚夜听的乐队有好几次都在不久之后登上主流舞台，耳朵确实令人惊叹。她的演奏并不令人惊艳，但有着跟她的年轻不相称的成熟，在专业领域评价很高。

"第一次听到你的演奏，我震惊了。"

奏似乎叹了一口气，自言自语道。

"到爸爸这里来的学生的演奏，我听过很多，技术超人的神童也不少，但你很特别。我被你的音乐天才所吸引。舒缓、丰富，但拥有令人震颤的洞察力。"

亚夜有点害羞。她说的简直不像是自己。

"我兴奋得不得了。我对爸爸说，那孩子肯定会变得很了不起。我说了好几遍。我不是自信，我是确信。"

亚夜抓抓自己的头。

"但是，"

奏忽然睁大眼睛，盯着亚夜，亚夜身体僵硬，停下了手，

"你怎么忽然不弹钢琴了？我很吃惊，说实话，你在我心中完全变样了。现在我也不怕说，我感觉被你背叛了，很屈辱。"

"对不起。"

亚夜条件反射性地道着歉。

奏在鼻子里哼了一声。表情渐渐缓和下来。

"后来又过了几年，前年吧。一天晚上，爸爸回到家，马上找到我说，奏的耳朵果然很灵。"

亚夜吃了一惊。

"那是——"

奏点点头。

"爸爸去了你家，听了肖斯塔科维奇的钢琴奏鸣曲那天。"

亚夜直直地看着奏的脸。

奏微微一笑。

"爸爸说，一定要让你进我们学校，我听了很高兴。爸爸说的不是想让你进我们学校，而是要让你进我们学校。他看上去很温和，其实是个很严格的人哦，我家的爸爸。"

"浜崎先生？"

亚夜感到身体里一阵温暖。

"那么，我进大学，还是托了奏的福咯。"

"是啊，全靠我，谢谢我吧。"

奏哈哈地大声笑了。

"不过，光是有我的评价，爸爸是不会动真格的，本来爸爸就一直记挂着你呢。"

大概是母亲生前托付他了，亚夜想。

"所以，为了我的面子和自尊，你也必须努力去比赛。明白吗？"

被奏这么一问，亚夜赶紧笑着点了头。

"好了，决赛穿哪件？"

两人再次比较着四件礼服。

"——决赛，就选这件吧。"

想了一会儿，亚夜指着最性感的那件银色礼服。

"这件会不会太单调了？"

奏歪着头问。

亚夜断然摇了摇头。

"不，没那回事。我最喜欢这件了。我的名字里不是有一个'夜'字吗？这件衣服让人联想到月光，跟我非常吻合。"

对啊，既然亚夜这么说，那就这件吧。奏也表示赞同。

"好，就努力让自己能在决赛上穿上这件礼服吧。谢谢，奏。"

亚夜认真地袒露了自己的感情，轮到奏有点不好意思地挪开了眼睛。

从浜崎家出来走到外面，亚夜不由得小声叹了口气。

气温一下子降得很低。

果然是到了晚秋。迎面而来的冷空气，让她不由得精神一振。

奏的话让她很开心，她很感谢奏。然而走到室外，刚才的精气神又泄了气，负面情绪又涌上心头。

明天开始就要比赛了，她却完全没有真实的感觉。

如奏所说，必须马上集中精神了。

本来，亚夜的出场日是最后一天。序号是八十八号。虽说这个数字很吉祥，但参加人数这么多，还是让亚夜感到了压力。

为什么到了现在自己还必须任由别人来给自己打分呢？

亚夜想来想去，一直犹豫不决。

现在，自己过着足够充实的音乐生活。将来可能也会以音乐为职业，但她从没想过要当钢琴家。做幕后音乐人还可以，但她有点怀疑自己甚至根本就不适合在众人面前演奏。

还有一件事她也很在意。

早些时候，学校收到了电视台想采访亚夜的请求。说是想集中拍摄下大赛整个过程，制作纪录片。还有其他几个参加芳江大赛的学生，但对方指名要采访亚夜。亚夜虽马上郑重拒绝了，却产生了一种不好的感觉。

很明显，对方的意图，是想拍"天才少女的戏剧性复出"。

从舞台上主动消失的少女，如今又回来了。献给亡母的音乐，讲出这种台词大家应该会很爱听吧。自己参加比赛，世人应该会这样看吧，一想到这一点，就感到忧郁。

对于自己当时决定不再当演奏会钢琴家，她并没有后悔，也没有挫折感。

她深深热爱音乐，从没想过要远离音乐。被人误会成一直在努力重返舞台，总算站起来了，她无法忍受。亚夜是个大大咧咧率性而为的人，但也有非常叛逆的一面。她叛逆的一面让她不愿如大家所期待的那样完美"复出"。

虽然这么说，但如果根本撑不到复出，一次就刷下来，那就简直是个笑话了。

亚夜一个人苦笑了。

大概是因为浜崎家离大学很近，她自然而然就往大学走去。

夜已经深了，校舍却依然灯光煌煌。

一般来说，练习室可以二十四小时使用。近期有大型比赛，或是有考试、校内比赛的时候，大学就变成了名副其实的不夜城。

她忽然想去大学看看，是因为不想就这样抱着欢喜和犹豫交加的郁闷心情回家，挑礼服又挑累了（穿礼服让人紧张，容易疲劳），她想放松下来，再去碰钢琴。

练习室那栋楼，不出所料，满满的都是人。透过防音门，传来杀气腾腾的肖邦练习曲和贝多芬奏鸣曲。她看见了两个参加芳江大赛的学生。走廊上，飘荡着最后关头的紧张感和夜深的疲劳感。

亚夜中意的钢琴摆放的房间人满为患，她只好走向自己第二中意的有钢琴的房间。

她停下了脚步。

某个练习室流淌出来的钢琴声让她停下了脚步。

啊，这是什么？

一瞬间，她说不出自己听到的是什么。

难以形容的，一团音乐。

听不出旋律，这是从来没听过的节奏。

爵士钢琴？

她听得入了神。

第一次听见这样的音乐。钢琴系学生弹出的音乐她大多都有印象，稍微听一听就能分辨出来是谁。

难道是作曲系的学生？亚夜靠近门，贴近耳朵听。

作曲系有几个学生很活跃，组了一个爵士乐队。

但是，听着听着，她的身体越来越冷。

喉咙一阵干燥。

不对。太奇妙了，奇妙得不得了。就跟钢琴系的学生水平一样，不，不光如此，说不出来，就是厉害。

声音很大。

亚夜首先注意到的是这一点，停住了她的脚步。穿过防音门传来的声音，大部分都差不多。剥落了音乐的个性和修饰，听起来平板均一。

然而，跟其他房间传出来的听惯的声音不同，这个房间传出来的声音轮廓宏大，几乎要冲破门扉。

不会吧，还有会这样弹钢琴的学生。

亚夜呆立当地。心脏怦怦直跳。

真是了不起的一节。而且，全部在高八度音区里完成，一个个音符又如此清晰紧密。

这么复杂的一节被弹奏得如此有条不紊。

感觉全身的血液都凝固了，亚夜感到了恐怖和与之相近的惊愕。

我现在听到的，真了不起。比赛的前一天，在大学晚上的练习室里，品尝到了让人全身发抖的兴奋。

忽然，钢琴的曲风一变，亚夜吃了一惊。

之前高昂激越的快速演奏，令人几乎要停止呼吸，那种紧张忽然破碎，气氛变得轻松活泼。

伦巴。那是伦巴的节奏。

亚夜察觉到，这种絮絮叨叨的左手右手一起弹的旋律，自己曾经在哪里听到过。

嗯？这是什么？我听到过。加入了即兴的部分，不过确实，这是——

她再次把耳朵贴在门上，脑子里忽然闪过记忆。

《贡茶队伍》！这个人，用伦巴的旋律在弹《贡茶队伍》！

亚夜忍不住从四方窗户向里窥视。

首先映入眼帘的，是褐色的帽子。

软塌塌的帽子正在左右摇晃。

帽子的主人，她不用看就知道是一个年轻男孩。

他没有坐在椅子上，而是站在钢琴前，摇晃着身体弹着钢琴。

这个人她不认识。

亚夜左看右看，想看清楚他的脸。

我们学校里，没有这个孩子。好年轻啊，难道是高中生？

他正在自由自在地弹奏着伦巴，忽然抬头看天花板，接着往墙上看去。

忽然，他停止了演奏。

意外地，他开始弹起了肖邦的《第一号练习曲》。

啊。

亚夜不由得回头望向走廊。

没错。在稍远一些的练习室，有个学生从刚才开始就一直在执拗地弹奏肖邦《第一号练习曲》的开头。他在跟着那个学生合奏。

怪事，他怎么会听见，他明明人在练习室里。

亚夜感到恐怖。然而，远远传来的乐曲和他弹奏的乐曲完全重合，他能听到。

忽然，音乐变得混浊。真刺耳，奇怪的声音。

亚夜一阵混乱。自己错了？

但是，旋律是一样的。那种雄大的如同潮起潮落的旋律——

她全身起了鸡皮疙瘩。

明白了。他错开了半个音符，和那个学生弹奏一样的旋律。

他弹奏的模样轻松自然，感觉是信手拈来。指头动起来毫不费劲，仿佛稀松平常。

他的身体仍在摇晃，忽然，他望向门这边。

他和亚夜四目相对。

白皙的脸上，他的眼睛睁大了。

钢琴停了下来。

事情发生得太过突然，亚夜都来不及挪开眼睛，也来不及从门口逃走，只能跟他面面相觑。

他也睁大了眼睛，就像是被撞见恶作剧，嘴里嘟嘟囔囔在解释。

得天独厚。

亚夜第一次看到少年的脸，脑子里浮现的是这个词。

这孩子被音乐之神偏爱。

她不知道这种想法从哪里冒出来的。但是，一看见他的脸，这个词就蹦进亚夜脑海。神圣无瑕。他的脸，让人联想到平时从未用过的这些词。

少年取下帽子，有点窘迫。

他拿起放在地板上的头陀袋似的背包，慌忙跑出来。

"对不起，对不起。"

少年不住地向亚夜低头致歉。

"怎么了，为什么要道歉？"

亚夜反问道。他已经想要逃走了。

"对不起,我知道不太好,刚才走在那边,听到钢琴的声音,觉得这钢琴真好,所以……"

少年一直垂着头，往后退。

"我没怎么摸过好钢琴，所以，那个……"

"啊？"

亚夜眨眨眼睛。

听到了？在大路上听到了隔音效果如此好的练习楼的钢琴声？

"等等，你是谁？"

少年戴上帽子，如同脱兔一般逃走了。

"等等，告诉我你的名字！"

亚夜慌忙追上去。

但是，少年跑得很快，马上就出了大门，远远只见他的背影，往大门反方向，向着后庭的墙那边跑过去。

"真是的！"

亚夜呆立当地，目送着黑暗中的背影。

不知道他往哪里搭脚，轻轻松松就翻过了红砖围墙。

不是真的吧？非法闯入？

那个年轻的小孩？那孩子弹钢琴比音大的学生还厉害？

亚夜把比赛啊礼服啊电视采访这些事全都抛在了脑后，呆呆地站在玄关处，望着一片黑夜。

《平均律键盘曲集》第一卷第一首

马赛尔·卡洛斯·雷·阿纳托尔在清晨六点,酒店房间的闹钟响起之前,猛然睁开眼睛,一把按住了准备鸣叫的闹钟。

本来,被闹钟叫醒,在他来说就是屈指可数。他总是能在想醒来的时间醒来,其实根本不需要闹钟。设定闹钟只是为了保险。

到日本以后,时差几天后也倒过来了。

马赛尔起了床,脱下最大号还嫌短的浴衣,用力拉开了窗帘。

芳江靠海,一眼就望得到头,对面,太平洋画着巨大的弧线展现在眼前。天上有薄云,天空晴朗,蓝灰混合的海水微微闪着光,美丽万分。马赛尔不由得发出欢呼,这幅景色令他看得入了迷。

在日本看到的太平洋,虽然有颜色,却不可思议地总是像水墨画。大概是隔着湿度高的空气吧。从美国西海岸看到的,简直不像是同一个海。

今天也是能量满满。马赛尔伸了个大懒腰,做了个伸展运动。然后洗了脸,换上慢跑服,乘电梯下楼,笃笃定定地开始慢跑。

芳江的早晨人不多,空气中飘荡着清洁感,令人心情舒畅。冰凉的空气扑到脸颊上,也令人感到舒服。

散步的狗嗒嗒嗒的脚步声,送报纸的摩托车的引擎驱动声。

那是日本的声音。他跑了一会儿,停下来,休息片刻,又跑了起来。

看见他跑步的人,十个有八九个会认为他是运动员吧。他个子高挑,大步跑法很专业,肩膀和胳膊的肌肉高高隆起。

实际上,他确实是跳高选手,虽然进了茱莉亚音乐学院,但现在仍然认为音乐家就是运动员。

去到世界各地，遇到的钢琴就是听天由命的跑道，舞台就是竞技场，音乐厅是体育场。网络连接起来的现代社会，一切都在电脑上处理，身体感稀薄。因此肉身的音乐家更需要有强韧的身体。从修长的手指到宽大的手掌，肩膀和手腕的柔软，气息的长度，呼吸的深度，有瞬间爆发力的肌肉，细心锻炼的深度肌肉产生的持久力。最美的最弱音和最强音，都与对乐曲的谦虚和深远的理解，从容弹奏乐曲的包容力相关。而他，具备这一切条件。

马赛尔想象着伴随步调和呼吸，氧气在全身行走。

慢跑时，他从不听音乐。

但巴赫的音乐，仍然在他脑中滔滔流动。早晨的音乐，就要听巴赫。十二平均律，也是第一次预选的题目。今天早上不是古尔德而是莱昂哈特。

早上好，日本。

马赛尔用日语低声打着招呼。

从五岁到七岁的三年间，他曾经居住在日本。

说实话，那时的记忆已经模糊。他日常会话没什么问题，进了离家最近的公立小学，但只有短短三个月的时间。

他生性乐观，自己并没有特别在意，但还是隐约记得当时那种"只有自己是异类"的冷淡灰色的空气。除了自己以外，其他的一切都平板划一，那个划一的集合体好像变成了一张脸，一直盯着自己。

母亲似乎比马赛尔受到了更大的打击。

母亲道子是日裔第三代秘鲁人。母亲家里，从第一代移民开始，就含辛茹苦地辛勤劳动，成功地在秘鲁大地扎下了根。马赛尔的母亲只有四分之一日本人血统，看上去已经不像东方人，但她很为自己的日本血统自豪。她很尊重日本社会的准则：尊重劳动，遵守约定，亲切待人，日常储蓄，勤于学习，规律生活，保持家庭和自身的清洁。母亲和兄弟都很优秀，身居要职，其中母亲更是以优秀的成绩从秘鲁国立大学工学部毕业，又去了法国留学。取得博士学位后，进了跟原子力相关的研究所，在那里认识了法国物理学家，结了婚，生了马赛尔。马赛尔的名字冗长复杂，背景就在于此。

不久，因为法国和日本的原子力机构的合作关系，夫妇一起来到横滨工作。母亲是第一次来日本，对在自己祖先的故乡日本生活十分期待。听说日本教育水平很高，因此务必想让马赛尔进公立学校。

但是，母亲的期望完全被打碎了。

儿子彻头彻尾被日本、日本小学的"世情"所拒绝。儿子回家后，书包里留着剩饭，散发出恶臭，早上出门前儿子把胃里的东西全都吐出来了。不光是他，对于有着拉丁系外貌的母亲，日本社会也设下了冷冷的墙壁。这是个令人窒息、令人意识到自己是异类的社会。母亲本是一个活泼明艳的美人，现在想起来，有一段时期，母亲比自己更烦恼重重，脸上看不见笑容。最后，一直到返回法国的十个月里，马赛尔不得不转到一所国际学校。

对母亲来说，在日本的经历是一个刺激，但对马赛尔来说却并非如此。确实，对于日本这个体系，他感到很不合拍，但这和日本这个国家的魅力构成了硬币的两面。

那个死气沉沉的小学确实令人不快，但学校到哪里都一样。法国也没有那么完美。他们习惯了异族面孔，又有长期的统治殖民地的经验，对待异族有一套不成文的规则，但歧视仍然存在。还有，孩子们对待异类的残酷在哪里都一样。只不过异类太多了，马赛尔并不是最碍眼的那个。在法国度过了三年之后，父母两人一起跨海去了美国，那时马赛尔十一岁。他越来越不碍眼了，这倒是真的。

小马，我来接你了！

马赛尔不由得回过头。

那清澈明亮的声音现在还记忆犹新。不，经过了十多年，现在越来越清晰了。

马赛尔邂逅钢琴，是在日本。

回到酒店，淋浴之后，马赛尔去餐厅吃早饭。

已经过了七点二十分，餐厅里大部分是商务人士，零零星星有几个像是参赛的人，也不能断定。

今天开始的第一次预选一共五天，但每天都是午后才开始，算是开头比较轻松。今天要出场的参赛者，应该再晚一点，等早餐快要结束时再来，中饭不吃，这样比较合适。每个人都会按照出场的时间来练习。也许还有人根本顾不上吃饭，也无心睡眠，今天一整天都在练习。

观众一多，马赛尔就发挥更好，从不会紧张，所以以为大家都和他一样。比赛临近吃不下饭，或是连续比赛食量减少，听说有参赛者会这样，他吃了一惊。这世上有脆弱的人，他不知道专业音乐家里面也有很多，是进了茱莉亚才知道的。

第一次参加比赛的时候，那种紧张感令马赛尔感动。真的是竞技场，而且是十分严格的胜负对决。他不由自主地肾上腺素飙升。

更有意思的是，可以听到各种水平的现场演奏。

马赛尔，你在想什么？这种程度的演奏，你根本没有必要认真听啊。

他想起了旁边吃惊的声音（也许是一起出场的茱莉亚的哪个人）。从第一天开始，马赛尔听了所有演奏者的全部演奏（只有自己出场前后的没听到）。

啊，但是，很有意思啊。能听到这么多人演奏的机会，并不多啊。

发现马赛尔是真心觉得有趣，那人似乎十分意外。

他以为马赛尔会像詹妮弗·陈那样说："低水平的演奏对耳朵不好，我不要听。"

当然，有些演奏是很无聊。有些演奏在技术上有问题。不过，思考一下问题所在，怎样才能改进，也是一件乐事。

他的指导教授纳撒尼尔·席尔伯格常常感到吃惊，马赛尔很擅长聆听别人的演奏，他说，马赛尔比我们更适合当教师。

国籍、性格、指导教授的偏好，为什么弹同一架钢琴同一首曲子，却听起来大不相同。比赛就像是个展示台，让人永远听不厌。想到世界上有这么多年轻人对这个乐器着迷，花费许多时间来练习，再次令人感受到钢琴这个乐器的魅力。对，就像他第一次被钢琴的声音迷住的那个时候。

小马，我来接你了哦。

少女比自己大一两岁。

眼睛闪闪发光，黑发直直垂落。

嗯，嗯。

马赛尔故意在玄关现出扭捏着不敢进去的神情。

少女敏捷地拉住马赛尔的手，先站起身来迈开步。马赛尔就等着她这么做。他沉浸于滑腻的手感，两人手拉手一起去上钢琴课。

说是去上钢琴课，其实是马赛尔不请自来，中途加入了少女的钢琴课。不管是少女还是老师，现在想起来都对他很宽容。

钢琴课本身也很标新立异。那位老师家里，总是放着各种各样的音乐，摇滚、爵士、和乐，甚至还有演歌。当时马赛尔特别喜欢的有青江三奈的《伊势佐木町布鲁斯》和八代亚纪的《船歌》。现在他还会唱。

小马喜欢烟嗓子呢。

他想起老师和少女的感慨。

老师和少女一起配合各种音乐弹着钢琴，即兴作曲，两人弹着音阶，或是一起合奏。渐渐气氛越来越热烈，时间不知不觉就过去了。

弹着钢琴的少女，令人完全感觉不到年龄。外表是个小女孩，身体里却住着一个成熟神秘的大人。

他以为，只要学习钢琴，谁都会变成这样。少女的水平已经很高，早就过了基础练习的阶段。他第一次遇见的天才就是她。弹得那么好，应该已经成名了吧。

实际上，马赛尔并不记得她的名字。后来有了网络以后也没有再去搜索她。他印象里是个很少见的名字，他们互相只是称呼小马、小亚，说不定，她也不记得马赛尔的名字。

本来，跟她结识就是偶然。

两人住得不远，但她上的是私立小学，并不同校。

不过，每次经过她家门前，都能听到钢琴声。

某天，他正好碰上拎着有 G 谱号刺绣书包的女孩出门。怎么说呢，她的脸和班上的孩子们完全不一样，和脑中空空如也的同学们不一样。她的脸从内到外放着光，有种内在的明亮，脸上的表情十分引人注目。

你一直在弹钢琴吗？

不知何时马赛尔开口跟少女打招呼，少女饶有兴趣的眼睛看着马赛尔。

嗯，是的。你是？

我叫马赛尔。我喜欢那一段，后面总是稍微有点慢。

马赛尔哼出那段旋律，少女睁圆了眼睛。

哇，耳朵真好。那个地方我最不行了，音符总是连不到一起。

少女想了想，问马赛尔。

喂，等会儿，你有空吗？

啊？马赛尔不知所措。

跟我一起去老师那里吧。你肯定喜欢。嗯，就这么办，一起去吧，小马。

这时，她拉起了马赛尔的手，快步走起来。

忽然带来了一个拉丁面孔的少年，老师却一点也不吃惊："啊，是你朋友啊。"

嗯，小马。这孩子，耳朵特别灵。

少女的声音充满自信，点着头。

马赛尔常常深感那时那刻与她相遇很不可思议。少女看出了少年的才能，更有可能是近乎本能的东西。

事实上，老师也马上发现了马赛尔耳朵的敏锐。

马赛尔有绝对音感，可以马上再现听过的东西。老师理所当然地教授给马赛尔基础知识。马赛尔的家里没有钢琴，没办法复习。

不久之后，马赛尔和少女就能联弹简单的曲子。两人坐在钢琴凳上，一边一起大声唱歌，一边弹奏钢琴的乐趣，令人难忘。

老师颔首赞许。

真令人吃惊，你们俩有点相像呢。身体里隐藏着伟大的音乐，那音乐强烈又明亮，狭窄的地方容不下你们。老师说。

小马的音乐像大海呢，老师。

大海？老师和马赛尔同时反问道。

嗯，在蔚蓝的天空下，广阔的大海，从遥远的地方哗地涌过来了波浪。海鸥在飞翔，不时浮在波浪上休息。那是小马的海，海鸥也可以安心休息呢。

说得真好。老师笑了。

但，马赛尔却笑不出来。少女的话令他胸中澎湃。少女表扬了马赛尔，认可了马赛尔，而且，这个天才少女的赞扬，并不是出于礼貌，而是真的喜欢马赛尔的音乐，得到这样的认可，马赛尔十分开心。

马赛尔返回法国时，老师说了这样的话。

小马拥有美妙的音乐。去了法国，也要好好练习钢琴哦。

少女号啕大哭，嘴里说着，过分，真过分，说好要一起练习，直到能联弹拉赫玛尼诺夫，她跺着脚勃然大怒。

哭完以后，她没精打采地对马赛尔说：要弹钢琴哦，说定了。红着眼睛把那个有 G 谱号刺绣的书包送给了马赛尔。

回到法国，马赛尔向父母提出，自己想弹钢琴。

以前，他从没有主动提出过什么愿望，父母吃了一惊，不过还是依从了他。马赛尔把乐谱放进那个书包，开始去住在附近的音乐大学学生家里学钢琴。

上了几次课以后，吃惊的音大学生给父母打来电话。他告诉马赛尔的父母，请一定让马赛尔系统地学习钢琴，他可以介绍自己的恩师。在众人的惊叹声中，马赛尔崭露头角，两年之间就成了众人交口称赞的神童。确实，他拥有自己的音乐。

好吗，马赛尔？

决定参加这次芳江国际钢琴大赛的时候，纳撒尼尔·席尔伯格这样说。

你是一颗明星，光彩闪耀，灵气四射。你有与生俱来的杰出的音乐才华，而且，你强韧又宽容。

纳撒尼尔死死盯着马赛尔。

他从没对别的学生说过这些话。对他们说这种话，要么会变成一种压力，要么只会让他们自我陶醉。

那是纳撒尼尔独特的外表冷淡实则热情的语调。马赛尔很喜欢看似滴水不漏实则吃力不讨好的纳撒尼尔。

不过，因为是你，我才要说。我比任何人都更相信你的才华。

去拿奖。就像你的名字一样，去获得胜利。

明白了，老师。

马赛尔在心中低语。

吃完早饭，马赛尔回到房间，开始换衣服。

当然，这次的比赛，他也准备一场不落地旁听。

上午，本来准备是借纳撒尼尔的朋友、音乐大学老师家的钢琴练练指头，下午开始去比赛现场学习。

忽然，他看见旅行箱里一个黑色的布包团成一团。

就是那个有着 G 谱号刺绣的书包。

虽然已经不再用了，他仍然把这个书包像护身符一样带在身旁。

窗户那边，芳江的太平洋正在闪闪发光。

像一个巨大的波浪，我越洋而来了。

马赛尔对着记忆中眼圈红红的少女低语。

不过，日本海岸如果兴起了太大的波浪，会变成海啸吧。

马赛尔想着，伸直上臂，穿上了白衬衫。

《洛奇》的主旋律

在众人面前演奏,那是什么时候的事了?

高岛明石试着搜索自己的记忆,但时间根本记不清楚,他好不容易找到了答案:好像两年前在朋友的结婚仪式上弹奏背景音乐是最近的一次。

进入社会后,从事的是跟顾客打交道的工作,渐渐学会了为人夫、为人父,本来以为自己对上舞台有足够的心理准备,然而,到了比赛当天的早上,自己的紧张仍然超乎想象,令明石自己也想不明白。

不,正相反吧。

再重新想一想,自己有需要背负的负担,有要坚守的责任,正因为了解社会,才会涌出以前不曾知晓的新的恐惧和紧张感。

大赛第一天。

天空一碧如洗。

前一天下午明石到达芳江,在全国连锁的城市酒店住了一晚。他是大赛第一天最后一个出场的选手,本来可以当天上午或者下午来芳江,担心要是路上有什么耽搁了就麻烦了,慎重起见,还是提前一天去了芳江。前一天晚上他一直练习到黄昏时分。有一位乐器店的同事老家就在芳江,今天他去那里练练手指。

明石的出场序号是第二十二号。第一次预选一天有十八个人演奏,他本来以为自己会被排到第二天,但前面有几个人弃权了,他的出场次序提前到了第一天的最后一位。

不知道最后一个出场是好还是坏,最后一个出场,就意味着要经过漫长而紧张的等待，能一直把士气保持到最后，并不容易。

不过，自己出场的第一天是周日，满智子也能到现场来听。明人就先送到满智子娘家了。第二天还要去学校，当天晚上就跟明石一起住酒店，第二天一早赶回去，好久没有听过明石的演奏了，满智子也满心期待。演奏可以马上录成CD，雅美又拍了录像，可以过后观赏，不过，满智子说，还是希望能到现场来看。要是不能进第二次比赛，这就是第一次也是最后一次演奏了。九十个人演奏，能进第二次比赛的只有二十四个人。有六十六个人会出局。能进第三次比赛的，只有十二个人。最后的决赛更是只有六个人。

昨天他意外地一夜熟睡。酒店里没有钢琴，房间里什么都没有，反而令人放松。如果是在家里，他会一直想着钢琴，只要一有时间，就会忍不住想去碰钢琴。

慢悠悠吃着早餐，看着报纸。

今天，就靠短短二十分钟的表现定生死了。和从早到晚，不，一年到头都在练习的全世界的音乐大学的年轻学生站在同一个战场。他们的指导教授，都会一节一节地悉心指导，分析比赛对策，反复操练。如今，自己就要和他们同场竞技。

这件事令他觉得有点难以相信。在自己的平凡生活中根本不可能发生。

这么想来，自己这一年来，请自己以前的恩师多次指导，珍惜每一寸光阴，拼命练习，但练习时间上，跟年轻人相比，仍然天差地别。这种日积月累的差别，令他不由得感到焦虑。本来，到了这个年纪，他知道，练习并不仅仅是练习，更是下苦功以量补质的方法。从每天忙忙碌碌的日常生活中挤出时间来练习，以顽强的意志来进行高强度的练习，这一点上并不比学生们差，他也很有自信，自己弹起钢琴来，能体会到比其他人更强烈的喜悦。

他本来以为自己肯定是最年长的参赛选手，但从发下来的节目表上，发现自己并不是最年长的，不由得松了一口气，同时又感到好笑。还有一个从俄罗斯来的参赛选手，和明石同龄。比他小一岁的，还有一个俄罗斯选手、一个法国选手。他们还是学生吗？还是跟自己一样已经参加了工作？不管在哪个国家，光靠音乐想要生活下去都不容易，大概是还没有孩子吧。

大赛过程很漫长，为了大赛请假，并不容易，不过同事和上司都支持他。大概是因为同在乐器店工作，很多人自己也是演奏者。还有几个人特地来听他今天的演奏。他们好像还约定，如果明石能进决赛，要一起去听。

决赛。听起来真令人向往。

学生时代，他曾经有一次打进了日本最大规模，同时也是最有权威的音乐大赛的决赛。当时他得了第五名。那是明石迄今为止所得到的最好名次。

芳江近年来关注度急剧上升，优胜者也获益颇多。而且，这是国际大赛。来自世界各地的高手如林。有气度不凡的新人辈出的中国，也有向艺术方面投入大量国家财政预算的韩国。这两个国家的水平在飞速提高。这次，这两国来的参赛者也不少。他明白，自己能进决赛的希望并不大，但还是希望能留到决赛。钢琴协奏曲，他希望和管弦乐团一起演奏肖邦的《第一钢琴协奏曲》。

此时此刻，肯定每个参赛者都怀着同样的想法吧。和管弦乐团一起演奏从小一直憧憬的柴可夫斯基、拉赫玛尼诺夫、格里格。

他发现自己全身绷紧，不由得呼了口气。

放松，放松。一天很长。现在就开始亢奋接下来怎么办？

他正要站起身，发现运动鞋的鞋带松开了。

他蹲下身来系鞋带，却发现系不上。

啊？

明石一片混乱。这么平常的一件事，系鞋带。

但是，他的手好像已经忘记了这个动作，只管在鞋子上方不知所措。

怎么了，我这是？

总算勉强系好了鞋带，他才意识到，系好鞋带花了他将近十五分钟。

在一片混乱中，他站起了身。

我头晕了？

全身沁出了冷汗。

以前从没出现过这种情况。回想自己以前站在舞台上的情景，当时多少是有些紧张，但不记得有这次这么大的情绪波动。

明石感觉有些恐怖，不安涌上心头。

好久没上舞台了。而且，是真正要决一胜负的舞台。

坐在钢琴前面，忘记曲子呆然而坐的自己的身影，一瞬间真实地浮现在眼前。他赶紧摇头把这一幕忘掉。

不会的。自己练习了这么多遍。不可能忘记。到现在为止，他一次也没有在演奏时忘记曲子。

但是，像今天这样头脑眩晕，甚至不能系鞋带，以前也从来没有发生过。

冷冷的声音在低语。

果然，你不是音乐家。在公司工作，有妻有子，已经太老了。说什么生活者的音乐，这种不着边际的大话，其实你只是在逃避。害怕自断退路一心投入音乐，只是一种逃避。

这些话，在决定参加大赛的一年间，不时在他心中出现。他一直以为，有普通的生活，才有音乐，但也可以解释为"酸葡萄心理"。如果自己真的有出类拔萃的才华，应该会毫不犹豫地选择职业钢琴家的道路吧，根本不会去想选择其他的职业。如果自己已经成了职业音乐家，看到那些参加工作娶妻生子，嘴里还嚷着"生活者的音乐"的人，肯定会心生轻蔑吧。

那么，自己现在为什么会在这儿呢？现在自己在这儿到底在做什么呢？

一瞬间，他感到一种强烈的孤独感，感觉自己的双脚正在下沉。

演奏的时候每个人都会感受到孤独，但现在，明石所感觉到的，是接下来站在同一个舞台上的其他参赛者们还有他们的家人所不可能感受到的孤独，他觉得，这种孤独无限类似于绝望。

"高岛君，早啊。"

有人跟他打招呼，他花了一点时间才做出反应。

原来是雅美，她来拍摄了。

偏偏是在这种时候。他拼命控制住自己不要咋舌，努力修正表情。

"啊，早上好。"

他的声音有点不自然，表情也没有完全恢复正常，雅美一瞬间有点吃惊，下意识挪开眼光。

我不想被拍摄。这个女人，到底有什么权力跟到这里来，对着我开动摄像机？

这几天，摄影机跟着他拍摄，让他感到郁闷烦恼，甚至对雅美生出了憎恨。雅美应该也意识到了这一点，不过，这对她来说是工作，她并没有收敛多少，两人之间气氛有些僵硬。

但是，不行。只有今天，绝对不行。摄像机这样一直跟着自己，难以想象自己会怎样对雅美破口大骂。到时候会说出什么样过分的话，连自己都难以控制。

明石深深吸了一口气。

"对不起，今天……"

明石表情僵硬，决意开门见山直说。雅美似乎要阻止他接下来的话，用力地点着头。仔细一看，她今天虽然背着平时的大背包，但并没有扛着摄像机。

"今天要去会场，拍摄相关人员和其他参赛者。"

"对不起。"

说出这句话，已经用尽他全身的力气。

"不过，高岛君出场前，请让我们拍你在后台准备和候场的情景。不拍摄这些，作为一个纪录片就不能成立。"

雅美简洁而干脆地说。

明石放下心来，点了点头："明白了。"

"祝好运！"

雅美说着，转头离开了。自己应该让她扫兴了。

明石出场前会紧张，这一点她应该也很清楚。他稍微放松的同时，又觉得自己做了一件成年人不应该做的傻事，有点后悔。现在就开始心潮起伏，和学生比赛时完全一个样。一心想做出与众不同的大人式的演奏，但自己的容忍范围却如此狭小。

另外，和雅美说了一会儿话，他也渐渐平静下来。

他一边想着，一边深深吸了一口气。

对，要演奏出大人的音乐。现在自己所抱有的复杂思虑和孤独，对音乐抱有的矛盾感情，通过演奏传达出来就可以了。这是作为最年长的参赛者唯一的优势。

明石伸了伸懒腰，叠好报纸，请经过的女服务员再续一杯咖啡。

赶紧逃出明石的视线，雅美不由舒了一口气。

高岛君也会出现那种表情啊。幸好没掏出摄像机。

这几天，她去采访其他参赛者，大家都很紧张，直接拒绝摄影的情况越来越严重。其中也有些人完全不在意（那完全是另一种状态），欧美来的参赛者有很多完全不隐藏自己的感情，在大门前就被寄宿家庭的人用同情他们的语气拒绝道："对不起，今天还是不要拍摄为好。"

明石应该没问题吧，她本来这么以为，但现在，就算是他也变得神经紧张了，她能感觉到。近身采访中，记者和受访人长时间在一起，总会有那么几个瞬间，受访人会感到不舒服。

袒露在镜头下，本来就是件讨厌的事。就算以拍摄为职业的雅美也这么觉得。镜头一直在身边，自己一直被拍摄，对平常人的神经来说，都会造成巨大的压力。很多时候，雅美也想放过明石，但这是工作，雅美也无可奈何。今天是大赛第一天，是明石的演奏日，她想先过来看看他的情况，出于直觉，她把摄像机放在包里没有拿出来，看来是正确选择。如果这时候把镜头对准他，恐怕最重要的决赛就拍不到了。

随着大赛逼近，参赛者们的紧张情绪，似乎也传染到了雅美身上。

这是一个多么严格，甚至称得上残酷的世界啊。

自从开始拍摄，古典音乐界和钢琴大赛的严酷，一直令她震惊。

毕竟，作为职业钢琴家生存下来的人，一只手都能数得过来。大部分钢琴家都要靠当老师过活，就算是小有知名度的人，举办音乐会的费用也要自己出，有些人甚至连报纸广告之类的宣传费用也必须自己负担。大型CD店贩卖的CD大多是自费制作，没有收益，发行量也很少。

说到古典音乐，给人的印象是优雅高尚，实际上完全不是这样。如果家里不是很富裕，持续学习下去都很难。照日本的住宅现状，要确保练习的场所都不容易。管乐器那种音量大的乐器，简直就没有地方可以吹奏。能够装弱音器的乐器有限，加了弱音器以后，发出的音就听不清了，所以很多人不愿意装。乐器也都价格棘手，要作为职业音乐家，必须拥有相当品质的乐器，维修费用也不便宜。

而且，钢琴大赛现在已经成为一大产业。

不光参赛者，相关人士和观众的到来，在他们停留期间，能振兴当地的经济，提升举办地的知名度。于是，世界各地出现了大大小小各种音乐大赛。参赛者通过比赛寻求音乐生涯的提升，大赛为了提升知名度寻求优秀的参赛者，已经形成了音乐大赛的战国时代。

从参赛者这方面来说，参加大赛奖金丰厚，还会获得优胜者的特别奖励——巡回音乐演奏会，奖励多的大赛，参赛者们蜂拥而至。作为大赛主办者，要尽量让有未来的明星获得优胜，否则不符合自己的利益。不过，想要两者的利益完美一致并不容易，所以各地不断出现新的大赛，但能持续下来的并不多。

钢琴制造商的竞争也很激烈。如果进入赛场，对制造商来说是一大宣传，能否打开销售局面，也是关系到生死存亡的大事。大型钢琴比赛，一般可以选择多家制造商的钢琴，事先要试弹好几台钢琴来做比较，和调音师商量好。每家钢琴制造商都希望自己家的钢琴会入选。某次的大赛上，赞助商名录里有某家钢琴制造商的名字，有传言说，不选这家的钢琴，就不能获奖，于是大多数参赛者都选了那家钢琴制造商的钢琴。也是这个原因，另外一些钢琴制造商停止向这个大赛赞助钢琴。

在大赛期间，各大钢琴制造商的调音师团队会从头到尾照顾钢琴。在紧迫的时间里，为对触感和音乐偏好完全不同的参赛者给钢琴调音，是一项费时费力、压力巨大的工作。正因如此，有很多调音师在比赛期间完全无法入睡。

每个人都如此优秀，怎么决定谁是第一，谁是第二呢？

看着参赛者拼命练习的身影，雅美有点心慌慌的。

在雅美看来，大家都很优秀，看不出多大差距，简直不敢相信，这么近百位优秀参赛者，大部分都会落选。而且，从小时候起，他们就把大部分时间奉献给了钢琴，成为钢琴师，成为他们唯一的人生目标。

真是个残酷的世界。

雅美不由对着明石感叹道，明石点点头说："嗯，残酷的世界。"然后又像想起什么似的低声说，"所以，才了不起啊。"

"什么？"雅美反问道。明石似乎完全没有注意到自己的低语，"啊"了一声，露出不好意思的表情。

"如果某种乐器全世界只有一百个人在演奏，就算得了第一名，也没意思，对吧？有这么多人，大家都想自己创作出了不起的音乐，都想变得更好，在苦闷中挣扎着追求自己的音乐，正因如此，那些站在峰顶沐浴着一握之光的音乐家才更显得出类拔萃。许许多多的音乐家失败了，在他背后留下累累尸骸，才更显出音乐的美丽。"

是吗？看着雅美惊讶的脸，明石扑哧笑了。

"说到底，都是人在演奏，对吧？"

明石的笑容让雅美心中一动。

啊，我喜欢高岛君这样的笑脸。

以前的他，就是这副笑脸。明石身上有一种不被别人讨厌，或者说不想暴露自己的主张的倾向，这倒不是消极的避让，而是对他人本质上的温柔。而且，他对自己十分严格，有些洁癖，这些地方都很吸引她。每个人都能感受到他的这些特质，所以他很受女孩子欢迎，男孩子也都赞赏他。

可以毫不夸张地说，雅美这次申请采访，完全是因为对象是明石。能够确认他跟过去一样，对他人温柔对自己严格，能看到他跟过去一样的笑脸，令雅美感到欣慰。

就算是这样，明石竟然也变得如此精神紧张，钢琴大赛真是个残酷的世界。

雅美决定去会场，采访当地的志愿者。有了主办方的许可，应该受访者已经定下来了。

终于要开始了。

雅美就像自己要出场，身体颤抖起来。

街角映入眼帘的是一个小小的稻荷神像。

虽说就算向稻荷神祷告也不一定有什么用。

虽然这么说，雅美还是停下来祈祷。

希望高岛君能演奏出他自己满意的音乐。而且，希望他能留到第二轮预选。

如果他不能留下来，节目也少了卖点，雅美忽然想起了这个现实的问题，忽然奔跑起来。

晴朗的蓝天下，大赛会场所在的多功能巨大综合性大楼远远耸立。下午，大赛就要开始了。

第一次预选

没有比音乐大赛更好的买卖

舞台侧旁的黑暗中，亚历克斯·扎卡耶夫深深地吸了一口气。

从刚才开始，心脏就一直在扑通扑通地跳。

第一个，自己怎么会抽到第一个！

不知道多少次了，他再次长叹一口气。

决定演奏顺序的抽签。

不会那么背，抽到第一个吧。颤抖着把手伸进箱子里，拿出第一张自己碰到的纸条，打开的瞬间，NO.1这个残忍的数字跳进眼帘。

亚历克斯呆呆地把纸递给负责人，负责人带着同情的笑容宣布他是"NO.1"，这个会场发出"哇"的欢呼声，包围了亚历克斯。

在钢琴大赛中，再也没有比第一个出场更令人紧张和不利的了。第一个出场会聚集所有人的视线，然而大家更关心的是"接下来"。第一位出场者往往只是成为一个"标准"。接下来人们评判的是"低于标准"或者"高于标准"，"标准"本身却往往很难得奖。毕竟接下去还有九十多位参赛者呢。第一位出场者，谁还会记在心上呢？

运气真是糟透了。

他给老师打电话，老师也在电话那头一时无话可说。

这样的话，就只好凭演奏给大家留下印象了。作为第一个出场的他，给出的演奏，要让大家想起来都觉得：真是不错。

他在黑暗中蠕动手指，开始预热。

不管上过多少次舞台，这种独特的紧张感都不会习惯成自然。

对了，第一个演奏的话，可以比其他人都更早结束，其实也是一种解脱。

比起按捺心中的不安等七八十个人演奏完才轮到自己要好。

亚历克斯这样安慰着自己。

但是,为什么是第一个呢？要是当时自己再动动手指,拿起另一张纸条——

抽纸条时的感觉在他脑中固执地复苏,还有那包围住他的欢呼。

舞台监督来跟他打招呼,亚历克斯这才回过神来。

舞台的旋转门打开了。

舞台上明亮的光芒。

黑色的钢琴,在光芒底下等待着他。

该他出场了。比赛开始了。

亚历克斯吸了一口气,定下心神。

比赛一旦开始,就会马上变得十分日常。工作人员、参赛者、评审,都在和时间赛跑。流畅的舞台轮换,规定时间内的演奏,快速的评分。每个人都在紧张地工作,以保证在预定时间内大赛能顺利进行。

第一次预选,演奏时间是二十分钟。

从巴赫的十二平均律中选赋格为三声以上的一曲。

海顿、莫扎特、贝多芬的奏鸣曲中选择第一乐章,或是包含第一乐章的多个乐章。

浪漫派作曲家的作品中选出一曲。

以上三题的演奏要在二十分钟内完成,看似简单,实则困难。超过二十分钟就会扣分。

第一次预选和第二次预选,在演奏曲子的间隙禁止鼓掌,以防止浪费时间。

大厅的观众席,已经坐了六成。大多数是参赛者的亲友,也有一般的热心音乐发烧友。作为音乐发烧友,发现自己喜欢的参赛者,预测谁会进入第二次预选,也是一大乐趣。左前方的观众席能看见参赛者的手指,已经最先被占满了。

来听其他人演奏的参赛者,大多坐在后面。

评审席在二楼，来自世界各地的总共十三名评审会参与评分。

第一次预选的评分，只需要画上"○""△""×"三种简单的符号。分别计为"3分""1分""0分"，合计分数高的参赛者能进入第二次预选。

水平真高啊。

纳撒尼尔·席尔伯格听了一开始五个人的演奏，感叹道。

通常，第一次预选的目的就是淘汰技术上有问题的人。但如今，技术上有大问题的人已经几乎难以发现了。

现在，每个人都能自由地听到古今中外的音乐资源，练习各种比赛技巧，参赛者的技术也整体提高了。

不久之前，还有不少比赛会要求参赛者弹奏难度高的曲子，最近，选择符合比赛气质的充实曲目撑起整场比赛，成为主流，这一点令人欣喜。

只是，就算这样，也明显有着差别。

"会弹"和"弹"是似是而非的两码事，两者之间有着深深的鸿沟。纳撒尼尔想。

麻烦的是，因为"会弹"而弹钢琴的人里面，也隐藏着弹钢琴的才能，对"弹钢琴"充满热情的人也会出现空转的状态，力不从心。两者之间虽然有着很深的鸿沟，但只要注意这条鸿沟，说不定会就此大跨一步，越过这条鸿沟。

尽管如此，现在的参赛者们，都极少出错。曾经的泰斗们，常常毫不在乎地敲击出啪啪啪的钢琴音，做出令人一言难尽的个性强烈的演奏，那个开明爽朗的时代已经一去不复返了。

当然，虽然水平不低，但这种程度，都不是马赛尔的对手。

纳撒尼尔暗自颔首微笑。

纳撒尼尔的得意弟子马赛尔坐在老师做评审的二楼正下方。

而且，他也和老师一样，为参赛者的水平之高感叹。

大家都很厉害。这次比赛真是气势不凡。各路人才会集一堂。

前面座位上的两个女孩子看起来像是音乐大学的学生。好奇心起，马赛尔偷偷竖起耳朵。虽说他不会写书面的日语，但能听懂对话，在纽约也常用日语和日本留学生交流，努力保持自己说日语的水平。

那也是因为，在内心的某个角落，他期待着有一天能有机会和"小亚"说上话。不知那会是哪一天，但今天他的努力就派上了用场。

"今天最热门的是这个吧，詹妮弗·陈。"

"都说她是女郎朗？"

"好像已经开过演奏会了。中岛学长在纽约听过。"

短暂的休息时间，两人手里拿着节目单，随意闲聊。

啊，知道得还真多。

马赛尔感叹于两人的消息灵通。

"我想听这个人的。明天的马赛尔·卡洛斯。"

他不由得坐直了身体。

"听说很厉害。"

"好帅。听说是日裔第三代还是第四代，脸已经完全不像日本人了。"

她们做梦也没想到，她们嘴里谈论的那个人就坐在她们身后听她们谈话。

马赛尔祈祷她们千万不要回头。

"蜜蜂王子是最后一天。"

"嗯。"

蜜蜂王子？

马赛尔以为自己听错了，耳朵竖得更高了。

"很可爱哦，听说才十六岁。真讨厌，比我们小五岁呢。"

马赛尔赶紧偷看了一眼女孩子们看的节目单，在自己的节目单上寻找那一页。反正准备从头到尾听一遍，他一开始都没有看节目单。

"听说在巴黎的试听会上震惊全场？"

"网页上只有他的照片，真失望。要是录下录像就好了。"

KAZAMA JIN。

他看不懂汉字，只看了罗马字名字。

配上一张天真无邪的少年的脸。

确实年轻。这次的比赛，应该没有年龄下限。听说最小的参赛者只有十五岁，他应该是倒数第二年轻的。马赛尔的眼睛被指导教授那一栏吸引了。

尤治·冯-霍夫曼。

不会吧？霍夫曼竟然是他的老师？

马赛尔睁大了眼睛。那是他老师的老师。但是，霍夫曼并不让纳撒尼尔自称弟子，听说纳撒尼尔每周从伦敦到霍夫曼家里请他赐教。

老师知道吗？

马赛尔不由得抬头看天花板。

马赛尔经常听人的演奏，但对闲言碎语一向没有兴趣，关于这次比赛的试听的传言也没有放在心上。

哦，在试听中大显身手了呢。

马赛尔兴致盎然。

这小子令人期待，肯定还是天然的白玉一枚。

"听说要给父亲帮忙，来参加试听的时候浑身是泥。好可笑。"

"听说是养蜂家的儿子，居无定所？到底是怎么练习钢琴的呢？"

"真是不可思议。"

养蜂家，马赛尔一时听不懂这个词是什么意思，想起刚才说的"蜜蜂王子"，啊，原来如此。

嗯，越来越有趣了。KAZAMA JIN。他弹奏的钢琴是什么样的呢？

身材修长、一身红衣的少女出现在舞台上，观众席上一阵骚动。

少女那一身鲜艳的红衣令人眼前一亮，满脸求胜欲望的少女全身散发出的能量也令全场振奋。

第十二号，詹妮弗·陈，U.S.A.。

今天的最大看点。

嵯峨三枝子盯着轮廓分明的少女。她修长的身材，让她结实的肩膀不那么显眼，但她身材健美，这样的身体，肯定能让钢琴鸣奏起来吧。

三枝子想，看来她是 IH 型。

所谓 IH 型，是她自己的定义，"弹得好得让人忌妒"，指的是拥有绝佳技巧的参赛者。

评审中间，也飘荡着满满的期望。

詹妮弗·陈坐在椅子上，迅速开始了弹奏。

啊，压低的赞叹声充满了会场。

音符粒粒饱满鲜明，她弹奏的音阶领域大，弹奏基础中的基础巴赫的十二平均律时也层次清晰。

多么生气勃勃的巴赫啊。

三枝子半是佩服，半是吃惊。能把巴赫弹成这样子，真是了不起。

接下来是贝多芬的奏鸣曲。第二十一号《华尔斯坦》第一乐章。

选择这首曲子很明智。这首曲子的急速行进感和充满速度感的她相得益彰。

不过，乐器真是神奇。她弹奏的时候，大钢琴就像是特别定制的大奔驰，她好像在开着车兜风。准确的操纵力、高涨的力量，就算高速驾驶，车体也不会打滑，稳定感出类拔萃。当然，在有些人眼里，只是平凡的家庭小货车或是外观漂亮里面转不过身的敞篷车。

詹妮弗·陈完美地弹完了《华尔斯坦》。

在抑扬顿挫节奏鲜明的结尾，听众不由得自主拍起手来。然后又想起禁止鼓掌，停了下来。

光是《华尔斯坦》就要花十几分钟。时间很紧，陈马上进入了下一曲。

第三首曲子是肖邦的《英雄波兰舞曲》。

这首曲子也选得恰到好处。这是肖邦的波兰舞曲中最华丽的一首。流行度很广，弹得不好会显得廉价，她以独特的节奏，恰到好处，又生机勃勃地弹奏完了这首曲子。她的演奏很有力量，可以说是大快人心。

演奏结束的瞬间，响起了雷鸣般的掌声。这豪放的演奏，让听众感觉到感情净化，都被她的魅力所征服。

传言不虚，确实不同凡响。难怪她有"女郎朗"的外号。大概她本人也意识到了这一点吧。

三枝子却隐隐感到了忧虑。

郎朗世上只有一个就够了。再来一个怎么办呢？

在观众席最后一排的座位上，孤零零坐着一个少年。

白皙的脸，帽子紧紧压住弯曲的卷发，眼睛从帽子下面偷偷看出来。

少年嘴里小声嘀咕着什么。不，好像是在哼唱着什么。

他微微侧头，然后又左右摇头。

"不对。"

没有人听到他的低语。

忽然，从开着的大门跑进来两个少女。

"啊，糟了，没赶上，詹妮弗·陈的演奏。"

"可惜，真想听一听。"

是浜崎奏和荣传亚夜。

"早知道就昨天去美容院了。"

亚夜后悔地嘀咕着。

"没办法，都预约满了。"

奏安慰着她。

一直光顾的美容院只能订到今天上午。她们去了美容院才来芳江，没赶上预订好的新干线列车，晚了一班，才迟到了。本来想来听被视为优胜候选第一人的詹妮弗·陈，可还是晚了一步。

"只剩下三个人了。"

"詹妮弗·陈，就听CD吧。肯定马上就有了。只要预约，明天就能拿到。"

两人站在入口处，好像在商量什么事。

少年看见荣传亚夜的脸，不由得紧张起来。

是昨天那个姐姐。

自己偷偷溜进音乐大学的练习室，被发现了。她还记得自己的脸吗？

少年偷偷拉低了帽檐。

"坐在哪儿？"

"我想听听回音，往中间走吧。这个大厅布局很不错呢。"

两人完全没有注意到少年，往前走去，在正中间坐下。少年松了一口气。两人似乎完全没有注意到少年。

那个姐姐也是钢琴系的学生吧，这么说来，来听比赛也没什么奇怪的。还是说，这个姐姐也要参加比赛呢？

少年盯着坐下来的两个人的背影。

那架钢琴真不错。

少年放下心来，开始陶醉地回忆起当时在练习室里摸到的钢琴的触感。

不愧是音乐大学，调音完美。那柔滑舒适的触感。

真好，每天用那种钢琴练习。

少年在脑子中弹奏钢琴。

无与伦比的钢琴，无与伦比的音乐。

脑中不断重现的音乐。

但是，实际弹奏出来却十分困难。他从来也没有听到过类似的音乐。

看来还是要靠尤治爷爷那种人，才能弹奏出那样的音乐啊。

少年侧耳倾听下一位演奏者的音乐。

大家都很出色，但是，有什么地方不对。

少年再次侧头。

刚才那位红衣服的姐姐弹得也非常出色。

有一个任何人都不曾听过的微小的声音,哼唱出少年脑子里浮现出的旋律。

真棒,我也想弹钢琴。必须去找钢琴了。

不知何时,参赛者的演奏已经结束。到了短暂的休息时间。今天的演奏者,还剩两位。

少年站起身来,和其他听众一起出了大门。

想要一架钢琴。

少年准备去练习室。第一天的比赛马上就要结束了,应该已经没有在练习的参赛者了。练习室空着,说不定会让自己弹一弹。

他满怀着期待和兴奋,坐上了电梯。

爸爸现在在哪里呢?

他看了看手表,想起了应该正奔波在路上的父亲。比赛期间,不能帮他的忙,真对不起。

父亲曾答应,如果能在大赛上获奖,就给自己买一架钢琴,他还记得吗?

少年有些担心。他的父亲,说好听点是不拘小节,是个大大咧咧的人。对蜜蜂们倒是照料得无微不至,此外的东西几乎毫不关心。

少年的家里没有钢琴。

少年从来没有觉得,这件事多么怪异。

叙事曲

高岛满智子很早就到了比赛现场，确认了大厅的名字，准备冲进去，又忽然停下脚步，仰望天空。

太阳已经落山了，四周渐渐变暗。这是她第一次来芳江。比赛大厅在车站前的综合性多功能大楼里，宣传画和为会场指路的箭头随处可见，不可能会迷路。

她把明人送到娘家，来回花了点时间，出东京站时已经过了三点了。好不容把明人安排好，要是听不到明石的演奏，那可要大哭特哭了。

明石用电子邮件发给了她演奏当天的时间表，她知道离今天最后一个演奏的明石出场，还有一个多小时。不过，他的出场临时被提前到第一天，说不定当天演奏时间又有变化，一早起来满智子就开始暗暗担心。

一到大厅门口，满智子就察觉到了自己的紧张。

隔着玻璃，能看见正在比赛中的大厅的验票处。验票处再往里面，大厅的大门紧闭着。

现在正在演奏中。大赛评审正在进行。

光是看到大门，她就感到自己心跳加速。

我要是不稳住阵脚，还怎么办？

满智子感到呼吸困难，深吸一口气，走进大厅，向验票处的工作人员递出门票。

"演奏中不能进去，请稍等一会儿。"对方告诉她。

"好的。"她老实地点点头，问道，"时间没有变化吗？"

"嗯，按照预定，进行得很顺利。"工作人员的回答令她放下心来，在大堂里走了走。

大堂里也有很多人。

有很多人看起来像是音乐大学的有钱小姐们。这些人看起来对这个场面见惯不惊,两三个一起在闲聊。在很少踏足音乐厅的满智子看来,这种地方让人感到新鲜,也让人感到不安,无所适从。也有人看起来跟满智子一样,是参赛者家属,他们看起来也不习惯这种地方,那位上了年纪,一眼看起来就威风凛凛的女士是钢琴老师吧。

不知怎么的,她一眼就能看出来谁是钢琴老师。满智子小时候也学过几天钢琴,不知为什么,她有一个印象,钢琴老师都头发浓密。年长的女钢琴老师,大多头发烫着大大的卷;穿着不是一套的套装,上身是女衬衫,罩着短夹克,下身是修长的紧身裙。在满智子的时代,还经常佩戴已经很少有人戴的胸针。

大概是我没有音乐感觉吧。

每次上课,满智子都会绕远路,在路上玩,故意晚点到老师家。她想起了自己去上被自己视为永远的苦行的钢琴课的那段时光。

我就是那种从小一直去上那种钢琴课,一直心不在焉地练钢琴的人。

鼓掌的声音把她从回忆里拉回来。演奏结束了,工作人员打开了大门。

从里面出来的人和进去的人擦肩而过。

满智子赶紧进了大厅。

听众意外地坐满了大厅。舞台上,身穿西装的男人正在给钢琴调音。

坐在哪里好呢?

仔细一看,后面的座位还有不少空着。满智子选了后排正中的座位,就座后,总算平静下来。

砰砰砰,响起几声随意的钢琴声。

调音师完全无视台下的听众,站在琴键前倾听着钢琴的声音。

他的身影,多少缓和了台下听众的紧张感。

包围着舞台的淡淡的柔光。

总算到这里来了。

满智子轻轻叹了一口气。

从小到大,大家都说满智子总是淡淡的,喜怒哀乐不形于色,看到舞台上的大钢琴,想象着丈夫在等候室的情形,她脑子里也浮现出了"感慨无限"这个词。

决定参加大赛以后,真是历经曲折。

"一天不练习,自己听得出。两天不练习,评论家听得出。三天不练习,听众听得出。"这个说法广为流传。上班以后,明人出生以后,一个礼拜好几天不碰钢琴,对明石来说已经成了家常便饭。以比赛为目标动真格开始练习,是在一年前左右。当然,身为上班族,明石只能在清晨、晚上和工作日练习。他家是单门独户,但想要尽情练习,还是掏钱买了带竖式钢琴的隔音房间。花了不少钱,更让人吃惊的是乐谱很贵,为了找回音乐感觉,他还每隔几周去见曾经的恩师,需要付的酬金也是一大笔钱,要搞音乐多么花钱,他真真切切体会到了。

"这是第一次,也是最后一次。"明石的心情满智子很理解,丈夫也很少提出什么请求,她毫无怨言地取出定期存款,支持他的决定。不过明石自己比其他人压力更大,要挤出练习时间,只能牺牲睡眠时间,自然会疲劳不堪,练习一直没什么进展,有一段时间他焦躁不安,还曾经苦恼地想要放弃。

最困难的事,是保持对比赛的激情。每隔几周,他都会陷入因这次挑战产生的虚无感。事到如今并没有任何人拜托他,自己干吗要去比赛呢?他常常嘲笑自己。满智子每次都鼓励他:"都买了那么贵的隔音房,总要赚回本钱来。"

满智子这么说,也是因为很清楚明石没能当上职业钢琴家的悔恨。

满智子的父亲是宇宙工程学的博士,同时也担任政府机关的顾问,两个哥哥也是研究者。满智子本来也想成为研究者,但在学生时代就觉悟到自己缺乏成为研究者的灵气,也没能做自己理想的工作,退而求其次,当了老师。

本来早就放弃了，但当研究者的梦想还在自己心里的某个角落蠢蠢欲动。

所以，当明石告诉她自己想去参加比赛时，她很理解他，原来他也是这样啊，有无法放弃的梦想。于是满智子热情地成了他的后援，给他鼓劲，令明石都惊讶万分。

在舞台一角，放着写有出场序号和罗马字名字的白色牌子。观众席一片寂静，穿着蓝色礼服的金发女郎出场了，马上被掌声包围。

看看节目单，原来是俄罗斯来的参赛者。西方人都看起来很成熟，其实才二十岁。

华丽的音色流淌出来。

在音乐厅听现场演奏，到底是多久前的事了？她都想不起来了。

虽然一直在听明石的练习，但自从买了隔音室以后，他的钢琴声反而听不到了。

真精彩。

听着演奏，满智子又慢慢感觉到了紧张感。

那是当然了，大家都没有犯错误，就算难度很高的曲子也能从从容容地弹完，一直听说这个比赛水准很高，参赛的有很多都是专业人士，看起来，大家都像是职业钢琴家。明石曾经嘀咕着"要是能突破第一次就好了"，当时以为他是露怯了，现在才知道，突破第一次预选，也不是那么容易的事。他也只是在学生时代的比赛中打到了决赛，突破第一次虽然问题不大，但那已经是十年前的事了，年龄上来讲，确实很不利。

应该怎么安慰他呢？

突然，一种不安浮上脑海。

花了那么多精力和金钱来参加比赛，要是在第一次就被刷下来……应该怎么安慰他呢？

尽力了就好。比起不去挑战，事后后悔，试过了，还是更心安。我也有了有趣的体验呢。在带薪假期内整件事情完结，也不错啊。

她想了好几种安慰的话语，眼前却只有明石垂头丧气的样子，感觉任何语言都无法安慰。

很辛苦吧，当音乐家的太太。

她忽然想起了高中时代的同学的话。

同窗会时碰见的那位高中同学，曾经她也是明石的粉丝，经常去听音乐大学的演奏会，还给明石献过花。

会乐器的男孩很受欢迎。明石钢琴弹得那么好，又天生温柔开朗，从小就很受女孩子们欢迎。

明石和满智子是青梅竹马，从中学开始互相暗生情愫，高中时就十分自然地开始交往。满智子从根本上来说是一个理科女生，既不爱撒娇，也不时尚，有很多女生看不惯明石和她交往，家住九段的这位高中同学就是其中一个。

她曾经对明石说，满智子不适合你。当然，明石完全没有理会。

但是，大学毕业后，到了适龄期，那些女孩对会弹钢琴的男孩子马上失去了兴趣。

明石君怎么样了？

他还在弹钢琴？

真不错，满智子当上了公务员。

知道她和明石结婚后，曾经的朋友们的眼睛里，并没有羡慕的神色，反而是浮现出类似同情的东西。

说到明石在大型乐器店工作，她们一定会欢呼："真棒！"大概没有说出的潜台词是"反正光靠音乐是活不下去的"或是"才华不够靠音乐活下去啊"。

很辛苦吧，当音乐家的太太。

若无其事地跟自己打招呼的那个女同学，曾经追着明石告诉他自己更合适的她，跟年长不少的牙医结婚后，刚生下长子。满智子有点恼火，因为她的话里面明显带着怜悯。

多管闲事。

满智子感到屈辱感油然而生，在心里面对她嚷道。

韩国女孩，中国男孩，韩国男孩。

出场的参赛者都实力超群。听说近年来亚洲势力正在上升，没想到比起刚才的俄罗斯女孩，这三个亚洲人技巧上更胜一筹。

大家都很厉害。

满智子叹了口气。

终于到了，第一次预选第一天最后的演奏者。

22 TAKASHIMA AKASHI

明石的名牌换上了，满智子不由得挺直了肩膀。

她的心跳得越来越快了。

记不清上一次这么紧张是什么时候了。

她不由得按紧了胃。

耳边有心脏跳动的声音。

我如果是参赛者，恐怕早就紧张得昏过去，完全无法演奏了。不，不对，如果自己是参赛者，应该不会这么紧张吧。

一个人站在舞台上，从头到尾演奏完，明石，光是这样你已经够了不起了。

参赛者是日本人的时候，鼓掌声都特别大。

站在舞台上的明石，不光是体格的原因，看上去特别魁梧。

她不知不觉忘记了胃痛，只剩下钦佩。

果然，这个人有种天生的光明优雅的气质。

满智子仿佛是第一次看见他。

明石满脸微笑，轻快敏捷地走过来，坐在钢琴前。

他伸出手，调节椅子的高度。前一位出场者身材矮小，椅子调低了许多。

他从口袋拿出白手帕，擦拭琴键，然后擦了擦自己的手。

那是一种仪式,并不是怕调音师在键盘上留下手汗。为了稳定情绪,才做出擦琴键的动作。

能听到明石的声音。

他轻轻擦了一下额头,把手帕放在钢琴上,抬头望着斜上方,停下了动作。

没关系,他很镇定,精神很集中。

满智子一个人点点头。

明石不时以平静的眼神望向上方,开始弹奏。

啊。

满智子感觉自己睁大了眼睛。

不光是满智子,其他的观众也有同样的感受。哎呀哎呀,本来以为总算到最后了,在一片疲惫之中,忽然大家像一下子苏醒过来,坐直了身子。

明石弹出的声音,很不一样。虽说是同一架钢琴,跟前面那个人完全不同。

明快、稳定、十分扎实,同时表情生动。

果然,音乐代表的就是人的性格。这琴声,完全就是我所认识的明石本身。明石这个人包容力很强,这些都隐藏在他的琴声中。舞台上的明石身边,广阔的景色正在展开。

十二平均律第一卷第二首。

到底该选哪首曲子,明石犹豫了好久。在候选的几首曲子里面,他也再三弹奏比较,一直到提交节目单之前还在犹豫。

听巴赫的曲子,满智子总会想起"宗教"这个词。

虽然说不清楚,但感觉心里一下子平静下来,感觉开始明白了什么是"祈祷"。

明石弹奏的巴赫,让人想一直一直听下去。听众也会变得心静如水,谦卑下来。

不过,巴赫马上就弹完了。

接下去是贝多芬的奏鸣曲。第三号,第一乐章。

奏鸣曲是很重要的音乐形式。它是考验作曲家的力量，显示作曲家实力的音乐形式。

满智子只知道《月光》和《热情》，说实话，就算听到贝多芬的其他奏鸣曲也说不出名字。

感觉是为作曲而作的曲子。不是为了表现什么内容，而是为了形式创作的。

外行真是恐怖。满智子一边听着明石练习的奏鸣曲，一边说出了自己朴素的感想。

听起来是这样？

明石苦笑了。

嗯，没什么意思。

是嘛，那，大概是我的问题吧。

一边弹奏着零碎的节奏，明石一边望向天花板。

为什么，不是作曲家的问题吗？

满智子一边随口说道，一边叠起洗好的衣服。

不对。这种能流传后世的曲子，都有它的必然性。是钢琴家没有完美表达曲子的意境，是钢琴家没有说服力。

满智子记得，明石说这句话的时候，声音分外严肃。

满智子忽然感到热泪盈眶。

终于明白明石说的意思了。

现在，明石指尖下流淌出的贝多芬，每一节都紧密连接，仿佛在诉说着什么。

对，明石弹奏的钢琴有了说服力。现在，我开始渐渐明白了，贝多芬想说些什么。

满智子集中注意力，不想漏过一个音符。第二曲也不知不觉中一下就结束了。

接下来，明石的第一次预选最后的曲子是肖邦的《第二叙事曲》。

本来他想弹《第四叙事曲》，但时间不够。

他练习时这么嘀咕着。

这首曲子有一个无比平静优雅的开头,仿佛是谁在窃窃私语,简单又美丽的旋律。听到这里,让人联想到明石给明人读绘本时的情景。

但是,那闲适的景象,不久就被意想不到的激越节奏打破。

戏剧化的旋律,如同怒涛般一再扑过来,最后变成一道巨流,扑涌而来。

现实的严酷险峻。

为了能穿着晚礼服,弹奏美丽的旋律,为谋生被工作淹没,支撑永远不会结束的日常生活。为了能站在那里,他经过了多少努力啊,观众们并不知晓。

"这是第一次,也是最后一次,拜托了,让我去挑战。"

"真想让明人能说,爸爸是音乐家啊。"

"现在根本没有人期待,自己却要去参加比赛,到底是想干吗?"

"我有现在才能弹的东西。"

"不行,指头完全不听使唤。光有情绪,成不了曲子。"

"还是放弃好了。"

"是钢琴家自己没有说服力。"

"大家说如果我能进决赛,都要来听。"

无数个明石的声音、明石的表情重合在一起。

让钢琴、肖邦,变得更加美丽了。

《第二叙事曲》,仿佛完美地体现了明石的温柔和严肃。

曲子结束了,一瞬间,会场被静寂包围了。

俯身于琴键之上的明石,忽然抬起头。

他的表情一片阳光。

鼓掌和欢呼声,包围了微笑着站起身的明石。

满智子一边忘我地鼓着掌,一边在心中说:

我是音乐家的妻子,我的丈夫,是音乐家。

间奏曲

"最后,被他拯救了。"

"真的,有一种总算听到了音乐的感觉。"

回到休息室的路上,从紧张感和苦差事中解放出来的评审们说出了心里话,引起一阵笑声。

真不错,那个人。

第一天最后一个演奏者高岛明石的名字深深地刻在了三枝子心上。

在听演奏之前,完全没有听到过这个名字,当然也没有听说过关于他的什么传言。

年纪最大,二十八岁。

二十八岁,在满眼都是年轻孩子的音乐大赛的世界里,已经算得上是老资格了。有技巧和表现力那是理所应当的。有些人会过于关注参加的比赛的数量,失去灵气,或是研究透了各个音乐大赛的倾向和应对方法,失去了自我。但是,他身上完全没有这种老手的油滑。他的演奏方式一开始让人觉得是正统派,但其实十分独特。他也并不是孤芳自赏,而是在向听众倾诉。

能遇见这样的参赛者,真令人愉快。他的演奏给人流丽舒展的印象,更让人兴趣盎然的是,他的独特毫无阻碍地就吸引了三枝子。

在听参赛者们的演奏时,要考量技术,不管自己多么虚心地去听,都会觉得最后耳朵被污染了。也可以说是留下了"音垢",这东西一旦沾上耳朵,擦都擦不掉。渐渐地曲子变成一团音,越来越不像音乐。

但是,高岛明石的演奏,却让人听起来感到就是音乐。将耳朵上的污染一扫而净,让人感觉耳朵重新打开了。

看观众们的反应，他们似乎也和专业人士有同样的感受，这正是音乐不可思议的地方。不过，专业人士和业余爱好者有时候反应也完全不同。

"怎么样？"

纳撒尼尔在身边问道。

他看起来心情不错。

"啊，对了，对了，这才像是音乐大赛，这个感觉。"

纳撒尼尔扑哧笑道：

"不愧是三枝子。"

"也许是我没怎么当过评审的原因吧。来会场之前其实是挺期待的，来了以后，才觉得真麻烦，压力真大。学习能力为零。"

"你的路还长着呢。现在尾巴翘得太早以后就不好办了。"

"我记起来了，你以前也这样说过我。"

是啊，如同参赛者们都在期待着"下一次比赛"，评审们也都在期待"下一个明星"。持续两周的比赛，特别是持续五天的第一次预选，全部听完也需要不少体力。不安排好节奏很难撑下来。

"说起来，你觉得怎么样？有没有中意的演奏？"

"水平又提高了。技术水平如此接近，真是可怜。没有特别出挑的地方，就不能崭露头角。"

"那就是说，你的秘密武器，那孩子最棒？"

从纳撒尼尔轻松自如的表情来看，他对自己的弟子有着绝对的自信。

"哪里哪里，比赛什么的，也要看运气。"

"又来了，明明很有自信。最后那个觉得怎么样？"

"感觉不错。应该说，脚踏实地的感觉。"

"啊，确实。"

"一起吃晚饭吗？"

"好啊，吃什么？"

"地下的印度料理如何？"

"OK，就吃辣的吧。正好鼓鼓劲。"

评分表已经收上去了。两人在休息室稍停了片刻，就去了酒店内部的餐厅。虽说大赛准备了足够的零食，但八个小时一直在做评审，一天下来也是相当疲劳，肚子饿得扁扁的。地方上的酒店餐厅打烊时间很早，他们尽快点好了酒菜。两人都算得上是美食家。

"离婚了？"

两人举起啤酒杯干杯，三枝子单刀直入地问道。

纳撒尼尔露出一张不快的脸。

"快办好了，赔偿费谈好的了话。"

"戴安还好吗？"

三枝子曾经见过纳撒尼尔的女儿。在这个看似很大实则很小的世界上，分手后，两人也不时擦肩而过。

"挺好的，我以为她更喜欢我，现在看起来也不是。"

"怎么了？"

"这回，戴安要当歌手了。"

"啊，恭喜。哪一类歌手？"

"流行歌手。她从中学时就参加了女子乐队，说是要组个团出道。"

"啊。我还以为你女儿不像你，可爱又温顺呢。"

"是啊。"

纳撒尼尔爽快地承认了。

"她还是有音乐才华的。反过来说，涉世未深啊。说到这点，妻子更适合艺能界，脸也更漂亮。她说可以当女儿的经纪人。"

"啊，原来如此。"

纳撒尼尔满世界飞，实际上不可能陪在女儿身边。妻子虽是知名演员，但主要在英国国内工作，更能照顾女儿。

"不过，总归是共同监护吧。也挺好的。"

"不好。"

纳撒尼尔摇头。

这个男人一旦觉得"不好"再怎么劝也无济于事。三枝子知道这一点，所以也不再提，换了个话题。

"你们还是父女啊。我现在，和儿子也只是网友。"

"是嘛。说起来，他已经工作了？"

"嗯，公务员。"

"让人放心啊。"

"嗯，是个踏实的孩子。"

"你还和那个男人在一起吗？"

纳撒尼尔看了一眼三枝子。

"哪个男人？不是说我儿子的父亲吧？"

"不是。是个比你年纪小的音乐人吧。"

"嗯，还跟他住在一起。没有入籍。"

三枝子现在，和比她小八岁的作曲家生活在一起。那个人既会编曲又会演奏，是个优秀的音乐人，也是个可靠的男人。说起精神年龄，说不定反而比三枝子成熟。两个人都有工作，待在一起的时间不多，但十分合得来。相处轻松，令人放松。

"不考虑回来吗？"

唐突的告白，令正在啃着咖喱鸡的三枝子一瞬间没有反应过来。

"回来？回哪里？"

"回到我身边。"

"啊？"

所说台词有几分肉麻，在这种时候，纳撒尼尔正是一个干脆直接的男人，跟分手时的优柔寡断形成了鲜明的对比。

是啊,是啊,就是这种男人。

三枝子在脑中提醒自己。

"你那可爱的秘书小姐怎么样了?"

三枝子揶揄道。她装作并不把纳撒尼尔的话当真。对他在恋爱初期的赤裸裸的表白,她并不是不心动,但她还记得其后两人漫长的争吵,一直到分手,令人筋疲力尽的记忆。还有他这次必须要付给妻子高额的赔偿金,据业界传闻是因为一个能说五国语言的美丽的波兰姑娘的介入,这次见了老相好,只是想图一时逃避吧,这是三枝子下意识的判断。

"哎呀,连你也说出这种话。"

纳撒尼尔苦笑了。

"她是个能干的秘书。别的什么都没有。"

"是吗?"

三枝子缩缩肩膀。

"谣言满天飞啊。"

纳撒尼尔不堪其扰地抗辩道:

"谣言,到处都是谣言。说是她怀了我的孩子回老家秘密生下来了孩子,为了给疯狂的雇主消解压力受尽折磨,收了巨额封口费什么的。说得简直像是亲眼看到,让人目瞪口呆。所以妻子提出的赔偿金才水涨船高。我也想起诉谁,就是找不到人来告呢。"

看他焦躁的样子,三枝子内心同情。大大咧咧的三枝子,从小没少受不负责任的流言蜚语的伤害。

"名气税啊。这个世界上,椅子的数量是有限的,大多是忌妒你的才华吧。"

被三枝子这么一说,大概是自尊心得到了抚慰,纳撒尼尔露出一丝笑容。

"算了,不管他们。总之,我是认真的。和你分手之后,我也长进了。现在我有自信,我们一定能相处融洽。在大赛期间,考虑一下如何?"

这次轮到三枝子苦笑了。

哎呀哎呀，把问题扔给我了。我最不擅长做作业了。

"话又说回来。"用馕蘸着羊肉咖喱，纳撒尼尔忽然语气一变。

他的表情也跟着语气一变，三枝子不由得紧张起来。

"我听大家都在讨论一个叫蜜蜂王子的家伙。"

三枝子在内心叹了一口气。

果然，说到这个话题来了。

"我可是反对的。"

三枝子试着为自己辩解，但纳撒尼尔试探式的锐利眼神并没有变。

"那么，实际情况是怎么样的呢？我想听听你的直接感受。"

三枝子发现纳撒尼尔有几分焦灼。

"怎么样，跟霍夫曼老师的演奏很像吗？"

他按捺不住地脱口而出。虽然极力想隐藏，他的不安和恐惧还是流露出来。

三枝子心中一动。仿佛看到了过去那个神经质的天才少年。

啊，这个人还是霍夫曼先生的弟子啊。在霍夫曼先生面前，现在还是个小心翼翼的少年。在自己尊敬的老师面前，谁都会变成这样吧。

三枝子用力地摇头。

"不，一点也不像。我的感受，是十分讨厌。可以说，我很抗拒。听完的那一瞬间，简直气疯了。我觉得他完全否定了霍夫曼先生的音乐。"

那时的愤慨瞬间鲜明地复活了。虽说那只是一瞬间的事，马上就消失了。

纳撒尼尔表情复杂。

困惑和安心。

他不理解，为什么尊敬的恩师要去教那样的学生。同时，他也放下了心，那孩子并不是尊敬的恩师的正统衣钵继承者。

"不过，推荐信是真的吧？"

纳撒尼尔小心翼翼地问道。

"嗯，是的。而且，讨厌的是，上面还预告了，听了那位尘埃王子的演奏之后，会有很多人会像我一样强烈抗拒。"

三枝子想起了自己当时的羞愧。那时的羞愧感，现在还留有余温。

"尘埃王子？"

纳撒尼尔一脸惊讶。三枝子跟他解释了"尘"这个字，他才放松下来，露出笑容。

"说实话，现在我还不清楚，当时自己为什么发那么大火。斯米诺夫和西蒙都赞不绝口。为什么会引起如此两极化的反响呢？但是，最后，那两个人说，能引起这样的反应，本身就很了不起。"

为了让纽约的那些教授皱眉头，三枝子没有说出这个最大的理由。虽说纳撒尼尔不算在那些教授里面，但那些人很多都在纽约的茱莉亚音乐学院里。

"西蒙和斯米诺夫也说过，确实演奏令人十分兴奋，但只是留下了兴奋的印象，根本不记得演奏本身怎么样。"

原来如此，这个男人对巴黎试听很感兴趣，到处打听了一圈。

三枝子颇感兴趣地望着坐在对面的男人。

当然，他这也是在为要参赛的得意弟子收集对手的情报。但是，不难想象，晚年的霍夫曼收了个弟子，这个有冲击力的事实，让他深受震动吧。

"事务局不让我听当时试听的录音资料，说是规矩。"

纳撒尼尔愤愤不平地嘀咕道。

三枝子马上想到，这是奥莉加的订金。

她赌的是，如果风间尘获胜得了奖，录音就会成为珍贵的抢手货。就算不幸最终没什么声音，只要说一声看走眼了，扔进仓库里就完了。这个"看走眼"的责任，就会完全落到我和其他两位评审身上。

"之前是菱沼先生说的吧，霍夫曼先生肯定是把风间尘当作弟子来看的。达芬妮也说，霍夫曼先生经常出门去指导他。"

纳撒尼尔这次赤裸裸地表现出了自己受到的打击。三枝子有些后悔。她以为他已经听说这些事了。

"老师亲自去指导？"

从没听说过，老师会主动出门去指导一个学生。

"菱沼先生说，达芬妮是这么说的。"

纳撒尼尔陷入了沉思。看他的样子，恨不得马上揪出菱沼忠明来问个明白。

"喂，"三枝子小心翼翼地继续说，"听说，风间尘之所以被叫作蜜蜂王子，是因为他是养蜂家的儿子。他要帮父亲干活儿，过着四处迁徙的生活。因为身处这种特殊的环境，霍夫曼先生才主动出门去教他的吧。"

纳撒尼尔越发陷入沉思。

"大概，先生晚年也是童心大发吧。"

三枝子本意是安慰他，纳撒尼尔却一脸严肃地抬起头：

"你说真的？"

他激烈的口吻，让三枝子一瞬间露怯了。

她知道，纳撒尼尔的头发已经快竖起来了。

"怎么可能，老师绝不可能这样。就算到最后，他对音乐，比谁都清楚，比谁都冷静，比谁都真挚。"

面对暴怒的纳撒尼尔，三枝子也不敢作声了。

她想解释那是自己为了安慰心烦意乱的他开的玩笑，自己并不是这么想的，但又怕只会让他更气愤。

"我知道。"

三枝子只是冷冷地说。

"那就别说那种话。那老师为什么会收那种学生？"

纳撒尼尔不顾旁人的眼光，抱住了自己的头。

啊，对啊，对了，他就是这种男人。

三枝子产生了强烈的似曾相识的感觉。

他烦恼时，本来是在向旁人倾诉不安寻求安慰，别人试图安慰他时，他反而会抓住别人语言的漏洞，吹毛求疵，让人丧失安慰他的念头。他们最后的日子就是反反复复这样互相折磨。

"他会在第一次预选的最后一天出场,你自己听吧。就算我说给你听,没有亲耳听过你是不会相信的。"

三枝子取出香烟,忽然发现店里禁烟,内心痛骂这世上的繁文缛节。

"马赛尔不可能输。"

纳撒尼尔嘴里嘀嘀咕咕地念叨着。

"那是,那可是你的撒手锏。"

三枝子语带讽刺地喝了一口印度奶茶。奶茶已经快冷了,一层薄薄的牛奶膜沾在唇上,她皱起了眉头。

"你凭什么这么说?你都没听过他的演奏。"

纳撒尼尔又来挑刺了。不过这次的他不像刚才那么气势汹汹。

"你也没听过风间尘的演奏。彼此彼此。"

三枝子用牙齿咬掉嘴唇上的牛奶膜,哼着鼻子。

实际上,我比你更想再听听他的演奏。他到底是什么人?霍夫曼先生到底是怎么想的?我想再听一次,下个评断。是的,比起你,我更想再听一次他的演奏。

三枝子看着抱头苦恼的男人,心里对自己说。

明星的诞生

"哇，这是怎么回事？"

观众席坐得满满的，亚夜一瞬间有点胆怯起来。

"怎么会有这么多人？这才是第一次预选吧。"

而且，观众大多都是年轻女性。

"亚夜，你没听说吗？"

身边的奏一脸惊讶。

"什么？"

"很有希望获得优胜的人会出场，茱莉亚的王子哦。"

"王子？"

这次轮到亚夜惊讶了。

这两天，街头巷尾的传言都在议论"某某王子"，都分不清谁是谁了。她对娱乐圈不熟悉，流言蜚语和八卦也跟她完全无缘。

"亚夜，你没看看其他参赛者都有谁吗？"

"没有，反正每天都准备来听，看不看无所谓。"

"那可不是这么回事。"

奏一脸拿她没办法的表情。现如今世界各地都有日本留学生和讲师，网络上流传着各国参赛者的小道消息和对他们的评价。

"我也就是听说。那人是纳撒尼尔·席尔伯格的撒手锏，也有日本血统。"

"啊，纳撒尼尔·席尔伯格我很喜欢。不过近来都是在指挥，好想听他弹钢琴。"

看着一脸天真崇拜之情的亚夜，真不知道前两天选衣服时她的斗志跑到哪里去了。也许这正是她的过人之处，奏心想。不过，虽说自己相信亚夜的实力，但这毕竟是比赛。太无欲无求的话，斗志不足，也令人头疼。

第一次预选的第二天。

父亲拜托奏照顾亚夜。亚夜的负责教授，在这次比赛上还要负责其他两个参赛者，实际上也顾不上亚夜。亚夜对这件事似乎毫不在意。这不算坏事，换作其他参赛者，肯定会感到焦虑不安吧。

不，第一次预选持续时间很长，亚夜出场是在最后一天，今天这个状态也许反而更有利。奏往好处想。常听人们说，参赛者众多、持续时间长的比赛，最重要的就是精神方面的调控力。待机时间一长，有许多参赛者最后会难以忍受，埋怨不断。自己的出场时间只有二十分钟，第一次预选却足足有五天之久。比赛的气氛自然与平时不同，等待时间越长，神经就越是敏锐，不少人无法保持良好的精神状态一直到决赛，自己先就乱了阵脚。

第一次参加成人比赛的亚夜，没问题吧？

奏看了一眼入迷地倾听演奏的亚夜。

虽然还没有告诉任何人，奏已经决定，如果亚夜能进入决赛，自己就要转科去学习中提琴。这件事本来跟亚夜没什么关系，她也可以选择其他的时间转科，只是碰巧选定了这个时机。

从很早以前，她就很想慢悠悠地拉奏中提琴。中提琴的声音。作为一个乐器，它的形态和身姿，跟自己完全吻合。她不时会拉拉中提琴，感到一种亲密无间的融合感。她尊敬的中提琴演奏家曾经说过，二十岁前可以专心学习小提琴，然后再转中提琴，所以她才如此认认真真地学习着小提琴。因为比起小提琴，中提琴的专用乐曲少，一开始就专注于中提琴的话，演奏的范围也会窄很多。

我相信自己的耳朵。

奏看了一眼身边的亚夜。

从小时候起，自己就相信这孩子一定会出人头地，我要看着自己的直觉被证明，然后我就可以安心去学中提琴了。

奏暗自决定将这回亚夜的比赛作为自己的一大转折。为此她一直在后面推动完全没有竞争心的亚夜。

然而，水平也太高了。怎么跟父亲报告呢？

一个接一个登台演奏的参赛者，让奏内心不禁咋舌。

来自时差短、饮食等各方面环境相近的亚洲圈的参赛者很多，这是理所当然的。每个人都很厉害。自己浸淫音乐也就短短二十年，不敢说大话，不过，五六年前还有不少参赛者犯节奏上的低级错误，自我陶醉地弹奏着不知所谓的曲子，现在完全没有这样的人了。大家弹奏的都称得上音乐。很明显，拜网络所赐，在音乐资源和情报可以自由获得的时代，全世界范围内的音乐水准都提高了。大概是这个原因，跟以前相比，大家的差距变小了，这不知是好事还是坏事，不过各国的情况还不尽相同。

中国那边，特别是大陆，风格大多大气磅礴。能够来参加比赛的参赛者，毫无例外都是富裕阶层，或是中产阶层。中国的中产阶层相当于日本的富裕阶层，从家庭出身上来说，就令人羡慕。在中国，他们尽情享受着生活的赐予，演奏中表现出的五彩缤纷和无忧无虑正是他们的魅力所在，但听多了以后，再高超的技巧也引不起惊叹。更令人羡慕的是中国参赛者们毫不动摇的自我肯定感。这在日本人身上很少见。日本人所说的"做自己"，是在面对他人感到自卑、缺少自信、想要从自我确认的不安中逃脱时才会说出口。"做自己"是建立在各种内心纠结之上的，他们却从一开始就把"做自己"当作理所当然的事。令人不禁猜测，这不知是否来自大中华思想的影响。中国国内的竞争相当激烈，从竞争中脱颖而出，也许各种内心纠结已经消化得差不多了。相比之下，亚洲其他各国的参赛者看起来更为天真。有时会隐约看到他们的疑问和纠结：为什么自己会在这儿呢？为什么自己会在这个舞台上弹着钢琴呢？

这次，引人注目的是近年来在各个领域都十分活跃的韩国势力。

看看那些韩流明星就能明白，他们身上都有一种洋溢于外的热情，不知道这么说是否合适，奏经常在他们身上感到某种"惹人怜爱"的东西。

他们那种民族性的"激烈"和"惹人怜爱"与充满戏剧转折的古典音乐正好相配。

那么，什么是日本人的特质呢？日本的卖点在哪里呢？

听着这种国际比赛的演奏，奏不得不思考起这个问题。平时从来没想过这个问题，似乎必须从那些职业日本演奏家一直以来的疑问"东方人为什么要演奏西洋音乐"开始探讨。这个问题，必定会解答自己的疑问：为什么自己要拉小提琴，为什么自己要拉中提琴。

回过神来才发现，演奏已经结束了，亚夜全心全意地鼓着掌。她一脸兴奋地看着奏的脸。

"真棒，韩国人真厉害！"

现在可不是当迷妹的时候呢。

奏苦笑了。又到了中场休息的时间，又拥进一群观众。终于要轮到茱莉亚的王子出场了。

舞台监督田久保宽，瞥了一眼下一位出场者。

伫立于黑暗中的修长身影，不由得吸引着他的目光。

在紧张得让人可怜的参赛者中，这个身影看起来游刃有余。

他见惯了全世界的职业音乐家和音乐大师，站在舞台一侧，自己也曾目送许多大明星。这个青年，身上已经有一种不可思议的大师风范。

其他工作人员似乎也感觉到了这一点。他能感觉到，大家对这个青年都怀着某种敬畏。

应该是他给人一种"特别"的感受吧。他的身材和容貌都得天独厚，有着让人一见倾心的存在感。

田久保看看手表。

"到时间了。"

他轻声告诉青年，青年轻快地向前迈出步伐。

宣告出场时间时，要看好时机。声音高低和音量大小上，也要注意不要给参赛者施加压力。尽量要语调平静，若无其事。

"祝你好运。"

田久保一边推开旋转门一边说。这时候话太多，反而会影响全神贯注的参赛者，动摇他们的心志，不过他还是忍不住祝福这个青年。他身上就是有这种魔力让人忍不住要亲近他。

"谢谢。"

青年露出笑容，点头致意。置身于舞台的光芒之中，他的笑容让田久保没来由地心中一动，就像一阵清爽的熏风吹过。

他现身的瞬间，会场上响起了拍手声，还有一阵不可思议的骚动。

一瞬间，观众就明白了，他是个"特别"的人。

他一边对着观众微笑，一边走向舞台中央。

太神奇了！他一出场，舞台就变得华丽起来。舞台变得一片明亮。

亚夜以惊叹的目光追随着舞台上的"王子"。

就像电影首映日，在舞台上亮相的电影明星。

他身材修长，目测将近一九零，身着质感高级的有光泽的蓝青色西装。白色衬衫，搭配亮紫与暗绿相间的时髦领带。打领带的参赛者很少见。

茶色头发打着线条柔和的卷。脸部线条分明，如同雕塑，给人以稳重的印象。

观众们屏息凝视着调节椅子高度的青年。

亚夜忽然感到一种奇妙的似曾相识。

自己好像从很早以前开始，就认识他。

所谓明星，都会给人这种似曾相识的感觉吧。

从前听过的声音在脑中复苏。对，就是这个声音。

怎么说呢，他们就是存在本身吧。在这个世界上，有一出生就成为经典的东西。所以他们才能成为明星。他们将观众很久以前就已经知晓的东西、一直在追求的东西具象化了，这就是明星。

啊，那是绵贯老师的声音。亚夜轻轻点着头。

给她打下弹钢琴的基础的虽然是母亲，但教她爱上钢琴的，却是绵贯老师。老师毫无分别地爱着所有音乐。她最喜欢老师的课。打开老师家的门，总是流淌着各种各样的曲子。她好喜欢去上钢琴课，几乎每天都会飞奔过去。

但是，老师在亚夜十一岁的时候去世了。他身体出了毛病，入院不久就离开了人世。

如果一直能跟随绵贯老师学习，就算母亲去世，她应该也会继续弹钢琴吧。一瞬间，这个念头闪过脑海。后来跟随的老师，在技术上，在对乐谱的理解上，作为指导她成为职业演奏家的导师当之无愧，但并没有像绵贯老师那样，教给她对音乐的爱。

青年坐在椅子上，瞬间抬头看了看天空。

他若有所思的侧脸令人挪不开眼睛。

似乎确认了观众们的注意力都集中在自己身上，他轻抚琴键，忽然开始了演奏。

真是充满魅力。

那一瞬间，观众们都爱上了他弹奏出的声音和那声音中诞生的他。

原来这就叫颠倒众生啊，亚夜想道。

所有的观众仿佛都拥有同一个耳朵，同一双眼睛，发起情来。而舞台上的他，并没有丝毫胆怯，也没有丝毫退让，坦然地接受着观众的秋波，给出回应。

不过，弹钢琴的人不同，弹出的音竟然如此迥然相异。

虽说这一点她早就知道，一旦亲身体验，竟感觉如此不可思议。

十二平均律是基础中的基础，如果墨守成规去弹奏，就会变成平凡的背景音乐，他竟然能弹奏得如此生动活泼、惊险刺激。

每一个音符都深刻丰富，但并不是赤裸裸，而是如同包裹在天鹅绒之中。

简简单单的音符之中竟有一丝愤世嫉俗的巴洛克之风。

嗯，装饰音符弹得真漂亮。亚夜咋舌称赞。

不随大溜，又流利酣畅，整整齐齐，毫无缝隙地嵌入曲子。

而且，他弹奏得多么轻松啊。整首曲子没有一个地方多用了力。他如同在爱抚键盘，每个音符都明朗欢快，从头到尾钢琴都在欢唱。有人弹钢琴时有独特的姿势和招牌动作，让观众感觉弹奏者倾注了全身之力，动作吸引人眼球。相比之下，此人弹奏的姿态十分舒展，充满了随意轻松，而他对待音乐却如此关切备至、周到细心。

真了不起，游刃有余。如此宏大的音乐。

想到这里，绵贯老师的声音仿佛在耳边回响。

身体里藏着宏大的音乐，那音乐强大又明亮，狭小的地方容纳不下——

确实，就是这种感觉。不知何时，老师曾经这么说过。

原来如此，难怪纳撒尼尔自信满满。

坐在评审席上的三枝子也入迷地盯着马赛尔。

二楼全部是评审席，十三位评审分两排坐定，评审和评审之间空出座位，空间绰绰有余。三枝子和纳撒尼尔坐在后一排的两头。现在，听到这位令人惊叹的参赛者的演奏，众人肯定都意识到他的老师，正是纳撒尼尔了吧。

宽广的音阶，直接使用这种单纯的表现手法，这样的演奏好久没听过了。有很多钢琴家基础扎实，或是技法灵巧，想必也都下了不少功夫，但很少出现以破天荒的"宏大"和留白征服听众的钢琴家。

这孩子将本来矛盾相反的东西十分自然地化为己用，容量之大，令人惊叹。

她想起了在派对上第一次见面时的情景。

充满野性，又优雅无比；充满都市风情，又浑然天成。

钢琴的声音新鲜水灵又成熟老到。虽说还有许多未知的因素，但已经能让人感到风格自成一体。

难道是混血的原因？不，二分之一还是四分之一的日本血统，并不稀罕。特别是在欧洲，自古以来就民族混合，混血儿并不少见。而且随着祖辈传下去，成分越来越复杂。正因如此，纯血主义和血统之争才更为严峻。

杂种。当时她想起了这个词。

这孩子的过人之处，在于他把杂交变成了自己的优势，多么强韧。

有些血统复杂的孩子想成为演奏家时，时常会因为在父亲或是母亲的祖国感受到排斥感，苦恼于自我认同，最后名副其实地成了"半吊子"。当然，其中也有些人成功地吸取了双方的优点，将自己变成了"双面人"。

而马赛尔，不光是"双面人"，他有三面甚至更多。

甜美华丽，而又阴郁复杂。欧洲传统，拉丁的光影，东方诗情，还有北美的辽阔。所有的一切都毫无冲突地共存，融为一体，形成了他的音乐。切换曲子，变换角度，他所拥有的多面性就会呈现出不同的一面。这成为一种谜一样的魅力，让人想再听他弹奏别的曲子。

容貌过人的年轻技巧派常常被同行轻看，长辈和职业音乐家，肯定也能接受马赛尔。

她看到了坐满一楼的女性观众。

日本的女观众，真的对美貌和身材很感冒。马赛尔身上，有流行的潜质。

二楼的座位有时让人感觉离舞台更近，马赛尔弹奏的时候，有一种翻开立体绘本，人物忽然跳出来逼近自己的错觉。

巴赫弹得不错，莫扎特也很精彩。光是会弹，光是声音好听，并不算是有才华。肯定也经过了辛苦的练习吧。当然，那是纳撒尼尔的弟子，纳撒尼尔容不下偷懒的弟子。

跟霍夫曼先生一样。

她这才惊觉这一点。

纳撒尼尔是不是也怀着自负，认为马赛尔才是先生衣钵的继承人呢？

她强忍住，不去看纳撒尼尔。

仔细想想，霍夫曼先生正是混血。他的祖母是日本人，嫁给了普鲁士贵族，父亲是大指挥家，母亲是意大利的著名歌剧女演员。据说从小就被寄养在各国的亲戚家里，童年动荡不安。他复杂多变、严肃较真的个性，成就了尤治·冯-霍夫曼的伟大音乐作品。

倾心于老师的音乐的纳撒尼尔，大概在马赛尔身上看到了新时代的霍夫曼吧。正因为如此，老师另有弟子，才令他受到如此大的打击。

确实，这个弟子担当得起他的期待。

三枝子眼珠一动不动地盯着弹奏完第二曲的马赛尔。

接下来是《梅菲斯特圆舞曲》，和亚夜选的曲子一样。

奏冷静地分析着。

第一次预选演奏时间为二十分钟。从巴赫的十二平均律中挑选三声部以上的一曲，海顿、莫扎特、贝多芬的奏鸣曲里选择第一乐章或是包含第一乐章的多个乐章，浪漫派作曲家的一曲。前两曲很难分出上下，于是很多参赛者自然就决定第三曲选择难度大的曲子。看节目单上，选择李斯特和拉赫玛尼诺夫的占了一大半。第三曲占用的时间是十一二分钟。这么长的时间里，能够弹奏完的曲子，选择李斯特的《梅菲斯特圆舞曲》的参赛者有五个人。昨天也有个人弹，但没能听到。在网上看观众的评价，并没有人提及，可见不足为训。

这么一来，这位"茱莉亚王子"的演奏，就会成为评级的基准。

奏集中意识，坐直身体。

这位"王子"刚才规规矩矩弹完了巴赫，用最大限度的纯度弹完了莫扎特，现在忽然摇身一变，进入了"华丽"模式。

好像换了一个演奏者。李斯特的曲子所拥有的"冷静的热情"充满他全身，他弹奏出了跃动的李斯特。

力量不足的人弹起李斯特，总会砰砰砰得令人厌烦，"王子"的手指在键盘上轻快地飞舞。

钢琴在欢歌，真精彩。

奏感叹不已。能让钢琴放出如此大的声响，最弱音也动人心弦，强弱音之间相差数倍，跳跃的活力令人情绪饱满。

若无其事地重复的滑音。

甘美悲切、晶莹剔透的颤音。

关于技巧，她见惯了技巧高超的人，并不感到惊讶。不过，"王子"的技巧超群，这一点毋庸置疑。

让人惊醒般的华丽的发音法，紧紧抓住听众的心，随心所欲地将他们带往任意处，绝妙的音乐。

最后的和音停止，余韵消失后，"王子"站起身来，一片近似撕心呐喊的欢呼包围了会场。

"王子"微笑着，一只手放在胸前，深深致意。他英俊的笑脸，让观众更加狂热。

"哇，真了不起，看来真的要获胜了！"

亚夜兴奋地拍手，奏有些沮丧。

这样的《梅菲斯特圆舞曲》作为标准？这孩子都没想到，这会对自己十分不利吧。

王子面带笑容退场了。他的背影消失在旋转门背后，那令人兴奋的余韵似乎还残留在舞台上。

确实精彩。不用说，前途光明，那位"王子"名副其实。不，他已经是个明星了。

怒涛一般的喝彩声经久不息。

It's only a paper moon

高岛明石一时无法从座席上站起身来。

在如同暴风雨般的欢呼中,观众席的狂热化为一股热流向着天花板上升,只有他感到自己沉入重力之底,向下深陷。

脑中只留下仿佛飘浮在半空中的喝彩和狂热,如同漫画的效果音一样,铛——沉重的钟声一直固执地在体内回响,久久不曾消失。

马赛尔·卡洛斯·雷·阿纳托尔后面出场的女参赛者,只能用"令人同情"来形容。不管她多么卖力地弹,观众都似乎心不在焉,眼睛看着台上的参赛者,却依然沉浸在马赛尔的音乐余韵之中,似乎还能看见马赛尔的身姿。

令人吃惊的是,接下来的第二位演奏者,依然笼罩在他的余威中,直到第三位参赛者出场,观众才终于能集中精力观赏眼前的演奏。

今天的演出,就只能以"马赛尔·卡洛斯以前"和"马赛尔·卡洛斯以后"来划分了。

明石想着,一种无力感袭来。

在马赛尔上场以前,虽说也深切地感受到了参赛者的平均水平之高,但他还可以冷静地欣赏每个人的演奏并做出分析。前一天自己的演奏,他能感觉到有了回响,实际上,坐在观众席上观看了演出的朋友和同事的感想,并不单单是客气,而是真心实意的赞叹,让他自我感觉很不错。

这么一来的话,我就不会输了。这么一来,我也有可能——

虽说以前一直刻意不去想,但作为同一场比赛的参赛者,很有可能都被刷掉,他无法完全忽视其他参赛者心里的声音。

但是,马赛尔出场的瞬间,那些闲言碎语吹进了他的耳朵。

明石尽量不去关注其他参赛者的情况。其实，说他没有时间去注意旁人更准确。

尽管如此，从音乐大学时代的朋友和同事那里，还是隐约听到他们在谈论一个耀眼的新星。

纳撒尼尔·席尔伯格的心爱弟子，一个超重量级的参赛者来了。他耳朵里曾经听到过这样的传言。令他怀疑自己耳朵的是，那位同事曾经在纽约听过他的演奏，明石询问感想，同事说那是长号演奏。这么说来，那位同事虽然也听古典，学生时代也曾经在爵士乐队弹过贝斯，他大概正好在纽约的老牌爵士俱乐部听到的演奏，所以也不足为奇。

可是很厉害哦，柯蒂斯·富勒上身般热情洋溢又韧劲十足的先锋式独奏，才十五六岁，让专业人士也汗颜哦。

后来打听他的事迹，长号是他的兴趣爱好，本来是茱莉亚音乐学院钢琴系的学生，同事大吃一惊。听说他擅长各种乐器，吉他和鼓也玩得不错。

啊，全能型、毫不费劲的天才型。明石在内心有几分轻视。才华横溢，所以钢琴以外的东西也都试一试，玩一把。

在他脑海里，浮现出一个早熟的神童，一个怪才的形象。肯定是个在备受呵护中长大的不谙世事的少年。

在音乐界，自古以来就有不少神童。确实，在他们还年幼的时候，就看到了常人看不到的东西，忽然就接触到了音乐的秘密。

但是，他们也看不到常人能看到的东西。那遥遥仰望音乐的神圣憧憬，那在山脚下立志攀登灿然闪烁的音乐高峰时的喜悦，经过各种苦难和挫折一步一步接近音乐时的幸福，他们也都不知道。

从这个意义上来说，面对天才，平常人也存在那曲折的优越感。

所以，明石从未从他们身上感到威胁，从未忌妒过他们。

然而，出现在舞台上的马赛尔·卡洛斯，彻底粉碎了他脑中虚弱的"天才"的印象。

多么成熟完美，多么磅礴大气，他建构起来的音乐多么高明！在十九岁就能做到这一点，真是奇迹。能够做到这一切的，是真正的天才。

明石一方面沉醉于那美妙的音乐，另一方面，也感到了挫折感。尽管拥有如此得天独厚的条件，他那真挚而深思熟虑的音乐里，仍然隐藏着一种禁欲式的求道者的决心。

是的，他为了抓住音乐的全貌，为了接近音乐的深渊，才去尝试长号和吉他，才去尝试其他的途径。那不是他的玩票。一切都是为了音乐。为了在钢琴上抵达音乐的境地，他在寻求线索，通过其他的乐器来寻找理解音乐的可能性。

这个世界上，怎么会存在这样的人？

绝望占据了他的头脑。他的眼前，毫不夸张地说，是一片黑暗。

自己为什么没有这样的天生条件呢？为什么要在同一个时代，在同一件乐器上，要和这个人在同一个比赛里一决胜负？

为什么，为什么？

胡思乱想之间，"马赛尔·卡洛斯以后"的演奏者的演奏草草从眼前流去。他的登场是今天的第一次预选正中间，后面半截比赛一下子就结束了，回过神来，今天的第一次预选已经结束了，观众们正三三两两起身离开。

为什么？

明石在心中一直大叫着。好不容易慢吞吞地站起身来。虽然必须为了第二次预选练习，但总觉得提不起精神。大概是自己受到的打击太大了，他一边叹息，一边像与重力对抗的老人一样，走过已经空无一人的观众席的倾斜通道。

"这么说，那个人最后一天出场？"

"嗯。有好戏看了，荣传亚夜。"

在单人化妆间里，亚夜打了个哈欠，门外传来的声音让她心中一惊，不由得捂住了自己的嘴。

"这也是这次的一大话题？"

"怎么说呢，不知道到现在这个地步，她是怎么想的。毕竟是在卡耐基大厅弹过协奏曲的人。"

好像是两个年轻女孩，一边对着镜子补妆，一边在聊天。

今天的第一次预选结束后，洗手间一时很拥挤，现在人已经少了。

怎么办？

亚夜不知所措。

这么一来，她都不好出去了。现在要是出去的话，会被她们发现我就是荣传亚夜本人吧。手册上的照片虽然是不同的发型，现在自己已经烫了卷发，但不可能认不出来。如果自己装作若无其事出去，肯定会暴露。

"中间隔了多少年了？"

"好长时间，七八年？"

"那种人，最后都会怎么样呢？这样的人挺多的，十岁十二岁的时候和管弦乐队一起表演协奏曲的天才，好像后来很多都没办法继续持续音乐生涯了。"

"是才华耗尽了吧。一直沉浸在钢琴里，不知道外面的世界，人总是有极限的。天才少年成功转型是很难的，好像中间有一堵墙。"

她感觉背后一冷。

过了二十岁就是凡人。燃尽症候群。这些话都在她脑子里复苏。

"要是第一次预选就刷下去那就成了笑话。"

不是善意的口气。

"那会很羞耻吧。她不怕吗？已经荒废了这么久。办回归演奏会什么的还好，参加必须要一决胜负的比赛？要是我，肯定没有勇气参加。"

对方好像是在嘲笑自己的有勇无谋。

亚夜觉得自己出了一身冷汗。

"真的会出场吗？"

"真想看看！"

"不会又临时罢演吧。"

声音走远了。她们总算出了洗手间。

四周一片安静。

然而，亚夜还是一时半会儿无法走出来。

难道，那两个女孩是明知自己在这里，故意说这样的话？就是为了说给我听？

如果现在我出去，她们不会埋伏在外面哧哧嘲笑我吧？——"哟，你在啊？"

看到蹑手蹑脚出来的亚夜，嘲笑她的女孩们。

那情景反复在亚夜眼前出现，她无法动弹。

不知过了多久，她轻轻推开门往外面看，一个人也没有。

她洗了手，小心翼翼地出了化妆室。

空无一人，四周空荡荡的。

今天奏没跟她在一起，真好。她摸摸自己的胸口。奏在东京有事，听了马赛尔·卡洛斯的演奏以后，就回去了。她不想让奏看到自己现在的表情。

大厅里只剩下工作人员在默默整理；观众只剩下几个人，其中也看不到像是刚才在洗手间说话的女孩。

亚夜逃也似的出了音乐厅。

我也不是自己想来参加比赛的。这并非我本意。

一直到回到酒店，她心中一直在叫着。

分不清是羞愧还是后悔，是悲伤还是愤怒。她也不清楚自己现在的感受了。

不过，那就是"世人"吧。那就是现在"世人"对我的看法。

以前自己从没有注意过的"世人"的恶意忽然如雪崩般扑向亚夜。无数的恶意，大厅外荒漠的世界，发出声音向亚夜袭来。

"世人"并没有忘记我。他们没有忘记，我在演奏会上临阵脱逃，我是一个精神有问题的可怜天才少女。

刚才听到的声音一直执拗地在脑中盘旋。

有好戏看了，荣传亚夜。

到现在这个地步了，她是怎么想的？

那些人，最后都怎么样了呢？

要是第一次预选就刷下去了，那可就变成笑话了。

她不怕吗？要是我，肯定没勇气参加。

现在回想起来，比起充满恶意的语调，另一个女孩好像完全不理解的口气更戳中她的心。

确实，自己的行为有勇无谋，令人目瞪口呆。到了现在这个地步，还来参加什么比赛？难道要在听众面前展示天才少女的悲惨下场吗？跟如同一颗颗灿烂的明星一样出场的全世界的天才们一起。

马赛尔·卡洛斯的身影浮现在自己眼前。

那首精彩的《梅菲斯特圆舞曲》。

回到酒店的房间，关上门，亚夜手里握着门卡，呆呆背靠在门上站着。

所以说，我才不想参加什么比赛。

浜崎先生，为什么要让我干这种自取其辱的事呢？为了自己的面子？因为他把我特招进来？

她知道自己这是在无理取闹。但是这一瞬间，亚夜在心里痛骂、责备和诅咒着浜崎、奏，还有决定参加比赛的自己。

要不打退堂鼓吧。

这个想法掠过她的脑海。

就这样，谁也没听过自己弹钢琴，自己就还是个消失的天才少女。还是不要在任何人面前露面，就这样回东京吧。只要弃权就好了。就说自己身体不舒服，发了高烧。

然而，刚才的声音又回响在耳边。

"真的会出场吗？"

"不会又临时罢演吧。"

她全身上下出了一身冷汗。

舞台上有她的名牌,"88 EIDEN AYA"。

但是,舞台上空无一人,马上,会场里一阵骚动。

工作人员在窃窃私语。穿着西服的工作人员出来,把写着亚夜名字的名牌撤下。会场上的骚动更大了。

能听到笑声,还有观众席上的议论声。

啊?什么?弃权了?

不是吧,我还准备看好戏呢,荣传亚夜。

又逃走了。看来还是害怕了。

之前还在会场听过第一次预选的演奏呢。

所以啊,其他参赛者水平太高,她害怕了,觉得还是不要出场为好。

还有其他画面,也栩栩如生地浮现在她面前。

见亚夜的名牌被换下,坐在观众席上的奏一脸苍白,跑出了会场。她跑到亚夜所在酒店的房间,按了门铃。但是,没有人应答。奏慌慌张张坐上电梯,跑向前台。前台告诉她,亚夜已经退了房间,结完账离开了。奏赶紧给父亲打电话。

亚夜不见了。她没有参加比赛,说是回家了。

电话那头,浜崎"啊"了一声不再说话。

荣传亚夜在比赛上临阵脱逃的事,马上传遍了学校。浜崎颜面扫地。教授们的声音:浜崎教授也是可怜啊。因为是老朋友的女儿,一直尽心尽力地照顾她。

亚夜绝望了。

不行,我不能回去。也不能弃权。

回过神来,房间里已经是一片黑暗。

亚夜慢慢伸出手来,把门卡插进主电源。

啪的一声,房间里的灯全都亮了。

一瞬间,映入眼帘的,是床上摊着的首次预选要穿的和奏一起挑选的宝蓝色连衣裙。

哈利路亚

第一次预选最后一天。

仁科雅美从一大早就开始去跑要采访的参赛者的寄宿家庭，现在才刚到音乐大厅。傍晚时，第一次预选就要结束，马上就会公布进入第二次预选的参赛者名单。她想捕捉那一瞬间参赛者们的表情，但采访者只有雅美一个人，只好拜托寄宿家庭的人帮她拍摄下录影带。参赛选手们都已经习惯了寄宿家庭，有人已经在拍摄在日本的影像，想"在回国时给父母看看"，所以大家都很愉快地答应了。雅美最想拍摄的是高岛明石，宣布结果的时候想一直跟着他拍摄。

明石被前几天出场的胜算很大的参赛者压倒了气势，一时间垂头丧气，不过第二天已经恢复了元气。今天他们准备一起听完演奏，等待获奖名单发布。他太太今天有课，不能前来。不知是不是自己想多了，有他太太在，自己总是没法定下心来，能和明石一起等结果宣布，让雅美有一种特别的感觉，私底下很开心。

雅美已经来过音乐厅很多次，会场客人之多，仍然令她惊讶。而且跟前几天不一样，有一种异样的紧张感。不，应该说是一种压抑的兴奋。

"怎么样，很了不起吧？今天这么多人。"

她跟在门口等候的明石打招呼，明石点点头。

"今天是第一次预选最后一天了。最后会公布结果。很值得一看哦。"

结果出来的一刻是决定命运的瞬间，但对观众来说，没有比这更刺激的好戏了。

明石装出一副若无其事的样子，实际上，从早上一起床，他就一直忐忑不安。

我能进第二次比赛吗？我的演奏是在哪个水平？七个小时后，我还能笑出来吗?还是垂头丧气地去跟满智子报告"没能进"呢?

他眼前忽然栩栩如生地浮现出自己强忍住失望给妻子打电话的情景,还有自己拼命装作毫不在乎的声音,明石赶紧摇摇头,把那幅画面赶出脑海。

"而且,今天还有很多备受瞩目的演奏者要出场呢。"

雅美看了一眼节目单,"啊"了一声,点点头。

"你是说蜜蜂王子?还有俄罗斯的孩子,上次得了第三名的那个。"

"是蜜蜂还是蜂蜜记不清了,听说是在巴黎的试听上惊艳四座。"

"上次的优胜者也是这样的吧?"

雅美啪啦啪啦翻着节目单,打开那一页。明石也看过去。

风间尘。

经历那一栏一片空白。从他十六岁的年龄来看,很可能之前完全不为人所知。

"嗯,真可爱。好年轻啊,才十六岁啊。"

"口气像老阿姨,小心啊。"

明石苦笑了。不过,他的目光还是被指导教授那一栏吸引了。看到这一页的人都会这样吧。霍夫曼是他的老师,这件事本身就令人难以置信。这对这位参赛者来说,不知道是吉还是凶。

明石往下翻。

他关注的参赛者另有其人。

那张照片,还有这记忆中的旧日面孔,毫无掩饰、直直盯着自己的黑色大眼珠。

荣传亚夜。二十岁。

已经二十岁了,不,应该说,才二十岁啊。

虽然不像蜜蜂王子和茱莉亚王子那样引起骚动,但她的回归也是这次比赛的一大话题。

她会献出怎样的演奏呢?为什么要回来呢?

明石曾经是她的粉丝。他有她的CD，还去听过她的音乐会。

她跟那些他私底下视为"自大小孩"的那些充满异样感的神童不一样，十分自然。听她的演奏时，明石的感觉不是"神童"，而是"天才"。

毫不费力，自然而然，她和音乐融为一体。

这一点给他留下了深刻的印象。所以，在听说她在母亲去世后忽然罢演，不再演奏钢琴时，他吃了一惊，某种程度上甚至感觉自己遭到了背叛。得到音乐厚爱，接受了如此美妙的赠予的少女，竟然放弃了音乐，真是令人备受打击。

不久之后，他想，也许正因为是天才，才这么干脆地放弃了。那种离开的方式，可能是最适合她的。

在他心中，她成了半个"传说"，因此，这次的复出才令他五味杂陈。

那是一种幻灭，就像是以前宣布"想过普通生活"的偶像再次开始演艺活动。

当然，也有期待，"能再听一次了"。他想再度确认曾经的感动是否真实。也许能再次体验当时的感动。

万一自己大失所望，怎么办呢？他也有这种担心。不过，作为同一场比赛的参赛者，不可否认，他也暗地里希望能说"原来就是这个程度啊"，战胜曾经的偶像。

明石一脸复杂的表情，盯着那张照片。

"谢谢！"

"加油哦！"

马赛尔面带微笑在节目单上签好名，递给少女，四目相对，少女发出"呀"的欢呼，转身跑远了。

演奏结束后，每到休息时间，都会出现这样的情况。马赛尔虽然感到荣幸，但他不得不停止分析刚才的表演，多少也有几分不快。

节目单上，已经公布了所有的参赛者从第一次预选到决赛的所有演奏曲目。

仔细看下来，十分有趣。节目单无声胜有声，每个人的选曲，显示了参赛者的技术、爱好，还有参加比赛的策略。所有人的撒手锏都集中到这儿来了，这个人是想展示自己的技巧啊，为什么选这首曲子呢？为什么是这个顺序呢？他时常陷入冥思苦想。第一次和第二次预选都有规则，某种程度上来说，选曲范围有限，第三次比赛有一个小时的独奏，可以自由选曲，是展示个性的机会。全选肖邦还是全选拉赫玛尼诺夫，曲风更靠近现代还是传统，大家都会优先选自己想弹的曲子和自己擅长的曲子。

不过，看这个人的第一次预选选曲，说实话，要么他是个了不起的天才，要么是个呆子。

马赛尔打开的，是接下去登场的风间尘那一页。他的第一次预选的三首曲子，是这样的：

巴赫《十二平均律 第一卷第一首 C 大调》
莫扎特《F 大调第十二号钢琴奏鸣曲 K.332》第一乐章
巴拉基列夫《伊斯拉美》

《伊斯拉美》还能理解。巴赫和莫扎特的曲子，在技术上难度不大，在钢琴曲中《伊斯拉美》的难度数一数二，以此来显示自己的技术，这一点在战略上是正确的。

近年来，钢琴技术的平均水平越来越高，还有几位其他参赛者在第一次预赛中选择了以往很少演奏的《伊斯拉美》。

但是，为什么会选十二平均律第一卷第一首呢？

这首曲子就算是不熟悉古典音乐的人也肯定听过，是超有名的曲子。有名到大家一听到这首曲子，就会想起过去那许多著名的演奏。要弹奏这首曲子需要很大的勇气。更何况是在比赛上演奏。

接下来的莫扎特，也让人觉得这个人"不知天高地厚"。这又是一首超级出名的曲子，正因为如此，很难就这么正面挑战。这个人竟然就这么大大咧咧地选了这两首曲子，到底是天真烂漫，还是自信过头呢？

马赛尔陷入了沉思。

不，等等。这不一定是风间尘自己选的曲子。第一次参加比赛的少年，又是这么重要的第一次预选，由他的老师来选曲更有可能。

如果这是尤治·冯－霍夫曼生前的指示，那肯定就是自信过头了。这么说的话，他们对这样的选曲也是相当有把握的。

马赛尔不由得想吹口哨了。

这家伙很厉害。真期待。

忽然，周围响起了拍手声，舞台上，一个穿着黄色礼服的参赛者正在鞠躬致谢。马赛尔吃了一惊。他这才发现演奏已经结束了，自己都忘了听。

在舞台侧翼深处，调音师浅野耕太郎心神不定，坐立不安。

脑子里浮现出那个少年的身影。

马上就轮到他出场了。也是我的出场。

浅野是钢琴厂商派来的三个调音师中最年轻的一个。为音乐比赛调音是件很辛苦的工作，但作为调音师来说也是荣誉一桩。他一直期待着自己能参与，这次，是他首次参加。他鼓足了劲头，到了现场，却比想象中更加紧张，终于明白了大家都说睡不好觉的原因。有体力上的原因，面对这么多第一次见面、语言不通的参赛者，要调出他们希望的音色，是一件很费神经的事。就算笔记记得再详细也会不安，无意识之中就会想尽量达到选手们所寻求的效果，他们对音色和效果的要求会在脑中一再重现，完全不能放松神经。其中还有些十分神经质的选手，他们的神经质似乎也传染到了调音师身上，有时会跟他们一起心烦意乱。

如果是职业演奏家，事先可以打听对方是什么性格，喜欢什么样的音色，在比赛上，事前没有任何情报，只能面对面请对方弹钢琴，然后随机应变。

有个法国来的女孩很难搞，反复调了很多次音，对方还是说："这不是我的音。"做了很多无用功，正在束手无策之际，他来了。一个一脸天真的日本男孩。光是能听懂法国女孩的话就帮了大忙。

我是风间，请多关照。

少年礼貌地点头致意。

我是浅野。请多多关照。我会尽全力，让你能弹得尽兴。

浅野也低头致意，说着对每个参赛者必说的台词。

啊，我怎么都可以。我知道这是好钢琴。

少年淡淡地说。"再会。"少年好像准备掉头走开。浅野不禁怀疑起自己的耳朵。

怎么都可以？这算什么？

浅野挠挠头。十六岁，听说是第一次参加比赛。应该不会不知道调音的重要性，是不是应该事先向他强调一下呢？

每个人弹琴的力道不同，喜欢的音色也不同，钢琴的音的变化比你想象的要大哦。而且，调音以后，也会更适合你弹的曲子。请先弹点什么给我听听看。

嗯。

这下轮到少年挠头了。

他犹豫了一会儿，然后走近钢琴，调整椅子坐下，哗的一声，跳出了鲜明的音阶。

浅野不由得挺直了身体。

令人无法相信，这是和刚才那个女孩同一架钢琴。这是我们做出的钢琴的声音吗？

少年开始缓缓歌唱，令他一惊。

会场和舞台侧翼的工作人员都睁大了眼睛。

《温柔地爱我》。

浅野惊呆了。

应该是即兴演奏吧。伴随和弦，仅以音阶为伴奏，少年欢快地唱着歌。声音没有经过训练，不过舒展动听。

但是，自己来确认调音，从来没有碰到过参赛者边弹边唱。一般都会弹给他听自己要在比赛上弹的曲子，确认手感和音色。

忽然，少年停了下来。他"嗯"了一声，抬头望着天花板，向四周东张西望。

怎么了？

浅野不由得出声问道。然而，少年只是"嗯"了一声，站起来，然后忽然双膝跪在地板上，耳朵贴地。

怎么了？

他赶紧走近，少年抬起手制止了他。少年静静地听了一会儿，"原来如此"，他站起来，无所顾忌地往舞台深处走去。

浅野先生，可以动一下这架钢琴吗？

少年指着右边的大钢琴。

舞台深处，放着比赛赞助钢琴厂家的三台不同的钢琴。参赛者可以选择其中任意一台。

浅野照少年的要求和他一起把钢琴移动了三十厘米。

少年再次坐在椅子上开始弹起音阶。

嗯，现在好了。

他点点头，对浅野说：

"浅野先生，我弹的时候，那架钢琴，可以放在那边吗？"

"可以，但是，其他的钢琴呢？剩下的钢琴也可以移动哦。"

少年断然摇摇头。

"不，只要那架钢琴保持原来位置，我就没问题了。"

少年好像已经完成了任务，站起身来。

"啊，对了对了，这里和这里的音有点怪。弹音阶的时候，这两个地方的音好像不太顺。"

少年好像想起来，指了指琴键上的两处，然后就消失了。

浅野调整了少年指出的两个地方。确实，可能大多数人注意不到，音高一个稍微有点高，一个稍微有点低。不太顺，是很准确的说法。

这孩子耳朵真灵啊。

浅野擦了擦头上的冷汗。那个寻找"我的声音"的少女和浅野都没有注意到。他赶紧从口袋里拿出胶带，走到刚才和他一起移动的钢琴的位置。用胶带在地板上做好记号，在胶带上用油性笔写上他的号码，他想，等会儿要去跟钢琴厂家那边的人解释一下。

舞台一角的名牌换好了。观众席上一股异样兴奋的骚动。

81 KAZAMA JIN

近来，为尊重各国姓名的书写习惯，日本人的名字也把姓放在前面了。

三枝子发觉，自己忽然无缘无故地紧张万分。不过，她的紧张和西蒙、斯米诺夫，甚至纳撒尼尔感觉到的紧张都不一样，当然，奥莉加和其他评审想必也都兴致盎然。那三个"问题儿童"在巴黎发掘的少年，到底什么水平，在一旁等着看好戏的人肯定不少。

是想要给他们定罪还是想嘲笑他们呢？

不，怎么评论自己都好，三枝子自己打心底里热切地想知道，风间尘这个少年的音乐到底是怎么回事。

那是我的第一印象，是错的吗？

我得好好确认。

三枝子装作面无表情，越来越焦急地等待着那个瞬间。

舞台监督田久保宽，为观众席的异样氛围感到不安。

偷偷一看,休息时间已经过了一半,陆陆续续还不断有观众进来。后排都有人准备站着看演出了。

没问题吧?

他不由得回头看了看站在舞台侧翼等候的少年。不过,他马上后悔了,这个动作可能会让参赛者不安,但少年似乎完全没有在意。

观众们张大嘴等候着,似乎在等待大餐,迫不及待要扑上去。而我们的主角却一副轻松得不得了的样子,正在用小指头掏着耳朵。

是大将风范,还是一无所知呢?

田久保也无可奈何。

如果把少年扔在人堆里,完全不起眼。他比工作人员更放松。他穿着白衬衫,稍微有点大的黑色便裤。不会就是学生服的裤子吧?

这些暂且不论,更大的问题是,观众席坐得这么满,演奏听起来会很不同。观众的身体,就会吸收很多声音。而且,后面的墙边上,侧面的通道上都站满了人,就更不一样了。这件事应该提前告诉少年吧。

田久保不知道自己说这些多余的话是不是会给少年带来不必要的压力,他准备把赌注押在少年的"天然呆"上。而且,听说这孩子耳朵特别好。应该能理解自己的忠告吧。

"那个,风间君。"

他装作若无其事地开口,招了招手。

"观众太多了,有很多人都准备站着看。站在墙前面的客人会吸收掉相当多的声音。所以呢,可以比平时弹得更用力一点。"

"啊,好的。"

少年似乎恍然大悟。

"是嘛,观众啊,原来如此。"

少年和田久保一起从小窗口望向观众席,一瞬间陷入了沉思。舞台上,浅野正在专心地调音。

少年忽然抬起脸对田久保说：

"对不起，您能告诉浅野先生吗？请把之前我拜托他的钢琴的位置恢复原样，然后往相反的方向移动三十厘米。"

"啊？"

田久保慌忙从胸口口袋里掏出笔记本和圆珠笔，请少年再说了一遍。

少年在笔记本上画出图，留下给浅野的指示。

田久保赶紧走上舞台，把笔记本递给浅野，告诉他少年的指示。

"真的要这样吗？"

浅野看着笔记本惊讶地反问。田久保解释说客人很多，他似乎明白了什么，赶紧去调整钢琴的位置。观众席上一阵喧哗。那当然了，正在调音的调音师，跑去移动不弹的钢琴，是要干什么呢？

没时间了。

浅野再次回到中央的钢琴边，确认了钢琴的声音，快速回到舞台侧翼。时间刚刚好。虽说每次都是这样，但每次自己都很担心会耽误时间。

"真对不起，忽然提出这样的要求。"

少年深深低头致歉。

"放在那里可以吗？"

浅野回头望向舞台。

少年从小窗户看了一眼钢琴，点头说："好的，没问题了。"

田久保看着手表。

好了，总算赶上了时间。

"好了，风间君，时间到了。"

旋转门打开了，少年轻盈地出现在光芒之中。他的样子，简直就像是去家附近的便利店买杯茶。

少年一出场，一阵热烈的掌声扑面而来，他吃了一惊，反射性地停下脚步，当场深深鞠了一躬，观众席上爆发出一阵笑声。

还是个孩子啊。

纳撒尼尔看着这个只能用"赤子"来形容的毫无修饰的少年，一瞬间气消了一大半。

别被观众的期待压倒啊。

这种关心只是一瞬间。深深鞠躬的少年抬起脸来，目光投向钢琴。纳撒尼尔看见他的脸，吃了一惊。

这张脸，是怎么回事？那眼睛的颜色，跟刚出场时判若两人。

他想起了"邪恶之眼"这个词，又赶紧打消自己的念头。然而，全然不顾周围似乎完全被钢琴所牵引（有这种感觉）的少年脸上，刚出场时的天真无邪完全消失了。

少年啪地坐在椅子上，调整椅子似乎也令他不胜其烦，他马上开始了弹奏。

啊。

纳撒尼尔能感觉到，其他评审也都和他一样，吃了一惊。

坐在楼下的观众恐怕也是如此。整个会场上的人，都似乎不知道发生了什么，还处于震惊之中。

怎么回事，那声音？到底是怎么发出来的？

就像雨滴承受不住自己的重量，一粒一粒垂落下来——

特别的调音？这么说来，刚才调音师移动了后面的一架钢琴，应该有什么关系吧。

不过，纳撒尼尔在心里摇了摇头。

光是调音，声音不可能差这么多。这孩子之前的参赛者，弹的也是这架钢琴。

为什么会有这种声音从天而降的感觉呢？

远远近近，似乎钢琴在自己发出声音，主旋律一个接一个浮现，就像许多人在演奏，简直就像是在听立体声。

对，声音非同一般，是立体的。为什么会这样呢？

纳撒尼尔发现，自己受到了强烈的震动，这一点更令他备受打击。

真是纯洁无瑕、神圣无比的十二平均律，就像是天上的音乐。这是从来没有听到过的演奏。

高岛明石陷入了一片混乱。

每一个音的回响都如此悠久，这是怎么回事？难道是调音的原因？

想到这里，他心中一惊。忍住不回头去看。

不，不可能。这么多观众，墙边也挤得密密麻麻。然而，声音的回响竟然如此清晰。

明石不由得打了个寒战。

这是一个未知的、完全出乎意料的天才。和马赛尔·卡洛斯完全不同。

转眼间，曲子已经从巴赫变成了莫扎特。曲子的色彩更加明亮，简直是光彩熠熠。舞台散发的光芒似乎更加强烈了。

所有的观众都咽了口唾沫，完全被征服了。明石也成了这些观众中的一员。

胸中一阵躁动。心跳加速，身体里面变热了。

这正是莫扎特一箭穿心的无上的旋律。就如同泥污中舒展纯白花蕾的大朵莲花，毫不犹豫，毫不迟疑，理所当然地摊开双手沐浴着从天而降的光芒。

这孩子，从坐下来开始一直在笑。

明石注意到了。他完全没有看琴键。与其说他在弹钢琴，不如说是钢琴在弹奏他。就像是他跟钢琴打了声招呼，钢琴开心地跟他玩耍。

哇。

明石和其他观众一起，沉醉于钢琴奏鸣曲第十二号第一乐章，最能表现莫扎特天才的乐句。每次听到这里，都会被数百年前写下的奇迹般的旋律震动，但他一弹到这个部分，仿佛电光火石，那种悸动发生在整个会场所有的人身上，明石起了一层鸡皮疙瘩。

这首莫扎特，到底要什么时候才会结束啊？

回过神来，曲风又是一变。不稳定的震音响彻全场，令人心神为之一震。

这是第三首曲子《伊斯拉美》。

他到底是怎么让钢琴发出声音的呢？

钢琴像是在自动演奏，少年的手碰触琴键之前钢琴就在响了，这种错觉令马赛尔也不住咋舌。

十二平均律。除了风间尘的演奏已经不再做他想。以后也许会成为一个标准。

笨拙朴实，然而充满了难以言喻的欢乐。跟以前的演奏都截然不同。

朴素又充满官能性，甚至有些煽情——

感觉就像没有乐谱。

听了他弹的莫扎特，就是这个感觉。

就像是刚想起来，开始即兴演奏。那著名的乐句，也像是他刚刚即兴创作出来的，新鲜生动，令人感动。

还有这首《伊斯拉美》。

说不定，他根本不知道这首曲子出了名地难。

这是马赛尔的直觉。

一般，弹奏难度高的曲子时，参赛者会摆出"接下来要弹一首很难的曲子"的架势。连职业钢琴家也难以免俗。这样一来，似乎曲子的难度又被提高了，听众也更觉得"这是一首很难的曲子"。

但是，眼前的少年似乎完全没有意识到这一点。他只是觉得这首曲子很有趣，自己也在兴趣盎然地弹奏。

实际上，马赛尔也是第一次感觉到这首曲子如此妙趣横生。

《伊斯拉美》原来是这样一首曲子啊。每一个音符都听得这么清清楚楚，搞不好自己还是第一次吧？

马赛尔感到自己起了一层鸡皮疙瘩。

这首曲子能弹成这样，真是了不起。

要控制的音越来越多，速度越来越快的时候，音必然就会变得薄弱。然而，少年所弹奏的和音，完全没有混浊的音符，每一个音符都清清楚楚，声音洪亮，却绝不支离破碎。到了后半段，力量越来越强大。

以前马赛尔曾经试过这首曲子。因为旋律和节奏的关系，《伊斯拉美》以准确的速度来弹奏，有几个地方必然会拖延变慢。啊，这里又慢了。总是同一个地方。但自己明明速度没有问题。是错觉。然而，这孩子的演奏中，完全感觉不到这个问题。也就是说，他以脑中听起来准确的速度在弹——这也就意味着，这首快速的高难度的曲子，在那些怪异的地方，他用上了更快的速度。

这是多么扣人心弦啊。

曲子后半正向着高潮前进。光辉灿烂的旋律，令人惊艳的和音的连续敲击和加速，从钢琴，不，从舞台上的大长方体空间，好像跳出了音的墙壁。

那高分贝的声压，飞跃而出的音乐扑向观众，观众在座席上拼命顶住音乐的狂风。当然，"顶住"的是听到这令人惊叹的演奏时的冲击，这是一种难以形容的绝顶的快乐。地震一般浑厚的震音，像高速球一样向观众的脸、眼睛、耳朵、全身袭来。

马赛尔也和其他观众一样，忍受着狂风巨浪，贪图着快乐。

全新的体验，这真是前所未有的体验。他的音乐，就是一种"体验"。

敲出最后一个利落的音符，少年就像是受到反弹，站起身，深深鞠躬致意，眨眼间就离开了舞台。

观众们刚才一直在惊涛骇浪中经受冲击，还没察觉演奏已经结束，演奏者已经离开，一片沉默包围着会场。

然而，接下来，回过神来的观众，爆发出欢呼和鼓掌声，简直让人以为是一场暴动，淹没了所有的声音。

悲鸣、怒号、狂热，所有的声音摇动着大厅。很多人忘乎所以地站起身来。

第一次预选没有返场。可是观众不肯答应。

热烈的欢呼声,跺脚声,还有鼓掌声。

但是,舞台上的白色旋转门不再打开,直到工作人员来为下一位演奏者换上名牌。

若你能回来那多好

风间尘的演奏,给评审们带来了恐慌。

对,这真是平地惊雷。

三枝子看着周围人的表情想道。

风间尘刚从舞台上消失,大家就七嘴八舌讨论开了。评审们互相看着对方的脸色,有些人的反应令人吃惊。

纳撒尼尔正铁青着脸陷入沉思。他全神贯注,应该是正在分析风间尘的演奏。他好像全然没有注意身边的人。看起来受到了相当大的冲击。

如她所料,众人的反应完全是两个极端。

难以置信,太奇妙了,简直是奇迹。

真下流,低级的煽情,跟玩杂耍似的。

真是不可思议。

马赛尔·卡洛斯当时可以说是收到了评审全体的赞赏和祝福,但风间尘却大不一样,这究竟是怎么回事呢?

三枝子静静地深呼吸,调整自己的情绪。

这是第二次听了,多少明白了一点。

听他的演奏,感情上都会有波动,不论是好是坏。他的音乐,碰触到了听众潜意识底下平常被压抑的感情中尚未死去的部分。

就是那些暂时被遗忘的、心底柔软的部分。

那是每个人心里都有的秘密的小屋。

成为职业演奏家之后,那个小屋变成了一种微妙的存在。从孩童时起,自己真正喜欢的音乐的面影。对音乐抱有的青涩的憧憬,原封不动地保留在那里。

另外，成为音乐家以后，自己喜欢的音乐和优秀的音乐，是两回事。这一行业内部的常识已经铭刻在心。越来越习惯把音乐当成工作，当成商品来提供，反而很难公开宣称自己喜欢什么样的音乐了。渐渐在痛苦中明白，让自己满意的演奏，自己理想中的演奏，已经无法实现了。作为职业演奏家的生涯越长，藩篱就越高，理想就越远，心中的小屋越来越成为一个神圣的所在。弄不好的话，自己也越来越少去打开那个小屋，平时甚至忘记了小屋的存在。

但是，风间尘的演奏，却意外地找到了自己都已经忘却的那个小屋，出人意料地粗暴地打开了小屋的门。对于他打开小屋的门这件事，有些人十分感谢，反应狂热，有些人却感到隐私受到侵犯，下意识地拒绝，因此才出现了两种极端的反应。

霍夫曼先生早就意识到这一点了吧。

那些并未封闭起自己柔软的部分、毫无防备地听着音乐的观众，感情马上就被房获，表现出狂热的迷恋，也是理所当然的。

虽说分析了一番，到底怎么评价他的音乐，三枝子还没有能理清楚，脑中仍然存在一个巨大的疑问。

还有一件事很不可思议。

第二次听风间尘，厌恶感消失了。她只是就那么被他吸引，发出惊叹。

这是怎么回事呢？三枝子心想。

难道是因为自己读了霍夫曼先生那封信？那封信让自己产生了新的偏见？

不过，毫无疑问，风间尘的演奏有非常强大的情绪感染力。

他到底是怎么弹奏出那么生气勃勃的音乐的呢？

他以完美的技术再现了乐谱，充满激情，充满活力。但他看起来不像是读了千百遍乐谱，练习到天昏地暗的那种人。

在他身上，完全看不到历经艰险、刻苦练习的痕迹，这一点多少引起了评审们的抗拒感吧。

这些年来，演奏家怎样正确地传递作曲家的思想，这一命题被放在第一位，怎样解读乐谱，如何描绘当时作曲的时代和个人背景，占有很重要的比重。演奏家自由解释、自由发挥的演奏并不受欢迎。

然而，风间尘的演奏远离那些解释，十分自由。让人觉得，搞不好他连作曲家的名字都不知道吧，充满了真正的自由和独创性。给人的印象是，他以自己的肉身，与曲子一对一正面对峙。就算这样，他的演奏仍然是完美的——当然对现在从事音乐教育的相关人士来说，是很难接受的。

"尤治到底是怎么想的？"

忽然听到奥莉加在自言自语。

不愧是评审委员长，那泰然自若的态度，很难听得出她到底是赞赏还是抗拒。

不过，很显然奥莉加也经过了沉思。

发现三枝子在看着她，奥莉加面朝着她，露出一副奇妙的表情。

"真有意思。很有趣，这个孩子。"

她低声说着，好像在自言自语。

她并不是在征求三枝子的意见，奥莉加轻轻摇了摇头，慢慢走向评审休息室。

"亚夜？亚夜，要上去了哦。"

奏拍了拍亚夜的肩头，亚夜这才恍然若醒。

"啊，真的呢。"

看看舞台上，不知何时已经换上了"84"号的名牌。到时间该去练习室换衣服等候了。

"亚夜，没问题吧，要我陪你去吗？"

亚夜回头，看见奏一脸担心的样子，摇了摇头。

"不，我没问题。你留在这儿吧。"

亚夜捧起礼服盒子，站起身来。

不知怎么，脚步有点轻飘飘的，不知道自己身在何处。

对了，是在参加比赛。我也要出场了？

亚夜啪啪拍打自己的脸。

她仿佛被热浪托着走过，走到出了音乐厅。脑子里风间尘的演奏还在继续。

周围的一切都不入她的眼。还好身体还记得，她坐上电梯，去往有练习室的那一层。

但是，风间尘的音乐仍旧没有消失。巴赫、莫扎特、《伊斯拉美》，仍在流淌。

一大冲击。

那色彩斑斓的音乐。

充满生命喜悦的音乐。

仿佛从舞台溢出来的神圣威严的音乐。

这孩子，是被音乐之神爱着的人。

在大学时看到这个孩子的脸，那时她的直觉没错。

看到站在舞台上的他，她就发现这是那个孩子，他开始弹钢琴的瞬间，亚夜心中明明白白地确认了这一点。

第一次预选最后一天的早上，亚夜在沉重的绝望中度过。

几天前在化妆室听到的对话还没有从脑海中消失，练习的时候也不能集中精神，亚夜甚至想呕吐，但又不能夺门而出逃跑，在想要尖叫出声的恐怖中，她心焦地等待着那一刻。

奏把亚夜的表现解释为紧张。她还是跟平时一样若无其事地对待亚夜，拉着亚夜来听"蜜蜂王子"的演奏。

其他参赛者的演奏她完全听不进去。舞台上展开的激烈赛事，仿佛跟自己完全无关，她只觉得那像是发生在另一个星球上的事。

我在第一次预选就会被刷下来。今天我就要完蛋了。曾经的天才少女传说，将在这个舞台上悄悄降下帷幕。最终还是没能复出，果然过了二十岁就变成了普通人，这是一个见惯不怪的无聊结局。

亚夜心底深处抱着这样冷冰冰的预感。

对不起，奏。对不起，浜崎先生。

她不停地向浜崎父女俩道歉。让一直陪伴在身边照顾自己的奏失望，真是对不起。这对父女以后会怎样对待我呢？应该是他们会更伤心吧。亚夜想象着为自己担心的那两个人，更觉得心痛。

"这人真厉害，这个蜜蜂王子。"

奏忽然抬起脸来，看看四周。果然，周围显得无比喧闹。站着看热闹的观众堵住了靠墙的通道。

"真厉害，音乐厅都挤满了。"

这非比寻常的景象，让亚夜也睁大了眼睛。她明知这是在巴黎试听中引起话题的日本人，不过观众的热情还是让她感到甚至无缘无故有点害怕。虽说这不关她的事，这么引人注目，她不由得同情起那个"蜜蜂王子"来。

然后，他出场了。

他一出来，亚夜就意识到，就是那个少年。

他开始演奏了。

亚夜在前台登记好，被带进练习室。

在走廊上，就能听见其他练习室里传出参赛者拼命练习的声音。

走进练习室，在大钢琴面前坐定。

然而，亚夜脑中回响的，仍然是风间尘的钢琴声。

亚夜闭上眼睛，听着那钢琴声。

音乐之神。神，就在那里。

那种不可思议的感觉，亚夜后来多次回想起来。

忽然浮现在脑海中的，是幼时的往事。一边听着落在屋檐上的雨声，一边用手指打着节拍的少女。

妈妈。绵贯先生。有 G 音符号刺绣的书包。

过去跟钢琴一起度过的时间和情景,都一一在眼前复活,鲜明得可怕。

每个音乐厅,各地的钢琴,还有指挥和管弦乐团的团员们。

以前弹过的曲子,钢琴的声音,都在头脑中流淌。

对了,那时候,钢琴里总是住着一个人。站在舞台上走向钢琴的时候,总觉得钢琴里有谁在呼唤她。总有一个人在那里等着我。

风间尘。他看起来非常快乐。就像过去的我。

神在那里等着他,就像等着过去的我。

他在和神一起游戏,就像过去的我。

那是多么快乐的事啊,我已经完全忘了。

不,不对,是我逃开了。

亚夜激烈地摇着头。

不是忘记了,是我逃走了。

胸中一阵钝痛,是自己一直不敢正视这个事实。

要和神一起游戏,必须献出自己的全部。把自己勇敢地袒露出来,赌上全副身心来游戏,她觉得太过分了。还是去玩玩别的游戏吧,在她内心深处,闪过了这样的念头。

我热爱音乐。她给自己找了个借口,因为热爱,所以可以被原谅。

她有一种冲动,想要哭出来。

感觉有热血涌上太阳穴。

我想弹钢琴,像风间尘那样。

我想弹钢琴,像过去的自己那样。

曾经的欢乐,我想再次把它弹奏出来。

亚夜最终还是紧闭双眼,坐在练习室里,没有再碰钢琴。

工作人员伸进头来看这个房间,一脸惊讶地走过去,亚夜也完全没有发现。

接下来第二个就是你了,工作人员来敲门叫她,她才回过神来,发现到时间要换礼服了。

又有许多观众进来，站着听演奏。

风间尘的演奏之后，音乐厅里人头攒动，现在也不见少。不过，气氛不一样了。刚才如同盛会一般充满期待，现在大家却似乎都屏住呼吸压住兴奋，充满了不安的期待。

奏深深地感受到了这种不安定的兴奋。

她发现自己前所未有地紧张。

就算以前自己演奏的时候，都没有这么紧张过。自己经过了多少练习，付出了多少努力，自己很清楚。明白自己的能力极限，站在舞台上时，能够坦然地接受所有的一切。

但是，如果是别人的演奏，奏就无能为力了。

天才少女复出，或是她最后的陨落，等着看这场好戏的观众们，是充满恶意和幸灾乐祸的视线。

奏一瞬间呼吸不畅，对在这种视线的集中炮火攻击下演奏的亚夜，充满了深切的同情。

不过，奏还是果断地摇摇脑袋，把这样的想法从脑中赶走。

没问题，我相信亚夜，相信自己的耳朵。

奏不出声地深呼吸。

观众们还在人声嘈杂地走过通道。

"欢迎回来。"

田久保宽只说了这么一句。

短短一句话，隐藏着千言万语。

站在舞台侧翼的少女，似乎有些惊讶地看了一眼田久保，思索片刻，好像想起了什么，对他微笑点头。

田久保也不由得对她还以微笑。

对，田久保也曾经这样把她从舞台侧翼送出去——他还记得那首曲子，是拉威尔的协奏曲。

他站在侧翼倾听，当时心灵的震动现在还像是昨天发生的事。

啊，她是真的天才，他看着回到舞台侧翼的少女精神奕奕的侧脸想。

田久保也注意到，和风间尘那时候一样，一种别样的怪异氛围笼罩着观众席。

不过，看着静静站在黑暗中的少女，她那从容沉着的态度，反而让自己也平静了下来。

"好了，荣传小姐，到时间了。"

田久保看看手表对亚夜说。

少女平静地走上舞台。走进光芒中的她，侧脸甚至不再像一个少女，而像是过去曾见过的那样，充满了女神的威严。

在坐得满满的观众席上，马赛尔伸长耳朵听周围低声交换的闲言碎语，他们正在讨论下一位参赛者为何如此引人注目。

她曾被视为天才少女，很早就开始演奏活动。自从身兼导师和经纪人双重身份的母亲死后，她停止了弹奏钢琴。自此以来，今天是她第一次在公众场合弹奏钢琴。从坐在旁边的女观众的话语中，透露了这样的故事背景。

马赛尔感觉到了自己四周飘荡的空气。

那是一种很明显十分复杂，甚至有些险恶的气氛。

真可怜。这么一来，没法好好弹了。

他正在同情这位少女，旋转门开了。

一个身材娇小的少女出现在舞台上。

她出现在舞台上的瞬间，马赛尔吃了一惊。

不知道为什么，那张脸牢牢地抓住了他的视线。

啊。

少女一登场，似乎有一阵清凉的风吹了进来。

在各种难辨其意的热烈鼓掌和喊声中，少女淡然地走向钢琴。

简洁鲜明的蓝礼裙。呈现锐角的齐耳短发。

令人印象深刻的眼神。就像是从脸上放出的光芒——

他忽然察觉到，自己以前也曾经有过同样的感觉。

很小的时候——就在日本。

他赶紧再去看她的名字。

EIDEN AYA。AYA——

他的心脏猛然一跳。

难道是，难道——他对自己说，脑子里浮现出酒店房间的行李箱一角陈旧的布包。

不可能有这么巧的事。

他这么告诉自己，然而，心跳停不下来，反而越来越剧烈。

少女坐在椅子上，会场安静得可怕。观众席上所有的眼睛都盯着她。

马赛尔的眼睛也无法离开少女。他眼珠一动不动，生怕错过少女的侧脸的细微表情和每一个眼神。

但是，这一切，少女似乎都毫不在意，她抬头望天。

灯光似乎有些刺眼，她眯起眼睛，嘴边似乎浮出一丝苦笑。

不过,下一个瞬间,她脸上现出一种有力凝缩的庄严表情,手指按下了键盘。

她一开始弹奏，整个会场都醒了。大家都正襟危坐。

与众不同。

高岛明石脑子里浮现出了这个词。

啊,对了,这是比赛。之前不管别人说好说坏,都不过是业余爱好者的评价。

他脑中浮现了这样的感想。

看啊，现在，舞台上的就是自出生以来就以音乐为职业的专业人士。

滑稽的是，明石发现自己放下心来，甚至感到了无力。然后一切变得可笑。

她仍然是偶像。以前是，现在也是。

纳撒尼尔·席尔伯格听着荣传亚夜精彩绝伦的演奏，想起了带着苦笑摇着头的浜崎的声音。

该叫醒那孩子了。

他俩是老朋友，浜崎担任私立音乐大学校长，他向浜崎询问日本的出场选手情况，浜崎这么说。

浜崎没有说是谁，听了这个少女的演奏，他明白了。

她已经觉醒了。

也许，浜崎只是出于谦虚才这么说。这样的参赛选手，真是出其不意的伏兵。自己事先完全不知道。

他有点生气，又有点想苦笑。

十分成熟。就像一个老成的大人，混进了天真无邪的孩子群里面，这是"真正"的音乐。高超的技巧完全与音乐融为一体，耳朵已经分辨不出技巧，不知不觉被吸引，自己也成了一个观众。

有深度，充满独创性。贝多芬的奏鸣曲，随处可见饶有趣味的阐释。她已经拥有了自己的音乐。她的音乐里，有不容侵犯的骄傲。就像这个孩子在开自己的独奏会。

听着听着，他不禁出了一身冷汗。

会成为马赛尔的强敌的，不是风间尘，而是这个孩子。

她平静地弹起了第三首曲子《梅菲斯特圆舞曲》。

观众们已经忘记了恶意和好奇心，专心致志地沉浸于音乐之中。

荣传亚夜的音乐。

奏胸中波涛起伏，简直都要哭鼻子了。

十年前，第一次听到亚夜的演奏时的兴奋，鲜明地复苏，她的全身变得灼热。

她的演奏和马赛尔·卡洛斯完全不同。

私密而又充满戏剧性。高贵又凄切。一阵阵兴奋如同小小的波浪,不断袭来。不由自主,令人心灵震颤,这就是亚夜的《梅菲斯特圆舞曲》。

在舞台上自由自在地弹奏钢琴的少女,真的像是在"飞翔"。飞翔于天上的女神。曾经令人敬仰的女神又回到了舞台上。

奏不由得在心中自言自语。

欢迎回来,亚夜。你总算回到舞台上了。

会场的最后面。

在靠墙的走道一角,有一个戴着皱巴巴帽子的少年的身影。

在专心倾听的观众中间,少年睁大眼睛,一脸兴奋,目不转睛地盯着舞台上的少女。

演奏结束了,亚夜站起身来,深深鞠了一躬,掌声已经淹没了全场。

抬起脸来,少女粲然一笑,快步走下舞台。

谁都没有出声。只有静静的感动笼罩着观众席,大家一句话也说不出来。没有欢呼声,也没有跺脚声,只有热烈的掌声经久不息。

"啊——"

"真棒!"

"不愧是荣传亚夜,真棒!"

"真是,完全不一样!"

周围充满了感慨至深的赞美声。马赛尔几乎是弹跳着站起身,他都没有发觉,自己急着要出会场,他兴奋不已。走道上都是被刚才的演奏感动正在议论纷纷的观众,寸步难行。

快,快点出去。

他焦躁不安,亦步亦趋地跟在前面的观众身后。

没错，是她。她就是我的小亚。

马赛尔几乎要哭了。

见到她了，真的见到她了。真令人难以相信，在这个地方。

马赛尔在脑中不断叫喊着，虽然没有倾听的对象。他再也难以忍耐一动不动的队伍，跟前面的客人说着"对不起""借过"，推开人潮，如同脱兔般冲到了大堂。

浪漫曲

亚夜换上平时穿的毛衣和牛仔裤,感觉返璞归真了。

就像视线忽然开阔,摆脱了阴魂不散的魔障,心情分外清爽,连自己都觉得不可思议。今天早上,不,在听到风间尘的演奏之前,自己还怀着无比沉重的绝望。

看来还是礼服太紧了,表演下来太累了。要是演奏时能穿着更轻松些就好了。

亚夜伸了个懒腰,一身轻松地打了个哈欠,走出休息室。

刚才在舞台上的那一幕,已经像一个梦。

精神太过集中,完全没有注意到观众席上的反应。现在,她已经完全放松下来,感觉刚才的自己是另外一个人。

在亚夜后面还有两个参赛者。接下来马上就是第一次预选公布结果。

她一边看着手表一边等候,不过这件事也已经像是跟自己无关。

我是为什么弹钢琴呢?

终于有空这样冷静地问自己了。

不,演奏的时候自己也很冷静,好像有另一个自己一直在冷静地旁听着音乐。自从开始弹钢琴,这个人从不松懈。从自己幼小时候起,一直有另一个自己,在从高处俯视着现实中的自己。

不过,刚才自己的冲动,那是……

想起来的瞬间,自己内心深处一阵骚动。

要像风间尘那样,像被音乐之神钟爱的他那样弹钢琴,产生这种想法的冲动来自何处呢?

已经好多年，不，甚至在自己年幼时，都没有感受到过这种冲动。这种感情存在于自己心中，连自己也不知道。

那孩子，那孩子的音乐，激发出了自己的这份冲动。

亚夜陷入了沉思。

风间尘。应该感谢他吧，还是……

慢吞吞地乘上电梯，按下大厅那一层的按钮。她去了一趟洗手间，又换好了衣服，下一场演奏已经开始了。

不过，毫无疑问，这种充实感和感情净化，只有通过舞台演奏才能获得。普通的练习和演出中都体会不到。

自己还想体会这种感觉吗？

冷静的自己淡淡地问道。

你还想重返舞台吗？想完全回到第一线吗？不，既然已经站在这个舞台上，世人已经认为你回到第一线了。你做好面对他们的准备了吗？

就在前几天，在化妆室听到女孩们的对话，还在为充满恶意的世间扑向自己而恐惧，现在，自己已经站在公众面前，迎面而来的必定不止几句不疼不痒的讽刺。

是的，肯定会发生更多不愉快的事。你能忍受吗？你能轻松自如、满不在乎地面对吗？

会怎么样呢？自己也不清楚。

亚夜轻轻摇了摇头。

不过——我很开心。真的。

在冷清的大堂走廊的一角，电梯通往有练习室的楼层。

出了电梯，如她所料，走廊里一个人也没有——不，有一个高大的影子。

蓬松卷曲的茶色头发，剪裁得当的蓝衬衫配便裤。

啊，是茱莉亚的王子。

亚夜认出来了。

哇，走近看更是身材魁梧，果然有高贵气质，真的是位王子。华丽优雅，闪闪发光，跟自己不像是同一个地球上的人。

她在内心惊叹。

他站在这里，是在等谁吗？

她不由得往自己身后回望，又看看四周。

电梯里只有亚夜一个人，周围谁也没有。

然而，王子仍然直直地望向这边。他的眼睛，不知怎么，有些湿润。为什么会用那种眼神看着不认识的自己呢？

她恍然大悟。

对了，大概是有人要从楼上下来。那个人没能搭上自己这趟电梯。

想到这一点，她放下心来。

幸好，差点误会了，自己心里一个劲儿怦怦跳。

她暗自摸摸胸口，准备悄悄从他身边经过。但是，他有些害羞地转动了身体。

从她肩头飘过不确定的声音：

"——小亚？"

人类记忆的组成结构，真是一个巨大的谜团。

不知是哪里联动，遥远日子的一幕又被翻了出来。

听到那个叫声的瞬间，一瞬间，过去的岁月全都席卷而来，亚夜脑中已经尘封已久的抽屉啪的一下打开了。

这个声音，这个语气，这样跟我说话的是——

亚夜回过头的瞬间，仿佛看到了一个修长瘦弱、肤色浅黑、头发蜷曲的拉丁面孔的少年。

小亚，我，要回法国了。

少年不知所措地说。

亚夜大哭，少年只是垂着头，一直不停地说着，对不起，对不起。

总是谦逊有礼，极少自作主张，甚至有点落落寡欢的少年，却能弹奏出晴日大海一般宏大的声响。

"马——"

亚夜睁大了眼睛，不知不觉张大嘴巴，却发不出声音。

"小马？是小马吗？真的是？"

她仔仔细细端详着眼前的少年。

少年——不，现在已经是身高一米八八的仪表堂堂的青年，脸上放出光芒，使劲地点着头。

"对啊，我是马赛尔。小亚，小亚给我的 G 音符号书包，我现在还保留着呢。"

"真的？"

自己的反应，完全是自己平时不屑的。

"假的吧？""难以置信！""真的？""太棒了！"那些蹦蹦跳跳像粉红色的苍蝇一般的同龄少女，只会叫出这些毫无意义的话。

但是，现在，自己嘴里只能吐出同样可怜的单调话语。

首先，现在这种情况下，十几年以后的重逢，除了大叫一声扑上去抱住他应该做出什么样的反应呢？

然而，扑过去以后才发现，马赛尔的下巴在亚夜头顶上，马赛尔的双臂圈住了亚夜的双臂。他比她足足大了一圈。

"小马，长成大人了！"

亚夜不由得再次仔细打量马赛尔的面孔。小时候看上去是拉丁小孩，现在，皮肤和头发的颜色都变淡了，完全变成了无国籍的人。立体的面孔，一眼看上去像是哲学家或者僧侣，难以接近。

不过，马赛尔大笑了。

"受不了，小亚，说话像我家奶奶。小亚一出现在舞台上，我就认出你来了哦。你完全没变。"

那又怎么样,亚夜在内心吐槽。我可是事先完全不知情。

那个瘦弱胆怯的拉丁少年(虽说"胆怯"和"拉丁"这两个词似乎有点矛盾),竟然变成了如此伟岸闪光的王子,真是难以想象。

马赛尔紧紧握住了亚夜的手,亚夜一阵慌乱。

"对了,小亚,老师还好吗?我可是遵守了跟老师和小亚的约定哦。回到法国,马上就开始练钢琴了。"

马赛尔兴奋地说。

"一开始跟音乐大学的大学生学,后来他把我介绍给了巴黎音乐学院的老师。我进了巴黎音乐学院,两年就毕业了。"

亚夜愕然。

"小马,你真是个天才。"

"是吗?"

马赛尔淡然地摇摇头。

"我觉得,小亚和老师才是真正的天才。"

听他这么说,亚夜十分激动。

对,真正的天才是绵贯老师。自己把马赛尔带过来,老师也什么都没说,只是笑着教我们两个人钢琴。老师看出了马赛尔的才能,被他的才能震惊。而现在,当初的少年已经长大了,变成了未来闪闪发光的明星。如果老师在这里,会眯起眼睛开心不已吧。

"小马——"

一股令人心痛的悲伤涌上来,如此鲜明,亚夜拼命忍耐。

"绵贯老师已经去世了。小马去了法国,不到两年的时候,他得了胰脏癌,发现得太迟了,入院不到一个月就去世了。老师一直惦记着小马。"

马赛尔脸上现出惊讶的表情。笑容消失了,他的脸变得苍白。

"老师。"

嘴唇发干,他吞了一口唾沫。

"去世了?"

他的声音十分虚弱,过去那个少年又回来了。

亚夜轻轻点头。

"嗯,墓地在杂司谷。"

"我想去看看。"

"好,一起去吧。老师肯定会高兴的。"

"嗯。"

亚夜摸摸变得垂头丧气的马赛尔握住自己的手,仿佛又回到了小时候。只不过,现在的马赛尔已经长成了一个需要仰视的大男人,他的手比亚夜大上一圈。

啊,这么说来,马赛尔的手从小就很大。听说手脚阔大的人,个头儿也会高。有这么大的手,拉赫玛尼诺夫也好,其他的曲子也好,都能稳稳地按住所有的琴键吧。以前约定过要连弹拉赫玛尼诺夫的吧。现在一定可以轻松做到。

下一场演奏也结束了。现在是休息时间,观众似乎正在人声嘈杂地出场。原来,马赛尔一直在等待亚夜从休息室出来。

"小马,现在还会唱《船歌》吗?"

亚夜恶作剧般地看看马赛尔的脸,马赛尔挺起胸。

"当然。在东京的卡拉OK唱这首歌,日本人都会大吃一惊。"

"那是当然啦。"

马赛尔这张脸投入地唱着《船歌》的情形,亚夜想象一下,就不由得露出笑容。

"不过,我的老师更厉害,会唱前川清[①]呢,《东京沙漠》。"

"啊,纳撒尼尔·席尔伯格?"

虽说他和日本人结过婚,但连日本的歌谣都会唱,也真是了不起。亚夜想

---

① 前川清,一九四八年出生的演歌歌手。

象着纳撒尼尔顶着那个狮子头，直立不动，唱着《东京沙漠》的情景。

她忍不住偷偷笑出声来，马赛尔拉住亚夜的手。

"小亚，别笑了。还有一个人演出，我们去听吧。接下来就是宣布结果了。"

亚夜这才想起来。

我们是参加同一场比赛的选手呢。

她忽然清醒过来。

钢琴比赛。我们是对手。能进第二次预选的只有二十四个人。能进第三次预选的只有十二个人。

马赛尔似乎也想着同样的事。

对她点头微笑的马赛尔身上，已经看不见柔弱少年的面影。他用充满自信的声音说：

"我和小亚都没问题。第二次预选的时候也要努力哦。"

亚夜勉强笑了笑。

确实，马赛尔通过第一次预选完全没问题。那美妙迷人的演奏。大家都说他是获胜的头号种子选手。听说评审们的评价也非常好。

但是，我呢？我会怎么样呢？

不安忽然涌上心头，自己太不重视观众席的反应了，虽说自己感觉不错。

"荣传小姐。"

忽然，背后有人叫她。

转过身来，站着两个带着袖章的看来像是媒体人士的男女。

"第一次预选，辛苦了。演奏真精彩。"

"我们是古典潮流节目的，想跟您说几句话。"

看着两人兴奋的脸，亚夜并不觉得讨厌。不过，事出突然，好久没有接受过采访了。她脑中一片空白。

"许久以后登上舞台的感想如何？"

"有熟悉的感觉吗？"

"啊，那个——"

"对不起，我们还想听下一场演奏，先告辞了。"

马赛尔插进来，对两个媒体人士微笑低头。

"对不起。"

他拉住慌忙低下头的亚夜的手，迅速走进音乐大厅。

看来跟以前完全倒过来了。

亚夜苦笑了。

背后传来惊讶的声音："呀，跟她在一起的不是茱莉亚的王子吗？""啊，真的哎。"看来他们才发现亚夜身边是马赛尔。

应该会引起流言蜚语吧，一丝不安掠过。

马赛尔利落地在左后方不起眼的座位上就座。

亚夜本来准备回到奏身边，然而马赛尔拉住她的手一起坐下，她说不出口。

马上第一次预选就要结束了。之后再去奏那里吧。

"麻烦你了，谢谢，马赛尔。"

她低声道谢，马赛尔的侧脸在微笑。

"那种情况，不想接受采访的时候只要明确拒绝就行了。"

"小马，有很多人想采访你吧？"

"我决定第一次预选期间不接受采访。第一次预选结果出来了再说。第二次预选也准备这么做。"

"啊，原来如此。"

不愧是未来的巨匠。媒体管理也很老练。或许，已经有哪里的经纪人事务所代理了吧。

她打开节目单，再次看着马赛尔那一页沉思。

"原来小马的名字这么长啊。"

"亚夜的名字很难念呢。"

"小马后来去了美国吧，所以更加没注意。小马的国籍不是法国吗？"

"现在两个国家都可以。茱莉亚让我加入美国国籍。不久就必须选择了。"

对了,小马还是未成年。国际上是十八岁成年?双重国籍就是这个意思吗?

比自己小一年。"十九岁"这个数字令她说不出话来。

这么成熟,却还是青少年。

翻动节目单的时候,发现马赛尔仍然紧紧握着自己的右手。

自从刚才握住自己的手,他就没有放开。

"喂,小马。"

亚夜小心地说。

"能放开我的手吗?"

"不行。"

"啊?"

这么干脆的拒绝,倒令她不知如何是好。

"为什么?我想翻节目单。"

"要是一放开,我怕小亚又不知去了哪里。"

亚夜一脸惊讶。

小亚,我要回法国了。

她又想起了那时的震惊。想起往事,震惊变成了愤怒。

"说什么呢,去法国的是小马啊,而且现在还在美国。"

亚夜气呼呼地说着,想用左手翻节目。马赛尔看了她一眼。

是吗?小亚。走掉的不是我,是小亚啊。小亚不是曾经离开过钢琴一段时间吗?

弹得那么好,已经达到了那样的高度,某一天忽然就干干净净地走掉了。

令人怀念的光滑的手,现在完完全全被他握在手心。

难以言说的安心感。

他想起了小时候那令人沉醉的气氛。

终于找到你了。

马赛尔不肯放开亚夜的手,既是出于久别重逢后的感慨,也是出于怀念。不过,在下意识里,他也敏锐地感觉到了——

如果不把她紧紧留在这里,她也许会再次离开钢琴。这双脚,会不带任何留恋,把马赛尔留在钢琴面前,一个人去往更美丽、更遥远的世界,也许不会再回来了。

在他内心,隐约感到一丝不安和恐惧。

欢喜之歌

明石一脸紧张,雅美试着把他的脸放在画面中心。

透过取景器看到的他,总是有些焦躁不安。

"现在是什么心情?"

雅美问道。明石苦笑着看了这边一眼。

"那个嘛,很紧张。这么紧张,都不记得以前什么时候有过了。大概是从儿子出生后就再也没有过了。"

他故意做出抚胸的夸张动作。

大堂渐渐地聚集了很多人。有很多是媒体人士。映入眼帘的有好几个戴着袖章拿着照相机的人。

马上,第一次预选的入围者名单就要发布了。很多参赛者和相关人士都在旁边等待。他们的表情里有紧张和兴奋,也渗透着期待和不安,让人一眼就能认出他们来。有些人根本静不下来,一直在走来走去,有些人抑制住兴奋的心情一直在说话。

近百名参赛者中,有约四分之三要被刷掉。

这么一想,就更感到比赛的残酷,他们的紧张也更感同身受。

当然,有兴奋,也有战栗。在一般的乐迷眼里,再没有比这更令人兴奋的演出了。

明石迷迷瞪瞪看着周围的人。眼睛虽然看到了他们,其实并没有在看。自己到底是通过了,还是已经被刷下来了呢?命运将要把自己推向何方,脑子里被这个疑问占据。一想到他的心情,雅美也不由得越来越紧张。

雅美眼睛盯着取景器,慢悠悠地摇动拍摄着整个大堂。摄影师都一样吧,一旦站在取景器背后，就会马上恢复冷静，感觉和世界切断了联系。同时又有一种全知全能的感觉，摄影师会去世界上任何危险的地方，大概也是这个原因吧。有时甚至会因此丢了性命，前辈曾多次提醒她要当心这种感觉。不过，她也时常感到一种无力感，人是多么微小的生物，因此才不能跟世界切断联系。

忽然一阵骚动，传来一阵喝彩声。

评审们从二楼缓缓走下楼梯。

哇，什么样的人都有。

雅美内心感叹道。

十几名国籍各异的评审一起出场的场面，是最后令人印象深刻的一笔。

光圈打向评审，照相机的镜头都对准了评审，那里转眼间变成了舞台。本来喧闹嘈杂的大堂也渐渐安静下来。

前排正中站着评审委员长奥莉加·斯鲁茨卡娅。她脸上带着微笑，却目光锐利。也许是身上这套橘红色衣服的原因，令人感到一股不容忽视的魄力，仿佛身体里有一团火在熊熊燃烧。

小说中经常描写"红发"，灯光下她的头发真的是朱红色的，令人感到不可思议。

奥莉加把无线话筒拿在手里。

"各位参赛者，各位相关人士，第一次预选，大家都辛苦了。"

她用流利的日语镇定地宣布，周围一片安静。

"第一次预选顺利结束了，非常感谢大家。"

大家的视线都集中向奥莉加的手——她手里拿着一张白纸。应该是通过第一次预选的参赛者名单吧。

每年整体水平都在提升，今年比起往年，参赛者水准尤其高，经历了一番激烈的苦战，就算在这次比赛中落败，也并不意味着参赛者水平不行。不要泄气，准备迎接下一次挑战。奥莉加的演讲还在继续，但大堂里的人群已经渐渐听不进去，一股焦躁的情绪在蔓延。

到底谁留下来了，谁出局了？

奥莉加发出一声轻微的苦笑。

"那么，看来大家已经迫不及待了，现在我来宣布进入第二次预选的参赛者名单。"

人群中爆发出一阵笑声，周围再次骚动起来。

奥莉加缓缓展开手里的白纸，念出声来。

"一号，亚历克斯·扎卡耶夫。"

哇，人群中爆发出一阵欢呼。

大家的视线都往后看。在大堂的一角，有一个白人青年在和朋友们拥抱庆祝。

"真少见，一号也能入选。"

明石自言自语道。

"是吗？"

"第一个出场已经很不利了。"

明石利索地回答了雅美的问题。

"第八号，韩平君。"

随着淡淡念出的名字，另一个角落爆发出欢呼声。好像是一个韩国女孩。

"第十二号，詹妮弗·陈。"

这次的欢呼声格外大。

在身材修长的亚洲女子身边，闪起了此起彼伏的闪光灯。那是备受期待的美国参赛者。

一个个名字被念出来，每次都会有欢呼声从某个角落升起。镜头根本来不及捕捉每一位参赛者，大家都在议论纷纷，周围人声鼎沸。

在一片喧闹中，奥莉加用有穿透力的声音淡淡念出了一个又一个名字。

明石的脸越来越白。快接近他的序号了。

雅美将镜头对准了明石的脸。

眼睛睁大了。

看着他的眼睛,自己也不禁屏住了呼吸。

"第二十二号,高岛明石。"

这个声音,念出自己名字的奥莉加的脸,这一辈子都不会忘记。

一瞬间,明石仿佛整个人放空,脸上毫无表情。

不过,慢慢地,红潮回到他脸上。

然后,他做出一个"太棒了"的胜利手势,看着雅美,似乎有点害羞,脸上现出一种心里一块石头落地的表情。

"啊,太好了。真是,太棒了。太好了,谢谢,谢谢。"

他长舒一大口气,嘴里嘀嘀咕咕,也不知道是在对谁说,对着镜头数次行礼。

旁边的人看到明石的胜利手势,露出微笑,拍起手祝贺他:"恭喜你!"

"恭喜!"

一股热流涌上雅美的身体。扛着摄像机,还是紧紧握住了明石的手。

真棒,真棒,这样一来,节目就可以继续拍下去了。

他是第一个被念出名字的日本参赛者,旁边的其他媒体人士也都向这边拥过来。

看着一脸兴奋回答采访问题的明石,雅美充满自豪。

"啊,得给家里打个电话。"

因喜悦而满脸放光的明石,对雅美说了一句,就快步走到走廊的一个角落。

雅美从后面追上他。

给家里报喜,这一幕必须要拍。

脑子里做着如此冷静的判断,但看着用兴奋的声音与妻子通着电话的明石,雅美发觉,自己产生了一股无法抹去的寂寞感。

"第三十号,马赛尔·卡洛斯·雷·阿纳托尔。"

哇,又一阵巨大的喝彩声。

大堂里的每个人都在拍手。不光是观众，连对手和工作人员都已经被他迷倒。

马赛尔如同沐浴在高光中，对众人微笑点头致意。亚夜远远看着，也不由得惊叹他身上自带的明星光环。

"人气真高。"

奏在亚夜耳边低语。

"也很帅。"

亚夜回答说。不过，她还没告诉奏，自己刚才跟马赛尔在一起，他是自己青梅竹马的好朋友。不知为什么，她觉得有点难以出口，而且奏一看到亚夜，就几乎要流出泪来诉说亚夜的演奏带给她的感动，她更加找不到机会说。

"真厉害，本来亚洲参赛者人数就多，入选的亚洲参赛者应该已经超过半数了吧。"

一个个被叫到的名字中，很明显韩国和原苏联的参赛者最多。让人不禁担心，日本还有多少参赛者留下。序号已经叫到过半，被叫到的日本人只有年纪最大的男性，十几岁的女孩，二十岁的音乐大学学生三个人。

不知不觉，宣布的第一次预选通过者已经超过二十人。

剩下没几个名额了。脑中浮现出这个念头。

就算自己被叫到，不是最后，就是倒数第二了。

亚夜想道。这么看来，排在最后，就要一直担心到最后，对心脏不好。

奥莉加看上去若无其事地长吸了一口气。

亚夜似乎感觉到她犹豫了片刻，不知是不是自己的错觉。

"第八十一号，风间尘。"

啊，又掀起一阵赞叹。

亚夜心中一惊。

那个孩子，被神钟爱的孩子。刚才，奥莉加·斯鲁茨卡娅为什么会迟疑呢？

不过，周围手都快拍断的鼓掌声打断了她的思考。

大家一边拍着手一边四处寻找风间尘的身影，"啊？""不在？"惊讶的声音此起彼伏。看来，那少年没有到发布会上来。当然，通过者的序号会贴出在会场上，网上也可以查看，有很多人选择不到场。

"接下来，第八十八号。荣传亚夜。以上是二十四名通过者。"

那一瞬间，亚夜好奇于风间尘的行踪，过了一会儿耳朵才接收到这个信息。

不过，下一个瞬间，奏就欢呼着抱紧她，周围的人也都望向亚夜，笑着为她鼓掌，她才发现，自己已经通过第一次预选了。

"祝贺你，亚夜。"

奏已经流出了眼泪。

"谢谢。"

两人一起拥抱着庆祝，但亚夜心里无比平静。她问自己：这真的是一件可喜可贺的事情吗？

感觉到某人的视线，她抬起眼睛，远处，马赛尔对她竖起大拇指，她对他挥挥手，点头致意。

她知道，马赛尔的眼睛在对她说：

看，我和小亚都通过了吧？接下来也一起努力吧。

舞台还在——还有和马赛尔的对决。

一想到这里，一股冷风吹过心头。不过，一股不容置疑的喜悦也同时存在。

舞台还在——我还可以在那上面弹钢琴。

工作人员开始了业务联络的广播，观众和参赛者开始散场，准备离开，有几个参赛者还在接受采访。

在大堂一角的告示板上，已经贴出了通过第一次预选的参赛者的名单，一群人在围着观看。明天开始马上就是为期三天的第二次预选。

脸上浮现出兴奋的笑容，匆匆归去的是进入了第二次预选的参赛者。他们还要准备第二次预选。

那些带着疲倦的微笑一边聊着天，一边待在会场周围不肯离开的是落选的参赛者。对他们来说，比赛已经结束了。他们已经不能再站在那个舞台上演奏了，要离开这里，多少感到有些可惜。

走出大堂的走道里，贴着全部参赛者的大头照。

工作人员正在往第一次预选通过的参赛者照片上贴上丝带做的花。每通过一次预选，就多一朵花。

"——好险啊。"

站在烟雾里，隔着玻璃窗看着贴上丝带花的照片，西蒙嘴里低语道。

"什么？没烟了？"

三枝子也在吞云吐雾，她瞥了一眼西蒙。

"当然没烟也是，我说的是风间尘。"

"分歧很大啊。"

"嗯，预想之中。"

评审时要统计〇△×的票数，来决定谁能通过。

风间尘的得票中，〇和×呈两个极端。这么一来，〇少，×也少，中庸的参赛者反而容易留下来。所以，最后风间尘的分数刚刚够擦线而过，让西蒙和斯米诺夫都虚惊一场。

"三枝子改变了主意，真是帮了大忙。"

西蒙微带讽刺地看了三枝子一眼。

"我可没改变主意。我算是刚开始能理解。"

三枝子耸了耸肩膀。这次，她给了风间尘〇。

"而且，他的技术足够通过第一次预选。不过就算这样，还是有人给他×，也真是厉害啊。"

"他到底是接受了什么样的训练呢？现在是谁在指导他？以后打算怎么办？打算去开独奏会吗？"

西蒙一边晃动着脑袋，一边唱歌一样自问自答。

"是啊，真叫人好奇啊。"

三枝子对着空中吐出烟圈。

"不知为什么，想象不出那孩子开音乐会的场面。"

"对吧？但是，感觉他会成为前所未有的伟大音乐家呢。"

"嗯，有这个感觉。"

三枝子脑子里，突兀地浮现出一辆行走在田间小路上的轻型卡车，少年在卡车上弹着竖式钢琴。

"劳动者钢琴家？"

"有点那个意思。现在不是唱国际歌的年代吧？"

"日本有个词叫'晴耕雨读'。一边采蜂蜜，一边弹钢琴，在环保时代也许行得通哦。"

虽说是开玩笑，三枝子却有一种隐隐的预感，如果是风间尘，也许能自然而然兼顾两种生活，说不定还能确立独特的音乐风格。在她脑中，漫步山中唱着歌的少年形象栩栩如生。

"真有意思，这孩子。"

三枝子发现，自己不知何时重复着奥莉加说过的台词。

"真的很有意思。"

明石感慨万千地盯着自己照片上贴着的粉红色的花。

雅美如今去了别的地方拍摄。他们本来准备一起吃晚餐，稍微庆祝一下，在准备明天的第二次预选之前，他想自己一个人好好咀嚼通过第一次预选的喜悦。

这朵丝带花，是自己准备了这么长时间的成果。

思潮澎湃。

在家人和朋友的支持下，自己才能获得这朵花。一切都值得。虽说只是一朵丝带花，却比任何东西都更令人高兴。

接下来，要再得一朵花。

明石对着花许愿，用手机拍下了照片。

等等，我要和这张照片一起拍一张。

他伸出胳膊，把手机镜头转向自己，开始尝试各种角度。但是距离没有把握好，不能把照片和自己同时收入相框。

挺难的呢。

他正在进行各种尝试，后面传来了笑声。

回过头来，不知何时，雅美已经回来了，正在那里捧腹大笑。

"真受不了，一个人在干什么呢？我来给你拍吧。"

明石满脸通红，想想自己刚才做出各种滑稽的姿势，不由得笑起来。

"哈哈哈。"

两人对视着，大声笑起来。

好久没有笑得这么开心了。还有结果宣布时的紧张感，平时自己总是生活在习以为常的情绪中，好久没有这样的情绪波动了。

"好了，去吃饭吧。"

"嗯，小小庆祝一下。"

两个人好不容易止住笑声，调整呼吸，一起推开旋转门，往外面走去。

第二次预选

魔法师的弟子

第二天上午,为期三天的第二次预选开始了。

第一次预选中,在五天之内,近百名参赛者上台演奏,来看每一位参赛者的观众人数难以预测。到了第二次预选,观众不光是参赛者的亲友,还有很多普通观众,准备来听完全场,观众人数也稳定下来。就算冷眼旁观,也会发现不光是舞台上,就连观众席上也都注意力高度集中。

第二次预选的演奏时间比第一次预选长一倍,有四十分钟。题目是这样的:

一、从肖邦、李斯特、德彪西、斯克里亚宾、拉赫玛尼诺夫、巴托克、斯特拉夫斯基的练习曲中选取两位不同作曲家的曲子各一曲。

二、从舒伯特、门德尔松、肖邦、舒曼、李斯特、勃拉姆斯、弗兰克、福雷、德彪西、拉威尔、斯特拉夫斯基的曲子中选取一曲或数曲。

三、芳江国际钢琴大赛的特别创作作品:菱沼忠明的《春天与阿修罗》。

参赛者唯一需要担心的是,唯一的新曲,也是现代曲《春天与阿修罗》,要放在什么时候演奏。

《春天与阿修罗》,看题目就知道,是从宫泽贤治的诗中得到灵感创作的,基本上是一首无调的曲子。长度约九分钟,占到演奏时间的约四分之一。所以把它放在第几位来演奏是一个大问题。

但是,这首曲子怎么看都和其他的曲子风格迥异,要把它插在自己的演奏中,感觉有难度,有很多演奏者于是把它放在一开始或者最后。

"放在一开始或是最后,确实是一个简单保险的办法。"

"不过，从编排上来说，也许都是无可奈何之下的选择。要兼顾别的曲子，和浪漫派的曲子放在一起，这首曲子就会显得很突兀。"

"嗯，实际上，我也把它放在了一开始。"

在观众席后排的角落里，一只手拿着节目单窃窃私语的，正是马赛尔和亚夜。马赛尔的第二次预选演出是在明天，亚夜是在第三天。两人都很喜欢听其他人演奏，于是一起从第一位演奏者开始听。昨天两人已经交换了邮箱地址，在大堂会合后来到音乐厅。

经过了九十多位参赛者，再度回到舞台的一号亚历克斯·扎卡耶夫，一脸轻松地悠悠弹着钢琴，沐浴着令人愉快的掌声走下了舞台。

奏今天也回到了东京，准备明天晚上再来。

自从我参加比赛，奏总是来来往往的，比我更累吧。肯定是要向浜崎老师报告。总之通过了第一次预选，能给他带去好消息真高兴。

亚夜盯着马赛尔的节目单。

"不过，小马要演奏的曲子，是从静到动的，《春天与阿修罗》放在一开始很合适。"

"不愧是小亚，你说得对。"

马赛尔一脸欢喜。

"不过，小马，你的时间够吗？变奏曲有时会难以预测时间。"

马赛尔的第二次预选节目单，最后选了超长的勃拉姆斯变奏曲。如果就那么漫然弹去，要花上近二十五分钟。四十分钟内要把其他三首也弹完，时间很紧。

"没问题。可能会提早结束，但不会拖延。而且，我几乎不会出错。小亚把《春天与阿修罗》放在正中间，真有勇气啊。放在《鬼火》后面。"

"嗯，算是都有宇宙感或者说是气质暗通吧，所以把它们放在一起。"

"哦。啊，门德尔松的变奏曲，我也喜欢。"

和马赛尔一起讨论着曲目表，互相交换意见，亚夜不由得再次对绵贯老师钦佩不已。老师曾经无意中说过的话和当时的表情，都在她脑中浮现。

令人吃惊啊，你们俩有些相像呢。

确实，自己和马赛尔在对曲子的理解和曲目的安排上，都有些相似。都喜欢听别人演奏，就算自己参赛，也能欣赏别人的演奏，这一点也很像。虽说找不出很恰当的词来形容，应该说两人有相近的音乐观吧。

"小马的小协奏曲是普罗科菲耶夫的《第三协奏曲》啊。"

在决赛时要演奏的协奏曲，是比赛的结束。要么选自己擅长的曲子，要么选自己特别想演奏的曲子，很多参赛者都会选对自己有特别意义的曲子。

"小亚是《第二协奏曲》。在比赛上弹《第二协奏曲》，真少见啊。"

"是吗？"

她不由得心中一动。

亚夜想起来，那次中途罢演，从舞台上消失时，本来要弹的就是普罗科菲耶夫的《第二协奏曲》。

自己难道是无意识中选了这首曲子？

亚夜赶紧打消这个念头。

"普罗科菲耶夫的曲子，我全都喜欢。他的曲子，可以跳舞对吧？"

"可以跳舞？"

"嗯，如果我会跳舞，很想跟着他的曲子跳舞。不是芭蕾舞曲，但听着普罗科菲耶夫的音乐，能看到跳舞的画面。据说《第二协奏曲》第一次演奏的时候，是评价最差的。不过听了以后迪亚科列夫马上委托他写芭蕾舞曲，真是厉害。"

"确实。我听《第三协奏曲》的时候会想起《星球大战》之类的太空歌剧呢。"

"明白，跟宇宙有关。《第二协奏曲》是黑暗系。"

"对对，就像是黑暗街头的争斗。"

两人相视而笑。

亚夜感觉到了一种新鲜的惊讶。真的，像他们这样对音乐的想象都一致的人很少见。

"小马的话，确实有拉赫玛尼诺夫《第三协奏曲》的感觉。"

"不，第一、第二《协奏曲》还好，我对《第三协奏曲》没什么兴趣。后半段感觉钢琴家迷之自信侧漏。《第二协奏曲》很受欢迎，于是拉赫玛尼诺夫就更加得意，自我陶醉时写下的曲子。第一和第二《协奏曲》里好不容易克制住了自我意识过剩，到了《第三协奏曲》完全抑制不住了。"

亚夜无话可说。

"小马，'自信侧漏'这个词，你是哪里学的？"

"是在茱莉亚留学的日本人那里学的。我还从他那里借了好多漫画书，免得忘了日语。"

所以才这么能说话啊，马赛尔的日语词汇量经常让亚夜吃惊。

"看啊，蜜蜂王子选的是巴托克的《第三协奏曲》。原来如此，巴托克啊，很适合他。"

蜜蜂王子。风间尘。马赛尔也注意到他了。

"那孩子，真厉害。"

第一次预选时的兴奋在胸中复苏。马赛尔也用力点着头。

"嗯，那么生动的音乐，我从来没有听到过。"

"我当时想，音乐之神真是宠爱他啊。"

"确实啊。不过，听说，评审对他评价不太好。"

"啊？为什么？"

亚夜吃了一惊。真是难以置信。观众的狂热仿佛还历历在目。

"肯定也有人不喜欢他音乐中的活力。听说有人说他弹的巴赫太煽情了。比赛的规则还是扣分制。"

马赛尔很冷静。

"啊，是这样啊。"

一股不安涌上亚夜心头。要顾忌世人眼光的比赛。那种充满个性、美妙无比的演奏都不被承认，所谓才能到底是什么呢？

"我也考虑过巴托克的协奏曲，不过管弦乐团有问题。"

马赛尔低声说。亚夜追问道：

"管弦乐团？"

马赛尔挠挠鼻子。

"我挑了好几张在协奏曲时配合的管弦乐团最近的CD，好像金管比较弱——日本的管弦乐团，好像整体都有这个倾向。"

"演奏铜管的人倒是越来越多，真不可思议。"

"巴托克必须要金管出色的管弦乐团配合。不管增加多少临时人员，金管没有经过长期配合练习是没有好效果的。"

他连决赛时要一起演奏的管弦乐团都调查过了。

亚夜被马赛尔的细心惊到了。他不光人品可靠，还是个战略家。大多数参赛者只要能进入决赛就谢天谢地了，说实话，根本不会想到管弦乐团的事。

"这么说来，小马好像长号也很棒？"

马赛尔一脸吃惊地转头看她。

"你听谁说的？"

"好像是音乐大学的某个人。"

音乐大学的情报网不是闹着玩的。

"我想试试键盘以外的乐器。因为我手长，别人说拉滑管应该会比较轻松，所以尝试了一下，挺有意思的。现在我也不时吹吹长号。小亚不弹钢琴那段时间在干什么？"

好像是回敬亚夜，马赛尔似乎对亚夜的事情也了如指掌。也罢，这在音乐界也算是有名的段子，传到他耳朵里也不奇怪。亚夜耸耸肩膀。

"我只是不开音乐会了，并没有放弃钢琴。参加一些融合乐队啊爵士乐队之类的。我喜欢吉他，有一阵子很入迷。不过最近都没有弹过。"

"古典吉他？"

"不是，是爵士吉他。虽然只是粉丝，我模仿帕特·梅塞尼,还有约翰·帕斯。"

原来自己还有这么一段时期。进音乐大学之前，自己对吉他更着迷。

"啊，真想听啊，小亚的吉他。"

"弹得不怎么样。而且，吉他毕竟还是男人的乐器啊，特别是摇滚呀爵士之类的。"

"是嘛。"

"是啊，说起来有点可笑，不过我弹吉他的时候，好像有点明白男人要高潮了的那个感觉。"

马赛尔哈哈哈地发出愉快的笑声。

"那小亚下次来纽约，我可以帮你安排。"

"那个啊，哈哈。"

马赛尔忽然一脸严肃地盯着亚夜。

"来吧，小亚。比赛结束后。"

"去茱莉亚？"

"不光是茱莉亚。"

"不光是？"

"没什么。"

马赛尔的脸忽然转向了正前方。

不光是茱莉亚。

亚夜告诉自己，还是不要想多了，转移了话题。

"接下来是小马的朋友呢。"

"谁？"

"詹妮弗·陈。她也是夺冠的热门选手吧。第一次预选时我很想听，但错过了。"

马赛尔"啊"了一声，点了点头。

"她很厉害，有强韧的力量和熟练的技术，很适合比赛。"

马赛尔的话里似乎有话。

"她的演奏怎么样，我很想听听小亚的感想。"

旋转门打开了。身穿醒目的红色长裙、身材修长的詹妮弗·陈出场了。现场响起一阵欢呼和掌声。

"哇,又是红裙,真适合她。"

"好像她参加比赛,总是穿各式各样的红裙。"

"啊,肯定是她的必胜色。"

在掌声中,陈扫视一遍观众席,以仪态万方的脚步走向钢琴。

陈的曲目也是从《春天与阿修罗》开始。

和马赛尔一样,她也把《春天与阿修罗》放在曲目的最前面,但是,她给人一种"先解决掉麻烦"的感觉,耐人寻味。果然,曲目就是人的性格的表现。

大家关注的是,全世界首次演出的《春天与阿修罗》,陈会怎样演绎。新曲没有范本,只能听人弹奏,聊作参考。参赛者们都想尽可能多地听到他人演奏。

不愧是陈,读谱堪称完美。原来,这首曲子还有这样的诠释方法。

陈明晰的演绎,让亚夜好生佩服。

演奏日本作曲家的曲子时,日本人对其中暧昧的东西也会暧昧地接受,因此演奏时也会"适当"处理。而西欧人则会从容不迫地着力去表现其中"禅意"的部分。

但是,陈却冷静地直面乐谱,并没有在恣意的氛围中随波逐流,而是彻底坚持将曲子具象化,表现宫泽贤治的宇宙观或者说是森罗万象这一主题的一个个音符,都有她自己的解释。其中表现了陈在任何情况下都坚持理性的思想和性格。

这可以成为这首曲子的一个范本了。

亚夜紧紧盯着弹完第一曲的陈。

接下来是她拿手的曲目吧。接下来是肖邦和李斯特的练习曲中以难度大闻名的曲子。

预料之中,完美迷人的演奏继续着,观众们的赞叹之声不绝于耳。

不过，在佩服之余，亚夜却清醒地感觉到了。

迷人但是单调，陈的演奏也有这样的缺点。技术上无可指摘。给人的感觉是吃了太多美味佳肴，胀得吃不下去了。

亚夜好像理解了马赛尔的欲言又止。

本来，亚夜并不是听谁的演奏都会做这样的分析。她更喜欢像普通听众一样静静倾听。也许是马赛尔的那句"想听听小亚的感想"，不过应该不光是这个原因。

亚夜发现，从刚才开始，自己脑子里就浮现出了奇妙的画面。

一群身材魁梧的男人在打排球。队伍的主力投手已经开始了一个完美的后排进攻，但策略被对方识破，每一步都被对方堵住。

实际上，亚夜很喜欢看运动比赛。一流运动员的动作里，有和美妙的音乐相通的东西，看的时候有时感到能听到音乐。

不知道陈的演奏为什么会让她联想到这样的画面。在那幅画面中，虽然是有力的后排进攻，但因为攻击模式太单调，对方拦截的时间点也掌握得正好，因此始终无法扣杀得分。

原来是这么回事。

亚夜在心里点了点头。

必须跳到常人无法到达的最高点才能扣杀。惊人的身体爆发力虽然令人敬佩，却始终无法扣杀。也就是无法感动人。

这么迷人、戏剧化的热烈演奏，为什么就是无法感动人呢？

亚夜歪着头思索。

她忽然想起某位电影导演的话，他说近来的好莱坞电影不是娱乐，而是吸引人的眼球。陈的演奏，就让人有这种感觉。

二十世纪初的两次世界大战之间——或者说那前后，欧洲古典音乐界有很多人才流亡或者移居到美国。才能当然会集中到财富和权力集中的地方。富裕的美国成为巨大的音乐市场，古典音乐大众化，不知是祸是福。于是出现了让古典音乐更容易亲近的要求。

例如，管弦乐团的演奏希望有一个整齐划一的开场，钢琴要求乐符明快、技巧精湛，跟以前在特权阶级的观众面前演奏的沙龙不同，要容得下更多观众，音乐厅也大了好几倍，每个角落都要听到，就意味着必须弹奏出响亮华丽的音乐。当然音乐家也应该顺应市场的期待，让自己的演奏满足这种需求。

对演奏家，已经不再有即兴的要求，观众会去听自己熟知的名曲。他们对难曲和新曲都没有兴趣，对有个性的演奏更是敬而远之。

CD 的普及，也给这一倾向火上浇油。

高音域和低音域里，有人的耳朵听得见或是听不见的领域，磁带还能忠实再现，CD 则完全抛弃了这些领域。同时，演奏家身上的某种本土性，还有连绵继承而来的欧洲味道，都被剥离得一点也不剩。

在市场调查尽善尽美的美国音乐市场，观众期望具象化的钢琴家，就是陈这样的。这不是好还是不好的问题，只能说是时代和大众的需求下应运而生的存在。

陈完美地弹完了四十分钟，完成了第二次预选的演出。

观众十分狂热，爆发出巨大的欢呼声。

从第二次预选开始，允许有返场。陈一度消失在舞台上，又从舞台侧翼现出身影，带着自信的微笑回应观众的掌声。身材修长、穿着红裙的她弯腰致意的样子，无与伦比地耀眼。

"怎么样？"

在经久不息的掌声中，马赛尔在亚夜耳边低语。

"什么都能弹，能量惊人。"

"是吧。"

"就像是去了趟迪士尼乐园。去坐了雷鸣山漂流。这就是夺人眼球吧。"

马赛尔一瞬间默不作声，然后一脸严肃地看着亚夜。

"小亚，刚才说了了不起的话呢。"

"啊，是吗？"

马赛尔一脸沉思的表情。

"嗯，确实如此——她就是夺人眼球。对，我一直在找适当的词形容她的演奏，就是夺人眼球。这么一来就说得通了。"

"观众很开心，很受欢迎。"

"不过，在她面前说这种话，她会火冒三丈吧。对音乐家来说，这是一种侮辱。不过，你说对了。"

亚夜不安起来。

"别告诉她我说了这些话啊。"

"当然，我怎么会说。"

马赛尔毫不犹豫地回答，亚夜放下心来。

"她弹的《春天与阿修罗》真不错。我好像这才搞清楚那首曲子的结构。"

"嗯，我也有这种感觉。会立体地诠释曲子，是她的优点。"

"华彩乐段也很好，是她的独创吧。"

"不，那肯定是他的老师布林的杰作。她很不擅长即兴。大概很多参赛者都会预先准备好。"

《春天与阿修罗》有一处地方要求即兴演奏，提示是"自由地感受宇宙"。

自由地感受宇宙。我们总是待在空气底层，连平流层都感觉不到的我们，怎么去感受宇宙呢？

《春天与阿修罗》的提示，亚夜试图从各个角度来诠释，但还不知道该弹成什么样。

如果是那孩子——如果是风间尘，宇宙对他来说应该是伸手可触的存在吧。

眼前忽然浮现了那个少年的身影。不是他在舞台上的身影，而是在大学见到他时，戴着帽子穿着便服的样子。

"小马的华彩乐段，是自己的原创吗？"

马赛尔一脸理所当然的表情。

"当然了，小亚也是吗？"

"嗯。有写下谱子吗？"

"嗯，请很多人听过，研究了一番。"

"是吗？果然一般都会这么做啊。"

马赛尔一脸吃惊地看着亚夜。

"小亚不记谱吗？"

"嗯，想了好几种，还没想好用哪一种。想到时候再凭感觉定。"

亚夜轻轻点着头，马赛尔发出一声哀号。

"凭感觉定胜负？真的准备即兴弹奏？"

"嗯。乐谱上不是这么要求的吗？"

马赛尔一脸无可奈何。

"这可是比赛——小亚真是让人没办法。老师没告诉你吗？"

"说过了。"

就算是要求即兴，在古典音乐界，大部分演奏家都会演奏过去谁创作的曲子。讨论《春天与阿修罗》的华彩乐段的时候，她的负责教授甚至亚夜都有作曲的能力，并不反对她自己创作。但是，亚夜说要看到时候的气氛弹奏，老师强烈反对。这种赌博一样的演奏，在比赛时是行不通的，老师说。

但是，老师。

亚夜说。

有风也有雨，自由地感受宇宙，如果反复去练习自己感受到的宇宙，不是违反了乐谱的要求吗？

说着，亚夜弹出了四个风格各异的收尾作为示例，"下雨天""晴朗秋日""暴风雨的日子""狮子座流星雨之夜"。

"这么一来，老师就不说话了，随便我了。"

听了亚夜的解释，马赛尔再次细细打量亚夜的脸。

"不愧是小亚。"

"什么?"

亚夜反问道。马赛尔找不出合适的话。他看了看亚夜惊讶的脸,不由得笑出声来,一脸愉快。

"不愧是小亚。这才是小亚啊。"

他一边笑着,一边似乎有些苦恼。

"真是的,必须跟你同场比赛,虽说很荣幸。"

亚夜这才意识到。

两人陷入了沉默。

每个人的音乐都各不相同,然而,几天后,又要有人出局,有人晋级,有人落选。拿不可比较的东西去比较,然后决定次序。

"比赛真是没有逻辑啊。"

亚夜叹了一口气,低声道。马赛尔哈哈笑了。

两人同时都转向舞台,向舞台望去。

"这些都不用说了。比赛之前都已经明白了。"

马赛尔用干干的声音说。

"对啊。"

亚夜简短地回应着。

两人望着前方,直到休息时间的铃声响起,一直保持着沉默。

黑键练习曲

比起第一次预选的时候,现在自己镇定多了,虽然还是会紧张,不过,现在是良性的紧张。

明石动了动手指,两手紧握。

第一次预选时,自己紧张得不得了。好多年了,不记得自己曾经这么紧张过。但是,多年以后登上舞台,这一次的舞台体验,让他发生了翻天覆地的变化。

我成了一个音乐家。我是一个音乐家。

他不由得心潮澎湃。

多么真实啊。多么充实的感觉啊。平时的生活,就像是遥远的往事,远离了自己。站在舞台上的感觉,光圈下静静等待他的大钢琴。向大钢琴走去的感觉。那个能让人全神贯注的地方。观众的眼睛全都集中在自己身上,弹出第一个音符的瞬间。亲切而又崇高的东西浓缩的时间。那种满足感。兴奋不已的喝彩。和观众共享某种情绪,成功的感觉。

他反复重温着离开舞台时包围自己的感动和兴奋。

啊,果然,那才是我应该待的地方。我一直在寻求那个时刻。我爱我的家人,每天过着普通生活,心里仍然在寻求这样一个地方。

站在舞台侧翼,他更深切地感受到了自己内心的呼唤。这个瞬间,能品味到真实,他发自内心感谢高高在上的某个人。

谢谢,你让我站在这里,万分感谢。

不过,马上,又要轮到自己出场了。他感觉自己的胃那里又变得沉重起来。心跳不已,高烧不止,另一个自己的意识,似乎飘浮在自己的肉体上方更高一点的地方。

第二次预选的四十分钟，是一段很长的时间。这么长的时间，要全神贯注弹完，很不容易。还要让观众不厌倦，精神集中在舞台上，更难了。

准备自己的曲目，是一件快乐而又困难的事。

要展示给大家看，自己技术高超，不管哪个作曲家的曲子都能把握。选曲还要凸显自己的优点，彰显自己的音乐品位。这些，都要通过规定内的曲子和一首新曲传达给评审。

首先，他从市面上有的专辑里收集演奏范本，然后从中挑选作为选曲的候补。要在四十分钟内，他换着顺序插进曲子听了好多遍。自己也试着弹了一遍，技术上，也要确认自己适合哪些曲子。他甚至去请教过去的恩师，花了很长时间，这才定下曲目。

总算进入练习阶段了。

保留节目，这对演奏家来说是永远的课题。

要成为保留节目很多的音乐家，还是成为某个特定作曲家的专业演奏者，比如像舒伯特的钢琴家、莫扎特的钢琴家呢？不管成为哪种演奏家，要有充实的保留节目，这是一个最先要考虑的问题。

花好几个月去作曲，不久之后就会被人们遗忘。就算演奏时不像第一次那样花时间，但如果不能弹到炉火纯青，也不能成为有说服力的表演。

在比赛上弹的曲子，一共有十几首，多的人有十七八首。长的曲子近三十分钟，对于技术水平每首曲子的要求也不同，因此需要的练习时间也不一样。能够同样完美地弹奏全部曲子，难于上青天。

如果自己是天才就好了，他好多次这么想。钢琴家中，有些人能够完美再现听过一次的曲子，有些人只要读谱，不需要练习，就能弹奏，这种令人难以置信的天才有很多。忘记了是谁，听说曾有一位巡演中的钢琴家，因为自己的演奏曲目中有一首曲子没有弹过，在飞驰的列车上读谱并记下来，在第二天的正式演出上仍然完美地完成了演奏。只要能记住谱子，剩下的就是忠实地传达给自己的手指，为什么会需要练习呢？甚至有些钢琴家这么说。

明石很擅长背乐谱，但还没到这个水平。不大量练习就没法对自己交差。

所以，工作后练习时间本来就少的他，只能压缩睡眠时间。准备比赛的这一年时间里，他似乎一直在跟睡眠不足做斗争。就算很困了，睡一下也会马上醒过来。自己不擅长的章节，无意识中会手指动起来，一再重复练习。

第一次预选的三首曲子，第二次预选的五首曲子，第三次预选的四首曲子，曲子都一早背下来了，但一直没有时间好好练习，直到弹得完美。每天他都在问自己，这样就可以了吗？这样就算完成了吗？

就算自己弹到曲子已经深深刻入脑海的程度，也有必要让它暂时休眠，这一点是他在学生时代的比赛中学到的。需要时间和曲子隔开距离，加深理解。

练习有各种方法。明石再三思考后，将时间以三个月为界来划分。所有的演奏曲目——明石有十二曲——每三个月按照演奏顺序过一遍。下一个三个月，再次从第一曲开始提高精度练习。这样，就可以间隔一定时间练习同一首曲子了。自己一方面有了足够的练习，增长了自信，另一方面对曲子的理解也加深了。

但是，实际上现实中进展并非一帆风顺。第二次预选最后准备表演的技术难度很高的斯特拉夫斯基的《彼德鲁什卡三乐章》，是曲目中分量最重的曲子，第三次预选中准备弹的舒曼的《克莱斯勒偶记》，也比想象中更花费时间，每首曲子上花的时间都不相同。

另外，学生时代自己觉得很难的曲子，自己现在却弹得很轻松，这让他吃了一惊。确实有些东西，自己不经历就无法理解。至少，自己的技术绝没有退步，还有自信跟年轻的参赛者们比一比。

他把自己的演奏每次都录音录下来，然后仔细听，接连听好几天的话，渐渐自己也分不清楚，这首曲子是否已经完成了，自己是否有了进步。

有时，他会充满自信，好了，这样肯定行。有时又会充满绝望，完全不行，每首曲子都还差一点。如果第一次就落选，斯特拉夫斯基和舒曼的练习时间就全都白白浪费了，自己有时候也会这么泄气地想。

何况，决赛的协奏曲，自己完全还没有练习过。

能进入决赛，对他来说完全是想都不敢想，所以一直往后拖延。要找到管弦乐那一部分的练习伙伴也难。好不容易找到了，更困难的是找到有两台钢琴的地方，最后，无法可想之下，只能拜托公司的钢琴部门，在店打烊后让他练习了几遍合奏。

那些或长或短的练习的日子，现在想起来也十分遥远。就这样能够闯进决赛，简直像是一场梦。同时，这一分一秒，如此真实，真是不可思议。第一次预选自己十分忘我，面对第二次的舞台，这才有了参加比赛的实感。

自己真的已经走到这一步了。漫长的练习的成果，今天就要展示给大家了。

忽然，他感到一阵恐惧。

接下来呢？以后呢？如果这些充实的日子结束，接下来等待自己的是什么呢？

传来一阵喝彩声，唤醒了明石。

前面的参赛者演奏结束了。

他不由得舒了一口气。接下来是休息时间，然后，就轮到他出场了。

这也许会是自己最后的演奏。我要拿出自己的所有本领。总之，当下要竭尽全力。

眼睛闭上，脑中浮现出演奏时的情景。

第一曲。第一曲的《春天与阿修罗》最重要。只要这一首能打动大家，接下来就是大家都熟悉的一直在反复弹奏的曲子。

已经不是音乐学院学生的明石最困扰的，其实不是协奏曲，而是这首新曲。

如果还是学生，可以跟指导老师讨论这首曲子的节奏和含义，其他老师也可以请教。还可以跟其他参赛者交流。华彩乐段，大多数参赛者也都请老师指点过吧。

他曾经去请教过去的恩师，但还是跟学生时代不一样，不能无条件地去麻烦别人。恩师自己也有带参赛选手，而且也有顾虑，毕竟有自己的利益要平衡。最终，他只能自己面对这首曲子。

不过，明石又一想，这才是年长的参赛者的优势。

他本来就喜欢日本文学，以前也经常读宫泽贤治。对文学作品的理解，越是经过岁月的洗礼越深刻。

在上班路上重新读宫泽贤治的诗和小说，又读了跟他相关的评论，他努力去理解宫泽贤治的世界观和宇宙观。他还曾经当天来回，赶着去了岩手一趟，去参观了那些被称作作品发生的舞台的地方。

坚定、与众不同、远离俗世、充满幻想——然而也有惨淡、悲哀、可怜的一面——有现实主义的部分，也有梦想家的部分——

随着电车摇摇晃晃，曲子的画面和文学作品的画面重合在一起。

这里有英国海岸的感觉——这部分是《银河铁道之夜》——翱翔夜空的感觉——这部分是《永别的早晨》。

嗯，对了，华彩乐段就把那句台词换成旋律吧。

他内心忽然灵光一闪。

给我一碗雪吧。

给我一碗雪吧。

在宫泽贤治写给死去的妹妹的诗《永别的早晨》中，这是妹妹说的令人印象深刻的一句话。苦于高热的敏子，请求贤治给她一碗雪吃，说出了这句台词。是一句十分凄切，同时又音调优美富于音乐性的话。

明石算不上擅长即兴演奏，从小别人都说"明石君充满诗意呢"。他上过作曲课，创作旋律并不觉得困难。

就这样，右手弹奏旋律配合敏子的台词，表现被上天召唤而去的她的声音徐徐下降的情景；左手描绘一边捡拾水晶，一边畅想世界和宇宙的贤治的每一天吧。

下定决心后，旋律慢慢浮现出来，他自己也被迷住了。加入各种细节以后，华彩乐段长达五分钟。必须要做减法。考虑到其他曲子的时间，再长也必须压缩在三分钟以内。

但是，自己创作的曲子怎么听都非常可爱，难以下手删减。苦恼之中，某天他弹给妻子听。

妻子说："拖泥带水，有点沉重。"妻子的想法代表了一般观众的想法，没有先入为主的成见，十分直率，因此很多时候会让他颇受启发。

最终，他狠下心把自己不确定的地方都删掉。再弹给她听，这次妻子点头说："不错。""给我一碗雪吧"，配合这句台词的旋律，妻子一边做着家务，一边无意识地在嘴里哼唱，看到这一幕，明石可以肯定，这一段旋律肯定会留在观众耳朵里。

完成华彩乐段，才感到，"我的《春天与阿修罗》总算完成了"。

历经艰辛才完成的《春天与阿修罗》，将在正式演出的时候弹给妻子以外的人听，这是第一次也是最后一次吧。

想到这里，感觉有点可惜。演奏对他来说是一种享受，也是一件令人恐惧的事情。当然，在评审席上，作曲家本人也在，他将从第二次预选中演奏《春天与阿修罗》的所有参赛者中，选出最优秀的演奏，授予他"菱沼奖"。

怎么样？我的《春天与阿修罗》，我的收尾，在观众、作曲家耳朵里，会是怎么样的呢？

他脑子里思绪万千，这时，开演前五分钟的提示铃声响了。

轮到他出场了。

明石反射性地坐直了身体。

来到舞台侧翼，就平静下来了。

在休息室和外面等候的时候——四五个小时之前，自己比这紧张多了。

比起第一次预选时几乎让人要昏过去（等到自己出场，然后再等到结果宣布）的漫长等待，自己现在心情放松多了。

至少，可以不用再等待了，他心里有一丝安心。

真想快点上去弹奏。想和观众一起享受那个过程。他心情雀跃，迫不及待。

这种感觉，让明石很开心。另外，他也在怀疑，这种情绪，是真实的吗？

从过去的经验来看，演奏前状态来了，会出现这种亢奋。兴奋，干劲十足，身体充满了全知全能的自信。

就这样，他走上了舞台。

开始演奏的瞬间，就会知道，这是不是真正"状态来了"。有时候可能只是脚下轻飘，为了逃避演奏的压力而故意装出来的。更可怕的是有时演奏结束时仍然感觉自己"状态来了"。

怎么样呢？这次真的是状态来了吗？

明石问自己。

那次比赛时怎么样呢？取得了过去最好成绩的那次比赛。

他很想回忆起来，但那已经是很久以前的事了。

那次是怎么样的呢？好像情绪很平淡。与其说是兴奋，不如说当时一片平常心。

真希望这是真的。

明石双手交握。

要相信这双手，这十根手指弹奏的音乐。

在舞台侧翼的黑暗中，这样十指交握的感触，他想把它烙印在自己心中。

忽然，感觉有一阵风吹来，望向舞台，门还紧闭着，工作人员也没有动。

难道是自己的错觉？

明石还在看自己的手。

不过，他似乎感觉有点异样，再次望向舞台。

从旋转门的缝隙和细长的观察窗露出光来。

明石陷入了奇妙的错觉。

那边，有祖母的桑田。

他忽然产生了这样的预感。

现在，打开那扇门，对面，是一片广袤的桑田。季节是初夏，阵雨乍收。

那幅光景清晰地浮现在明石眼前。

钝钝的阳光带着夏天的颜色，热情四射地照射着大地。

地上全是桑叶。圆溜溜的雨滴，眼看就要从叶片上落下来。

远处，能看到青山起伏。乌云还在天空一角移动。

不时有风吹过，似乎要搅浑空气。

明石下了巴士，在祖母的桑田前下车。帽子快要被风刮走，下巴上的皮筋好不容易阻止了风。

明石认出来，祖母的家就在桑田那边。

真开心，真高兴，明石开始笑起来。

那里就是祖母的家。那里有自己最喜欢的祖母，还有自己最喜欢的大钢琴。

明石开始奔跑起来。

桑叶的味道，夏天的味道，他全身沐浴在风和光中，一口气沿着桑田中间的田畦跑起来。

婆婆——

明石感觉好像听到了自己的叫声。

这是怎么回事，是白日梦吗，还是幻觉？

回过神来，听到一阵雷鸣般的掌声，旋转门那边，穿着礼服的韩国参赛者回来了。

旋转门开启的瞬间，舞台炫目的光唰地射进来，不过，那边仍然只是普通的舞台。

明石呆呆地一动不动。

进入休息时间，那种奇妙的感觉仍然围绕着明石。

然后，总算到他出场了，来到舞台上，那种感觉仍然包围着他。

难道，我已经头晕了？因为头晕，才自己制造出了幻觉。听说遭遇不幸的孩子也会自己派生出另一重人格。

但是，明石知道，自己正在微笑着走向舞台，从容自若地调整着椅子。观众席也看得很清楚。

忽然，他发现在对面左边第五排靠通道的座位上，坐着满智子。他一眼就看到她了。

自己真厉害。

但是，他仍然没有任何感觉。他既不高兴也不亢奋，甚至并不紧张。

第一曲，《春天与阿修罗》。

他好像已经跟这首曲子是老朋友了，十分自然地开始弹奏这首曲子。

哦，原来如此。

弹着弹着，明石明白了。

刚才看到的桑田，原来来自这里——宫泽贤治的英国海岸，他的花卷，他的宇宙。

所以自己才会看到那样的风景。

弹着琴，明石似乎感到，自己坐车去看到的岩手的风景在观众席的黑暗处展现。夜幕下小河的私语，头上闪烁的星星。

在散步。明石沿着河边散步。

贤治也在散步。在离他稍远一点的地方，比他快几步，用照片上看到过的，那种低头沉思的姿势。

森罗万象。这就是贤治的森罗万象，也是我们的森罗万象——一切都在循环，一切又回来了。我们存在于这里，只是暂时的。我们的存在十分短暂，甚至只是宇宙的一眨眼间。

不知何时，已经进入了华彩乐段。

敏子的声音，从天上降下，一直重复着。

给我一碗雪吧。

给我一碗雪吧。

贤治沿着河岸继续走。好像听不见敏子的声音，低着头，继续默默地走在黑暗的河岸边。

敏子的声音，清澈透明，十分优美。就像遥远的回声，就像修行者手握的锡杖，一遍又一遍，从天空那头回响着。

给我一碗雪吧。
给我一碗雪吧。

不久，声音消失了。

曲子稳稳地接近了尾声。斗转星移，一切都消失于时间的寂静。循环永不停止。时间之轮停下来，又向着令人怀念的过去、新的过去转去。

最后的和音。

明石的手离开键盘，目送着最后一个音符的震动消失。

场内鸦雀无声。第二次预选同样禁止鼓掌。

好，接下来是肖邦的练习曲，俗称黑键练习曲。他已经非常熟练，伸出手来，自然而然音乐就流淌出来。

手指流利地滑动。

没问题吧，我。

一边弹，明石一边惊讶无比。

简直就像是别人在弹。明明是自己在弹奏，好像有另一个自己从上面在俯视着自己。

轻快活泼的黑键练习曲。我弹起来好像很轻松。同时又有几分开着玩笑，不错啊，看起来很开心。

接下来，李斯特的练习曲。

取材于帕格尼尼,《帕格尼尼大练习曲》第六首,主题与变奏。

将那有名的主旋律纵横展开,对比鲜明的华丽曲子。

不错,弹得很迷人。指头的移动触感也很好。《帕格尼尼大练习曲》不管什么时候听都富有戏剧性。有很多地方可以炫技巧,不过,就这样吧。

他一边这么想着,一边移动手指,真是不可思议。根本不像是自己在弹。这种感觉很奇妙,好像是什么人在弹奏他。然而,声音确实如实传来,是我在弹没错。

感觉很不错。

舒缓,该用力的地方用力,如同能乐中的序破急,有条不紊,整首曲子没有累赘的地方,平衡感绝佳。

与序破急对应的西洋词是哪一个呢?关于艺能的日语,似乎也抓住了很多领域的本质部分。

观众都集中精力在倾听。

似乎大家的耳朵都变成了同一只耳朵。而他们的耳朵和我的耳朵也合为一体。真奇妙。我和观众成为同一生命体,一起在呼吸。

曲子结束了。将要迎来结尾了。

接下来是舒曼的《阿拉伯风格曲》。在华丽的《帕格尼尼大练习曲》后面,休息一下。

但是《阿拉伯风格曲》其实十分难弹。虽然结构简单,但丝毫不能马虎。自己非常喜欢这首曲子,每次弹都有新的发现,这首曲子其实越弹越难。

他最喜欢舒曼了。什么时候要好好弹一弹幻想曲。

每次弹《阿拉伯风格曲》,他一定会想起自己小时候。那时候才刚开始学钢琴,每次去祖母家,都觉得蚕宝宝吃桑叶的声音很恐怖。于是,就会莫名其妙想哭。

啊,《阿拉伯风格曲》已经弹完了。虽然曲子很短,弹完后竟然感到有些寂寞。四首曲子都弹完了。一眨眼间。

终于到了最后的曲子。

斯特拉夫斯基,《彼德鲁什卡三乐章》。

这里要有一个华丽的开头。就像重重地敲响钟声,弹起有质感的琴声吧。

滑奏尖锐又流利。

色彩丰富又变化多端。

明石渐渐陷入了一种奇妙的感觉。

真厉害,周围能看见颜色。这是彼德鲁什卡的颜色。明亮、现代、充满灵气、引领潮流的色彩。

到底是自己在弹钢琴,还是别人捉住自己的手在弹?

我看到的是什么?好像从桑田到了英格兰海岸,然后又去了欧洲旅行。

光辉灿烂的声音响彻全场。

明石和观众一起沉浸在明亮的色彩中。他们和颤音、和音一同呼吸。

最后,到了高潮。

屏住呼吸,明石和观众一起,直线上升,奔向天空。激烈的和音加速度,盛宴如怒涛般涌向结尾。

结束了。

站起来时,明石还是不能确定刚才那是自己。

但是,看见雷鸣般的掌声中满脸泪水的满智子,他脑子里终于反应过来,对了,现在,第二次预选中自己的演奏结束了。

回旋随想曲

在会场一角，戴着帽子的少年一边轻轻晃动身体，一边入神地听着演奏。一身便装的少年把身子埋在座椅里，完全不起眼，就像是偶尔经过音乐厅，无意走进来的住在附近的孩子，没有任何人注意到，他就是大赛的一位参赛者，风间尘。

知道自己进了第二次预选，他的第一感觉是放下了心。

这么一来，离买到钢琴更近一步了。

这是他脑子里出现的第一个念头。

他并不是很有自信。本来自己就从未参加过比赛，甚至从来没有在众人面前弹奏过钢琴，自己能弹到什么程度，没有人知道。不过，尤治·冯－霍夫曼生前曾经说："尘做自己就可以了，尘有自己的价值。不管谁说什么，都不要在意，照自己喜欢的弹。"照老师说的做就可以了，所以他也并不曾怀疑犹豫。

第一次听到参赛者们的演奏，大家都这么厉害，让他吃了一惊。技术水平大家都很高啊。不过，他并没有因此感到自卑，对自己产生怀疑。他对尤治老师绝对信任，既然老师肯定了自己，肯定没问题。

而且，有很多演奏，虽然技术高超，但一不留神就从耳朵边上溜过去，留不下任何印象。

也许，风间尘这个少年，他的身体自然就会对"音乐"起反应，听到这样的演奏，就会反射性地睡着。

他轻轻摇晃着身体，也是因为有点犯困，并不是被演奏吸引。不过从外面看起来都一样。所以，也许有些人看到他现在这副模样，会觉得他快要睡着了，有些人会觉得他在专心听演奏。

老师说，听啊。

这个世界充满了音乐。

听啊，尘，竖起耳朵听。充满这个世界的音乐，只有能听到的人，才能创造出自己的音乐。

詹妮弗·陈的演奏，一开始他也睁大眼睛听得饶有兴趣，但是不久，就犯困了。

确实，这个世界充满着音乐，但有很多音乐无法抵达耳朵。

感觉很舒服。少年揉了揉眼睛。

不过，钢琴这种乐器，每一台发出的声音完全不同。少年从小就没有拥有过什么特定的乐器，在世界上不同的地方，弹奏过各种乐器。有时为形势所迫，他也试过调音，不管是哪种乐器，他都可以弹奏出自己的音乐来。

好的钢琴，一眼就能看出来。

少年想起舞台上的钢琴那令人沉醉的手感。

那台钢琴放射着独特的光芒，令人不由得想去抚摩，让人不由得想要抱住不放。

就算远远地，好钢琴的声音一听就能听出来。对少年来说，钢琴好像在对他呼唤："我在这里哦。"

偷偷跑进音乐大学的时候，就是听到了钢琴的呼唤。谁知道会被那位小姐姐发现，而且她也参加了比赛，真是意想不到。

少年慢悠悠地摇晃着身体，沉浸在音乐中。

音乐比赛真是一种奇妙的庆典，非常有趣。能够沉浸在这么多的音乐之中，简直像是在做梦。

沉浸在音乐中——身体沉浸其中——呼吸着音乐——吐出来——再用力把它从身体里挤出来——就这样，失去了时间的感觉，心不知在何处飞翔。

第二次预选的第一天，演奏水平也很高，比第一次预选时，更能舒心地呼吸音乐。有时会气息堵塞，不能呼吸，不过大部分时候都很愉快。

好像听到了老师的声音。

确实，了解曲子的结构和当时的创作背景很重要。要知道用什么样的音色来演奏，知道给观众留下什么样的印象，这也很重要。不过，演奏出来的声音，是否就是作曲家想听到的声音，谁也说不清楚。是否能弹奏出理想的声音，也不知道。

乐器的音色，弹熟以后也会变。时代变了，声音也会变。演奏的人的意识也跟以前不一样了。

音乐必须呈现"现在"。它不是收藏在博物馆里的东西，不跟"现在"一起共生存，就没有意义。挖掘出美丽的化石，满足于此，但那只是标本。

一阵风吹过脸颊。

这么说来，刚才叫高岛明石的那个人，他的演奏很有意思。河面的微波，山风吹过，漆黑的宇宙，都仿佛展现在眼前。那个人，那个人的音乐，都是活生生的。

他感到好像看到了绿色的田野，那是什么田呢？广袤的田野在风中犹如有生命一样摇曳。

给我一碗雪吧——

令人吃惊的是，少年连高岛明石借用的宫泽贤治的那句诗都听出来了。

闭上眼睛，就像和老师一起，坐在卡车的车斗里摇摇晃晃，弹着电子钢琴。

把耳朵里听到的旋律转移到键盘上，两个人进行着没完没了的即兴创作。

两人不知疲倦，连续几个小时都在乐呵呵地玩这个游戏。

车斗咔嗒咔嗒摇晃。风景变幻不停。吹过森林山丘的风，温柔而又恶作剧地拂过两人的头发和帽子。

要是在这里也能像当时那样就好了。要是能在那个舞台上，用那台漂亮的钢琴重现那一幕。

少年觉得很可惜。

一开始，这个回声效果出色的音乐厅，让他很是惊喜。

在这里，听到的钢琴声效果很好。这里的钢琴声，就像是放进精美的礼盒里，打上漂亮的蝴蝶结，送出去的礼物。

但是，听了几天以后，会让人感到，有点喘不过气来。

确实演奏都很出色，很吸引人的耳朵，但给人一种感觉，音乐渐渐变得可怜起来。在这黑暗的温室中，厚厚的墙壁守卫下的监狱里，被保护周到的音乐，让人很想把它解放出来。

想把这些音符，带到更广阔的地方去。

少年想象着自己像哈梅伦的吹笛人那样，把音符带到屋外。

当然，声音会被吸收，会扩散，会被其他声音打扰，要集中来听很困难，但它们可以和自然界中的音乐一起游戏。

不过，又过了几天，少年的想法又变了。

也许，这里也有自然。

在演奏者中，存在着自然。他们故乡的风景和心中的风景，保存在他们的脑子里、视线中、十个手指尖、嘴唇上、内脏里。一边演奏一边描绘出的记忆中，有他们丰富的自然。

原来如此，我们就是这样连接起来的。

在那幅画面中，宇宙都在呼吸。在高岛明石的演奏中，可以感觉到这一点，少年也感到惊讶。

但是，弹奏的曲子有限制，不能像当时和老师那样进行即兴演奏。这一点令少年十分不满。

好听的曲子，听多少遍也不会厌倦的名曲。虽说也很好，但有时也会让人感到很无聊。当然，这些写进谱子里的曲子，其中也蕴藏着自由，可以无限地阐释。

是啊，现在这个世界，多少有些无聊。

好像又听到了老师的声音。

少年恍恍惚惚飘浮在声音的海洋里探索着记忆。

这么说来，以前好像和老师谈到过类似的话题——

那是在自己第一次去了巴黎的国立高等音乐学院后的事。

在宏伟的建筑中，穿着正式服装，正襟危坐，光圈打在身上。"真想把这些音乐带出来啊。"尘说出自己的愿望时，老师小声笑了。

忽然，老师好像想起了什么，回头看看尘。

好啊，尘，你去把音乐带出来吧。

少年吃了一惊。

老师用深不见底的可怕目光看着少年。

不过，很难哦。能真正把音乐带到外面来，非常困难。你明白我说的意思吗？关起音乐的，不是音乐厅或是教堂，而是人的意识。光是带到风景优美的屋外，那种程度，是没法真正把音乐带出来的。那也不是解放。

说实话，少年并不十分明白，老师在说些什么。

不过，他明白，老师说这话的时候，态度很认真。

当时，老师想教少年懂得某些沉重的东西——

不久，老师就跟少年提起了音乐会的事。

在那段时间，老师身体不行了，经常在家卧床。

听说老师生病了，很多音乐家从全世界赶来，但老师都拒不见面。不想让世人看到自己虚弱的样子。

少年十分不安。他是少年唯一的老师，是占据少年大半个世界的伟大音乐。

但是，他跟随父亲四处漂泊，没有机会去探望老师。离上次探病已经过去了两周。好不容易到了老师家，按了好几次门铃，家里却没有人。家里一片漆黑。少年全身颤抖。

连夫人也不在家。

不祥的预感令少年的胸中几乎撕裂。他不知道怎么去找他们，只好像只小狗一样蹲在老师家的大门口，傻傻等候。

尘！

第二天，老师和夫人才回来，运气还算不错。两人看见大门口的少年，仿佛看见幽灵一般叫出声来，你怎么待在这里，感冒了怎么办，劈头盖脸训了他一顿。

但是，但是，达芬妮夫人也不在，我还以为——

少年像个孩子一般快要哭出声来了。

达芬妮走向厨房，我给你冲杯热可可吧。

老师叹口气说，没事没事，只是短期的检查住院。

我并不怕，尘。

尘一脸稚气，眼睛里泪光闪闪，抽抽搭搭地哭着。老师拍了拍他的肩膀。

早点把音符带出去吧。

说着，他指指天上。

尘就是我留下的礼物，是这个世界上最美丽的礼物。

不，老师，不要丢下我。

尘说着，大哭起来。老师苦笑着说："我还没死呢。"然后忍不住扑哧一声愉快地笑出来。

当时的老师，真的很开心。好像是想到了什么恶作剧，在得意地暗自窃笑。

他的笑脸，融入了声音的海洋。

老师，怎么办？怎么才能把音乐带到广阔的地方呢？

少年眼中泛起了一层泪光。

迷迷糊糊中，他轻轻对老师耳语。

但是，总有一天，我一定会遵守跟老师的约定，把音乐带出去。

音之绘

"水平真高啊,现在的学生。"

菱沼忠明撕下一条馕,塞进嘴里,深有感触地自言自语。

"有你喜欢的演奏吗?他们演奏的你的作品。"

纳撒尼尔一脸若无其事地问道。

菱沼微微一笑,但并没有正面回答:"这个嘛……"

"听好多位演奏家在自己面前演奏自己的曲子,肯定很有趣吧。创作曲子的就是自己。这是其他人不可能有的奢侈体验啊。"

三枝子说出了自己的朴素想法,菱沼轻轻摇头。

"虽说有意思,压力也很大。本来以为自己已经把想写的都写在乐谱上了,看来还有很多人没法读懂我的意图。笨蛋,错了,别弹了,我也不能这么制止对方。"

"确实,会很窝火。"

纳撒尼尔附和道。他也做一些电影和舞台方面的工作,自己也作曲和编曲。三枝子看过几次他的彩排,他会在很小的细节上固执地较劲。自己作的曲,一个音一个音,整体感觉和音色上,都非常在意。

"演奏家的自由诠释,到底到哪个程度为好呢?"

"要看'自由诠释'这个词怎么理解吧。"

菱沼耸了耸肩膀。

纳撒尼尔似乎有些不愉快,皱着眉。

"如果是随意发挥,那就不行。不过,大多数自由诠释都是随意发挥。"

他斩钉截铁地说。肯定,他以前创作的曲子也被别人"自由诠释"过。

"不过啊,大哥。"

菱沼往纳撒尼尔这边探过身来。

"实际上,作曲者真的理解了自己创作的曲子吗?"

虽然面带微笑,但菱沼的目光锐利,纳撒尼尔一瞬间沉默了。

"当然,我觉得是理解的。这个音的含义,乐章的含义,自己想传达的东西,都很清楚。毕竟是作曲者嘛。创造天地的就是我。是这么回事。"

菱沼使劲嚼着馕。考虑到他的年龄,他还真能吃。围坐在桌子旁边的三个人面前,有四只馕,每个人都在不停地往嘴里送,瞬间就消灭了一大半。

"确实,也有些人觉得自己全能,自己写下来的音符,容不得半点轻慢对待,作为作曲家,我比任何人都更了解这首曲子,我的意图不容挑战。"

纳撒尼尔脸上有点难看。毫无疑问,他就是这种作曲者。

"不过啊,我这些年一直在想,其实我们都只不过是一种媒介吧。"

"媒介?"

"作曲家、演奏家,都是。本来音乐就是无处不在的,有人听到了,于是写成谱子,再有人来演奏。我们不是创造了音乐,只是传达音乐。"

"也就是预言者啊。"

纳撒尼尔自言自语道。

"对,神把声音交给我们,我们传达出去。伟大的作曲家、业余演奏家,在音乐面前都是平等的,都是预言者。我越来越这样想。嗯,这个奶酪馕真好吃。再来一只吧。"

"咖喱味的也再来一只吧。"

纳撒尼尔叫来店员。

"这么说来,因为是再现的艺术,必须时刻有新意,这是尤治·冯-霍夫曼一直挂在嘴边的话。"

听到这名字,纳撒尼尔和三枝子在瞬间互相看了一眼。

第二次预选的第一天结束了,纳撒尼尔好不容易逮住了菱沼,成功约到他吃晚餐。上次两人一起吃饭，最终以意见相左告终，纳撒尼尔说三枝子也一起，硬把他拉过来了。三枝子也想知道风间尘和霍夫曼先生的关系，虽然有点不情愿，还是来了，于是三人就这样围着咖喱和馕开始大吃。

"那个孩子的事，你们听说了吗？"

两人那一瞬间交换的眼色，并没有逃过菱沼的眼睛。也许，在纳撒尼尔邀请他吃饭的时候，他就猜到这两人想从自己这里探听一些什么东西吧。

纳撒尼尔和三枝子再次互相看了一眼，点了点头。

"听说霍夫曼先生亲自去风间尘那里教琴，是真的吗？"

纳撒尼尔双手十指交叉，放在桌子上。

"真的。"

菱沼没当回事地耸了耸肩。

"第一次预选时那个孩子的演奏，我听了。吓了一跳。我赶紧给达芬妮打了电话。那种孩子，到底哪里找来的？"

"然后呢？"

三枝子发现，纳撒尼尔和自己同时身体前倾，这幅场面还真是好笑。关系到霍夫曼先生的事，两个人都变得像小孩了。

"听说，那孩子是尤治的远房亲戚。"

"啊？"

这次，两人一起齐声叫了出来。

菱沼赶紧摆手。

"真的是很远的亲戚，跟陌生人没什么差别。尤治的奶奶是日本人，你们知道吧？应该算是那位奶奶家族分支的后代。"

"啊——"

"确实，无限接近于陌生人。"

纳撒尼尔脸上现出一副放下心来的表情。三枝子想，自己应该也是同样的表情吧。

"达芬妮说,自己也不知道他是在哪里认识这孩子的。真是奇缘,只听尤治这么说过。"

奇缘。

这个词听起来有点奇异,又有点震撼人心。可以想象出霍夫曼先生和少年在一起的情景,又感觉难以想象。

"那孩子的父亲是养蜂家,大家都知道了吧?你们知道他们居无定所吗?当然他们在巴黎有公寓,但几乎不在那里住。"

"那上学怎么办呢?"

"时断时续。父亲有教师资质,所以好像都是父亲在教。"

"哦。"

那孩子拥有的自由感,不被任何事物束缚的感觉,大概就是来源于此吧。

"不过,有意思的是……"

菱沼忽然压低声音,好像在说什么秘密。其他两个人不由得凑过脸来。

"那孩子,并没有钢琴哦。"

"什么?"

三枝子和纳撒尼尔再次齐声叫起来。

"没有钢琴?这是什么意思?自己家里没有?"

纳撒尼尔一副质问的口气。菱沼不为所动,轻轻点点头。

"对了。他家里没有钢琴。但是,在他们走过的地方,哪里有钢琴,他就会请求让他弹。在遇到尤治之前,他都是这样自己弹的。"

"难以置信。"

三枝子嘴里念念有词。

就这么些见缝插针的经验,就能弹到这个程度。

纳撒尼尔呆在原地。

不——也许正因为如此,才这么会弹。

忽然,三枝子脑子里浮现出这个念头。反过来说,正因为不知道下一次什么时候才能弹钢琴，才会最大限度地抓住弹钢琴的机会，拼命集中密集练习。

空腹才是最好的佐料，对钢琴的渴望，才能造就最好的练习条件。"尤治一开始好像也很吃惊。不过，那孩子，好像不论遇到什么样的钢琴，都能弹到最好。而且，自己也学会了调音。应该是因为没有选择钢琴的余地才学会的吧。尤治对此饶有兴趣。于是甚至跟着那孩子四处旅行，在不同的钢琴上授课，他乐此不疲，所以才会经常出门教课。"

"嗯，所以，老师才主动出去。"

这次轮到纳撒尼尔嘀咕了。

"是这么回事。毕竟，没有乐谱，所以那孩子养成了听一遍曲子就记住的习惯。或者就在当场即兴演奏。达芬妮说曾经听过一次两人一起演奏。两人在两台钢琴上即兴弹奏，就像两个人在聊天。"

三枝子和纳撒尼尔都说不出话来。

霍夫曼先生的即兴演奏。

两人都从没有听过。霍夫曼先生身边的人也都没有听过。先生竟会做这种事。而且，是在自己的晚年，和相当于自己孙子的少年一起即兴演奏。

三枝子察觉到，自己心中的郁闷，来自对风间尘的强烈忌妒心，还有老师没有把自己放在眼里，自己没能成为老师即兴演奏的伙伴的屈辱感。恐怕坐在自己身边的纳撒尼尔心中更不是滋味。

不过，心中更强烈的情绪，是自己很想听霍夫曼先生的即兴演奏，却永远地失去了这个机会，由此感到的悔恨。

"两人的合奏，没有留下录音吧？"

果然，纳撒尼尔也有同样的感受，他嗫嚅说道。

"不清楚，尤治的遗物，现在才开始整理。那家伙对自己的录音相当马虎，可能有，也可能没有。"

纳撒尼尔和三枝子失望地叹了口气。

两人再次感受到，霍夫曼先生去世带来的巨大损失。

"喂，比起这些事情，还是操心操心你们自己吧。"

菱沼责备一般的口吻，让两人抬起了脸。

"啊？什么？"

"那个啊，"菱沼苦笑着摇摇头，"那孩子，你们怎么给他打分？"

三枝子一惊，想起了在巴黎的试听时，斯米诺夫嘴里念叨的不祥的预言。

渐渐明白了，霍夫曼说的"毒药"是什么意思。

也就是说，我们被推进了进退两难的境地。

"你是说我们没法给他打分吗？"

纳撒尼尔平静的声音似乎在抗议。

当然，他很明白菱沼的意思。但是，三枝子、西蒙和斯米诺夫感觉到的"困境"，他并没有感觉到吧。虽说能够理解，但并没有实际感受。

"那我可不知道。"

菱沼坦率地承认。

"我是在想，那种罕见的才能到底谁能够给他打分呢？回顾过去的钢琴大赛历史，经常会出现出乎意料的天才，甚至超过评审的理解范围。"

菱沼一脸沉思的表情，又开始撕奶酪馕。

"尤治是故意把那孩子送过来的，是对你们、对我们的挑战。接受考验的是我们。"

"是吗？"

纳撒尼尔似乎准备一直保留不同意见。

我们还没有明白。

三枝子不知怎么有些绝望。

人们常说评审既在评审，也在被评审。评审工作会透露出那个人的音乐感觉和音乐态度。

只是以为自己明白了。

三枝子心情有些灰暗。

当评审真是一件可怕的事。将自己的音乐感觉和人性暴露出来，本来以为这一点脑子里已经明白了。

但是，现在的纳撒尼尔看起来似乎明白了，其实并不明白自己一直以来的感受。

女武神的骑行

像以往一样从床上伸出手,在闹钟响起之前按住了闹钟。

他起床有点迟,是因为想抓住梦醒前的那一幕。

梦醒之前,马赛尔在梦中正在弹奏《春天与阿修罗》。而且,感觉很不错。那不是在舞台上,而是在不知哪里的野外,置身于绿意盎然中,愉快地弹奏着曲子,有一种"对了,就是这样"的感觉。

就像伸手想抓住水里的鱼,鱼却灵巧地从指间逃走,反刍黎明时的梦,总是很难抓住要领。

他马上就放弃了,干脆地从床上跳起来,拉开窗帘。

眼前是一片广阔的灰蓝色水平线。一看到大海,梦中景象马上就消散了。不过,还有一丝余韵似乎还残留在身体里面。

他做做拉伸运动,出去慢跑。

冰冷的空气令人心情愉快。他已经习惯了在芳江的日子。

不管身处何方,马上就可以放松下来,把他乡当成故乡,这说明他适应性强,也说明他有自己的节奏。能够把矛盾的事按照前例理所当然地处理,这是马赛尔最擅长的。

马赛尔是第二次预选第二天的第一位出场选手。

他不太在意出场次序。最先完成表演,接下来就可以优哉游哉地听其他参赛者的演奏,当第二天的第一个,并不坏。

就像他跟亚夜说过的一样,昨天参赛者们的演奏,对他来说是很好的参考。

有没有现场把第一次公演的新曲听八遍,差别很大。每个人的诠释都不一样，不过都对他理解这首曲子很有帮助。

不过，还是指导教授纳撒尼尔·席尔伯格弹奏的《春天与阿修罗》给人印象最为深刻。

纳撒尼尔对马赛尔一直信任有加。他特意让马赛尔听自己充满个性的演奏，仿佛是一种挑战，激发出马赛尔"如果是我的话要这样弹"的意志。老师并没有给他一个标准，而是将自己个人的理解弹给他听，马赛尔十分感动，很感谢他。老师相信，这样做并不会让马赛尔乱了阵脚。

另外，纳撒尼尔认识作曲家菱沼忠明本人，仔细分析了他的性格、作曲的特点，讲解给马赛尔。理解作曲家本人，应该不会对演奏曲子帮倒忙。

老师的讲解很有帮助，在欢迎宴会上直接把作曲家介绍给他，更是受益匪浅。马赛尔对他人的观察也很细致。

作曲家的表情、动作、声音，从中可以看出不少东西。就算只有短短几分钟，面对面说几句话，也许就能树立起对曲子的印象。

每个人都弹奏同一首曲子，只有在第二次预选上才有。目的是从中考察对现代曲的感觉，对新曲的理解，彰显这是在日本举办的世界性钢琴比赛，等等。毫无疑问，这是唯一可以进行直观比较的机会。

这是第二次预选重要的一个环节，但并不是第二次预选的重点。马赛尔是这样判断的。必须表现出自己对这首曲子的重视，但自己安排的曲目，必须凸显同一个主题。这首曲子要融入四十分钟的独奏，听起来要像一个整体。

他一边调整自己慢跑时的呼吸，一边想象着演奏时的情景。

他喜欢事先做好打算。在跳高比赛时，跟对手比赛讲究策略，杆子升到多高，考虑取胜的方法，对他来说乐趣无穷。不过，战略能否如预想中奏效那又是另一个问题。花了很多时间来准备策略，简直难以舍弃，但在正式比赛时也需要魄力来随机应变，根据实际情况做出调整。

现在看来，在大阪的比赛中落选，也许反倒是一件幸运的事，马赛尔心想。

这么一来，在芳江的比赛里，自己就能作为新人，以一张白纸的状态出场了。

比赛很有意思，是一决胜负的地方，不过，马赛尔自己并不是那种很想去各种音乐会参加比赛、累计胜绩的人，他知道，纳撒尼尔也明白这一点。参加大型比赛，最多再有两三次吧。芳江是他出场赛中最重要的一场。

本来以为自己会很平静，但还是兴奋不已。

比起平时，自己呼吸好像更急促了一些。而且，比起平时，自己不知不觉间跑得更快了。

不行不行，我还没开始呢。

他一边苦笑，一边深呼吸，慢慢做着拉伸运动。

我的《春天与阿修罗》——

他闭上眼睛，开始想象。

第二次预选第一首曲子。由静及动的选曲中开头的曲子。他想象着自己的指尖轻轻碰触第一个音符的声音。

忽然，今天早上梦中的感觉又回来了。

那是阳光透过枝叶落下的温暖感觉——啊，在这首曲子里感觉到森罗万象——

他想起了自己当时的感觉。

就像现在一样。

马赛尔好像是第一次看到这个世界，慢慢环顾四周。

高楼之间山谷一样的小小公园。空气还很冷，黎明前的紧张感还没有消失。

尽管如此，不知不觉中，夜已经静静地离去了，周围的世界仿佛正在睁开眼睛。

鸟声从远处传来。远处主干公路上奔驰的车声传到地面。世界的早晨渐渐明亮起来。

森罗万象。

虽说四周静寂无声，却有一种生机萌动的活力。能感觉到准备吹起的风，准备在日光下闪耀的树木的色彩。

马赛尔全身吸收着这些感触。

回到酒店,他淋了热水浴。

打在他头上、肩头、背上的热水。在自己毫不在意的生活的每个角落,到处都充满着宇宙的真理。

《春天与阿修罗》。我想在舞台上描绘出的,是留白的美。

马赛尔决定了。

不是像詹妮弗·陈那样,对谱子上的每一行音符做出详细的说明。我心中的《春天与阿修罗》,不是这样的。

曲子的风格沉着又含蓄。没有使用艰涩的语言,平易又单纯。但是,里面包容着一个广阔的世界。

就像庭院和茶室。

一点唤醒全体。一个小小的细节,让人感觉到无边无际的巨大。

也许,应该说,正因为微小,那里才包容着宇宙,会让人想起这种建立在矛盾上的宇宙观。

菱沼没有说出一切。一个一个的音符,展现出音乐之外的世界。作为一个土生土长的东京人,他本质上是个羞涩的人。指手画脚、滔滔不绝,每一点都点破,这不是他的风格。他也做不到,觉得不体面。这不光是他,更是日本人一直以来继承的美的观念。

但是,如果把"日本"元素清楚地表现出来,应该也不是菱沼所期望的。这毕竟是宫泽贤治的宇宙观,菱沼并不想声明,这是他自己的个人独创。

那么,要怎么表现才好呢?

马赛尔一边吃着早饭,一边脑海中总结着自己的思路。

关于这首曲子,马赛尔的战略很简单。

就用声色来表现。不用太过啰唆的声音。就只有这一点。不过,必须让观众想象到背后那个巨大的世界。

看起来是个悖论,但一定有方法。马赛尔一直在寻找这个方法,经历了许多次试错。

最后，他找到了。

不解释——让他们感受。

看起来是个很简单的办法，不过要描述这个办法，那就只有一个词：留白。

我的《春天与阿修罗》，主题就是表现"留白"。

定下这个主题，所花的时间出乎意料。不过一旦定下来，他就不再后悔了。

那么，怎么做才能表现"留白"呢？

这是下一个阶段的课题。又经过了许多次尝试，他注意到了一点。

原来如此，华彩乐段原来是这个用意。

马赛尔仔仔细细看着乐谱上的指示。

自由地，感受宇宙。

乐谱上写下的其他部分，所有的音符都是为了让听众感受到宇宙。只有这个部分，没有一个音符，微微显露出了宇宙的"本来面目"。

对。用这个办法就可以表现出"留白"。

马赛尔十分兴奋。他感觉自己有生以来第一次发现了隐藏在乐谱里的音乐的"秘密"，以及世界的"秘密"。

这么一来，我的《春天与阿修罗》就完成了。

马赛尔再次想起自己获得确信的那个时刻。

当时自己真高兴，觉得自己眼前的世界都宽广了。

好，自己这就去再现当时的感觉吧。

马赛尔缓缓深呼吸，开始换衣服。

这是第一次演奏这首曲子，也可能是最后一次，这一刻终于要来了。

第二次预选第二天。

上午十点半，虽说是早上第一场，观众席已经坐满了，甚至有人站着观看。

可以肯定，都是冲着马赛尔来的。

他没有沾沾自喜,也没有因此紧张,只是十分自然地接受了这件事。他知道自己很受欢迎,这件事也让他很享受,自己是一颗明星,这件事并不令他困扰。

站在舞台侧翼,马赛尔精神高度集中。不知道小亚坐在哪里,她会喜欢我的演奏吗?

她评价詹妮弗·陈的一句话,让他吃了一惊。她会怎么评价自己的演奏呢?有点害怕,不过等会儿还是要问她。

毕竟,我们是绵贯老师的弟子。我们的启蒙老师教给我们八代亚纪和摇滚,教会我们无比热爱音乐。我们的演奏肯定不仅仅是抓人眼球。对吧?

马赛尔对着不知坐在观众席何处的亚夜说。

究竟是为了谁弹钢琴?

最近,马赛尔经常在舞台侧翼思考这个问题。

是为了客人,为了自己,还是为了音乐之神?

不知道。不过,肯定是为了某个对象在弹。他有一种感觉,与其说是为了"谁",不如说是为了"什么"。

比赛真是不可思议。

马赛尔忽然能客观看待站在舞台侧翼的自己了。

比赛就是比赛,同时也是个人的独奏表演。把每个人的独奏拿来比较,真是不可思议。

在那四十分钟里,观众和舞台都是属于我的,大家都在注视着我,听我演奏。

这么一想,又开始雀跃不已。

此时,某位同学苍白的脸掠过他脑海。

常常有人说,你很有才华。

你是明星,什么都有。也有人这么说。

在巴黎国立高等音乐学院,在茱莉亚,他们都带着一脸羡慕、忌妒和感叹这么说。这么说的人也都各有各的才华,技术上跟自己几乎没有差别。

这种时候,自己应该怎么回应呢?

是应该谦虚地说，哪里哪里，自己还不行，还是应该表示感谢呢?

两者都令马赛尔感到不舒服。

每个人每一天都要对周围的人说很多话。确实，自己是引人注目的。应该是自己身上某些地方与常人不同，表露在外。

但是，那都是别人给自己的评价，并不是自己给自己的评价。他对于自身尚有许多不明白的地方，更别说他人了。

所以，有人对他说这样的话，他还只是以微笑回应。什么都不说。不做任何回应。这是他想表达的自己的态度。

不过，刚开始弹钢琴的时候，马赛尔就知道，自己想表现的东西，他都能表现出来。和亚夜一起联弹《茶色小罐》的时候，磕磕绊绊地弹奏莫扎特的小步舞曲的时候，他直觉上知道，自己以后，肯定可以随心所欲表现自己想要表现的东西。

所以，正式开始上钢琴课以后，技术上他马上赶上了别人。就像回忆起了自己本来就知道的知识，马赛尔一个接一个地掌握了新技巧，理解了乐曲，也学会了其他的乐器。他听了各个种类的音乐，拼命吸收音乐，简直到了自己的脑袋都装不下的地步。

真不可思议，马赛尔这孩子。

纳撒尼尔·席尔伯格曾经这么感叹。

你不是早熟，也不是神童。

那我是什么呢?

马赛尔不由得问道。

你懂音乐，从一开始。

纳撒尼尔轻轻耸耸肩膀。

很久以前，日本有一位出色的雕刻家。

纳撒尼尔忽然开始讲故事了。

他留下了好几尊出色的佛像，现在成了国宝。据说，他雕刻的速度非常快。

他毫不犹豫，速度快得就像手赶不上脑子里浮现的画面。某天，有人问他，为什么他雕刻的速度这么快呢？他说，我并不是在雕刻佛像，我只是把埋藏在木头里的佛祖挖出来。

看到马赛尔，我就想起了这个故事。你本来就懂音乐。也许，并不是我们在教你，我们只是让你回忆起你身上本来就有的东西。

马赛尔听了这个故事，有些摸不着头脑。

他记得，纳撒尼尔看到自己的表情，轻声笑了。

现在想起来，那是对马赛尔最大的赞许。光是想起来就令他感激万分，当时自己却并没有听懂。

当时纳撒尼尔的笑容，还留在自己脑子里。那是一个神秘的笑脸。

你还不明白吧。没关系。他的笑容好像在这么说。

当然，他不觉得现在的自己已经完美无缺了。自己还是个粗糙的胚胎，还有许多地方有待训练加深。就算花一辈子去努力，也不一定能达到目标。这一点他心知肚明。

但是，现在，我能做到一些事情。

马赛尔有一种奇妙的确信。

现在的我能做到的事，就是上天允许我做的事。一定能做成。反过来说，现在做不到的事，就是我没有被允许做的事。

这种想法也许有点傲慢，但对马赛尔来说极其自然，是对自己不折不扣的真实客观的评价。

马赛尔唯一无法理解的，是其他人似乎并没有自己这种感觉。担心记不下谱子，担心上场时忘记旋律，担心自己弹不好。其他人似乎时常有这种不安和恐惧。他们有压力，也对舞台心怀恐惧。他们不像马赛尔那样，对自己充满自信。如果说这就是才能，那也算是一种才能。

舞台监督田久保如同一个影子站在侧翼，对着马赛尔露出平和的笑容。

世界上每座了不起的音乐厅，都有一个了不起的舞台监督。他们的名字流传在音乐家们之间。田久保的名字,他也听过很多次。据说,好的舞台监督,光是看到他的脸,就会平静下来,感觉自己会呈现出出色的演奏。

马赛尔感觉自己终于明白了这句话的意思。那种平和稳定、不即不离的态度,同时又让音乐家们感到他从心底与他们同在,信赖他们,鼓励他们,自己将全力支持他们。

真幸运。

马赛尔感到一种充实感。

在这出色的音乐厅,由出色的舞台监督送上舞台,自己真是幸运。

"到你出场了。"

总监对着马赛尔点头示意。

马赛尔也对他点点头。

"祝好运。"

第一次预选的时候,他也是对自己这么说的吧。

马赛尔一边微笑,一边再次踏进了他的竞技场。

哇——充满兴奋和狂热的拍手声包围住他,他感到自己也兴奋了起来。观众的期待总是给他力量。

好,从《春天与阿修罗》开始吧。

马赛尔的第二次预选演奏,静静地开始了。

亚夜和奏好不容易在后排找到座位听马赛尔的演奏。

安静,真安静。

亚夜目不转睛地盯着舞台上沐浴在光芒之中的马赛尔。

不光是光芒,分明可以看见他头上的光环。

大家都狂热地踮起脚尖盼望,他一瞬间就把舞台带入了寂静之中,把观众带进了曲子的世界。

今天,马赛尔的演奏将会让《春天与阿修罗》流行起来吧。

亚夜在期待马赛尔的诠释和他自己创作的华彩乐段。他将会怎样弹奏呢？

马赛尔的诠释，跟昨天演奏的那个人完全不同，她马上就意识到了。

简朴而又自然。

亚夜感觉自己胳膊上起了一层鸡皮疙瘩。

看到了一片黑暗——不，是宇宙。

昏暗的星星——无边无际、伸展向无限的虚空，就在马赛尔背后。

这个人有很多秘密的神奇口袋呢。

亚夜感叹道。

许多的故事，许多的场景，琴声赋予了它们实体，将它们带到人们眼前，描绘给人们看。

电影画面一般的音乐。这种形容已经被人们用滥，不过，马赛尔正是这样。而且，每一帧画面都是他自己的独创，充满了感情，充满了说服力。马赛尔有自己的声音，他用自己的声音在表达着丰富的内容。

在《春天与阿修罗》中，马赛尔却特意藏起了自己的这一长处。不，这才是《春天与阿修罗》中马赛尔的语言。低语一般的短句，没有多余的废话，语句简短，充满神秘。马赛尔找到了适合不一样的曲子的合适语调和音量。

这样的寂静和广阔，只有他能够做到。

我的《春天与阿修罗》呢？

一瞬间，亚夜想到了这个问题。

我的诠释有问题吗？即兴选择，还是欠缺考虑吧？能比得上经过了深思熟虑的马赛尔的完成度吗？

她是第一次想到这问题，不禁有些茫然不知所措。

众人瞩目的华彩乐段。

纳撒尼尔不由得捏了一把汗。

在这里，马赛尔才会表露感情——将曲中"隐藏"的部分揭露出来。

重复音过门，复杂的和音，要用到高超技巧的华彩乐段。

马赛尔作曲的华彩乐段，技术上难度很高，本来他担心会跟整个演奏格格不入，但马赛尔坚持自己的观点，他说："我会让它成为演奏的一部分。技巧藏起来，不会有人发觉。"

实际上，他也做到了——这首曲子在整个演出中丝毫不觉得不协调。

学生在一天一天进步，自从参加比赛，更是每天都有长进。现在，呈现在他面前的演奏，也跟自己一周前听到的完全不一样。又提升了一个层次。

马赛尔的才华之一，就在于这种无穷无尽的成长性。他从不为自己设限，也感觉不到天花板。手边可利用的都会成为他进步的助力。

纳撒尼尔在惊叹的同时也深深自豪。

有人说弟子无法选择师傅，其实并非如此。也许，说出这样的话，是因为弟子的才华只是半吊子。有突出才能的弟子，其实是在选择师傅。

不是自己盲目自夸。当然，他相信马赛尔的才华十分耀眼，不过，这绝不是因为自己作为老师十分优秀。

而是自己懂得如何让马赛尔施展自己的才华。

也许，在纳撒尼尔和马赛尔相遇的一瞬间，就从直觉上感到了这一点。马赛尔选择了纳撒尼尔。他本能地相信，这个人会帮助自己进步。纳撒尼尔也感觉到了这一点。他注入了自己的所有知识，培养这个将会超越自己的弟子——换句话说，就是会毫无顾虑地把自己当作踏脚板的弟子。这是作为老师的心愿。无法超越老师的弟子，他们是多么悲凉凄惨，他已经看过很多例子。这对老师来说也是一种不幸，一种浪费——不管作为演奏家他是多么出色，仍然必须培育下一代的演奏家。

当然，有很多天才钢琴家并不收弟子，完全不适合教钢琴。他们留下了自己的演奏，给后人听，这是另一种形式的教导。

但是，既然决定了收弟子，教授钢琴，那就必须出成果。一旦为人师表，那一瞬间开始，培养后进，已经成为他音乐才华的证明。

马赛尔的演奏，真希望霍夫曼老师也能听到。

忽然，纳撒尼尔这样想道。

华彩乐段，真是厉害。

亚夜再次感到自己身上起了一层鸡皮疙瘩。

从昏暗的星群间射下一丝光芒。

在那光芒之中，能窥见无限的色彩。

在他的静寂和简朴后面，铺展着一个如此丰富的世界。

在惊叹不已，品味这个世界的同时，亚夜再次为马赛尔的技巧咋舌。

竟然能弹奏这样的短句。不愧是有许多场长号即兴演奏经验的人。已经很习惯在大众面前表演自己创作的旋律。

年轻的古典钢琴家都不太喜欢即兴演奏，他们的华彩乐段往往带着一丝羞涩和不安。不可思议的是，如果已经写在谱子上，不管多难的章节都能从容地演奏出来，但如果是难度很大的华彩乐段，则往往听起来很别扭。因为新曲往往都还未经过大众耳朵的试验，评价还不确定，缺乏说服力，往往会光剩下炫技。

马赛尔却不是这样。他准备靠自己写的这些短句来定胜负。果然，他是天生的音乐家。

绵贯先生钦佩的脸浮现在眼前。

老师，小马果然很厉害啊。

在一丝光芒中，华丽的华彩乐段，再次于静寂的黑暗中消失。

接下来，《春天与阿修罗》后面，行云流水般开始了拉赫玛尼诺的练习曲《音画练习曲》作品三十九号的第六曲。

如同黑暗底部有什么在蠢蠢欲动，低沉的、不稳定的开头。

渐渐有了动静，紧张的颤音穿破了黑暗。

这个曲子放在这里，真是妙。奏心想。

曲目的设置就像一幅连续的画卷，浑然一体。

快速的过门显示的是"细节"的技巧。

从让人感到深深黑暗的第一曲，到渐渐明亮的第二曲，仿佛来到了一个开阔的地方。

第三曲是德彪西的练习曲《为重复音而作》，好像一下子豁然开朗。

马赛尔所拥有的生气勃勃，和德彪西曲子的独特的磅礴大气重合，表现得令人感动。

接下来，就像忽然变速，开始了最后一曲，勃拉姆斯的变奏曲。

《帕格尼尼主题变奏曲》，四小节变化多端，弹奏得灵巧精密。

全方位，技巧无懈可击。但是，他仍然游刃有余，甚至带着新鲜的动感。

奏万分感慨。

看他充满自信，充满欢乐地弹奏着钢琴。

真美啊。令人感觉自己亲眼看到了才华在闪光。

台下的听众也感到无比舒心。

时间很长的变奏曲，很难保持紧张感。就像用同一个演员的短片集锦。必须制造起伏，吸引观众的注意力，牵引他们的神经。

拉赫玛尼诺夫也有《帕格尼尼主题变奏曲》，就算是他的曲子，观众也会感到无聊，据说他因此在弹奏时删减了自己的曲子。

当然，曲子本身在曲调和展开上已经下足了功夫，让听众不至于厌倦，但演奏的时候另有难点。重复同一个主题，却要有新鲜感，比想象的更不容易。要处处用心，加入细致的创意。

马赛尔就像一个全能的艺人。现实中有趣的短片集锦很少，但马赛尔的短片集锦却不让人厌倦，一直牵动着观众的神经。

虽说像艺人，但绝不低俗。华丽深处，却能让人依稀看到一个令人毛骨悚然的深渊。

总之，毫无疑问，他是一个很有魅力的钢琴家。

奏本来准备好好分析,最终也变成了一个普通观众,不知不觉陶醉地看着马赛尔入了迷。

弹奏变奏曲真开心。

能体验到爵士的即兴,好像自己在改编乐曲。

短短四小节的主题,也有无限的展开。作曲家已经证明了这一点。织起一张万花镜一般变化多端的挂毯,就仿佛在探索作曲家的思考。

在弹奏勃拉姆斯变奏曲的时候,浮现在马赛尔脑子里的,是划皮划艇在宽广河面中顺流直下的情景。

皮划艇速度飞快地前进,舒适的风拂过脸颊,推着自己的背。

脑中浮现出向着河口,以愉快的节奏划过去的自己的身影。

河边的景色不停变幻。

每划一下桨,就向前进一步,不久皮划艇就会到达广阔的河口——

别慌。要仔细地,踏实地,一下一下地划过去。

他按捺下性子,忍住高潮的预感。掌控着兴奋与冷静的轮子,在兴奋的战栗中,他在前进。

马上到了。

马上就能出去了。

没有见过的景色,广阔的天地,在等着我——

马赛尔一边弹着钢琴,一边感到背上传来一阵不可思议的颤抖。

原来,我所希求的,就是那里。我为了看到那里的景色,在弹钢琴。

这是从没有过的体验。

弹完第二次预选的四首曲子,马赛尔微笑着接受观众雷鸣般的掌声。而另一个马赛尔仿佛在看着发生在别人身上的事,从高处俯视着舞台。

爱的启蒙

马赛尔本来准备干净利落地完成演出,没想到在演出中遇到了寻求已久的风景,沉浸在幸福之中,回到会场时已经关了。

唉,没赶上下一场演出。

没办法,只能对着大堂的监控器听演奏。

监控器传出来的音质并不好,不过还是能大致感受到气氛。

他入神地盯着监控器的画面,迟迟没有发现她已经到了自己身边。

"真不错啊,马赛尔。"

哎呀,被这个麻烦的家伙逮住了。

马赛尔内心不禁咋舌。在比赛期间,他本来一直在回避跟她面对面。

深紫红色的宽松毛衣搭配牛仔裤,轮廓鲜明、身材修长的少女。

是同为茱莉亚钢琴系学生的詹妮弗·陈。

"你听了?我还以为宣布下次结果前你都不会出现在会场呢。"

马赛尔语带讽刺地嘀咕道。

"啊,我不听弹得差的钢琴,但弹得好的还是会认真听。当然,马赛尔的也会听。"

当然,轻微的揶揄陈是听不懂的。

似乎自从一进学校,陈就对马赛尔抱着强烈的对手意识,在他面前永远是一副斗志昂扬的样子。在学校里面,两个人也被认为是棋逢对手,大家都带着好奇心观望着野心勃勃的陈。

最近,陈成功地在钢琴大赛上出道,好多次听人说她是"协奏曲独奏者"。在陈和她的支持者看来,她已经领先马赛尔一步。甚至有人对马赛尔发出"忠告"，正是因为他跑去 live house 吹萨克斯风分了心，才会被陈赶超。

马赛尔从未把陈当作自己的对手。他认为，将无法相比的两种音乐特质放在一起竞争，本来就毫无意义。旁人总是把他和陈扯在一起，反而让他感到很困扰。

当然，他也多少感觉到了，陈总是有意无意接近他，是对他抱有好感。陈自己也许也没有发觉，如果有人说破恐怕会遭到她的断然否定，不过如果被卷入恋爱问题，那就麻烦了。马赛尔自从十四五岁个子飞长，各方面的才华也显现出来，女孩子们都不知不觉被他吸引，马赛尔不知道是幸还是不幸，对这些少女的春心，应对上只要错一步，恐怕就会招来大祸，这一点他也学到了教训。仅仅一瞬间，她们的憧憬和好意就会变成轻蔑和憎恶，在某个意想不到的时候拖自己的后腿。

"你的《春天与阿修罗》真是平淡。席尔伯格同意了？"

陈忽然摆出责问的口气。马赛尔苦笑着耸了耸肩。

"当然，我们考虑了很多，最后得出的结果就是这个。这是我的诠释。"

"是，是嘛。席尔伯格和菱沼忠明很熟啊。难道，这就是作曲家的解释？"

陈忽然睁大了眼睛，仿佛想起了什么，露出一副"糟糕，我怎么没想到这点"的表情。马赛尔感到有点烦躁。

"不，除了手册上写的以外，菱沼先生没有给任何提示。我的《春天与阿修罗》就是这样的。"

"真的？"

陈半信半疑。

马赛尔觉得自己跟她合不来，就是在这种小地方。如果陈是马赛尔，肯定已经通过席尔伯格去直接跟菱沼打听应该怎么演奏了吧。每一个机会都要好好利用，这对陈来说是理所当然的事，也是她对音乐的诚意。

会怎么样呢？一瞬间，马赛尔想。

如果我对席尔伯格老师说，想向菱沼先生请教这首曲子应该怎么弹奏，老师会帮我问吗?

他试图去想象听到这种请求时席尔伯格的脸。

OK和NO,两种可能都有。老师知道马赛尔是个战略家,也很赞赏他这一点。如果马赛尔决定这么做,也许会支持他吧。相反,也可能会说,这不公平,没有必要这么做。

这真是个有意思的问题。等会儿去问问老师吧。如果我提出这样的请求他会怎么办。

"还有,跟你在一起的那个女孩,是日本参赛选手吗?你怎么会跟她在一起?"

陈的声音,打断了他的思考。

原来如此,她想问的是小亚的事。

她装作若无其事,不过,这才是她的真正目的。

本来自己尽量不惊动人耳目,没想到还是被看到了。自己和亚夜在一起,只有在前天第一次预选最后一天的尾声上,还有昨天第二次预选的第一天。就这么两次,是谁给陈报信了?还是陈自己看到了?

"啊,我和她从小就认识。很偶然,这次竟然不期而遇。"

马赛尔尽量装出若无其事的口吻。

陈的脸上露出一丝惊讶。

"啊?是吗?马赛尔曾经在日本待过?"

"嗯,小时候有一段时间。我们住得很近,曾经一起上过钢琴课。"

"啊——那还真是巧。你们俩都这么厉害,一起参加比赛。"

"是嘛。"

陈忽然压低声音。

"不过,还是小心为妙。"

"啊?"

马赛尔以为自己听错了。

"她从小就演奏钢琴，听说一度曾经成了燃尽症候群的一员。"

知道得还真详细，马赛尔半是吃惊半是佩服。

我们还真是生活在一个信息过多、谣言满天飞的世界啊。

"听说，跟这种不祥的女孩在一起，马赛尔的运气搞不好也会被吸走哦。难道，她知道马赛尔胜利在望，所以利用你来让自己成功复出？"

马赛尔目瞪口呆。

"你不是说真的吧？"

他不禁反问道。陈的表情一本正经。

是该生气还是一笑付之，马赛尔不知该如何反应。他再次感到，自己和陈确实合不来。

自己总是以理智和目标明确自豪，对旁人不理智的言论和情绪性的意见嗤之以鼻，却说出这种运气啊不祥之类的话。马赛尔也知道，人生来有自己的运气，有自己的命运，但陈说的这些话只能让他感到太过随意了。

看来跟她是说不到一起的。

马赛尔在内心叹了口气。陈肯定还没有听过小亚的演奏。

"谢谢你的忠告。"

他只是表示，自己无意再继续这个话题。

幸好，陈看了看手表说：

"啊，必须得走了。"

"不听其他人的演奏了吗？"

"嗯，接下来要准备第三次预选。"

陈傲然地点点头。

"今天听完马赛尔的就够了。回头见。"

她轻轻摆摆手，一边划着手机屏，一边快步走开了。

马赛尔无语地目送她的背影。

她真厉害，有十足的把握自己能进第三次预选，还说什么只要听马赛尔的就够了，果然是陈。

马赛尔的眼睛回到监控器上。那位演奏者已经演奏完了。

李斯特的《马捷帕》。大家弹的曲子难度都真高啊。

自己的事情放在一边，马赛尔认真地盯着参赛者的手指。

不过，陈一本正经的目光并没有从他脑子里离去。

陈还真是知道得详细啊。大家都看着呢。小亚要是知道别人背后这么说她一定会很讨厌。能和小亚重逢，自己高兴得不行，但也不能得意忘形。

马赛尔觉得身上出了一身冷汗。

刚到美国的时候，邻居有个很要好的女孩，两人一起上学放学一起玩耍，后来才知道，班级上的女孩子忌妒她，那女孩受到了排挤。他以后牢牢记住，跟自己喜欢的女孩相处，一定要注意周围的眼光。

参加钢琴大赛的有各种各样的人，会遇到各种各样的情况，这是理所当然的。处于最多愁善感的季节的十几岁二十几岁少男少女在一起，一起度过密集的时光，听说有很多人在大赛上认识，成为情侣（虽说不会长久）。

这就是所谓的"吊桥效应"吧。音乐家本来就是孤独的，比赛更让人感到孤独。来到陌生的国外，浑身不舒服，还要独自一人站在舞台上。在人性和音乐才能都赤裸裸暴露的极限状态下，能遇到和自己相同境遇的人，很难不感同身受，不动心。

不过，有一个一直存在的新问题出现了，演奏同一件乐器的人，能好好相处吗？

音乐家伴侣举不胜举，不过大多是指挥家和钢琴家，作曲家和声乐家，就同为音乐家，属于不同领域的更多见。

也有很多情侣同为钢琴家，但刚就直观而言，能够长久下去的大多是双方或者其中一方是教师或者批评家类型的。两个人都是杰出的演奏家，却从来没有听说过。

当然，在互相理解这一点上，同一种乐器，自然有无法比拟的一体感，不过音乐才能上有差距，是一件很难忍受的事吧。作为钢琴家，力量上的差异，会催生出很多不必要的情感裂缝。

我和小亚会怎么样呢？

马赛尔察觉到自己开始思考起这个问题，不由得苦笑了。

哎呀，前天才刚见面。而且，自己想进入的风景才刚闪现，就开始杂念丛生。

马赛尔打了一个大哈欠。

都怪陈，他把这个归罪于陈。

但是，陈的目光并没有从他脑海中消失，大概自己觉得她说的话多少有点道理吧。

不祥的女孩。

陈的声音回响着。

他并不觉得小亚不祥。但是，在这次大赛上和她重逢，也许对我来说有特别的意义。现在还不清楚那是什么。

马赛尔挽起胳膊，盯着监控器，不过，好一会儿，他都没法集中精力听演奏。

月光

观众们一个个走出大堂。

外面一片漆黑,气温骤降,就算在开着空调的大堂也能清楚感觉到。

亚夜不由得深深吸了一口气,全身僵直。她再次感受到,在比赛这个异样的场合,光是坐在观众席上听,就不由得一直紧张万分。

第二次预选第二天大家也水平很高,不过单说《春天与阿修罗》的演奏,并没人能超过一开始马赛尔的演奏。大家都弹得不错,但谈起说服力则并没有令人惊艳的,大多只是弹出了一些日本情调。更何况华彩乐段,马赛尔的演奏既有内涵又有感染力。

他第一个出场,这也有很大原因吧。如果他在后面出场,前面这些人的演奏不会显得如此平淡。马赛尔的演奏就是如此有冲击力,甚至影响到了观众当天对其他演奏的观感。

亚夜对马赛尔的华彩乐段印象深刻。就算在听其他的人演奏时,马赛尔的华彩乐段仍然在脑中回响,很难拭去。因为整个印象太过鲜明,一响起来就在脑中不能停止。

那么有说服力的华彩乐段,我的演奏能达到这个效果吗?当然,我有我的诠释,但即兴演奏的完成度能有多少呢——

一想到这里,她就迫不及待想去弹钢琴。

这种情况还是第一次出现。比赛开始以来,从没有产生过这么强烈的冲动。

奏似乎也注意到亚夜的焦躁不安。

"怎么了,亚夜?"

"我就是想弹弹华彩乐段。"

"啊，那我们去平田老师那里吧。"

"我去可以吗？"

"当然啦。"

奏有些吃惊地回答。

平田老师是亚夜的指导教授的朋友，在芳江开了一间钢琴教室。亚夜和奏一起订了酒店房间，但平田老师自己家里接待了指导教授的另外几个参赛学生。不过，那两个人在第一次预选就被刷下来了。

"不太合适吧。"

"没关系。平田老师会很高兴你去打扰。"

"是嘛，给老师打个电话吧。"

亚夜给指导教授打电话。

当然，教授马上叫她去平田老师那里练习，他会先跟平田老师说一声。

真是幸运，平田老师的家兼练习教室，就在音乐厅附近，走着就能过去。

"没关系，我可以一个人去。奏就在酒店等我吧。你先吃饭。"

"你可以吗？那回来的时候给我短信通知。"

"OK。"

同为音乐大学学生，她们都明白，一个人更能尽兴练习。奏于是留下来了。

奏真是个难得的朋友。亚夜一边挥手告别，一边深切地感受到了这一点。她保持着合适的距离，一直静静地守在自己身边，而且能以冷静的眼光来看待亚夜。

亚夜一边看地图一边赶路。她想尽早碰触到钢琴。

脑中，马赛尔的华彩乐段还在回响，令她迫不及待。

要早一点用自己的演奏来覆盖掉马赛尔的演奏。

她感到焦躁不安。

但是，有什么东西让亚夜停下了脚步。

谁？

她转过头望去。

这地方离城市的中心部分有点距离。在繁华中心旁边,来来往往的人不见少。

感觉有人跟着自己。难道是幻觉?

亚夜望了望四周,并没有什么异常,她又开始快步走起来。

马上就找到了平田老师家。

平田老师有一双水汪汪的眼睛,胖胖的脸颊,看起来就是能让人放心的女性。亚夜不好意思地说:"对不起,连一盒点心都没带就空着手来了……"

平田老师笑了。

"与其在意这些事,不如专心演奏呢。"

其他两个人好像已经回家了。过了明天还会再回来听大赛的演奏。

"这是钥匙,我不进去。你随便弹吧。暖气已经开了。厕所在入口旁边。放在那里的点心可以随便吃。晚饭吃了吗?"

"我想先练一会儿再说。"

"肚子饿了要告诉我哦。我就是照顾你们的人。按那边的对讲机我就能听到。"

平田老师把钥匙递给她,指了指大门旁边的路。

旁边有一个隔音箱一样的结实的建筑物。

亚夜都没来得及好好道谢,就进了房间。

真是个练习的好地方。平时平田老师就是在这里上课的吧。

房间里有两台大钢琴,还有录音设备。边桌上放着巧克力和饼干。保温瓶里还准备了红茶。亚夜都有点不好意思了。

窗子有双层玻璃,只有一扇小窗开着,挂着白色百叶窗。看来平田老师很注意隔音。

好。

她调节了椅子,打开钢琴盖,马上开始热身演奏。这是她常年的习惯,弹奏音阶的时候喜欢半音半音地升高。

但是，脑子里，马赛尔的华彩乐段仍然在回响。

不知不觉中，她的手指弹出了马赛尔的华彩乐段。

哇，还真是个挑战。要把全部的音弹出来必须经过练习。

亚夜不禁咋舌。

舞台上马赛尔的身影浮现在自己眼前。

静寂、黑暗。射进来的星星的光芒——

她重现着马赛尔的华彩乐段，但慢慢加上了自己的创意，向着不同的方向展开。

我的华彩乐段——我的《春天与阿修罗》在哪里？

这时，她感到耳边听到了奇怪的声音。

这是什么声音？

振动。像是有什么东西在敲门——

亚夜停下来，去寻找声音的出处。

咚咚咚，咚咚咚。

确实好像有人在敲门。在哪里？

她在房间里转来转去，忽然拉开窗子的百叶窗，窗外有个人影，她吓了一跳，"哇"的一声大叫。

她反射性地往后跳开。

百叶窗往墙壁猛地弹回去，她瞥见那个人影在拼命招着手。

"啊？"

好像在哪里见过这家伙。

亚夜走到窗边，再次拉开百叶窗确认。

那少年取下帽子，行了个礼。

"风间尘——君？"

她不敢相信地望向窗外，果然是那少年，正在微笑，向这边弯着腰。他指着门，好像是叫她开门。

亚夜吃了一惊，赶紧去开门。

"打扰了——"

少年——风间尘手里捏着帽子，不停地低头致歉，走了进来。

"你是怎么到这里来的？"

"翻过那边的围墙。"

尘指着练习室的围墙。亚夜无话可说，只能苦笑。

又是非法闯入啊。必须提醒平田老师了。

"不，我不是问这个，你怎么会知道这里？"

"对不起，我偷偷跟着姐姐——"

"啊？"

亚夜盯着眼前这个脸颊因羞赧而发红的少年，想起自己刚才确实觉得有人跟着自己。原来不是自己的幻觉。

"为什么？"

她不解地问。风间尘嘿嘿嘿笑了。

"我想你肯定是要去哪里弹钢琴了。跟着姐姐，肯定能找到好钢琴。"

亚夜睁大了眼睛。

"所以你就跟着我？"

"嗯。"

"比赛期间，你住在哪里？"

"住在爸爸开花店的朋友家。"

亚夜的眼睛睁得更大了。

"那练习怎么办？"

"我弹不惯音乐厅练习室的钢琴。更喜欢别人家的钢琴，能看到弹钢琴的人的脸，留着弹钢琴的人的气味。"

尘有点忐忑不安地瞄着亚夜的眼睛。

"我可以跟你一起在这里弹钢琴吗?"

亚夜简直要晕倒了。

以前自己也别人说天然淳朴,但跟这孩子比,真是小巫见大巫。应该说他天真烂漫还是浑然天成呢?在比赛正如火如荼时,跟着竞争的参赛者,要求一起练习,真是闻所未闻。

"姐姐刚才弹的是那个人的曲子吧,那个高个头的王子一样的人。"

尘说着看了看钢琴,亚夜心中一惊。

我的演奏,被他听到了?一开始是在弹马赛尔的收尾,不久就变成了自己的改编。

尘坐在旁边的钢琴前,打开盖子,砰地按下了 A 音。

亚夜看着他的侧脸,想起了一件事。

对了,这孩子曾经在大学的练习室里和别的房间的人同步弹奏肖邦的练习曲。总之是个耳朵好到不得了的孩子。

尘忽然开始弹奏起高八度的激烈乐句。

啊,亚夜叫出声来。

马赛尔的华彩乐段。

尘完美地再现了那高难度的一节。

一瞬间,亚夜甚至以为坐在面前的是马赛尔。

她不禁起了一层鸡皮疙瘩。

现在她眼前所看见的,所听见的,是了不起的东西——真正了不起。

在大学走廊里的那阵感觉又回来了。

尘忽然停下来,对着她咧嘴一笑。

"姐姐脑子里一直回响着这首曲子吧,我也是。你出来就是为了弹这首曲子吧。想赶快去弹钢琴,对吧?我也是。"

他说话像是在唱一首梦幻的歌。

"所以,我想找个地方弹钢琴。"

亚夜感到自己身上疙疙瘩瘩又起了一身鸡皮疙瘩。

被看穿了。所有的一切，我的感觉，想要碰触钢琴的冲动。

果然这孩子——第一次见到少年时的感想又复苏了。

音乐之神钟爱他。

我呢？

想到这里，亚夜自己也惊讶于自己的动摇。

音乐之神钟爱我吗？

一瞬间，仿佛从遥远的高空中射下一道高光，照亮了风间尘。音乐之神用手中的灯光照亮的，是亚夜身边一米左右坐着的少年。他沐浴在祝福的光芒中，闪闪发光。但是，亚夜就在伸手就能碰触到光芒的距离里，她站在黑暗中却谁也看不见。

不是你，我选中的是风间尘。

好像听到了神的声音，亚夜感到一股说不出的疼痛划过胸中。

无法呼吸。

亚夜脑中一片空白。

这是自己第一次体会到的感情，贯穿全身、尖锐又锋利的疼痛，喉咙里好像吃了黄连。

这是怎么回事？神选中的人就站在自己眼前，这种确信为什么让自己如此痛苦呢？

答案其实早就清清楚楚——她不能承认，自己已经逃离了音乐。自己还在做音乐，比其他人更深刻地理解音乐，自内心某处，她有着这样的自傲，不把其他人看在眼里。她心里深深恐惧，怕别人说她没有才华，过了二十岁就变成了凡人。

千种思绪掠过脑中，胸中疼痛的残渣还没有消失。

"老师跟我说，叫我去找可以一起把音乐带到外面去的人。"

"啊？"

亚夜还在发呆,还没听清楚少年的话。

你刚才说什么?要一起干什么?

"也许姐姐就是这样的人,我觉得。"

"也许什么?"

亚夜反问道。尘忽然害羞起来,摆摆手说:"没什么。"

"月亮真美啊。"

尘忽然望向窗户。

百叶窗拉起来了,亚夜这才意识到,来的路上都没有抬头看天。

少年白皙的手指在飞舞。

就像月光中翩翩起舞的蝴蝶。

德彪西的《月光》。

啊,月光真美。

听到这首曲子,窗外的夜空总是历历在目地浮现在眼前。明亮柔和的月光,降临于一切声音都已经消失的世界上,这幅景象似乎就在眼前。

但是,这个少年一弹奏,连沉入黑白色的窗帘的花纹似乎都栩栩如生。

被月光席卷而去——中了月夜的魔法——

被身体深处涌上来的冲动驱使,亚夜坐在旁边一起弹起了《月光》。

两人互相配合,将身体交付于生生不息的月光的波浪。

哇——

亚夜如同全身通了电流,一阵欢喜袭来,令她几乎眩晕。

风间尘笑了。

他咧开嘴肆意地笑了。

不知不觉间,亚夜也一起笑起来。充满一切的月光,潮来潮去,起着水泡,飞沫在闪光。

感觉可以飞去世界上任何一个地方——不知何时,曲子变了。

Fly Me to the Moon。

不知是谁开始弹这首曲子，只能说是不知不觉中。

啊，原来，《贡茶队伍》还可以改编成伦巴。

亚夜不由得绽开笑颜。尘毫不犹豫地跟上她，独奏也很出色。两人互相为对方弹着背景音乐，交错弹着独奏。不知不觉，*Fly Me to the Moon* 变成了贝多芬《月光》的第二乐章。

原来如此，这么看来，这两首曲子的开头有点像。

接下来，第三乐章。

两人以一丝不乱的节奏，同步开始了第三乐章的弹奏。

真是难以相信。完美的合拍。就像有两个自己，在听着立体声。

不知道怎么描述这种感觉——就像滑过水面的汽艇。不，就像高速溅起水花在滑水——令人战栗。如果踏错一步，就会被波浪打得粉碎——一种浪尖上的快感。

接下来，下一个瞬间，亚夜由尘伴奏着《月光》，开始弹起 *How High the Moon*。尘继续弹着《月光》，不久也跟上来，跟亚夜合奏。

用最快的节奏。

尘用毫不停顿、令人眼花缭乱的十六分音符给她伴奏。亚夜的超高速滑音被挟裹其间。

飞起来了，可以飞到任何地方。

亚夜一边弹着钢琴，一边抬起头，她的目光透过天花板，看到了高高的天空中浮现的月亮。

到那里去，不，去更远的地方。

现在，我们已经飞过了月亮。

实际上，现在两个人正在更遥远的宇宙遨游。

忘记了比赛，忘记了神，在漆黑的宇宙里。

我的《春天与阿修罗》，在那里。

两人一起完成演奏的瞬间，亚夜虚脱一般张着嘴望着天花板。

彩虹那头

第二次预选第三天,最后一天。

昨晚雅美花了一晚上,来整理之前拍摄的录像。很长一段时间,摄像机都在一直不停地转动,必须好好整理一下,否则接下去就麻烦了。

每个人的整理方法各不相同,雅美把拍下来的场景,以一看就能明白的台词和情景为标题,整理在笔记本的一页,然后再决定排列组合的顺序。

明石的画面已经累积了很多。如果他能通过第二次预选的话,还能拍更多。在第一次预选中,雅美已经拍摄了足够做出一个唤起人们关心的节目的素材。如果他在第一次预选中落选,作为一个节目难免缺乏说服力,身为导演的她也算是松了一口气。

她还拍到了其他画面。俄罗斯来的参赛者都在第一次预选中被刷掉了。其中一个寄宿家庭的主人偷偷告诉她说:"住在我家的孩子们以前从没有在第一次就全部落选,差距那么小,真是可怜。"看上去比选手们还要遗憾。雅美本想安慰落选的参赛者,房东却告诉她他们已经一起去吃回转寿司了。又说有一场迷你音乐会准备在小学举行,几天后请她去拍摄。芳江特意为落选的参赛者策划了本地的音乐会作为奖励,午餐音乐会,或是给孩子们上课,已经有好几个活动在进行了。

离傍晚宣布第二次预选通过者还有一些时间,雅美决定先去跟亲近的志愿者探听消息。自己也是后台人物,所以对这些同为有力后援的工作人员很有同感和兴趣。特别是,芳江的音乐会在很大程度上仰仗市民志愿者,他们的热情和献身精神让人感动。有些人从第一次开始一直参加,大家对这次比赛的期待溢于言表。众口一词说的都是,发现了自己喜欢的参赛者,很希望他能够通过预选，以后也能够在世界范围内活跃，真是令人高兴。

在钢琴大赛上，各国国籍的人共聚一堂，争夺胜负，看谁能够留下来，这种赛事有很多悲喜交织的故事，这也是观众被吸引的原因，这一点雅美也很能理解。

不可思议的是，经常会有人抱不平说，不知道这个选手怎么会被淘汰？在听众中人气很高，但不一定是评审选中的人，这种情况很多。雅美看了也感到迷惑，到底差别在哪里呢？大家都这么厉害，到底怎么比较呢？真是一个谜。

另外，有些人得到了评审和听众的一致认可。果然，人天生都有感受到美的本领，不管你是专家还是业余爱好者。

问大家今天期待的是谁，除了俄罗斯和韩国的参赛者，最常被提到的，是两位日本选手。

风间尘和荣传亚夜。前者是从巴黎的试听中脱颖而出的完全籍籍无名的高中生。就是她在节目单上看到（明石挖苦她说话像老阿姨）的可爱男孩。后者曾经被誉为天才少女，作为职业演奏家开演奏会，却忽然引退了，许久以后才重新登上舞台。两个人都话题性十足。

明石好像也说自己是荣传亚夜的"粉丝"。雅美也看到了，她出现在舞台上时，虽然身材娇小，但开始弹奏就表现出惊人的存在感和感染力，令人大吃一惊。

虽说现在下结论还为时过早，但说到谁会获奖，大家都面面相觑，虽说有些犹豫，自己心中的名字却已经脱口而出。

最先被提到的名字，明石听过他的演奏也感到被打败了，就是美国的马赛尔·卡洛斯·雷·阿纳托尔。还有跟他同为茱莉亚音乐学院学生的美国选手詹妮弗·陈。两个人的演奏都华丽壮阔，据说詹妮弗·陈在美国已经作为职业演奏家登过台。

这么看来，虽说国籍是美国，却还是亚洲人居多。本来亚洲人就热心教育，现在的茱莉亚有很大一部分生源被亚洲人占领了。

詹妮弗·陈是中国血统，马赛尔·卡洛斯·雷·阿纳托尔则有日本、拉丁、法国血统，看上去没有明显的地域归属感。不管问谁，不管男女，都很喜欢他，很明显，他已经抓住了观众的心。确实，在观众眼里，他身上的明星气质十分显眼，又长得那么帅。钢琴家也需要博人气，外形出色很重要。

大家对他的评价是十分杰出，有人猜测，他的导师是不是想借此次芳江钢琴大赛，把他推向更有权威性的老牌大赛。近几年这个音乐大赛，在选拔出未来有望的参赛者方面变得非常有名，在这里获得优胜的话会很有收获。

原来如此，作为音乐家有各种不同的阶段，雅美开始拍摄这个音乐大赛后才感到自己渐渐明白。世界上有很多音乐大赛，规模和水准也都各不一样。有些音乐大赛很有权威性，有些则不然。音乐大赛如雨后春笋般冒出来又消失，跟经济实力有一部分关系，要开创和延续一个音乐大赛都需要花很多钱。再加上要被承认是有权威的国际大赛，必须加入日内瓦的国际音乐大赛世界联盟，光是准入条件就有很多，加入了也不一定能闻名世界。

而参赛者中，也有些人通过各种音乐比赛积累经验至今，也有人在大型音乐比赛中一鸣惊人成为明星。

但是，不管是谁，为了参加比赛，都必须练习所有的练习曲，吭哧吭哧把每一首曲子练到最好。考虑到他们浪费的巨大的时间，真是匪夷所思。就算准备十几首曲子，如果在第一次预选就落选，剩下的曲子就无法演奏了。短短二十分钟就结束了。真是得不偿失。

因为看过了准备期间的明石，音乐家这个行当的变态和恐怖令雅美印象深刻。除去其中寥寥几个人，其他的都完全划不来。节目单上的那些跟自己差不多年纪的参赛者都是怎么活过来的啊？

尽管如此，他们仍然以成为音乐家为目标，以登上舞台为目标在奋斗。平时只穿快时尚服装，节约餐费，生活简朴，专注练习。在舞台上穿着晚礼服和梦幻的长裙，就为了和观众共享音乐。在华丽的舞台背后，有很多音乐家生活贫困。

看到压缩睡眠时间拼命练习的明石，她一开始的感觉是同情他，"真可怕"。不管明石多么优秀，作为他的妻子，真是辛苦。教师这份工作永远辞不了，她甚至有些可怜明石的妻子。

但是，演奏结束后的明石，是多么幸福啊。他的表情令人直起鸡皮疙瘩，一瞬间忘记了自己手里的工作。

我曾经像他一样，在工作中感到那样的幸福感吗？

她忽然产生了这样的想法，不由得苦笑了。虽然她确信这就是自己的工作，但从没有想过这对自己来说是幸还是不幸。

雅美站在会场外参赛者的写真一览前。

装饰有丝带花的照片，没有丝带花的照片。没有丝带花的照片占大多数。

总算找到了明石的照片，那是一张他带着独特的温柔微笑的黑白照片。

她想起他七手八脚想把自己和装饰着丝带花的照片一起收入镜头的情景，不由得笑了。不过，想到要得到这朵花多么辛苦，不仅让人感到滑稽，甚至让人想要哭出来。

这是多么不通情理、多么残酷的比赛啊。

看着照片，雅美叹息了。不过，她又想起，曾经自己是多么被它吸引。

真是残酷——同时又是多么丰富迷人的比赛啊。

可以给艺术打分吗？被问到这个问题，很多人应该会回答："胜负分不出来。"当然，每个人脑子里都明白这一点。

但是，心里却希望能分出个胜负。大家想看到被选中的人，想看到胜出的人，想看到这些少数的天才。越是在这件事上劳师动众，欢喜和眼泪越是令人感动，让人兴奋。

大家都想看到这中间的过程，看到人间戏剧。想看到站在顶点沐浴着高光的人，也想看到消失在灯光背后的人的眼泪。

下一次是三年后。

雅美呆呆地看着大赛的宣传海报。过去几次的海报都并排贴在一起。其中耗费的工作人员和参赛者的巨大劳力令她思潮澎湃。

下次再来看吧。

她忽然想道。

不是作为采访者，而是作为普通观众来看。到时候和谁一起来好呢？一起欣赏音乐，一起欣赏悲喜剧，目睹那个瞬间。

演奏结束了，观众从打开的门里面出来。

不过，这次就作为工作，作为采访者，来听演奏吧。

雅美定了定心神，抱着摄像机走进大厅。

春的祭典

第二次预选第三天,最后一天。

奏一走进酒店早餐自助餐厅,就不由得停住了脚步。

她并没有特意去寻找,但坐在宽敞的餐厅里面的亚夜的表情,一下子就跳进她的眼帘。

她脸上的表情让奏心中若有所动。亚夜有些不一样。

这是她的直觉。

并不是说她哪里怪怪的,而是说她和昨天不太一样。

奏寻找着语言来形容她的表情,没有马上走到亚夜身边。

亚夜似乎专心致志地在想着什么。她的眼睛死死盯着空中的一点。但很明显,她并没有在看什么具体的东西,似乎在入神地思考着某些问题。

周围很多客人都在慌慌张张地吃着早饭。外面的喧闹似乎完全没有进入亚夜的耳朵里。只有亚夜的周围是安静的,或者说她被某种密度很高的怪异空气包围着。

怎么一回事呢?这种凝重老成的表情。仅仅过了一个晚上,亚夜就有了一张深谋远虑的、仿佛哲学家的脸。

昨天亚夜说想弹奏《春天与阿修罗》的华彩乐段,于是急匆匆地出去了。一直到很晚她才发来短信说,我已经回到酒店了。她们只是约定了早饭的时间。到底发生了什么呢?

"早上好,亚夜。"她若无其事地跟亚夜打招呼,把包放在亚夜对面的座位上。一开始亚夜也完全没有注意到她。

过了一会儿,她才反应过来。这才抬起脸来说:"嗯,你早。"好像还没有从思索的世界中回来。

可以说她现在的状态就是心不在焉,但是这并不是坏的意义上的心不在焉。

奏这样想。她内心深处兴奋感在冒泡。

亚夜抓住了什么,或者说她被某种音乐上的东西吸引住了灵魂。

她很想问问昨天晚上发生了什么事,但是最后还是忍住了。最好还是不要打断亚夜的思绪,内心有个声音在这样劝告奏。

亚夜用勺子搅拌着咖啡,小声叹了口气。

"你睡得好吗?"奏趁机问道。

"嗯,还可以。"亚夜打了个哈欠,当作回答。

"我想了很多,真想去弹钢琴。"她耸耸肩,看着天花板。

"是啊,等待的时间最难熬了。"奏点点头。

音乐比赛的出场顺序,据说避开一开始和最后最好。一开始出场的话,分数会被刻意打低,到了最后,大家都听得疲倦了。当然,最后如果能够演奏得让人耳目一新,效果最好,但这种情况很少见。

从第二次预选开始,亚夜成了最后一个,也就是出场者中的压轴。她比谁紧张的时间都更长。这种想早点完成任务的心情可以理解。

"真是越想越不知道怎么办。"

亚夜再次叹了一口气。

"啊?"奏反问道。

"但是反正听了风间尘的演奏,想法又会变。"

亚夜轻轻地自言自语道。奏发现,她如此急不可耐,是因为等待了太长时间。

"难道你说的是《春天与阿修罗》的华彩乐段?"

"对。"亚夜轻轻点点头。

"好不容易忘记了小马的华彩乐段。现在脑子里念头太多,不知道该怎么弹了啊。"

原来如此,奏半是惊讶,半是感叹,这是多么奢侈的烦恼啊。在参赛者中,应该没有其他人有这样的烦恼吧。

一瞬间,对于亚夜的特立独行,奏感到信心十足,也感到了危险,她有些动摇。再怎么说,这也是音乐比赛,坚持自己的道路是可以的,但如果走到了完全相反的方向,那就不好了。

"风间尘和我都把《春天与阿修罗》放在曲目的正中间,跟放在开头和结尾的人不太一样。"

亚夜仿佛在自言自语。

原来她在意的是风间尘。

奏有些意外,但又感到理所应当。

那自由开阔、生动无比的演奏。她能够明白天才亚夜会被那样的演奏吸引的原因,说起来应该是闻到了同类的气息吧。

不过根据传言和会场的空气,奏敏感地感觉到了,在正统派演奏家和评审当中,风间尘被视为异类。亚夜在比赛中,应该注意到的是詹妮弗·陈还有马赛尔·卡洛斯。

"不过到现在为止的演奏中,还是茱莉亚王子的华彩乐段评价最好。"

奏试着提醒她。马赛尔和亚夜从小一起去上过钢琴课,在这次比赛上重逢。进入第二次预选时,亚夜告诉了她这件事,奏非常吃惊。不过她又想在某种意味上,这也许是命运的牵引。果然,亚夜应该当心的是马赛尔。

"嗯,马赛尔是天才,这个世界很大。"

亚夜点点头,就说了这么一句。

"我去再倒一杯咖啡。"

亚夜慢悠悠地站起身来,奏叹了口气目送她。

真是不懂别人的担心啊。

这一天一大早,风间尘在睡袋里似醒未醒。

父亲没有帮他订酒店,而是把他托付给芳江的大型花店。他和这家的主人第二代店主，是大学同学。

尘背着自己的睡袋来了，铺在客房的一角，主人有点过意不去。主人说，房间和被褥都给你准备好了。但是，对尘来说，从小就习惯了四处漂泊，更习惯睡在睡袋里。

父亲也打电话来说："这孩子就这样可以，不用管他。"主人惊讶之余，也就随便他了。

国际钢琴大赛？我家可没有钢琴啊。

当初听说没有钢琴也没问题，主人不信，劝告他们还是找一个像样的酒店。父亲和尘都坚持说只要准备睡觉的地方和早饭就好，怎么都说不通，搞得主人气得翻白眼。

早饭就是豆腐味噌汤和鸡蛋盖饭。每天这些就够了，听来也是让人啧啧称奇。

不过，过了一段时间，主人习惯了在客房一角酣睡、不知何时又爬出睡袋迈着轻快的脚步出门的尘，不久就如他们所愿，"不去管他"了。

花店开门很早。

阳光宣告早晨到来的时候，他们已经从市场开着货车回来了。

尘喜欢一边感受着阳光，一边听着回来的人们繁忙的工作声。

冷水的气味，刚被剪下来的草木勃勃焕发的生命的气味。日本的植物有一种浓厚的绿色的腥臭味，这种草木的味道十分独特。松树和杉树的枝叶茂盛时，扑鼻而来的芳香剂般的强烈味道，飘浮在房间里。

主人是个实业家，同时也是艺术家。他是有名的花道家，收了很多弟子。

尘很熟悉这类人。农民、园艺家等从事自然科学的人，特别是跟植物打交道的人，共通的一点是令人惊讶的忍耐力。跟自然界打交道，就会发现人所能做的事是有限的。有很多事情，不管多努力，都不会有结果。同时每天还需要动手做大量的工作。这些麻烦的工作不一定会有回报，但仍然必须一点一点做。在这样的磨炼中，他们获得了某种程度的谛观，每个人都拥有了某种独特的命运论之类的东西。

和尘一起，在各地奔波教授他钢琴的时候（当然，那些人都是父亲的朋友，大多是自然科学方面的学者和农民），尤治先生也透露过类似的感想。

或许，音乐就是这样的东西。

他想起老师的那句话。

在每天的生活中浇水。那是生活的一部分，是日常行为的一个组成。配合雨的声音和风的温度，工作也会发生变化。

某一天，意外地，开花了，有了收获。会开出什么样的花，结出什么样的果，事先谁都不知道。那只能是超过人的智慧所能及的天赋所致。

音乐就是行为，是习惯。侧耳倾听，世界上到处都是音乐——

昨晚真开心。

尘嘴边浮起微笑。

《月光》。*How High the Moon*。会有那样的感觉，是因为第一次遇到了对的人。

今天去哪儿呢？——在阳光照耀之中，出门去吧。

一阵饥饿感袭来，尘睁开了眼睛。

自己好像是被饿醒的。昨晚一直在弹钢琴，十分兴奋，甚至没有觉得肚子饿。

吃一个鸡蛋盖饭吧。尘窸窸窣窣起身，从睡袋里钻出来。

他唰地把睡袋拉开。

他把唯一的一套礼服垫在睡袋下面，就当熨衣服了。谁知翻身的时候动来动去，礼服的折线已经压歪了。

"啊——"

必须得借个熨斗了。

尘挠挠头发，打着哈欠站起来。

亚夜的表情变了。不光是奏察觉到了这一点。

马赛尔早上在会场一看到亚夜，就发现她哪里有点不对。

第二次预选最后一天的会场，从早上开始就拥挤不堪。座位也很难找，能看到参赛者手指的面对舞台的左前方座位已经都坐满了。

"早上好，小亚。"

"早，小马。奏，这是小马。"

"早上好。总算见到了亚夜的王子。"

比赛开始已经有一段时间了，马赛尔还是第一次见到奏。

"初次见面，请多多关照。小亚说到过你。"

马赛尔微笑着低头致意。

"啊，敬语也说得很好呢，真厉害。"

奏睁大了眼睛。马赛尔笑道："对啊。"

"我讲话没问题，但不会写。不过，回到日本，就渐渐都想起来了。"

"这就是耳朵好的人吧。"

"你坐在哪里？还是后面吗？"

"嗯。那里比较方便出去。啊，不过，小马和奏可以坐到前面去。"

"我也坐在后面，已经习惯了。"

三人占了正中间后排的座位。

"观众好多啊。"

"嗯，芳江的观众真热情。有好多人一边听一边记笔记。"

"难道是因为教钢琴的老师多？"

"小亚，我的演奏怎么样？"

马赛尔忐忑不安地问道。昨天他就想问这个问题。

"小马真了不起。"

亚夜真诚地看着马赛尔的脸说。

那一瞬间，马赛尔想，确实有什么变化。他说不出具体是什么变化。难道是化妆上的细微变化？

但是，怎么看亚夜都是素颜。腮红和眼影涂得不一样，给人的印象也会不一样（其实这只是马赛尔的一家之言），但看起来并不是这样。那么，肯定是内心发生了什么变化。

"硬要说的话，可以说是内涵丰富，缤纷多彩，但真正能做到这一点的人几乎没有。小马做到了。"

亚夜看着马赛尔，继续说。

"怎么说呢，大家都用同一支笔，同样的画具画画，都有自己偏好的颜色、用得顺手的笔。所以，每首曲子都用一种笔法来画油画。有人认为这就是个性，实际上有时确实是这样的。"

亚夜忽然眼神暗淡下来。

马赛尔心中一惊。

就是这个。今天，亚夜的眼睛里有阴影。而且，那是面目不明的无机质的阴影。超过了人类的理解，是那种看见了不可理喻的东西的人才有的阴影。

"不过小马既会选择笔和画具，又会使用。你真是拥有许多的工具。画水墨画的时候，就会准备好墨和毛笔。可以在帆布上画，也可以在木板上画。但是弄得不好的话，这样的人会止步于技术，但小马不一样。"

马赛尔明白亚夜想要说的意思，什么都会弹，最终却潦倒一生的那些人。这样的人，令人惊叹，十分好用，却很难让人尊敬。

"而且厉害的是，不管使用什么样的工具，小马的演奏都有自己的特点。没有署上名字，仍然知道这就是小马的演奏，那肯定就是真正的个性吧。"

亚夜仍然一脸认真。

这是最高级的赞美，马赛尔的胸中变得热乎乎的。

真是怀念在钢琴教室里，她称赞自己"像大海"的那个时刻，栩栩如生地在他脑海中复苏。没关系，我没关系，小亚不用这么夸我。

发现自己定了心，甚至举止变得有些滑稽，马赛尔吃了一惊。除了自己尊敬的老师席尔伯格，他从来没有如此向任何人渴求赞同。

"哇，真高兴。"

看到喜出望外的马赛尔，亚夜吃了一惊，反而一脸不知所措。

"用不着这么高兴吧，这只是我个人的想法，你去问问你的老师吧。"

"小亚这样夸奖我，我就放心了。"

旁边看着的奏哧哧笑了。

"你们俩真像孩子。就像你们两个人一起去上钢琴课的时候那样。"

"也许吧。"

亚夜耸耸肩膀苦笑了。

"喂，小亚，今天你好像给人感觉不太一样，发生了什么事？"

马赛尔问道。奏吃惊地转过脸看他。

看到这样的眼光，马赛尔知道，她也和自己有着同样的想法。

是吗？果然如此。

"我哪里不一样？"

亚夜也吃了一惊。

"不是说哪里不一样，而是说跟昨天相比有点不一样。"

"嗯，我也这么觉得。"

奏表示同意，亚夜更加摸不着头脑了，不停看着两个人的脸。

"是吗？我没怎么睡着，大概是有点累吧。"

亚夜歪着头，摸摸自己的脸。

"不是的，不是这个原因。大概是表情不一样，或者说是像个大人啊。"

听到奏这样嘀嘀咕咕，马赛尔更加确信她的想法跟自己一样。

"像个大人？"

亚夜有点吃惊，自己完全没有察觉到。

"对的对的，如果非要说的话就是这种感觉。"

马赛尔也点点头。

"哦。"

亚夜一脸迷惑的表情。

啊，又来了。

亚夜的眼睛里，有刚才他所窥见的阴影，像闪电一样掠过。

下一个瞬间，她猛地抬起头。

"这样啊。也许是因为太有意思了。"

"有意思？"

马赛尔和奏反问道。

"嗯，昨天听了小马的华彩乐段，思绪万千，小马的华彩乐段一直忘不了，为了忘掉，花了很长的时间。不过因为考虑了很久，所以觉得越来越有意思。"

"越来越有意思？"

马赛尔不由得反问道。

有意思，是音乐还是指比赛？

"嗯，非常有意思，到现在已经太晚了吧。新的曲子，钢琴比赛，大家都像这样聚集在这里弹钢琴。真的非常有意思。也许是这个原因吧……"

亚夜不知道在对着谁说话。发出几声"哈哈哈"的天真笑声。

马赛尔和奏不由得互相对望了一眼。奏的目光显示，她和马赛尔想得一样。

他们身边的这个少女，是一个不可思议的少女，已经远远超越了他们能理解的范围。

比赛开始，已经超过一周了。每天都在同一个音乐厅里沐浴着音乐的洗礼。耳朵也越来越习惯，变得容易厌倦起来。对于演奏的好坏也分辨不清了，这是事实。

虽说如此，为什么这个人会留到第二次，有些参赛者的演奏，也确实让人摸不着头脑。

实际上，在这次的第一次预选中，有几位参赛者已经进入了同年举行的另一个大型音乐比赛的决赛，在这次的音乐比赛中，却落选了，这也成为一大话题。

状态好坏也有影响。状态好的时候能够入选，状态不好的时候落选。所以说比赛的胜负总是难以预测。就算平时评价很高，比赛仍然是一次定胜负。只要当时的演奏表现好，就没有理由被埋没。

高岛明石在舒舒服服地欣赏参赛者们的演奏。

好久没有参加钢琴大赛。果然，演奏风格和曲目流行上都有了变化。能够接触到最新的音乐流行，这令他很兴奋。

今天是第二次预选的最后一天，接下来就会宣布结果。

当然这件事他一直在内心某处挂念着，但自己的表演已经结束了，而且他的表演让自己很满意。所以心情也就变得舒畅起来，可以好好地听剩下的演奏。

说起来，今天是最后一天，能继续听到风间尘和荣传亚夜的演奏，这最令他期待了。而且，听说两人都是最后出场。

他和其他观众一样，在还剩一两个演奏者，快要接近比赛尾声的时候，观众的期待和兴奋愈发高涨，这一点令他感同身受。

风间尘那不可思议的演奏。

只记得留下了强烈的印象。那么是什么样的呢？如果有人问他，他肯定回答不出来。

只能说，令他心潮澎湃，自己以前从没有听过这样的演奏。

虽说充满了独创性，但评审中评价并不高。听到这样的传言，令人觉得可以理解，又觉得难以置信。

独创性。在当今，音乐家谁都求之不得的东西，却变成了减分项，这到底该怎么说呢？他以为自己已经足够了解比赛是怎么回事，但仍然不由得感到一阵反感。

当然，作为参赛者，敌人少了一个，这当然是求之不得。但作为乐迷，真心希望这样的演奏能得到公正的评价。

还有，荣传亚夜。

每次看节目单，就像看到初恋一样，不禁心跳不已，看来自己还是太纯情了。

那种新鲜生动，让人耳目一新的演奏。

只有她，带来了完全不同的空气。那种走在自己路上的毫不动摇的信念，令他心中一震。

真高兴能看到这样的她。不过接下来她会怎么样呢？那么出色的演奏，肯定会得到很好的成绩。比赛结束后，她会重新开始演奏活动吗？

其他观众肯定也抱着同样的疑问。这是她的复出宣言吗？还是就是为了留个纪念？

不管如何，能有机会再一次听到她的演奏，真是一件开心的事。能以她的演奏来结束第二次预选，对明石来说是一种奢侈。

还有，《春天与阿修罗》——这两个人会怎么弹这首曲子呢？

有很多参赛者认为这首曲子只是变换一下花样，但明石却觉得，这首曲子的影响说不定很大。

证据就是，第二次预选给观众留下的印象中，《春天与阿修罗》的演奏令人印象深刻。

马赛尔·卡洛斯的每首曲子都很出色，特别是《春天与阿修罗》的华彩乐段，给人印象强烈。弹法不同，这首曲子也能强烈地表达自我。

这也是明石所希望的。他对自己弹的《春天与阿修罗》很有自信。他相信，在原作的理解上对曲子的诠释，自己做得比别人都要好。希望这首曲子能获得高分。

他心中暗暗期待着。

今天的参赛者到目前为止对《春天与阿修罗》的演绎都中规中矩，所以自己的这种想法更加强烈。

这样的话，我可以，我有胜算。

明石感到自己斗志昂扬。

观众席已经很满了，一打开门，又有更多观众拥进来。

座位马上就被占满。很多人一开始就放弃了，站在旁边的通道上。

站着看的人也都站定不动。

舞台监督田久保从细长的窗户里看着观众席。

他瞥了站在身后的少年一眼。

今天,风间尘仍然十分放松。

靠睡觉没能把衣服睡平,上熨斗也没能挽救回来,礼服上的折线虽然令他挂心,不过现在,这些都不再重要了。

"风间君,今天也有很多人站着看呢。今天要怎么做?"

调音师浅野要出去的时候这么问。他站在田久保身边,看了一眼观众席。

"啊,真的,好多人啊。"

少年一直看着观众席。

田久保和浅野都等着他嘴里给出指示。这个不可思议的少年会说出什么话,两个人都感到兴致勃勃。碰到这种不可预测的参赛者,还真是第一次。

"嗯。只剩下我,还有那位小姐姐了。"

少年用手把自己的头发揉得乱七八糟。

接着他轻轻点了点头,望向浅野。

"今天就这样就可以了。稍微让声音柔和一点。"

"柔和?"

浅野不由得反问道。

"对,不要那么清脆响亮就行了。"

"但是——观众比上次还多哦,走道上好像也排成了两排,有更多客人会吸收声音。"

田久保也开口了。如果不弹奏得清脆明晰,声音会被吸收,演奏就会变得面目模糊。

但是,少年斩钉截铁地摇了摇头。

"没关系。观众也累了——大厅里很混浊,气氛倦怠。观众的呼吸,让大厅里的湿气很大。"

田久保和浅野十分意外,马上对视了一眼。

混浊的音乐厅,倦怠的气氛,潮湿的空气。

怎么会想到这些东西?

"而且,在我后面,最后那位姐姐会弹得震撼人心,让大家都睁大眼睛。"

少年微微一笑。

"那么,就把它调柔和,真的可以吗?"

浅野一脸惊讶地确认了以后,赶紧去了舞台。

在观众的喧闹声中,开始调音。

少年一边仔细听着声音,一边不时轻轻点头。

"对了对了,就是这种感觉。"

真是个不可思议的孩子,田久保凝视着少年的侧脸。

那种自然的感觉。第一次参加比赛,而且是这种大规模的比赛,那种游刃有余的风度,真是厉害,而且他的演奏更加让人震撼。在这个世界上,竟然还有这样的才华,不为人所知。他不知道用什么话来形容,很难形容,这是超过想象的演奏。不知道该怎么评价,评审肯定也感到十分困惑。

"黑马"这个词在他脑子里浮现。

"真是很棒的钢琴啊。"

少年陶醉地盯着舞台,他眼里浮现出一种迷恋的神情,让田久保有些不安。

真的,这个孩子不可预测。他的比赛结果会是怎么样的呢?

休息时间快要结束了,浅野还在调音。"柔和一点",这要求肯定让他感到很有压力。

他脸上带着少许不安回来了,问少年:"可以了吗?"

"可以了。"

少年绽开笑脸,举起右手。

瞬间,浅野脸上显出一丝惊讶。然后点点头,也举起自己的左手。

两人击掌。

田久保吃惊之余,只剩下钦佩。一瞬间都忘了提醒少年准备上场了。

观众席已经恢复了安静,只有一两声咳嗽声。

"那么,风间君,到时间了。"

"好的。"

果然,风间尘的声音十分放松。

今天他又一身从容轻快地走上了舞台。就像在晴朗的午后,晃晃荡荡带着爱犬去附近的公园散步。

听着等待已久的雷鸣般的掌声,田久保一瞬间感觉在风间尘登上的舞台看到了明亮的日光和郁郁葱葱的森林。

第二次站上舞台的风间尘,对观众狂热的鼓掌全无所动。他一路小跑来到舞台,深深鞠躬,急不可待地赶紧坐到椅子上。

一瞬间,观众席一片寂静。大家都知道,他马上就要开始演奏了,确实,他也马上就开始了。所有观众都感到了一种扑面而来的幻觉。

不可思议,真的,一听到他的琴声,全身的细胞都在呼吸,身体也变得轻快起来。

马赛尔的全身都变成了耳朵,在认真地倾听。旁边的观众也跟他一样。这种胸中被乱挠的感觉,大家都希望更长久地停留在身体当中。

德彪西的练习曲,第一曲。

这又是无所顾忌的一首选曲,马赛尔在内心苦笑。不过这首曲子很适合他。

在初学钢琴的教科书上,有一个小标题:"向采尔尼学习"。风间尘的演奏让人联想到刚开始学习钢琴的孩子们。一开始是跟跟跄跄半带玩笑的短句。但是"钢琴练习"在慢慢进化。灵活的指尖自信有力地按下去,左右手的配合错落有致,生动协调。不久钢琴练习变成了像模像样的钢琴演奏。

印象鲜明,德彪西的神韵呼之欲出。马赛尔不禁咋舌。

这孩子在这个舞台上演奏的每首曲子，都像是他自己即兴编出的短句。

为了不看漏少年的表情和手指的动作，奏聚精会神。这是亚夜最在意的参赛者。

这就是彩色吧，这就是真实吧？

以前通过第一印象她就能有所分辨，奏的毒辣眼光，在这个少年身上却并不通用。总之，跟之前听过的古典演奏家完全不一样。

弗里德里希·古尔达？法佐·赛依？他和那些所谓的乐器演奏家从根本上不同——

这种即兴的感觉，现场演出的感觉，谁都模仿不来。这一点是确确实实的。找不到可以很好表达的语言。

第二曲是巴托克的《小宇宙》。巴托克总是飘浮着某种乡土的气息，爵士一般的随性旋律也和他很吻合。可以说是野性，或者说是动物性——就像孩子们在户外奔跑的那种演奏。

真有意思。

令纳撒尼尔·席尔伯格感到意外的是，自己心中升起了一种纯粹的兴趣。

这孩子的曲目不是霍夫曼先生选择的吧。

这是他的直觉。恐怕这是这孩子自己选择的曲目。他有着天生的编辑能力。"编辑"这个词可以用在很多地方。对现今的音乐家来说，绝对是必需的。用另外一个词替换就是"打造"自己的能力。想变成什么样的音乐家？让大家认为自己是一个什么样的音乐家？具有这样客观视角的音乐家，才能和其他人区别开来，才能生存下来。不管是独奏还是舞台表演，都可以编进一张专辑里。不管是他人的曲子，还是不同时代的曲子，都能拉向自己的内心，通过编排曲目表达出自己的世界观。他已经具备了这样的能力。

霍夫曼先生把他作为音乐家，和自己平等对待。

想到这里，他感到一种钝痛。

自称或是他称，冠着霍夫曼老师弟子名号的人有很多，但没有一个人能和老师一起即兴演奏，除了这个现在站在舞台上的少年。

老师到底是准备怎么培养他呢？

他不禁要这样追问。

引爆留给我们的"天才炸弹"，老师就会满足吗？老师已经想象到了我们这些从事音乐教育的人所受到的冲击了吧。爆炸之后，他又会怎么样呢？老师不是那种放任不管的人。应该拿他怎么办呢？谁来培养他呢？

巴托克。他的《小宇宙》。热爱故乡流传的民族旋律，埋头研究的男人。但是，不得已却离开了祖国，在遥远的异国他乡一生潦倒。漂泊的作曲家——弹着土著旋律的少年。

老师，没有人能当他的师傅。老师是想让他成为漂泊的钢琴家吗？这样真的可以吗？

纳撒尼尔继续向着虚空追问。

终于到了《春天与阿修罗》。

高岛明石吞了口唾沫，等着下一首曲子。他现在的心情很奇妙，像是在祈祷，又像是想要哭泣。

我希望听到什么样的演奏呢？难道是能给我勇气的演奏？还是让我感到放心，证明我的诠释更胜一筹？或者，我希望他的演奏能够打败我呢？

在极端的静寂中，风间尘的《春天与阿修罗》开始了。

就像刚才那首曲子《小宇宙》还没弹完，让人尚未察觉，就开始了。

曲子的展开也十分朴素。日常生活，跟往常一样的散步，打开窗户，一天就开始了。

自然。包含着人的日常生活的宇宙的真理，就在那里，充满于生活之中。

这些解释是乐谱上的。他简单直接地诠释了出来，虽然仍然像他自己的即兴弹奏，但非常顺畅。跟其他的演奏者并没有特别不一样的解读。

但是进入华彩乐段，这些景象都在瞬间被打破了。

观众席的气氛凝固了。

风间尘编织出的华彩乐段，极度没有逻辑，甚至到了残酷的地步，带着一丝凶暴。

听的人感到很难受，感觉自己的胸口被刺破。不愉快的颤音令人耳朵发疼，执拗的低音部来做合音。

尖厉的悲鸣。低低的地鸣。狂风大作。显示出赤裸裸的敌意，令人无法抵挡的威胁。

之前的演奏，欢乐自然，天衣无缝。这个华彩乐段，跟之前的演奏完全不同，充满了暴力感。

明石在惊惧之下，几乎停止了呼吸。

这就是"阿修罗"。

明石察觉到了自己的天真。

风间尘以华彩乐段展示了阿修罗。自然并不单单是温柔地包容人类。不如说，自古以来，它就在征服着人类，经常把人赶到快要灭绝的境地。

《春天与阿修罗》。

宫泽贤治也深知这一点。他所居住的东北，在他生活的时代，自然灾害连绵不断。极度的寒冷，火山喷发，还有地震。人们仰仗着上天，流着眼泪喘息，受尽了苦难。孩子老人都会饿死，这是十分残酷的现实，但是春天总会到来，季节总会变换。

风间尘展示了这样的阿修罗。

养蜂家的孩子。人类无法抵抗的自然的威猛。他肯定亲身体验过。宇宙的、禅意的影像。其他的参赛者和自己，只从《春天与阿修罗》中体会到了那些美丽的景象，表现这些美丽的景象。但是风间尘展现出了有阿修罗的《春天与阿修罗》，这是他的诠释。

他感到自己的喉咙深处，发出不成声音的低吟。

这才是成熟的，不论作为人，还是作为演奏家。

这种难以忍受的焦躁感。在剧烈疼痛的同时，他又感到了喜悦。明石不知道自己此刻怀着怎样的感情，应该抱有怎样的感情。

从第二次预选开始，开始演奏时演奏者可以向观众致意，也允许鼓掌。

但是，风间尘的演奏，让人没有鼓掌的间隙。他自己也并不期待掌声。紧张的气氛一直就没有松弛下来，行云流水般进入到了下一曲。

第四首曲子是李斯特。《两个传说》的第一曲，《阿西西的圣方济向小鸟布道》。在比赛中，很多人会演奏第二首曲子《波勒的圣方济在水上行走》。

但是，选第一首才是正确选择。风间尘更适合这首曲子。

在《春天与阿修罗》令人诧异的华彩乐段之后，风间尘带来了这首曲子，三枝子对他产生了一种莫名其妙的敬畏之心。

圣方济是天主教的圣贤。他生活在十二世纪到十三世纪初，是一个实际存在的人物。出身富裕的商人之家，却将财产全部抛弃，在野外生活，据说他能与小鸟和动物对话。根据这个传说写的这首曲子，栩栩如生表现了小鸟的啼叫和翅膀扑腾的声音，描绘了小鸟和圣方济对话的场景。

在谈话——真的，在跟小鸟谈话。

风间尘的指尖流出连续的颤音，在宇宙中上下穿梭展翅飞翔的小鸟，与一身褴褛的青年在荒野中相对的情景浮现在众人面前。

谆谆劝导的圣方济的声音，好像连说话的内容都能听到，栩栩如生。

在《春天与阿修罗》中将自然的威猛和威胁历历在目展现在人们面前，然后，又带来童话一般的小鸟与圣人的对话，他到底是故意为之，还是一派天真烂漫呢？

不过，这么"逼真"的演奏，还是从来没有听到过。

这种如同呼吸般的自然感觉，毫不犹豫、全无破绽的表现力，到底是怎么养成的呢？听着他的演奏，总感觉跟其他的参赛者有根本上的差别。应该说是类似于格格不入的感觉。其他人都在再现乐谱,弹奏乐谱里的东西,但他不是。

他更像是在消灭乐谱——

这个念头在三枝子脑中浮现。

消灭乐谱。那是怎么一回事呢?对作曲家来说,对音乐家来说。

让音乐以刚出生时的赤裸裸的模样出现在舞台上——

一瞬间,她感觉自己好像抓住了什么东西。

霍夫曼先生对他的期望究竟是什么,这个问题的正确答案刚才似乎呼之欲出。

但,在形成语言前就马上又消失了,三枝子不禁在内心长叹。

展开部分十分鲜明。圣方济的语言成为启示,开天启的世界里光照进来,大地上充满了明亮的光。

风间尘的身影,与圣方济重合在一起。

仔细想想,他确实跟圣方济有几分相像。没有钢琴,脑子里藏着乐谱,在户外移动,和蜜蜂说话。不被任何东西束缚,自由自在。

刚皈依天主的圣方济在周围人眼里肯定是个难以理解的奇特人物。家里人和其他人,都觉得他的言行出人意料,大家的评价必定也是褒贬不一。

风间尘会成为圣人吗?

她思考着这种可能性。

在这个音乐已经被市场所驯服的庸俗世界里?

三枝子死死盯着舞台上被光芒笼罩的少年。

风间尘第二次预选的最后一首曲子,是肖邦。《第三号谐谑曲》,升 c 小调。

这是第一次听他弹肖邦。

马赛尔十分期待。

如何弹奏肖邦,他觉得可以看出这个演奏者未来的方向。肖邦的曲子旋律兼具天真和流行性,能够听出钢琴家对音乐真实的态度。

选择《第三号谐谑曲》，也很像是他的手笔。从前面的《阿西西的圣方济向小鸟布道》一路听来，并不突兀。

音色一变。

哇，真是煽情的肖邦。

马赛尔感觉自己脸上不禁浮起了微笑。

意大利语中 scherzo 有"开玩笑""恶作剧"的意思，风间尘的谐谑曲更是特别狡猾。

演奏令人心跳加速，但评审不一定喜欢。这些多余的担心掠过他脑子。

但是，这些他似乎全然不在意。

他弹得多开心啊。听着他的演奏，自己也手痒得不得了，想弹钢琴。也想像他一样高兴高兴，想马上跑到钢琴旁边去。

对他进行评价似乎毫无意义。马赛尔更想作为观众，以后去听他的演奏。

这样想着，他开始冷静地分析起评审们会怎么评价自己和风间尘的演奏。

也许，我更有利吧。对评审来说，我更容易理解，容易评价。如果不喜欢风间尘展示出来的未来的方向，这次他就会落选。

马赛尔严肃地观察着评审的动向。

如果他能进入第三次预选，那就越来越有意思了。

马赛尔对风间尘第三次预选的节目单很感兴趣，很想听。

再过几个小时，结果就要宣布了。

接下来，最后是小亚的演奏。

看着舞台上的天才，马赛尔想着。

那么，小亚，会怎么演奏呢？

马赛尔对着远在等候室的少女说：

他的《春天与阿修罗》很棒。没想到，他会弹出那样的华彩乐段。听了那样的演奏，还怎么出场？

令人眼前一亮的结尾。

谐谑曲最后一个和音饱满地结束，风间尘像装了弹簧一样跳起身来，他再次被近乎狂乱的热烈掌声包围。

甚至有观众红着脸起立鼓掌。

大家拼命跺脚，巨大的欢呼声摇晃着剧场。

这次还可以要求返场。

再次出现在舞台上的少年，沐浴在怒号般的欢呼声的暴风雨中。

"哇，真了不起！"

"了不起，真棒！"

"好感人！"

欢呼声震天，站在后面的墙壁边的观众大声齐呼，兴奋无比。

一位观众注意到站在自己身边的少女，吃了一惊。

她穿着绿色的舞台服装。礼服裙的裙角撩起，一动不动地盯着舞台。

观众和身边的同伴面面相觑。

怎么会有参赛者穿着舞台服站在这里？

这位观众不知道，站在身边的就是荣传亚夜。

她没有去赛前练习，而是跑来听风间尘的演奏。身边的巨大欢呼声似乎都没有进入她的耳朵，她用一种可怕的眼神，目不转睛地盯着舞台上的风间尘。

周围的观众开始动起来，亚夜这才回过神来看看四周，提起礼服裙裾，摇摇摆摆出了会场。她小跑过走廊，观众们用不可思议的眼光看着她跑过。

鬼火

舞台上忽然吹来一阵凉爽的风。

音乐厅里风间尘的演奏带来的兴奋还没有消失,但大家都感受到了这阵凉风。

穿着深绿色礼服的少女横穿舞台走向钢琴。

看到她的那一瞬间,大家都不禁正了正身子。

实际上,她一出现,闷热和因各种感情波动产生的疲劳气氛一扫而光,空气净化了——是的,就如同风间尘刚才在舞台侧翼预告的那样。

同时,观众们也感觉到了——这个娇小的少女身上,有一种不可思议的威严,跟之前登场的参赛者们大不一样。

怎么感觉亚夜飘起来了?

马赛尔看着半睁着眼、带着不可思议的表情的亚夜坐在钢琴前的椅子上,陷入了一种错觉,感觉亚夜的黑影飘浮在地板上方,又投映在了地板上。

掌声中充满了紧张感和期待,观众都坐直了身体。

亚夜坐在椅子上,一瞬间好像放下了心,看着斜上方。

又来了。马赛尔想起来了。第一次预选的时候,她也曾经这样做。

舞台中央,高一点的地方。

马赛尔希望,自己能看到亚夜在空中看到的东西。

有人在那里,是他们所追随的人。音乐家们每天奉献所有希望获得他的倾听。

亚夜和第一次时一样,流露出瞬间目眩的表情,然后视线落了下来。

手指落在琴键上。

与此同时，沉沉的重负扔在了舞台上——戏剧化的拉赫玛尼诺夫的世界像一个狠狠的耳光，以磅礴的气势出现在观众面前。

马赛尔不由得起了一身鸡皮疙瘩。

亚夜进步了。

《音画练习曲》三十九号，第五曲。《豪迈英雄》，降e小调。

仅仅一个晚上，她又进步了。

他想起今天早上她说的话：越来越有意思了。

在听风间尘演奏期间，她肯定在不断进化。那生动的演奏，已经占据了观众的头脑。风间尘的演奏，成了她的演奏的开场。她站在风间尘筑起的基石之上，正在建筑一个城堡。

这种自信满满的诉说——她在描绘一幅宏伟无比的画。

信息量巨大。

明石为亚夜弹奏的拉赫玛尼诺夫所折服，想着。

职业钢琴家和业余钢琴手的差别，就在于演奏中包含的信息量。

每一个音符都满满装载着哲学和世界观，生动鲜活。理念性的东西并没有僵化，在声音的水面下，岩浆一样炙热流动的理念在鼓动。音乐本身像有机体一样活着。

听了她的演奏，能感觉到在遥远的高空中，有高次元的存在俯视着我们。她自己以钢琴为媒介，已经成为巫女或者代言人之类的存在。有人在借她之手弹奏钢琴——他有这种感觉。

不久就没有人再注意她的演奏技巧了吧。她让人知道技术不过是构成音乐的一小部分。

第一曲结束，亚夜仍然沉浸其中。她闭上眼，沉默了一会儿，马上开始弹奏第二曲。对于风间尘，所有观众已经知道他会马上连着弹奏，但在亚夜这里，大家是完全没有时间来鼓掌。大家都一动不动。

第二曲是李斯特的《超级技巧练习曲集》中的《鬼火》。

如标题所示,这首曲子让人联想到闪烁不定的青白火焰。细碎的音符塞满整首曲子,是一首众所周知的难曲。

一开始的拉赫玛尼诺夫,展开部分生气勃勃。这首曲子却形成了鲜明的对照,纤细到极点,就像是颜色各异的珠子用细线串起来。

真的能看到鬼火——冷冷的,在黑暗中摇动的火焰。潮湿的磷的气味,也仿佛能够闻到。无数令人目不暇接的青色火焰在移动。出现了又消失,消失了又出现,上下晃动。火焰时大时小。

亚夜身材娇小,从这小小的身躯中,居然产生了如此鲜明生动的音乐。风间尘弹钢琴的方式也令人惊叹,但亚夜有自己的魅力,她弹出来的音符清晰分明,仿佛有一个巨大的扩音器在帮助她。

能弹出洪亮的声音是一种才能,他想起了恩师的话。能弹响钢琴的人,一开始就能弹响钢琴。弹不响钢琴的人,就算有技术来补充,最终也是无能为力的。

不过这又不同于"吵闹"。"吵闹"就像是从阴云中传来的建筑工地的声音,不是"弹响钢琴"。"弹响钢琴",靠的是一种本能。

亚夜的手指停下来了,火焰忽然消失了。

场内一片寂静。

亚夜还是闭着眼睛,没有掌声,大家都咽下唾液,等着接下来的曲子。

接下来是《春天与阿修罗》。

明石吞下了一口唾液。

亚夜登上舞台,弹完了第一曲和第二曲。这时候她仍然没有想好,《春天与阿修罗》的华彩乐段怎么办。

听了风间尘的演奏,他所描绘的"阿修罗",让她受到了巨大的冲击,从那一刻起,亚夜脑中有什么东西在高速旋转,在寻找着答案。

周围的声音她全都听不见了——不过，跟平时一样，她仍然感觉到在高空中某处，有人在俯视着自己。有另一个自己在仔细观察着周围每一个角落——但是，自己在这里应该弹奏什么？在顺利弹奏着拉赫玛尼诺夫和李斯特的曲子的时候，她身体里另一个人格在持续思考。

回过神来，手指已经开始弹奏《春天与阿修罗》的第一个音符。

宇宙。

亚夜忽然再度望向钢琴上方。

舞台消失了。眼前只有无穷无尽的浓烈的黑暗。

脚下，铺展着在风中摇动的柔软草原，无边无际。脚趾能够感受到草，有点冷。碰到草尖的时候，会有些许刺痛。

不知哪里吹来一阵风，摇动着亚夜的头发，掀起她的裙裾。

谁在那里？亚夜感到有人站在自己背后。在她后面隔着一段距离，一直看着她。不，应该说是在守护着她。放射着温暖，又有些可怕的神秘光芒。

谁？

背上有被冷冷的光灼烧的感觉。确实，那里有谁存在。

亚夜感到有些恐惧。

她的额头上、背上，都沁出冷汗。

曾经如此亲密的存在，令人怀念的温暖的存在，却已经去了遥远的地方，变成了另外一种存在。

手指在弹奏《春天与阿修罗》。

有些悲伤，又充满了天真的旋律。

要到华彩乐段了。自由地，感受宇宙。

那我现在感觉到的是什么？我背后的那个存在是谁？

光芒越来越耀眼，就像是背后打过来的强光。后面的那个人在彰显他的存在。光芒越来越大，越来越高，在膨胀，有一个巨大的存在在扩散，眼看马上就要膨胀到天边。

亚夜自己也陷入了一种错觉，好像自己和那个存在一样，也在膨胀。嗯，就像不可思议之国的爱丽丝，变得越来越大，在不分上下左右的黑暗宇宙里，无限制地膨胀。

哇，钢琴越来越远了，琴键在远远的下方。

亚夜看到自己的手指在遥远的下方，不知所措。但是手指的感觉仍然十分敏锐。自己发出了什么样的声音，全身每个地方都知道。

这真是不可思议的状况。难道这就是灵魂出窍吗？

有一个自己在冷静思考这一状况，有一个自己在弹奏钢琴，还有一个自己在考虑编曲，另有一个在宇宙中飘浮的自己，自己好像分裂成了好几个人。

然后，站在后面的那个人——

是妈妈。

这个词重重地砸下来，亚夜产生了激烈的情绪波动。

是妈妈。

一瞬间，脑中一片空白。

那个声音不顾亚夜的情绪波动，开朗地笑着。

你现在才注意到啊。真是的，亚夜。

她好像能听到这样的声音——应该说是心里浮现出了这样的声音。

亚夜被自己吓到了。

为什么没有注意到呢——那个比任何人都更亲切，更令人怀恋，更温柔地守护着自己的存在，她一直在身旁——给予我音乐上的一切——又忽然离去的妈妈。

不，她没有离去——她一直都在我身边。我只要转过头就能看到她。

对不起，妈妈。

亚夜感到自己脸颊上有什么温暖的东西流过。

一瞬间。

一股激流从身体里面涌上来。

亚夜张开双手的手指,弹响了华彩乐段第一个和音。

这是什么?

奏听着亚夜的演奏,陷入了混乱。

那个华彩乐段,跟练习时弹奏的,完全不一样。

那是泪水,还是汗水?

她注意到,亚夜的脸湿润了。

但是,她的表情没变。她仍然一直闭着眼睛。

竟然会做出这样的演奏。

奏一直在仔细听。

骨骼粗放,游刃有余——气象开阔,威严沉稳——跟亚夜以往的风格完全不同。不是那种才华外露的锋利气质,而是包容一切——对,就像大地一样。

大地母亲。

这个词不由得脱口而出。

一望无际的地平线。奔跑的孩子。有人在远处伸开双臂等待。一切有生命之物都在大地上昂首阔步。

感觉内心深处有一大片青青草原在延展,能闻到草的香气。一阵风吹过,能闻到温暖的晚饭香气。

难以言说的安心感。安全感。好像回到了无忧无虑的童年时代。

啊,这是亚夜的回礼吧。

她放心了。

亚夜听了风间尘充满爆发力的"阿修罗"的华彩乐段,做出了自己的回应。他描绘了面对自然从不停歇的杀戮和暴力,沉默承受一切的大地。尽管如此,大地又会再孕育出新的生命,滋养新的生命。

又长大了。

奏发出这样的感慨。

亚夜的音乐，又成长到了一个阶段。

嗯，小姐姐真厉害。

风间尘在会场最后面，深深陷在站着观看的观众前面一排的座位里，盯着舞台上的亚夜。

真不错，站在那里，感觉真好。

尘陶醉地感受着从舞台上吹过来的风。

他仿佛看到了亚夜的所在。

青青草原，降下来的光芒。

小姐姐，还能飞到更远吧。

尘闭上眼睛，和亚夜一起在宇宙中翱翔。

这就是天才少女的回归吧。

三枝子看着舞台上的少女，被深深感染，十分欣慰。

荣传亚夜的故事，她是间接听说的。她作为上一代的天才少女，在听说亚夜不再开演奏会的时候，曾经有过物伤其类的感觉。

她明白那种年纪轻轻就走上了巅峰，并且习惯了那种状态的恐惧。每天都奔波在巡回演出中的岁月，孤独无助的瞬间，对这种永无止境的生活的绝望。一辈子当天才少女，让人感到恐惧和沉重。

看来，她已经成功复出了。不，在别人都以为她已经落后了的时候，实际上转眼之间就超过了大家，并且是超过了一大截。

她的华彩乐段，已经不能只用才气来形容，而是令人感到了完美。

马赛尔和风间尘的华彩乐段有着恰如其分的"年轻人的才气"，但是，她已经超越了那个阶段。

这位小姐，会达到什么样的高度呢？要和你的心爱弟子一决胜负了。

三枝子轻轻瞟了纳撒尼尔一眼。

节目的后半。

亚夜依然聚精会神，观众也聚精会神。没有时间鼓掌，已经进入第四曲了。

拉威尔的《小奏鸣曲》。

这首带着古典氛围的三乐章乐曲，亚夜弹得十分谨慎。

真是一首出色的曲子。这孩子的演奏，能让人感到一种倾听名曲的新鲜快乐。

纳撒尼尔·席尔伯格已经承认了亚夜的实力，现在他也像一个平常的观众一样在欣赏这首曲子。

照这样下去，恐怕进入决赛毫无悬念。那就要一决胜负了。

他拿亚夜和马赛尔冷静地进行着比较分析，同时，令他挂心的是风间尘的存在。怎么比较呢？怎么给他打分呢？他发觉自己一直犹豫不决。

当然，他很明白比赛的矛盾所在。这种矛盾一直都存在，自己在年轻的时候，也曾经吃尽了苦头。他的弟子们也都尝过比赛的折磨，在很多情况下必须折中。虽说如此，这孩子恐怕要止步于第二次预选了。这次第二次预选的结果，将会决定比赛的方向。

最终，亚夜在舞台上的时候，观众也安静无声。最后一曲开始了，是门德尔松的《庄严变奏曲》。

开头十分平静，然后泛起波浪，波涛大作，开始咆哮。主旋律一再重复，就像反卷的波浪，不断展开变奏。

小亚的演奏真正地充满了戏剧性。

马赛尔单纯地沉浸在演奏中，这样想着。

像这样充满戏剧性的演奏者有很多，但很少有人可以在戏剧性的演奏中让曲子本身说话。在戏剧化的演奏中，特别是年轻的参赛者，会在演奏中加入很多身体上的演技。

刚才《春天与阿修罗》的华彩乐段，在某种意义上说，背叛了原作。他本来期望这是一个超越风间尘的独特前卫的演奏。实际上，如果亚夜想这么做的话，不管技巧要求多高，她都能够做到。

然而亚夜的演奏却令人吃惊地厚重温和。

同时他也意识到，这是对风间尘的华彩乐段的回答。这令马赛尔大吃一惊。

确实，亚夜也在一刻不停地变化。她正是在自由地感受宇宙。

小亚应该不太在乎结果吧？她有野心吗？接下来，她准备成为演奏会音乐家吗？她的演奏如此出色。

马赛尔闭上眼睛。

她能够弹奏出如此让人心神摇荡、心弦起伏的琴声。

激烈的过门，结尾向着高潮冲去。

这就是第二次预选的完美总结。

这是多么出色的结尾啊。

曲子结束了。

周围感到一种忽然明亮的解放感，马赛尔睁开了眼睛。

亚夜刚才一直闭着眼睛，此时才睁开眼睛，站在那里对着大家微笑。

喝彩声震动了整个大厅。不知是谁领头站起身来，那是无言的起立致敬。

马赛尔和奏如梦初醒，互相对望。他们露出又想哭又想笑的表情。站起身来，一起用力拍着手，掌声经久不息。

观众大叫着安可，亚夜又出现在舞台上。她脸上带着不好意思的害羞表情，扭捏得可爱。

第二次预选结束了。

结果马上就要公布了。

天国与地狱

哇,跟第一次的时候完全不同。

雅美架起摄像机,周围异样的热烈气氛令她吃惊。

渐渐膨胀的期待和兴奋。大堂人头攒动,人呼出的热气让大堂闷热异常。

到处都是人,人。不光是参赛者,还有他们的亲人、朋友,音乐大学的相关人士。舞台上见过的面孔现在在台下随处可见。他们穿着日常便服,埋没在普通观众里,但仔细看,他们的表情都充满紧张和兴奋。

第一次预选中,有近四分之三的参赛者落选了。对很多参赛者来说,如果能进第二次预选就已经是上天保佑了。有些人是为了试试自己的实力来参赛的,也有些人并没有什么悲壮感,只是带着重在参与的态度来的。

不过,第二次预选公布结果的时候到了。

雅美把摄像机镜头转向站在身边做着深呼吸的高岛明石。

明石的表情也和其他参赛者一样紧张。第一次预选的时候他也很紧张,但当时的紧张更像是因为稚嫩,这次却不一样。

"怎么了?紧张了?"

她问明石,这才发现,自己的声音比自己想象的更加紧张。

明石似乎没有察觉到她在跟自己说话,呆呆地看着前方:"啊?是啊,紧张,很紧张——"

他有些不知所措地苦笑了。

"总之,心跳加速,忐忑不安吧。这种气氛,就像公布考试结果。不,比公布考试结果还兴奋。"

雅美这么说,明石用力点了点头。

"嗯。第一次的时候我还有点糊里糊涂，自己参加了比赛，还没回味过来，结果就出来了，感觉真幸运。但是，现在自己有了身处于比赛之中的自觉，现在才感觉，自己的命运要决定了。"

明石已经穷尽了语言。

命运。对的。一直努力的成果就要揭晓了。自己还有机会再次站上舞台吗？

想到这里，他感到一种比站在舞台上时更强烈的紧张，一瞬间，感觉周围的喧哗似乎都远离了。

取而代之产生了一种错觉，仿佛自己心脏的跳动传遍了全身。

演奏终于结束了，真好。

一种难以言喻的安心感涌上心头。如果现在有人让他演奏，他一定会感动得流下眼泪。

评审还没有现身，但镜头的闪光灯已经在频频闪烁。他们是在拍摄参赛者们。

明石知道雅美在拍摄自己，但他已经没有余力注意这件事情，这个念头只是在他脑中一闪而过。

他有些失魂落魄地四处张望，散落在各个角落里的参赛者的脸映入他的眼帘。

有身材修长的马赛尔·卡洛斯，还有同样高挑的詹尼弗·陈。两人看起来都很镇定。嗯，这种在谁的眼里看来都才华出众的人，真是令人羡慕。他们不是那种平凡人，总是为自己是否有才能而乍惊乍喜，担忧着自己是在标准线以上还是在标准线以下。

突然响起一阵雷鸣般的掌声。

他吃了一惊，挪开视线，评审们正一个个从二楼循阶而下。

一腔热血涌上他的头部。瞬间，他全身的血液都在沸腾。而评审员们则一脸云淡风轻的表情，平静地走下来。

一瞬间，明石十分憎恨手握挑选权的他们。这些人掌握着自己未来的生杀大权。他们好像完全不在乎这九十个参赛者每个人的人生。

当然他自己知道这种憎恨是很没有道理的。

他明白,这就是那些无数的凡人,而且是那些想要住进音乐的世界的凡人的阴暗心理。自己是这世界上无数凡人中的一个。

在那一瞬间明石强烈地认识到,自己就是一个凡人。从空中往下看,有无数看得清看不清的豆粒,自己就是那无数无名音乐家中的一个人。

灯光照亮了评审们。评审委员长奥莉加·斯鲁茨卡娅接过工作人员递出的麦克风。大堂一下子变得鸦雀无声。刚才的喧扰,恍若隔世。

有一根紧紧绷着的弦,如同马上就要断裂。那是大家的期待。

奥莉加似乎感受到了大家的期待,她嫣然微笑,开始发言。

当然,如往常一样,参赛者耳朵里,奥莉加的点评很难听得进去。

她的发言和第一次预选时没有太大变化。大家的技巧都很高超,技术上不相上下——就算某位参赛者落选,也不能否定这位参赛者的音乐才华——在选曲上也能看到各位参赛者的用功和坚实的基础,这是一个令人欣喜的倾向,等等。

看着发言的奥莉加悠然的表情,大堂里的人都有些心不在焉。

第二次预选,剩下的二十四个人中,能进入第三次预选的有十二个人。

就剩下一半了。

谁会留下呢?

箭在弦上的紧张感中,奥莉加瞅准时机说:"那我就来宣布进入第三次预选的参赛者名单。"

人群中发出低低的叹息,大家都吞了口唾沫,侧耳倾听。不知不觉中,大家都身体前倾。

"一号,亚历克斯·扎卡耶夫。"

哇地响起一阵欢呼声。

高兴得快要跳起来的就是那位亚历克斯·卡扎耶夫。

最不占便宜的第一号竟然留下来了。

大家都很吃惊。

不过连吃惊的时间都没有，接下来各位参赛者的名字被一个接一个念出来，是一个韩国的女孩。人群中又爆发出一阵欢呼。

接下来又是一位韩国选手，这次是个男孩。光听韩国人的名字是分不清是男是女的。要看到脸才知道他们的性别。

明石一开始不明白，这股异样的骚动是因何而起。周围的人似乎都一脸困惑在窃窃私语，眼神望向同一个方向。

大家的视线，集中的目标是紧紧绷着脸的詹妮弗·陈。

詹妮弗·陈落选了。

不会吧，明石马上明白了。那么生动鲜活的演奏，收获了大家的热烈鼓掌和喝彩，吸引了大家的目光。本来她在这次的参赛者中，人气也是数一数二的，真的落选了？是不是出错了？

但是奥莉加的声音又响起来了。

"三十号，马赛尔·卡洛斯·雷·阿纳托尔。"

哇，一阵巨大的欢呼。

欢呼声中充满了喜悦和赞赏，还有鼓励。

他看到马赛尔·卡洛斯脸上带着满满的微笑，回应着周围人的祝福。

明石的脑中一片空白。

二十二号，高岛明石。

第一次预选的结果公布时奥莉加的声音还在自己脑中回响。

二十二号，高岛明石。

这个名字再也没有被叫到过。

二十二号，高岛明石。

为了理解这个事实，时间停止了流动。

他发现身边的雅美也一动不动了。大概自己现在也跟詹妮弗·陈一样，一脸僵硬滑稽的表情吧。

奇怪的是，这时候明石的脑中流过的是舒曼的《克莱斯勒偶记》中自己经常会犯错的那一段。自己重复弹着那段旋律的情景，浮现在脑海中。

本该在第三次预选中弹奏这首曲子。已经没有机会了。可以不用担心出错了，那一段。

然而这段曲子在自己脑中执拗地重复着。

一边对自己咋舌，一边重复练习的自己。

落选了，我已经落选了。

时间开始流动。明石却呆立在原地。接下来，参赛者的名字一个个从奥莉加口中读出。带动了周围亦喜亦忧的反应。然而这些事情跟他都像隔着一层玻璃，像是另一个世界的事。

他只意识到自己已经落选了这件事，其他人的名字完全听不进去。

过了好长时间，只有两个名字进了他的耳朵。

"八十一号，风间尘。"

响起的欢呼声，简直可以称得上充满了激情。人群欢迎风间尘，带着奇妙的动摇和惊讶。这是他的错觉吗？

"接下来，八十八号，荣传亚夜，以上十二名。"

接下来，八十八号，荣传亚夜。以上。这似乎已经成了套路。

明石发现自己小声笑了。

嗯，荣传亚夜留下来了。

他心中升起一股不可思议的安心。

对，当然了。她是那边的人，她有才华，是被选中的人。我一直是她的粉丝，她是我的偶像，她是真正的音乐家。

太好了。

呵，他发出低低的叹息。

同时，身体不可思议地变轻了，一块石头落了地。

落选了，我落选了，没能进入第三次。

周围的喧哗又包围了他。叽叽喳喳，吵吵闹闹，人们兴奋地叫着。祝福和感叹、愤怒和困惑，他终于能够平静地旁观各种各样的表情上演。

接下来的日程和程序，将会有事务人员来联络。这个通知也传到了他的耳朵，但只在脑子里晃了一下就消失了。

这些信息对我来说已经不需要了。

接下来，是跟评审的联谊，请各位参赛者务必参加，和评审对话——

"真可惜啊。"

雅美的声音唤醒了他。

"嗯，我落选了。"

明石的声音，却意外地开朗，他自己也吃了一惊。

他那种平静的表情，让雅美也很惊讶。

他打了一个大大的哈欠。

"真是多谢了。没能坚持到节目最后，真对不起。"

明石从心底里这样说。

雅美用力摇着头。

"不，应该感谢的是我。摄像机一直跟着你，应该很讨厌吧，这么长时间，多谢你的帮忙，真的。"

不知是不是自己多心了，雅美似乎眼含着泪水。

"哪里哪里，你不去那边采访吗？"

明石指向那边问她。

"嗯，嗯，我去去就来。"

"加油哦。"

雅美迎着闪光灯、扛着摄像机，向通过第二次预选的参赛者那边走过去。明石目送她的背影，独自一人呆呆站在大堂的角落。

结束了，我的比赛结束了。

不知为何，心情一片爽朗。好像是贴在自己背上的幽灵已经消失了。

在几米之外，正在接受采访的参赛者们，已经是遥不可及的存在。明石已经不再是比赛的圈内人了。

这件事让他觉得可惜，但可以不再一惊一乍，他感到放下了心。

可以回家了。

想到这里，他想起应该跟满智子联系了。他慢慢走向冷清的走廊。

应该怎么说呢？要用什么样的语调说呢？

明石一边在脑中排练，一边拿出了电话。

这么说来，自己第一次预选的时候，也曾想过同样的问题。

明石一边苦笑着，一边按下了妻子的电话号码。

第二次预选结果公布后的联谊会上一片混乱。

詹妮弗·陈对评审的结果不服，进行了强烈的抗议。

就算没有这件事，对结果的不满也会像烈火一样烧遍结果发布后的联谊会。大多数时候都笼罩在复杂而又微妙的气氛中。

詹妮弗·陈直接走到评审委员长奥莉加·斯鲁茨卡娅面前，当面进行了抗议。大家都吓到了。

确实，了解参赛者的不满是联谊会的重要目的，但这么直接的抗议还是很少遇到。

自己落选无法接受。我不认为自己比进入第三次预选的选手差。希望评审能够解释自己差在哪里。

詹妮弗·陈义正词严的抗议从另外的方面来看有些撒泼的意味。不久，她在美国的父亲（一位非常富裕的知名实业家，跟美国国务长官关系亲密），还有她的老师布林也接连给评审打来电话。一时之间，联谊会会场引起了一阵骚动，一片混乱。

不过，最后还是纳撒尼尔·席尔伯格说服了陈。你的技术很棒，并不是否认你的音乐才华，但是，有不少评审，不是一个两个，都认为你无法进入第三次预选，这也是事实。这意味着什么？你不是应该在这里好好反省吗？不能理解这一点，恐怕就是你这次无法进入第三次预选的主要原因，难道不是这样吗？

纳撒尼尔淡淡的解释，似乎令陈若有所悟。她歪着头，哇地哭出了声音。陪她来的母亲安慰着她。离开会场的时候，夜已经很深了。马上就是第二天了。

"辛苦了。"

三枝子本来一直在旁边袖手旁观，此时向着若有所思的纳撒尼尔伸出了红酒杯。纳撒尼尔自言自语道：

"她已经在卡耐基举行过演奏会。本来憋着一股劲，一定要在这里获奖的。"

"这一点她只能自己去接受了。"

"她很焦虑。总是被人叫作女郎朗。总是被说像谁谁，她自己非常讨厌。"

"原来如此。"

听了她的演奏，三枝子自己的感受也是"郎朗只要有一个就够了"。其他评审应该也是同样感觉。或许詹妮弗·陈自己本人，也是这样想的吧。

"大概她的老师也曾经跟她强调过，要像自己吧。所以她对'独创性'这个词非常敏感，真可怜。"

"哎呀哎呀，'独创性'这个词，在某种意义上只是幻想罢了。说得多了，就变成了一个咒语。"

三枝子叹了口气，把玻璃杯靠近嘴边。她瞥见马赛尔从会场的一角走过来了。

纳撒尼尔朝他点头示意："也许他的存在对陈来说也是一种压力吧。她一直把马赛尔当作自己强劲的敌手。"

"嗯，那真是压力大。"

三枝子马上就敏锐地察觉到，这其中还有感情的因素。希望不要变成一件麻烦事。

"老师，辛苦了。"

"陈怎么样啊？"

马赛尔苦笑着摇摇头。

"她和母亲刚回酒店，不过，已经平静下来了。没关系，她不是那种纠缠不休的人。"

"你安慰她了？"

三枝子问。马赛尔摆了摆手。

"没有。同一个比赛的参赛者怎么去安慰？老师你也懂吧。"

"这倒也是。"

"不过马赛尔——"

纳撒尼尔的声音有些惊讶，是因为他发现马赛尔身后跟着一个少女。

三枝子也吃了一惊。那是一个身材娇小，剪着波波头的少女。穿着毛衣和牛仔裤，一副普通的打扮，好像在哪里见过，是其中的一个参赛者。

"老师，我给你介绍，这是小亚——就是荣传亚夜。"

纳撒尼尔和三枝子同时点了点头。

"啊，进入第三次预选了，恭喜你。"

三枝子对她露出微笑。

对了，就是荣传亚夜，复出的天才少女。很早以前就听过她的名字，还是第一次跟她面对面说话。原来她长这样啊。不像是经历那么复杂的人，清纯，毫无修饰，一个白璧无瑕的孩子。

说了这么多，其实她的眼睛最迷人。令人印象深刻的眸子，让人几乎要被吸进去，灵光四溢。

马赛尔一脸兴奋地跟纳撒尼尔说：

"老师，还记得我以前告诉过你我是怎么开始弹钢琴的吗？那个故事里，第一次带我去钢琴教室的就是小亚。没想到，这次会在这里重逢。"

"真是啊。"

看见马赛尔和亚夜相视而笑，她知道纳撒尼尔心中吃了一惊。

"啊？真的？和你一起弹《茶色小罐》的？"

虽说不太清楚事情的来龙去脉，但两人看来是青梅竹马的小伙伴。

马赛尔微微一笑点点头。

"是的，我一眼就认出她了。小亚一上台就认出来了。"

"我一开始还没认出来。"

两人再次对视。

"真的是后来再没见过面？"

纳撒尼尔半信半疑地看看两人的脸。

三枝子将纳撒尼尔的犹疑看在眼里，打量着眼前的两个人。

不知为何，这两人身上的气氛很相似。不管是音乐还是演奏，本来两人风格完全不同。

"是嘛，你的演奏很出色，第一次的贝多芬，还有……"

纳撒尼尔平静地寒暄着，亚夜开心地说着"谢谢"，低头致谢。

但是，三枝子却觉得，纳撒尼尔接下来身体有些轻微的震动。

因为谁都能看出，马赛尔已经对这个少女一往情深。

你这家伙，爱上竞争对手可怎么办？而且，对方还是你在这次比赛里最厉害的敌人。这么重要的比赛，可不是为女人如痴如狂的时候。

三枝子仿佛听到了纳撒尼尔心中的呐喊。

不过，纳撒尼尔比马赛尔稍微大几岁的时候，也曾对三枝子神魂颠倒，当时的事他还记得吧。而且，三枝子本人现在就在他身边，正在不怀好意地观察着他的一举一动。

纳撒尼尔尴尬地咳嗽了几声。

"今天太晚了，你们早点休息吧。明天早上开始，又是漫长的一天。比赛比你们想象的更累人。"

"好，我们回去了。老师，明天见。"

"好好休息。"

纳撒尼尔带着复杂的表情目送年轻二人组的离去，三枝子用开玩笑的口气说："你还真能忍啊。"

"啊？什么？我没有忍啊。"

虽然这么回答，他声音里还是有一丝不悦。

三枝子扑哧笑出声来。

"他们俩就像来报告我们要结婚了的小两口，你就像个老顽固，不知道该不该勃然大怒。"

纳撒尼尔认真地否认了，忽然眼神中带着一丝怀念。

"哼，年轻还真是件好事。"

三枝子也有同感。

"是啊，我也觉得。老师，我也撤了。确实，比赛比想象的更累人啊。"

"好吧。"

纳撒尼尔耸耸肩膀，把红酒杯放在身边的桌子上，和三枝子一道往门口走去。

"——真没想到，他也晋级了。"

"风间尘？"

"我还以为他有七成可能会落选。"

对三枝子来说，这既是意料之外，也是意料之中的事。

"至少，有更多人想听下次的演奏了。也有很多人没想到詹妮弗·陈的演奏没能进第三次预选。"

纳撒尼尔看着三枝子的脸。

"你听说了？"

"我还真想知道，你是怎么说服她的。"

第一次预选时对风间尘全盘否定的评审，在第二次预选后却对他多少有几分认可，这令人吃惊，三枝子自己也有过同样的体验，所以并不觉得难以理解。不过，还是有评审强烈否定他。这次，风间尘还是以刚刚擦线的分数进了第三次预选。

真有意思。接下来，风间尘还会获得多少支持者呢？现在完全否定风间尘的评审，不久也会屈服于风间尘的音乐魅力吗？

在电梯上，三枝子瞥了一眼身边的纳撒尼尔。

纳撒尼尔是怎么想的呢？

电梯门开了。

还有我呢？我真的认可他的音乐吗？我真的理解他的音乐，还有霍夫曼先生的用意吗？

想着想着，她不禁打了一个大大的哈欠。

确实，比自己想象的更累。

听了第三次预选的演奏再判断吧。还能再听到他的演奏，真不错。

三枝子打了一个大大的哈欠，乘上电梯。

第三次预选

幕间休息

"哇,好冷啊!"

"是谁说要到这里来的?"

"我记得不错的话,是小亚提议的。"

吹着大风的十二月的海边风光萧瑟,没有一个人影,也看不到任何快乐的景象。

他们大部分的时间都耗费在酒店和跟酒店相连的音乐厅,对气温变得不太敏感起来。在薄薄的针织衫上,又套上一件薄外套,看来是个错误的选择。

亚夜拉紧外套的门襟,缩着背,脸都皱起来了。

说要换换心情,去海边吧,这么提议的确实是亚夜。从酒店的窗户看出来,海边看上去非常温暖平静,谁知道风会这么冷。

"回去吧,在这种地方感冒了怎么办?马赛尔要是感冒了,纳撒尼尔·席尔伯格会把我杀了吧。"

奏一脸恐惧地看着亚夜。

"好,回去吧。"

亚夜缩了缩肩膀。

"喂,尘,你在干什么?"

马赛尔朝远处蹲着的风间尘招着手。

少年似乎完全感觉不到寒冷,在波浪边寻找什么东西。

"回去吧!"

亚夜也叫道。

少年站起身来,蹦蹦跳跳朝这边跑过来。

"我找到海螺了,就像斐波那契数列。"

他一边笑着,一边给他们看自己手里的小小的贝壳。

"哈哈哈!斐波那契数列,真是天才。"

马赛尔咧开嘴笑着。

实际上,风间尘虽然没有完全去学校,理科成绩却很出色。去音乐学院旁听,也跟周围的人强烈建议他去考理科大学有关。

"果然,音乐就是宇宙的秩序啊,音乐和数学,很明显是相亲相近的。小马的理科成绩也不错吧。"

"哪里哪里。"

"不过我一直觉得,宇宙的法则,就是混乱。"

"混乱?"

"我本来以为,肯定各个星系里,物质的最小单位和物质本身都是完全不一样的。有完全不同的生命体。但是根据最新的研究,宇宙中不管到哪里,水就是水,氧气就是氧气。听到这个研究结果,说实话,我吃了一惊,原来宇宙是这么简单。不管到哪里法则都是一样的,真是不可思议。"

"啊,原来如此。我有点明白你的意思了。"

马赛尔用力点点头。

"最基本的东西,即使在宇宙的尽头,都是一样的。有些星球上一年到头都是寒冷的,有些星球上一年到头都是炎热的,但构成要素都是一样的。"

"对,这一点最不可思议。从根本上不同的东西数不胜数,但就算过程和结果不同,生命的基本要素也是相同的。"

"所以只要具备了一定的条件,就会产生和人类相同的生命体,对吧?"

"嗯,曾经有这个说法,虽然他们不一定长得像人类,但即使细节不同,最终还是跟人类一样,这真是不可思议。"

"嗯,是啊。原来还是旧的说法有道理,真有趣。嗯,如果说不管到宇宙的哪个地方,物质都是相同的,这也就证明了,大爆炸确实存在,一切都是从一点开始的。"

"那么，有钢琴吗？"

"在银河系的某个角落，有着和地球同样条件的星球，那里同样有空气，声波可以传递。在那里，音乐也会发展起来。这样一来，就有差不多的乐器，跟钢琴差不多，有人在银河的某个角落，正在认真地弹着钢琴。"

"嗯，会是怎么样的呢？"

马赛尔突然停住脚步，似乎在认真思考。

"有这个可能。在那个星球上，应该也有莫扎特和贝多芬。"

"哈哈哈，也许吧。"

"真想看到他们的乐谱。如果是莫扎特和贝多芬的曲子，我都想要。"

"嗯，我也是。"

在宇宙的尽头，有另一个莫扎特。那是怎么样的音乐呢？

云间露出光芒，照射在水平线上，开拓出一条道路。

这时亚夜产生了一种强烈的似曾相识的感觉。

走在自己身边的马赛尔。

稍微远一点的地方蹦蹦跳跳的尘。

想要早点回去的奏。

灰色的海水，沙滩。

带着潮水气息的扎皮肤的风。

奇妙的亲切感。她有些心神不定。

在很久很久以前，我记得有过这样的瞬间。像这样四个人在芳江的海边。在今时今日这个时间，吹着冷冷的风，一起走过这个瞬间，我不会忘记吧。这深深烙印在胸中的瞬间，四个人并排走着的感觉。她用一种近乎心痛的心情，看着其他三人的剪影，这个时刻我会永远记住吧。

这种天启一般的预感，和冷风一起让亚夜打了个冷战。

比赛也到了中间的折返点。

第一次预选和第二次预选一共八天连续奋战。到了第三次预选只有两天，在第三次预选之前，终于有了一天的休息时间。

不知道十二位参赛者会如何度过这一天？会好好休息，还是会目不斜视地继续练习呢？

空空如也的一天，没有任何安排。

慢悠悠地爬起来，下午练练指头，亚夜悠闲地出门散步。她和奏一起，正好遇到了刚刚出来的马赛尔。他们住在同一家酒店，很容易碰到对方。在第三次预选之前，应该都想要好好休息吧，所以她没有给他发信息联络。马赛尔似乎也出于同样的原因，没有问她的安排。不过看来大家都想散散心，于是就决定一起散步。

"去海边吧。"

亚夜无意提起，马赛尔说好。于是一起走到大海边。不知何时风间尘忽然出现了。

"啊，那不是风间尘吗？"

马赛尔看过去。尘蹦蹦跳跳奔过来。

"你住在哪里？"

"在爸爸的朋友家。"

"真是神出鬼没啊。"

奏和亚夜都感到不可思议。尘面带微笑。

"啊，今天一整天没事，反而让人觉得透不过气来。"

马赛尔伸了伸懒腰。

"啊，小马，你也这样觉得吗？"

亚夜有些意外地看着马赛尔。

"是啊。我不需要休息。希望早点决议胜负。"

"嗯。确实，空闲时间越多，想得就越多。真的不需要。"

两人发着牢骚。

"那个,工作人员也需要休息呀,还有评审。比赛的运营也很累呀。参赛者很累,在后台的人也连睡的时间都没有。"

奏插嘴道。看多了父亲和他的朋友们为了办比赛鞠躬尽瘁的身影,奏不由得为他们辩护。

"嗯,对呀,是啊。"

马赛尔似乎这才想起来,脸上现出不好意思的神情。

"还有工作人员,真的很辛苦。招待参赛者的寄宿家庭,我那些茱莉亚的朋友也都说,都亲切得不得了。日本的比赛真是让人吃惊啊。"

"小马是第几次参加比赛?"

亚夜一边走一边问。

"是第二次。芳江是我的目标,第一次是大阪,所以我还不知道其他国家的比赛怎么样哦。"

"我听说上次很多波折啊。"

四个人一边闲聊,一边向着海边走去,但天气冷得出乎意料,于是他们早早打道回府,回到车站前。四个人准备在芳江城里转一转。

"我想吃鳗鱼。"

风间尘说。大家都同意他的建议。这个城市鳗鱼很有名。

"但是很贵哦,肯定。现在鱼苗的价格飞涨。"

"也就一次,爸爸不会说我的。"

亚夜和奏在小声说着什么。

让从国外来的马赛尔和尘付钱似乎不太合适。

"这么一看,有很多卖日本乐器的店啊。这么慢悠悠地散步,还是第一次,以前没注意到。"

在商店街中间,他们发现了好几家卖三味线的店。专门卖日本乐器的店,在东京也很少见。

"在钢琴出现以前,这里看来是音乐之城啊。"

"小亚,你弹过三味线吗?"

他们隔着玻璃窗看着店里展示的三味线。

"没有,我倒是很想试试。"

"我在纽约看过津轻三味线的公演。真有意思。即兴创作很厉害。"

"哦,是谁表演的?"

"是一对兄弟。"

"啊,我知道。是啊,津轻三味线就像是传统节目中的独奏。你听过木乃下真市和罗比·拉卡托斯的演出吗?"

"没有,罗比·拉卡托斯就是那个被称为'魔鬼小提琴手'的拉卡托斯?"

"是的,很厉害。"

"津轻三味线,可以演奏出三重奏的感觉,就像是吉他、贝斯、鼓一起演奏。"

"确实,兼有旋律、定音准、打节拍的功能。不过,我想弹的不是津轻三味线,而是小调那类东西。"

"跟津轻三味线不一样吗?"

"不是那样絮絮叨叨的,而是那种激越的,边弹边唱的。"

"哦,还有这样的啊。"

"不是平均律,时间感觉和西洋音乐完全不一样,所以我很想试试。"

"我想试试尺八。"

尘自言自语道。

"尺八?吹响要三年。那更难了。"

亚夜瞪圆了眼睛。尘点点头说:"尺八的声音总感觉最像风的声音。"

在赛事正酣之际,三人之间完全感觉不到同为进入第三次预选的参赛者之间的剑拔弩张,令奏也是无话可说。

真是的,这群天才。

她自己感到了一丝被排除在外的感觉。

在这个才能竞现的世界上，她经常感到这种距离感。

这些孩子，根本不知道自己有多么幸运。

有无数想成为音乐家的人，为自己是否真正有音乐才能而苦恼，每天花很长的时间练习，但是仍然会频频出错，担心自己弹不好，担心到胃疼，睡不着觉，被自己的平凡打败，仍然离不开音乐，这些人的心情，他们能理解吗？

她感觉自己变得有些愤世嫉俗起来，赶紧调整心态。

不，他们不可能不知道。

要比辛苦，每个人的辛苦都不同，无法比较。她一直待在亚夜身边，所以看得明白。

被唤作天才的人，也有他们的烦恼和辛苦。天才少女的陨落，亚夜并不是不知道这意味着什么。虽说她心胸宽阔，但也受到了打击。当时突然消失于舞台上，引起的骚动，到现在都难以忘怀。

今后的人生不知道会是怎样。就算是好像已经走上明星的光明大道的马赛尔，未来也不是百分之百有保证。以前也曾有无数的神童被命运戏弄。看起来幸运万分，最后却以悲惨的结局收尾。在这个世界上，在他们前面，已经堆积了累累尸骸。

更何况是风间尘这个不可思议的少年，他今后的人生会是怎么样的呢？

天真少年正在好奇打量着三味线，奏看着他。

忽然，就像刚才亚夜在海边感到的那种似曾相识的幻觉，奏感到一种强烈的命运感袭来。不知不觉中，她退后了一步。

像此刻这样，三个人站在一起，也许本身就是一个奇迹。

她摸到了外套口袋里的手机。

拍下这个画面吧。

她悄悄拍下了三个人并肩交谈的天真画面。

也许，以后，这张照片会很值钱呢。

想到这里，她苦笑了。甚至想象起自己年纪大了，在回答某人的采访的场面。

对，那时候我是无意中拍下的照片。没有想到后来大家都变成了如此出色的钢琴家——现在看来是非常珍贵的照片呢——

不知为何，她想象出的场景栩栩如生。奏不由得眨了眨眼睛。

也许这幅画面再也不会重现了。这三个人像现在这样出现在同一个画面里，以后也许再也看不到了。这个预感一瞬间掠过她的脑海。

说起来，这些孩子都没有拍照片呢。

她忽然意识到这一点。

现在的小孩，不管碰到什么事情都要拍照片。咖啡馆的菜单，在街角看到的东西。简直就像不通过照相机就无法确认事物的存在。

但是这几个孩子却不拍照片。

这件事情又让奏感到了些许距离感。

这几个孩子没有必要特意去记录人生。不需要把人生中的小小事件，都密密地写在记录中。他们的人生将被众人记住。他们注定要存活在记录之中——

她正在入神地想着，亚夜转过头来，发现奏在拍照片。

"啊，奏在拍照片呢。"她有些吃惊地大声说。

奏伸了伸舌头。

"对不起！三个钢琴家在观看三味线，真是难得一见的画面，不知不觉就拍了。"

"对呀，我们怎么没想到呢？小马的照片必须要拍下来，风间君也是，这都是未来的巨匠啊。"亚夜也在口袋中找到自己的手机。

"啊，我也可以拍吗？实际上一直都觉得很失礼，所以不敢提出来。"

马赛尔也拿出手机。

"我发给朋友。"

"哇，拍吧拍吧。"

风间尘开心得不得了。

"风间君，你有手机吗？"

"我有，不过没带。"

"不带的话，手机还有什么意义？"

看着三个人天真无邪地互相拍照片，奏不由得叹了口气。"我好像想太多了。"她心里默默反省着。

狂欢节

比赛终于到了后半场。

为时两天的第三次预选开始了。

剩下的十二位参赛者的国籍如下：

美国一名，俄罗斯两名，乌克兰一名，中国一名，韩国四名，法国一名，日本两名。

从地理条件来说，参加日本的音乐比赛，亚洲人最多，这是理所当然的。也大致反映了当今古典音乐界的世界潮流，三枝子心想。会集了优秀参赛者的音乐比赛，如实反映出了这个时代国家的实力。

这也说明芳江国际大赛的地位在逐步上升。

三枝子一边伸着懒腰，一边坐上评审席。

一天六个人，每个人要演奏一个小时。再包括休息时间，比赛的时间很长。

第一天从正午开始。演出要到九点过后才结束。

会场上，工作人员一打开门，马上就坐满了观众。到了参赛者越来越少的阶段，每个人也都有了自己的粉丝。观众席也都稳定下来。大家都怀着期待与兴奋，认真地听每个人的演奏。

评审也是一样。

说实话，之前只是粗粗过目。二十分钟，或者是四十分钟的时间里，注意力无法集中，有一个小时的话，就需要专业舞台水准的集中力。让观众认真听自己的音乐一个小时，这件事本身就很难。这要考验演奏者能否让它成为一场成功的独奏，是否有自己的特色。

而且，评审都是第三次听参赛者的演奏了。

他们已经习惯了每个人的演奏。听的时候，耳朵也变得格外严格。

参赛者也都使出了全力。

已经是第三次了。大家对这个舞台已经十分熟悉。习惯是件好事。但如果说因此疏忽大意的话，马上就会遭遇失败。必须集中所有的注意力，让自己的琴声不要走调。

虽说前一天休息了一天，但不管是身体上还是精神上，疲劳都还残留着。本以为跟平常没什么两样，但精神和身体很有可能跟不上。

第一个登场的亚历克斯·扎卡耶夫表现有些异常，评审和观众马上就注意到了。

咦，他脸上没有笑容。

一直很开朗的扎卡耶夫，表情阴暗，引起了大家的各种猜想。

从进场的时候开始，他就苍白着脸。在椅子上入座的时候，看起来烦躁不安。

调整椅子的手势也很僵硬。

他做了个深呼吸，然后开始弹奏。之前第一次预选、第二次预选的时候，他的演奏都很舒展。但这次却像换了一个人，演奏变得有气无力。

会场里流动着大家的疑惑。

呀，太在意胜负了。

三枝子看着还没有意识到自己过于兴奋，以至于乱了手脚的扎卡耶夫。

听说，听到弟子进入第三次预选的消息之后，他的老师赶紧来到日本。昨天一整天都在练习。对师徒两人来说，能够到这个地步，应该是意料之外了吧。两个人都十分兴奋，因此对练习投入了过多的精力。

他们的心情很理解，不过老师，其实应该让他自己发挥的。

三枝子在内心叹了口气。

在此之前，他抽到的是比赛中很少能获奖的第一号，因此已经放弃了一半。在这种情况下，从来没有想过还能够留到第三次预选。没有抱着过高的期望，照自己的节奏来演奏，这才使他的演奏变得如此开阔豁达。

但是现在他开始在意胜负了。

老师都跑过来了，这也难怪。

不管怎么说，如此盛大的赛事——上次在这场比赛上诞生了令人瞩目的新星，从近一百个人中间选出了十二个人。

也就是说，获奖也就近在咫尺了。

他开始在意起来，欲望开始滋生。不要太在意，他对自己说，就像以前一样弹。他努力想记起昨天老师的忠告，冷静下来，他在心中念着。

但越是这样，"获奖"这两个字，越是充满了头脑。要好好弹，好好表现，他的手指动着。不该用力的地方，反倒特别用力，做出了平时不会有的过激动作，想要征服钢琴。结果，琴声支离破碎，他本来的开阔气象尽失。

越是要拼命把曲子连起来，越是无能为力。很明显，平时不会犯这样的错误。

扎卡耶夫越来越乱了阵脚。

观众们也马上注意到了。

这简直算不上独奏了。这场演奏就像刹车坏了的车快速飞奔在山道上，观众们屏息凝视，看这场可怕演奏将会在哪里打住。

曲子结束了。观众鼓掌，扎卡耶夫仿佛仍然不知身在何处。

节目单上最吃重的穆索尔斯基的《图画展览会》，也在一片失序中开始了。

也许他是想有一个快速的开场。本来这会成为一首精力充沛、充满年轻气息的《图画展览会》，但是，扎卡耶夫的脸一瞬间掠过"完蛋了"的表情，看来这比他的预想弹奏速度更快。

似乎在被谁催促着。键盘上的手指在滑动，但音没有抓住，琴声变得十分单薄。

加油啊。三枝子一边暗暗担心，一边在心中叫道。

站直了，在《古堡》那里快点让自己静下来。

她在心里对他说。

《图画展览会》就像是一个短篇小说集。在移向下一曲《漫步》之间，有一段特意留出的间奏。

每段间奏节奏不一样，相对安静。有很多机会可以调整自己。

但是扎卡耶夫的刹车仍然没有修好。应该说，他完全跟着前面的节奏走，自己的意识不知道飞到哪里去了，道路标志、转弯全都无视，继续往前飞奔。不撞到什么东西他的演奏就不会结束。节奏单调，横冲直撞，演奏还在继续。

不过，在这个速度下还能按出大部分的音，这一点还是值得夸奖。但是到了《里莫日的集市》《女巫的小屋》该怎么办？

三枝子简直感到一阵心痛。

也许，会弹不下去吧。

不过，坐在会场里的他的老师应该会更加难受吧，她不由得从心里感到同情。同时，对舞台上这个恐怕会让老师心脏病发作的青年也同情万分。

一脸苍白的扎卡耶夫，到了后半场，变得满脸通红。

那也是当然，他用这么快的速度弹奏这么高难度的曲子，一定相当吃力。前半部分太过用力，手腕估计也快没力气了。

快要陷入完全失控的状态了。他现在脑子里大概一片空白。

三枝子想起了"骨髓反射"这个词。大概他是在弹奏自己身体记住的乐谱。

很明显前排的观众都惊呆了。他们和扎卡耶夫一起陷入了崩溃。

音阶在上升，就像直升机咔嗒咔嗒升上高空，恐怖和震惊达到了顶点。

就像纵身跳下悬崖，扎卡耶夫在最后一章《基辅大门》那里全面崩塌。

简直可以用"雪崩"来形容。不可思议的是，终点已经近在眼前，一放心，音就稳定了下来。

已经到这里了，问题不大了。

三枝子和观众，甚至扎卡耶夫本人，都放下心来，感觉大家都摸了摸自己的胸口。

真是惊险，寿命都要减损了。

身边的评审也都松了一口气。

有好多评审年事已高,可别害死人。

有些观众窸窸窣窣调整坐姿。整个会场都松了一口气,总算要看到终点了。

他本来的豁达气质又回来了,扎卡耶夫将身子稍微远离钢琴,深呼吸了一口似的,仰起脸。

哎呀,要是一开始就这么弹就好了。

三枝子不由得靠在椅背上。

看来这孩子,天生音感就好。他气象开阔。

评审们这才有工夫来"评审"。

眼见着声音越来越有光彩,琴声也越来越动听。

最后,观众都放松下来,享受着音乐。刚才太过惊险,现在反倒衬出意外的效果。

最后的和音。

扎卡耶夫似乎完全放下了心,满脸通红地站起来。观众以鼓励的掌声包围了他。

"啊,太好了,没搞砸。"

他不由得对自己低语道。

青年一身疲惫走下舞台。

看来,钢琴家都在用心弹琴啊。三枝子想。

夏季高校棒球的危急场面,一个人犯错就会带来雪崩一样的连环错误,运动是要用心的。弹奏音乐的也不是手指,而是心。三枝子再次深刻体会到这一点。

上台的第一个人就将观众带到了惊险和悬疑的谷底,第二个登场的韩国女孩却完全不顾第一位选手的不稳定发挥,用她沉着清冽的演奏让观众沉醉。

是修纳迪鲁的弟子吧。

纳撒尼尔·席尔伯格看着舞台上的少女,她在爱尔兰的音乐学院留学。

在运动领域,有名的选手不一定能成为有名的教练。在音乐的世界,本人作为演奏家不一定那么有名，但很擅长培养弟子，让他们发挥才能，这样的伯乐在每个国家都有。

修纳迪鲁就是这样一个人。这几年令人眼前一亮的参赛者，出自他门下的，有好几个。

不可思议的是，每一位参赛者都不一样，他尊重每个弟子的个性，在此基础上进行指导。但在他们每个人的身上，都会有一个瞬间浮现出老师的面孔。

当然修纳迪鲁有他自己的指导方法。在某一个瞬间会让人察觉到，啊，原来这孩子是修纳迪鲁的弟子。

这并不是什么坏事。自古以来，钢琴家演奏风格的谱系，就是这样继承流传下来的。具体的人教具体的人，和老师的演奏风格相似，这是理所当然的。

但是在风格趋向统一化的这个世界，从学生身上仍然能感受到老师的影响，是一件耐人寻味的事。

修纳迪鲁的弟子，继承了老师对音乐的诚实，对乐谱的解读和思考都很相似。这和他们对修纳迪鲁的信任有关。对他的信任变成了一种安心感，渗透在他们的演奏里。当然，成为他弟子的人，应该就是对他的音乐观能产生共鸣的人吧。

不过，有时，通过弟子，修纳迪鲁的音乐观——原来他是这样想啊，他原来是这样的音乐钢琴家——他本人的面孔会慢慢浮现出来，这一点非常有趣。

音乐家都充分理解自己弹奏的音乐，这倒未必。虽说作为职业钢琴家弹了这么多年钢琴，但自己究竟是一个怎样的演奏家，自己身上的一部分连自己都看不清楚。自己喜欢的曲子，自己想弹的曲子，适合自己的曲子，能够很好演绎出来的曲子，每个人都不一样。

而且，在教的过程中才会有很多新发现。

在教的过程中，才明白自己想要什么，欣赏什么样的演奏，有时候会在一瞬间呈现在自己面前。能通过弟子来实现自己的演奏理想，也是非常难得的事情。

修纳迪鲁是这样，也许这个类型的音乐家，正是通过弟子在演奏，他们培育了众多弟子，来实现自己的理想演奏。他们也是在一直活跃的不老音乐家。

音乐就是这样被传承下来吧。

他涌起这样的感慨。

就算被稀释，扩散开去，本来的面容已经消失，原型人物已经无法分辨被人遗忘，它的香气和手感，这些精华的部分还存在。

在那个少年身上，也残留着老师的精华吗？

他从来没有想过这个问题。

少年惊破天地的自由演奏让他震动，都忘了在其中寻找霍夫曼老师的气息。

那么，老师是否希望自己的痕迹留在他身上呢？——不，老师并没有这样的期望，也比谁都更清楚，这是不可能的。——他很少收弟子，也是因为他知道自己的极限所在，也知道这种期望是不可靠的。

在他身上能找到老师？

席尔伯格感觉自己心里有某种奇异的感觉。

不可思议的感觉。好像是一盏微弱的灯，在心中啪地点亮了。

能找到吗？找到的话，会怎么样呢？

到了这个程度，就只能凭喜好判断了。

高岛明石已经完全变回一个普通观众，一直坐在第三次预选的观众席上。听着第三位演奏者——韩国参赛者的演奏，他心中敬佩万分。

第二次预选中，自己喜欢的好几场演奏，以为绝对能留下来的参赛者，有几个也落选了。他有点想不明白，还买了演奏 CD 来听。

结果令他自己惊讶。

首先令他吃惊的是，评审的耳朵真的都很厉害。

倒不是自卖自夸，他自己也听过很多场演奏。

但是，在会场听到的演奏，和 CD 里听到的演奏，印象很不相同，令他吃了一惊。

再听的时候，就能理解第二次预选中落选的参赛者为什么落选了。

首先，最明显的理由是，他们的演奏中，曲子没能保持紧张感，有些部分常常给人"勉强"的感觉。仔细听的话，会发现曲子用力不匀，有很多个瞬间，曲子给人"散漫"的感觉。在音乐厅里听的时候，自己曾经那么感动，真是难以置信。

就算是那个优秀的詹妮弗•陈的演奏，在会场时听起来生气勃勃，在CD里听起来也十分单调。

看来自己的耳朵还需要磨炼。

明石深深感到了自己的不足。

现在正在弹奏的参赛者，在第二次预选时很不起眼，本来以为他不会入选，但在第三次预选中却弹出了威严庄重的贝多芬，向大家显示了他的不凡实力。

然后，在后半部分，他又风格一变，将拉威尔那首难度极高的《圆舞曲》弹得如此华丽。

评审甚至都预见到了这一幕。

明石不得不甘拜下风。

那段滑音真厉害啊。

那段滑音，就像凉凉的手巾盖在脸上，让人不由得舒了口气。

记得自己第一次弹滑音的时候，因为太疼，眼泪几乎要掉出来。滑音要用指背扫过键盘，一眼看上去很简单，其实很痛。他甚至觉得，自己根本做不到。

这位参赛者一开始也是这样的吧。

他盯着那位弹得如行云流水的青年的侧脸。

我也想弹这首曲子，也想像他那样弹。

一遍一遍听着唱片和CD。第一次在乐谱上看到耳朵里听到过的曲子时的喜悦。

自己熟知的曲子从自己指尖流泻出时的感动。听的时候是那么简单，但弹的时候又是那么困难。自己弹出来的，只是似是而非的不成曲调的曲子。

大家都会弹奏难度如此之高的曲子啊。这些钢琴家都有着非常厉害的技术，都是些很厉害的人——

不久，自己听到的曲子就能弹出来了。

就像在唱片里听到的那样，渐渐成形。

渐渐能够理解"歌唱"是怎么一回事了。

想要摇动身体，想要闭上眼睛。不知何时，远处有音符跳动的时候，会像电视里看到的演员钢琴家一样打开双手，放在琴键上，开始弹奏钢琴。

在某一件事情上的进步都是呈阶段性的。

像慢慢爬坡一样进步，是不存在的。

一直弹，一直弹，仍然原步踏地。有时候一点都没有进步。这已经是极限了，绝望的时间似乎没有个尽头。

但是某一天，突然在某一个瞬间发现自己已经上了一个台阶。

忽然发现以前不会弹的，现在会弹了。

这种时候总是会感觉到难以形容的感动和惊喜。

就像穿过昏暗的森林，终于站到了风景绝美的地方啊。

这时候才领悟到，原来就是这么一回事啊。眼前展开了一个新的世界，自己之前为什么不懂呢？瞬间看清了自己的来时路。

经过好几个这样的关键时刻，大家才能像现在这样站在舞台上——

这样一想，他产生了一种虔诚的心情。现在站在舞台上的参赛者们，都令人怜惜。

能参加这次比赛太好了。

明石从心里这样想。

虽说钢琴家像星星一样多，但能成为其中一个，真是太好了。

坐在这里真是太好了。

怀着这样想法的自己，真可爱。能有这样的瞬间，就已经值得了，明石觉得自己几乎要哭出来了。

但是，仍然有远远超过自己，站在自己无法理解的高度的人。

那是自己无法想象的、只能仰望的存在。

明石对弹完了《圆舞曲》的参赛者报以毫不吝惜的掌声。眼前浮现出下一个登场的马赛尔·卡洛斯的身影。

b 小调奏鸣曲

一个小时的演奏。

十二位参赛者都有一个小时的时间来展示自己。

内容没有限制，可以自由选择弹奏哪首曲子，曲子的组合也可以自由安排。

现代的我们，可以将各个时代的音乐随意组合在一起弹奏。从十七世纪的巴赫到二十世纪的肖斯塔科维奇，从道理上来讲，我们可以演奏三百年间先人留下的音乐遗产。

但是，实际上，就算是专业的钢琴家——也许正因为是专业的钢琴家，才不能随意选择自己要弹的曲子。

听众想听的曲子和钢琴家想弹的曲子不一定一样。例如，所谓现代音乐，其实"一般"的听众都敬而远之。常常听说独奏会主办者要求节目里不能有现代音乐，于是只能插入肖邦和贝多芬的名曲，以此为卖点，才好不容易换来演奏一首现代音乐的机会。

成为人气钢琴家之后，粉丝越来越多，就会越来越照顾观众的口味。为了卖出更多的票，让音乐厅填满观众，更要演奏观众想听的曲子。

报纸和杂志，还有传单上印刷的节目中，能看出客人想听的曲子和钢琴家想弹的曲子在打架。卖票的那一方的担心，和钢琴家想冒险的冲动，都表露得一清二楚。

从这一点来说，音乐比赛，可能成为一个实验节目的试水场所，可以不在意票房。可以展示自己技术的极限，也是最能展开冒险的地方。

马赛尔在舞台侧翼漫无边际地想着这些事情。

自己想弹的曲子恰好是观众想听的曲子，真想成为这样的钢琴家。

他不是没这么想过。

那就是说，自己觉得有意思的曲子，要让听众也觉得有意思。每首曲子都要最大限度地展示出它的魅力，传达出它的魅力。

虽然没有对任何人提起过，不过马赛尔有自己的野心。

那就是开创"新古典"——就像现在那些被称为"古典音乐家"的作曲家那样，成为"新的"钢琴作曲家。

肖邦、舒曼、勃拉姆斯、拉赫玛尼诺夫、斯克里亚宾、巴托克。

他们既是出色的钢琴家，又是作曲家。现在不是更应该出现更多的钢琴作曲家吗？

当然自己还没有到能够跟他们并肩的程度。弹好前辈们的曲子，就算花费一生也不一定够，还是先学会弹奏曲子吧，也许有人会这样说。

现在也有钢琴作曲家，但古典方面的很少。且大多是在现代音乐的范畴内，比如电影音乐，或者是轻音乐，从来没有听说过有古典钢琴家发表过自己的曲目。

很多钢琴家技术高超，为什么这些人中间没有出现钢琴作曲家呢？马赛尔觉得不可思议。

虽说如此，所谓的现代音乐大部分只活在极小的范围内，变成了作曲家和评论家的音乐，并不是用来弹奏和欣赏的。

可能是将两者打通的钢琴家没有出现吧。

马赛尔一直思考着这个问题。但是就算是被评价以自由奔放的天才演出打破音乐界限的弗里德里希·古尔达，他自己作曲也是从爵士钢琴开始。虽然带着维也纳正统派的风格，仍然被当作怪人。在古典钢琴家中，被视为脱离正统的存在。传统的诅咒就是如此强大，樊篱很高。

要是哪一天自己能够做到的话……

马赛尔一直怀着这样的梦想。

为钢琴作曲，卖自己的乐谱，让其他的钢琴家也能演奏。

这件事应该会遇到很大的阻力吧。也许会被人评价为不知天高地厚，会被视为一个怪物。

但是，多希望在自己之后也有更多新的钢琴作曲家出现，在下一个世纪，再下一个世纪。人们也将继续弹奏着这些"新古典"钢琴曲。

这种想法抓住了他的心。

忽然，开演的铃声响起了。

哎呀，自己还站在成为职业钢琴家的入口呢。如此远大又无法无天的理想，如果告诉老师，应该会被嘲笑吧。

马赛尔苦笑着。

首先，还是在这里竭尽全力吧。

舞台监督田久保注意到了马赛尔的苦笑，一瞬间露出不可思议的表情。马赛尔赶紧修正自己的表情。

"到时间了。"

田久保不带感情地说。

"祝你好运。"

听到这句话，已经是第三次了。

"多谢。"

马赛尔第三次向田久保回以笑容，走向明亮的舞台。

马赛尔第三次预选的第一首曲子是巴托克的奏鸣曲。

他令人意外地以不稳定的激烈敲打声开始，听众们被他拉向另一个世界。

第三次预选的第一首曲子是这首曲子，从很早以前他就定下来了。

这曲子很现代，又有些前卫的风格，从这首曲子开始，多少颠覆了以前马赛尔给人的稍许稚嫩的印象，让大家耳目一新。

巴托克在生前曾反复说，钢琴是旋律乐器，同时也是打击乐器。

一般来说，很少有人意识到钢琴也是打击乐器。确实，如果打开钢琴，会发现里面的音锤正在以目不暇接的速度，准确无比地敲击出声音，所以钢琴确实可以说是打击乐器。光看键盘的时候就会忘记这一点。

但是，从这首曲子开始，巴托克将钢琴作为打击乐器来使用的曲子，令人再一次深刻地认识到钢琴就是打击乐器。

所以在这首曲子里，马赛尔不是在弹琴键，而是在敲击琴键。

对，他在脑中敲击着木琴——手指变成十根长长的琴锤，用尽手腕的力气敲击着琴键。

他想再现木琴独特的有节奏的弹力感，还有轻快疾走的感觉。

打击乐器下手时必须毫不迟疑。稍有迟疑，就会力量减弱，声音就会变混浊，速度也会减慢。

因此，巴托克时而激烈，时而狂暴——不过，没办法，这是打击乐器。

这是多么酷的一首曲子啊。

马赛尔感到一阵喜悦。

对了，这就像敲鼓时的快感。能感觉到声音的震动又反弹到身体上，悦耳的节奏中带着快感。那是沁入人身体深处的喜悦。

自古以来，不管哪个国家，哪个民族，都以鼓为乐器。

原来如此，马赛尔这才发觉，从某种意义上来说，钢琴就是鼓的变形。

马赛尔的朋友里，有尝试了许多乐器，最后选择鼓的人。鼓的音色各不相同，旋律也各不相同，可以涵盖所有的乐器。一面鼓堪比一个管弦乐团。

钢琴也是如此。一台钢琴就能完美再现一个管弦乐团。

道理是一样的。跟鼓的鼓槌一样，钢琴的音锤敲击出无数的声音。

敲击——敲击。

人类拥有一种根本的欲望，通过敲击出声音来表达感情。人们就是为了满足这个欲望而开始敲鼓。经过漫长的岁月，这个欲望又孕育出了钢琴，还有这首巴托克的曲子。

巴托克独特的琴声展开。纯洁的声音的河流，令人心中一片空无。就像来到某个风景绝佳的所在，一片蔚蓝的晴空让人舒爽无比。

马赛尔每次弹奏巴托克，总会闻到森林的气息，还有草的味道。复杂的绿的分层，还有叶尖滴落的一滴一滴水珠。

穿过森林的风。

风吹过去，明亮开阔的山坡，还有那里的小木屋。

巴托克的琴声，就像未经加工的巨大圆木。没有涂上清漆，没有加工过，木纹显露出天然的美丽，是大自然中结实可靠的建筑物。强韧的木造结构。天然素材的声音。

森林某处，传来斧头的声音。

有规律又充满力量的旋律。

敲击，敲击，心中回响着森林深处的震动。

心脏的跳动。鼓的旋律。生活、感情一起欢庆的旋律。

敲击，敲击。

指头就像木槌，在敲着木头。

敲击还在继续，让人进入到了恍惚阶段。于是他更用力，更起劲地敲击。他专心致志，心无二用地敲击着，直到一切变得一片空白。

最后一击之后，带着短促的回音，琴声停止了。

静寂。森林默不作声。

马赛尔站起身来，潮水般的掌声包围住了他。

他微笑着向大家致意。

热烈的掌声扑面而来。

他在这短短的一刻，感受到了观众的真实反应，并试图分析。

这首曲子流行度不高，但观众很喜欢他的演奏，被这首曲子所吸引。

他放下心来，一股难以形容的喜悦涌上来。

自己想弹的曲子就是听众想听的曲子，想成为那样的钢琴家——

刚才的念头掠过脑子。

好的,接下去的曲子是?

马赛尔问自己。

这一定也是我和观众都期望已久的曲子。

第二首曲子是西贝柳斯的《五个浪漫小品》。

就像这首曲子的名字所示,它与第一首巴扎克的曲子相比,仿佛一百八十度大转弯,由五首浪漫又旋律优美的曲子组成。

十分工整的优美旋律。

技术上没有什么难度,可以弹得十分悦耳媚俗。

但是,对马赛尔来说,把这首曲子放在第二曲,却是一个冒险。

在马赛尔安排的一个小时的曲目里,第二曲占有很大的比重。

和第一曲的巴托克对照来看,泾渭分明,将观众从紧张感强烈的现代曲风中解放出来,让观众稍事休息,也是他的一个目的。有些观众向马赛尔希求的是提供令人陶醉的甜美音乐,满足大家的感官享受。而且,他最大的目的是为观众听下一首李斯特做好铺垫。

但是,这首曲子比想象的要难弹。

每次练习时马赛尔都痛感到这一点。

曲子很简单,轻易就能弹出来,旋律优美,朗朗上口,可以弹得悦耳动听。但是,"悦耳"同时也无限接近"土气"和"自我意识过剩"("钢琴家的自信侧漏"还算是委婉的说辞)。于是把握火候就变得困难起来,如果甜得过头,或者是冷淡过头,都不能准确传达出他的意图。如果和之前的巴托克对比太过鲜明,更会让人感到不相容,结尾处理得云淡风轻,反而会让人感到惘然若失。

浪漫,到底是指什么呢?

看着标题,他思考着西贝柳斯所说的"浪漫"到底是什么。

芬兰的国民作曲家。西贝柳斯的视野里都是白色。雪、冰、冰河,尖尖的针叶林叶尖上堆积的白雪,深深的湛蓝的湖,那白色是优雅的、精练的。

弹奏这首《五个浪漫小品》的时候,他脑海里浮现出了图案精致优雅的白色蕾丝。洁白的蕾丝的波浪拍打着水边。

真浪漫,有人在低语。

什么感觉?

他闭上眼睛开始想象。

恋人们湿润的瞳孔,相依的身影。

有些羞耻,微微发苦,有些想哭,有一点飘浮在宇宙中的感觉。

曲子本身的旋律已经十分浪漫。相反,音就要处理得有节制、掷地有声。和音的每个音都要均等,和弦要准确。不做无谓的减速。

水晶的光芒——巴卡拉水晶在切割下放射出的光芒。他想象着如此美丽的声音的光辉。

"歌唱"是一件困难的事。即使自己感觉很好,有时候也会变成一个人的卡拉OK。委身于曲子的自然流动,跟随着钢琴的声音,没有很深的忍耐和谦虚,演奏者的自我意识会马上表露出来。

要唱出美丽的旋律,音本身就要十分美丽。

为了弹奏这首曲子,马赛尔花了更多的精神去磨炼自己的指法。从一个音到另一个音,如何能弹奏得更加流畅、更加顺滑?

弹钢琴好像很简单,但注意的话,会发现弹出同等音量的声音是十分困难的,此时会深刻感受到让每个音符听起来和谐是多么不容易。

琴不是弹响的,而是自己响的。曲子不是弹出来的,而是自然流出的。为了得到这样的琴声,他一直在练习。

经过一番研究,他发现"浪漫"的声音,或许需要钢琴家自己从容自若才能弹奏出来。

单薄的音,吵闹的音,是不行的。必须是饱满的,像刚烘干的被子一样蓬松,而且保持着刚刚好的潮湿。就像恋人们湿润的眼睛,需要有"水分"。让人感觉到这份润泽，需要钢琴家自己游刃有余。

为了不发出杂音，需要力气。要隐去脚步声，脚上又不能没有力气。要把杯子放在桌子上，拿杯子的手要有在空中支撑住杯子的力气。

要弹出浪漫的声音，需要强韧的力量，不管是肉体上，还是精神上。

这就是我们对"成年人"的要求。

马赛尔这样想。

必须变得更强。

强韧的身体、强韧的精神，才能发出"浪漫"的琴声。

当然，在真正的演奏中，不能考虑这么多问题。

之前所有的失败记忆都化为一片阴影在心中掠过。

现在，马赛尔正在心无旁骛地演奏着自己追求的"浪漫"，以绝妙的"甜度"、绝妙的节奏。

在真正的演出中，他只是单纯地解放了自己想要歌唱的心。

经过数段优美的旋律之后，观众在陶醉之后迎来了极其自然的结尾。

陶醉之后是沉默，马赛尔再次露出笑容，站起身来，同时，全场响起了狂热的掌声。

马赛尔感到观众席的温度升高了。观众和他一样喜欢"浪漫"的音乐。

他更加放下心来。

听众如马赛尔所愿，依次被他以不同风格的曲子唤醒了感情，到目前为止，演奏进行得很顺利。

好，准备好了。

马赛尔再次振作精神。

第三首曲子，也就是今天自己曲目中的主菜。

弗朗西斯·李斯特的名曲，《b小调钢琴奏鸣曲》。

这首曲子作于一八五二年至一八五三年，初次公演是在一八五七年。

李斯特当时已经不再弹奏钢琴，由他的弟子汉斯·冯·彪罗演奏。

这首曲子是著名的钢琴曲杰作，但作为奏鸣曲却有些与众不同。虽然冠名为"奏鸣曲"，但在发表时，这首曲子是否算得上是奏鸣曲，引起了极大的争议。它的结构是崭新的，因此陷入激烈的争论中，一时成为一个话题。

通常奏鸣曲都是每个乐章分明，分为主题部和展开部。这首曲子却没有分出乐章，从头到尾只有一个乐章。这是它最特别的地方。

这首曲子很长，有近三十分钟，在难度普遍偏高的李斯特的曲子中，也是难度最高的曲子，有各种技术要求。

其复杂而精妙的结构被反复研究，马赛尔每次听到这首曲子，就感到它有周到的伏线，精巧的构造，就像一部长篇小说。

对，这就是音符写就的波澜壮阔的故事。

写的人，读的人，都需要有力量。

必须像游吟诗人一样，把这首曲子整个装进身体里，在舞台上讲述出这个以漂亮的文笔写出的充满企图的故事。

这首曲子，他从小时候就反复倾听，练习的时候也过了几遍。早已完全记下来了。

不过，马赛尔还是从再次仔细地读谱开始了。

乐谱就是设计图，是构成《b小调奏鸣曲》这座宏大庙宇的一块块砖石。

每块砖应该放在哪里，起什么样的作用？

马赛尔仿佛在看巨大的建筑物的透视图，不漏过每一个细节，仔细读着乐谱。

越是读谱，越是惊叹。

这是多么精致、多么美丽的谱子啊。

名曲光是看乐谱，就会让人感到"美丽"。光是看一看，就知道这首曲子很出色。张弛有度，光从结构上来看，就仿佛是美丽的纹样。就算是不会读谱的孩子，都会觉得纸上描绘的是十分吸引人的花纹，栩栩如生，美丽无双。

当然，乐谱还有其他版本，这是否百分百是李斯特的原创，在细节上尚存疑点。有些部分也许是后世改写或是订正过的，不过从乐谱给人的整体印象和它本身的平衡感上来说，仍然是经得起考验的。

这是从人脑中产生、被写下来、演奏了几百年的名曲，这一奇迹，令人不禁惊讶不已。

曲子——故事，波澜不惊地从谜一样的场景开始。

马赛尔脑子里想象着这样的场景：

一个年轻男人在悄悄地走动。他轻轻踏上青草，眼睛里仿佛有火焰在暗暗燃烧，他走在冬天萧瑟的道路上。他的打扮并不寒酸，可以推测他不是下等人，他从事的是脑力劳动。

周围一片静寂。

风景一片萧瑟。

天空覆盖着阴沉沉的云团，空气寒冷，听不到鸟的声音。

脚下有枯枝啪的一声折断的声音。

忽然，男人注意到脚边有腐朽的墓石半掩于草丛和泥土之间。看起来有些年月了，文字也开始模糊不清，诉说着人世的虚无。

青年面无表情地踩着墓石而过。

视线前方，是一个小山坡上散布的村落。

能看到教堂的尖塔、古老的城墙等，一看就是颇有历史渊源的村落。

青年默默无语。但是他的目光一直盯着一点——

对，这是好几代因果纠缠的悲剧。各种各样的人，他们的烦恼都在这个意想不到的地方交错相遇。

充满不安的开头，接下来就是主题部分。君临这片土地中心的一族，主要人物都登场了。

暴君的父亲，在他身后虎视眈眈的弟弟们，还有儿子们。曲子诉说着这个家族不祥而又华丽的历史和因缘。阴谋已经在暗暗涌动中，不和的种子已经播下。

交代了故事的背景之后，又出现了另一个主题。

另一位主人公，清纯的女主角登场了。

她是家族中的一员，父母早早去世，没有后援，谁都不理会她。对她严厉而又慈爱的祖母把她养大，她们在村子边上远离人群过着安静简朴的生活。

女主角美丽又聪明。看着她的眼睛，每个人都会感觉到她身体里蕴藏着真正的勇气。

她的主旋律，就像她的性格，充满了温柔的感情，旋律令人感动，同时雄壮有力，很明显，她的存在是受到祝福的。

故事起始于某天她跟往常一样，去牧师家帮忙，遇到了一个奇怪的男人。

那个男人站在村子尽头，默默地盯着什么东西。

他身边站着一个好像是官差模样的男人，在详细地向他介绍着什么。

女主角盯着男人。

这是她第一次看到外面的人。不知为何，心头起了涟漪。感觉很久以前在哪里见过这个人——

接下来，命运的偶然数度将他们拉到一起。因为在牧场照顾受伤的孩子，两个人开始了接触。

男人说他是个律师，受客户委托，为准备诉讼来到这片土地。两人互相吸引，男人不时露出阴沉的目光，这让女主角暗暗担心。

男人的存在，在村子里渐渐引起了议论，村子里暗暗流言涌动。

他们说，那家伙好像是别人雇来准备起诉这个家族的。

这件事不久就传到一家之长耳朵里。

诉说家族故事的主旋律，总是充满紧张感，戏剧张力十足。

一点点被整个家族逼入绝境的谜一样的男人，在他周围，家族里的反面角色因为意外的事故或者其他无聊的争吵一个个丧了命。

变化令人目不暇接。这个家族的男人都陷入恐慌之中。

到底发生了什么？这难道是对整个家族的复仇吗？那个男人和这一切有关

系吗？到底是谁在背后操纵着这个男人？

他们陷入了疑神疑鬼的状态。

马赛尔感到，令人目不暇接的场面如走马灯般在眼前栩栩如生地闪过。

他甚至可以听到人物的台词。

正餐上摇曳的烛光的火焰，后门口递给探子的银币的钝光，马车车辙里积留的雨水，仿佛历历在目。

在这个故事里，华丽的出场人物全都登场了。坚强的美女，深谋远虑的叔母。每个人物都性格各异。

细致的情景描写和心理描写也很巧妙。戏剧性的场面一再出现，故事渐渐向着悲剧的高潮前进。

命运无法改变，时间的齿轮在吱呀吱呀旋转，载上出场人物，把他们运到命运发生的场所。

女主角以一种不可思议的形式卷入了故事之中。一直以来整个家族都忽视她，不知不觉她已经到了风华正茂的最美时光，整个家族的年轻男性都对她青眼相待。女主角感到十分困惑。

女主角被那位谜一样的男人所吸引，无法接受任何人的求爱。

男人似乎也不时显露出对女主角的倾心。某天得知她是这个家族的后裔，大发雷霆。女主角苦苦追寻他发怒的原因。

男人最终向她坦白，自己的最终目的是向这个家族复仇，毁灭整个家族。

故事到达了高潮。

最终，家族里的人发现，这个男人，是因为要告发家族罪状而遭众人杀害的末子的后裔。当时，末子的妻子带着刚出生的孩子准备逃难，最终也走投无路，在村外惨遭杀害，但是，本来她带在身边的刚出生的孩子却哪里都找不到。那是一个寒冬之夜，婴儿活下来的可能性很低。大家都以为孩子已经死了——

家族里的人对男人派出了刺客。

但是，患上疑心病的族人，趁这个机会开始自相残杀。

男人拼死抵抗，这个家族血染的罪恶渐渐昭示在众人面前。

遍地横尸，血染大地。

复仇的火焰熊熊燃烧，陷入自暴自弃的男人，准备对女主角下手。

女主角面对男人，心情复杂。

她发出悲愤的叫喊。

身体虚弱卧床不起的祖母，手扶墙壁站起身来，看着两人。

祖母呼唤着一个名字。

男人惊呆了。

祖母知道自己儿子同父异母的弟弟和他的妻子被杀害的事。虽然没有血缘关系，但跟两人关系不错。

她又怒又怕。但是，就算知道这个事实，如果说出，她也会被杀死。但是，因为同情两人，她偷偷把那个妻子生下的孩子藏了起来。她生下的是龙凤胎。将来有可能成为继承人的男孩，她把他远远送给一个农家，女儿留在自己身边。早逝的儿子留下的也是个女儿，但是那个女儿因为身体虚弱已经夭折了。她瞒着众人，把这个女孩当成自己的孙女——

原来两人是兄妹。

震惊之下，两人再次看着对方。原来，初见时怦然心动的原因是——

男人再次发出绝望的号叫，冲了出去。

此时，潜伏在黑暗中的族人冲出来刺杀了男人。女主角被这个男人占有，令他们十分忌妒，于是袭击了他。

女主角的悲鸣划破了黑暗。

最后一幕和开头的一幕，是同一个地方。

女主角身裹丧服，久久伫立在村外的荒草地里。

那是她第一次见到哥哥的地方。

她决定远离这里，去远方的牧师公馆寻找栖身之处。

忽然，她发现了掩没在脚下荒草丛里的粗糙墓石。

她不由自主地扒开泥土，仔细辨认即将湮没的名字。原来，那是她的亲生母亲的名字。这里就是她的母亲被杀害的地方。祖母带着怜悯之情悄悄在这里竖了这块小小的墓石。

女主角无语问苍天。

跟一开始的场景不一样的是，天空稍稍放晴。远处可以看到一角蓝天。

女主角久久盯着墓石，静静转身离开了这里。

她没有再回头。她的身影飘然远去——

马赛尔仿佛看到乐谱最后有一个 FIN 的结束记号。不，这是德语吧？应该是 ENDE。

于是，漫长的故事终于结束了。

他啪的一声合上乐谱。

有些夸张的故事，不过，在十九世纪的浪漫主义时代，这种程度的夸张还是应该允许的。

而且，实际上，马赛尔从这首曲子里听到的，正是这样的故事。

曲子的整体基调定下来了。

接下来，就是怎样通过演奏具象化的过程。

完成一首曲子的工作，多少有点像是在家里大扫除。

在练习的过程中，马赛尔总是这么想。

看着干净的房间，想象住进去的场景，确实不错，但实际住进去的话，就不一样了。

维持家庭整洁的扫除，是不间断的体力劳动。演奏也是如此。

永远把家保持得干干净净，非常困难。

如果家里小，打扫起来也就轻松，不会花费很多时间。在短时间里就能变得干干净净，稍微收拾一下就行。

但是，打扫大房子却是一项巨大的工程。要保持房子的美观，需要各方面的小心维护。

《b小调奏鸣曲》，就是一栋宏伟的宅邸。构造上来说，是越行越深幽，随处可见苦心孤诣之处。以前也有很多人进进出出，这座宅邸已经被人们的脚底板打磨得亮铮铮。

这么大一栋宅邸，要一个人打扫？

光是打开大门，就辛苦万分。要走到停车廊，还必须清扫掉所有的落叶。必须时时想着，这个屋子本来是什么样的？干净的时候是什么样的？

泛黄的壁纸、生锈的扶手，有很多地方都不知道怎么着手打扫。

首先，要考虑好扫除需要花费的工序和材料，定下扫除的方法，做好准备。

马赛尔有自信。他有最新式的扫除工具，也有足够的精力。

但是，一开始打扫，他发现，比预想之中更辛苦。

比如阳台的角落，他就无法顾及。这么大一所房子，不一会儿就累得哈哈喘气了。

到处都是没有顾到的角落，窗玻璃也擦不干净。没有时间去清理天井里的煤渍。一开始的时候，光是用拖把把走廊拖一遍就让他精疲力竭。

重点打扫一个地方的话，一旦远离一段时间，不知不觉又会蒙上灰尘。

这首曲子还真是比想象的更难弹。

马赛尔再次走出屋外，开始思考。

他终于明白，光是埋头清扫，房子永远不会干净。

他总算有了觉悟，这将会是集中所有力气，发动所有技巧的总决战。

虽然试过了各种更高效的方法，但最后他得出的结论是，只能老老实实一个一个房间去打磨。

然后，沉下心来专心磨炼，每一天都会有各种不一样的发现。

在别人忽略的地方，藏着了不起的创意，有时还会在柜子里发现之前没有人打开过的抽屉。竟然还是能看见清新风景的后窗，谁都没有尝试过打开，真是不可思议。

每天重复练习的过程中，他终于找到了给玄关大厅打蜡的时机，在扫除过程中喘口气的时机。

屋子一天比一天更干净。所有的房间，所有的走廊都清理完毕，这栋建筑重现了当初的整然面貌。

通往大房间的楼梯的两端，很容易积灰，所以要经常拖地。

不时要把所有的窗户都打开，让屋子通通风。

有几个地方虽然不起眼，也要仔细打扫。客人们无意中看见，会感叹"连这种地方都注意到了"。这些地方也都要记在心中。

早晨的太阳从东边走廊的窗户照射进来，把窗边装饰的鲜花映衬得美丽无比，这一点他也注意到了。

终于，这一天来了。

不知不觉中，每个角落都准备好了。这栋房子恢复它初始美貌的这一天到了。

周围景色的四季变化，每个季节应该采取的应对措施，他也知道了。

这栋房子是我的，是我的一部分。庭院的一草一木他都记得，闭上眼睛，草木的摇动都鲜明地浮现在眼前。

这一天终于到了。

终于完全理解了这首曲子的一瞬间。

曲子弥漫到身体的每个角落。涨潮，和自己完全重合的瞬间。到了这个阶段，不管按压身体的哪个部位，都似乎有旋律溢出。

那真是幸福无比的瞬间。不管怎么弹，都感到自己是曲子的一部分，这一瞬间——

用花朵装饰整座宅子，开一晚上派对，都可以随心所欲——

在这首曲子上花费了如此长的时间——马赛尔一边回味花费在想象和工作上的所有时间，一边像第一次开始弹奏这首曲子一样，以崭新的心情开始弹奏《b小调奏鸣曲》。

所有的辛苦都忘记了。

就向听众和自己，献上这出精彩的戏剧吧。

他一边弹一边雀跃不已。接下来是哪场戏呢？他屏息凝视，向观众一样等候着剧情。

戏剧化的场面一幕一幕出现，小小的惊喜俯身可拾，戏剧稳稳地向着高潮进发。

曲子的展开令每个人都心驰目眩，甚至忘了呼吸，倾听着马赛尔讲述的故事。听众的注意力都全部集中在舞台上的马赛尔身上，兴奋和紧张各占一半。

终于，迎来了高潮。戏剧迎来最高峰，庄严的最后一幕也不远了。

庄重、稳健，没有一处废笔。

不过，还是留有余力——留下余韵，诉说着绵绵不断的爱和恨。

飘然远去的女主角。

空无一人的风景。

一个人影也不见的平原上，只有野草在风中摇晃。

似乎看见了终止符。

场内一片静寂。所有的观众听了马赛尔的《b小调奏鸣曲》，仿佛看完了一部长篇连续剧。

一瞬间忽然松弛下来，马赛尔面带微笑站起身来，同时，场内响起了暴风雨般的掌声。仿佛怒号般的欢呼声，与掌声浑然化为一体，响彻音乐厅。

马赛尔深深低下头。

谢谢。

不知为何，脑海中浮现的是感谢的话语。

不知道自己是在感谢谁。

谢谢大家，让我来弹奏这首曲子。谢谢你们容许我今天在这里弹奏这首曲子。

马赛尔感到自己心中充满了感激之情。

掌声一直不停，马赛尔再三鞠躬，重新坐下，掌声才慢慢停歇。

但是，《b小调奏鸣曲》带来的兴奋久久不退。

马赛尔等待会场的空气渐渐平静，开始弹奏最后的曲子。

最后是一首短短的肖邦的华尔兹。

一个小时的独奏，这是最后的返场曲。

《e小调十四号华尔兹》，是肖邦著名的遗作。

浪漫又微带苦涩，一首凄切的华尔兹。

曲调似乎平淡无奇。离别的依依不舍。他一早就决定，以这首有离别氛围的曲子来作为最后的告别曲。

最后是爽快的结尾。他不喜欢啰啰唆唆的告别方式。

马赛尔以朴实的技巧弹完了这首华尔兹，站起身来。

转眼间，他又被雷霆般的掌声包围。

观众们跺着脚，兴奋和感动之情溢于言表，马赛尔的身心沐浴在观众的热情中。

结束了。

马赛尔低下头，闭上眼睛，细细品味着自己的感动。

结束了。第三次预选中，我自己一个小时的独奏。

他退回到舞台侧翼，掌声还没有停止。

假面舞会

有意思。

像往常一样,马赛尔的演奏,将观众的热爱连根攫取,在热情尚未消退的会场一角,亚夜的脑海里浮现的是这个词。

不是太棒了,真完美,而是"有意思"。

每首曲子都很有意思,尤其是那首《b 小调奏鸣曲》。

亚夜早就知道马赛尔很擅长讲述长篇故事。没想到他会选择去讲述十九世纪的宏大浪漫史。这首曲子描写了一个波澜万丈的人间戏剧。

他说普罗科菲耶夫的《第二协奏曲》是黑色的,《第三协奏曲》就像《星球大战》,如此看来,马赛尔的《b 小调奏鸣曲》会是怎样的,她多少能够想象得到。

原来如此,她感到有意思,恐怕是因为马赛尔是自己认识的人,是自己身边亲近的人,亚夜察觉到了这一点。

重逢不过几天,但亚夜对马赛尔内在的理解,已经超越了岁月。她明白,两个人有相同的地方、相似的地方。

在此之前,亚夜也和朋友一起组过乐队,在大学也听过朋友的演奏。一起演奏的时候,不时能够感觉到碰触到对方的内心。毫不夸张地说,是灵魂深处的共鸣。越是能碰触到自己尊重的演奏家的人格,听众对他的演奏的理解就会越深。

但是听到马赛尔的演奏,自己感到的"有意思",跟以前的经验不一样,是更深层次的。

这大概也是因为马赛尔充满了独创性。他魅力十足,是一位非常出色的演奏家。马赛尔对曲子的诠释明晰而又鲜明，很明显带动了观众，让他们也兴致盎然。

但不光是这样。

亚夜看着兴奋地互相倾诉听后感的观众，想着。

马赛尔很特别。对我来说，他就像是我的一个分身，就像是我的一部分。我从来没有过这样的感觉。

难道这就是恋爱吗？

亚夜歪着头，好像在思考别人的事情。

确实，马赛尔很帅，肯定很受女孩子欢迎。如果能跟他在一起，没有女孩子会不高兴吧？只要有不错的男孩子，对自己表示好意，有的女孩应该就会乐得跳起来了。

当然，她不是没有想谈恋爱的心，看到马赛尔的笑容，她身上女孩子的那一部分也会有所反应，她会心动，这一点她承认。

但是在内心深处她有一种冷静的确信，这不是怦然心动的感觉。这种确信，是在演奏时俯视自己的那种笃定的判断。

马赛尔的演奏和自己完全不同，但他能让自己感觉到好像自己也在演奏。从来没有人能这样。我很了解这个人，知道他为什么要这样演奏，他的演奏碰触到了我的心。

但跟听到风间尘的演奏的时候相比，差异就一目了然。

自己跟风间尘也能分享共同的欢乐——两人有心心相印的感觉。

特别是之前一起弹奏《月光》的时候，两人仿佛合为一体。两人比拼琴技的时候，她感到了兴奋，像眩晕一样的刺激和压力。

但是那只是一瞬之间的事。碰巧两人一起演奏。那更像是一个意外吧。

现在回想起来，感觉很遥远，他的天才，在亚夜看来是十分神秘，是她无法理解的。

马赛尔的天才和风间尘的天才是完全不同的。

可以理解的天才和不能理解的天才，这到底是怎么一回事呢？是他们的方向不同，还是他们的思想不同呢？

亚夜还无法找出准确的语言。风间尘身上有让人无法捉摸的东西，天真浪漫，不许透露出的冷冽。不由得让人想到神的冷酷无情，恐怕就是这样的冷酷无情吧。

不过听自己认识的人的演奏原来这么有意思啊。

这个新的发现，让亚夜有一种自己会从此着迷的预感。她本来就喜欢听别人演奏，现在更喜欢了。

哎呀，能参加比赛固然好，只要能多听听比赛，也足够心满意足了。这样能够听到各种各样的曲子，接触到各种各样的演奏者，机会难得。

亚夜想起自己以前错过的那么多的演奏，心里不禁叹了一口气。

第一次和第二次预选中，在马赛尔之后登场的参赛者，只能说是运气不好，毕竟马赛尔留给大家的印象太过鲜明，以至于其他的参赛者无法在大多数观众脑子里留下印象。

但是到了第三次预选，大家都是强手。接下来出场的法国男选手也很出色。

德彪西、拉威尔这些色彩丰富的曲子，在他手下弹奏出了独特的气质，成功地吸引了观众。从选曲也可以看出他拥有自己的世界。

一听就知道是法国的钢琴家。

高岛明石这样想道。

也许是他的错觉，但是法国的钢琴家似乎都有一种透明感。他们身上仿佛都披着一层淡淡的色彩。

有一种身处印象派绘画中的感觉，不光是整个氛围，他们弹出的声音，也似乎散布着印象派的色彩。

虽然这个世界看起来是无界限的，但每个人身上仍然能找到他的根。培育钢琴家的风景和风土会如实地反映在他身上。

我的演奏里是否有桑田的烙印呢?

听到的人是不是能看到青翠的桑田,感受到吹过的风呢?

想着想着,不知不觉已经到了第三次预选第一天最后一位演奏者。

这是来自中国的一个身材修长的男孩,看起来教养良好,五官端正。

对,他身上也背负着家乡的大地。

悠久的大河,连绵的群山,无边无际的平原。

啊,还有这样的参赛者。詹妮弗•陈吸引了大家的全部注意力,这位参赛者他之前没有注意的。

那是浑厚坚实的贝多芬,又有着几分开阔和固执。

看节目单,他在美国的音乐大学学习。从年龄上来讲,应该大部分时间都在美国度过吧。不过,他背后铺展开来的,不是北美的大陆,而是欧亚大陆。头发上,眼睛里,皮肤底下,滔滔流淌着亚洲的血液。

真有意思,第一次和第二次的演奏中,几乎感觉不到参赛者的背景。反而更让人感到这个世界在一体化,演奏都很相似,在哪个国家都一样。

但是来到第三次预选,每个参赛者的背景似乎就透露了出来。

有许多参赛者被淘汰,技术高的留下来——换句话说,弹得越好,这个人的本质,他的根,就越会从演奏中浮现出来。通过参赛者的身体传达出来的音乐,跟养育他们的土地、他们的身体密切相连。

音乐真是个好东西。

明石忽然这样想。

是真正的世界语言。

自己落选的事,他早就抛到九霄云外了。

第三次预选的第一天结束了。

人群熙熙攘攘地退场。将近半天的时间,密密麻麻的演奏,让人有一种满足感的同时,又感到疲劳。

这种氛围并不让人讨厌，奏这样想。比赛很长，到了比赛的后半部分，感觉渐入佳境。胜算也都集中在那几个人身上，令人感到惊险刺激。而且参赛者的水平都很高，实力相当，不相上下。令人真切地感受到比赛的辛苦和残酷。

　　将音乐变为厮杀的战场，姑且不论这一点是否合适，但音乐比赛总有它有趣的地方，这是事实。

　　"真有意思。"

　　身旁的亚夜天真无邪地说。

　　"现在我总算明白了，高中棒球比赛中，决一胜负的那场比赛为什么是最有意思的。"

　　"高中棒球？"

　　亚夜的比喻让奏苦笑了，但她明白她的意思。

　　第三次预选和第一次、第二次不一样。参赛者的背景和个性，观众已经知道。在此基础之上做比较，每位观众都成了评审，可以各自猜想比赛的结果，这一点非常有趣。在第一次和第二次预选中遇到令人眼前一亮的选手让人愉快，在第三次预选中则可以再次验证选手的实力，这也乐趣无穷。说得难听点，就像是选择自己支持哪位选手，有一种搏斗的愉快感，这一点无法否认。

　　"奏喜欢谁的演奏？"

　　亚夜看着奏的脸，她很相信奏的耳朵，想听听在她心中认为谁会进入决赛。

　　"这个嘛，说实话，每个人都很棒。"

　　奏回想起站在舞台上的参赛者的脸。

　　只有第一个亚历克斯·扎卡耶夫很可怜，后来的参赛者的演出都很出色。

　　"嗯。"

　　一幅幅画面浮现在眼前，她叹了一口气。

　　"我常常想，水平都这么高，参赛者就变得可怜了。不过反过来说，在水平低的比赛中就算获胜也没什么好高兴的。"

　　"嗯，那倒是。"

亚夜跟往常一样，她的反应让人怀疑，她还记不记得自己也是参赛者的一员，到了这个地步，恐怕这倒是一件好事。作为一名观众，她喜欢上了比赛，也令人感到意外。不过她本来就喜欢听别人的演奏，也不是不能理解。

"不过应该每个人都感觉到了吧。果然马赛尔才是明星。让人想再听他的演奏，想看他的演出，想去他的音乐会。他有谜一样的吸引力。"

"嗯。对，说到底，音乐家这一点很重要。让人想听，还想再听他的演奏。"

亚夜同意。

"每首曲子都很棒。西贝柳斯，我是第一次在舞台上听到别人演奏。还真是符合他的风格。这是一场冒险。"

"对啊，搞得不好的话会弹得很平庸。"

"我觉得最后中国那孩子也不错。"

"很有魔力的演奏。"

"嗯，传说中的明星就在那儿呢。"

奏看到了在大堂里被观众围绕正在埋头签名的马赛尔。

"人气爆棚啊。"

"也难怪。"

不光是女孩子，上了年纪的观众也请他在节目单上签字，而且有很多艺术修养深厚的男性观众。看来马赛尔身上有一种大众性，能够吸引到所有年龄层的观众。

"亚夜，还要练习吗？还要借老师的地方吗？要给他打电话吗？"

奏看了看时间。

"啊，嗯——"

亚夜一瞬间有点犹豫。

她沉默了一会儿：

"——嗯，今天不用了。"

"不用？之前你还急着想马上出去自己弹啊——"

"啊，对呀。"

奏这么一说，亚夜吃了一惊。

"确实，那天我冲出去，当时很想弹一弹华彩乐段。"

她眼神有些游移。

"不过今天不太想。"

亚夜大概自己也觉得不可思议。看着这样的亚夜，奏不禁感到，一丝危险正在悄悄逼近。

亚夜这是太享受音乐比赛了吧。她把自己当成一介观众，完全失去了紧张感。演奏的时候不计较结果，这当然很好，状态放松，也很好。但是，明天她就要出场了，这么重要的赛事，这样可以吗？

第一次和第二次预选的演奏，让奏加强了自己的自信，果然，亚夜是个天才，自己的耳朵没听错。但现在亚夜的态度，对音乐比赛来说到底是凶还是吉呢？

亚夜还没有完全回归舞台。

奏盯着亚夜的侧脸。

她的眼睛里有些许迷茫，有些心不在焉。

那是奏熟悉的、亚夜陷入困惑时的表情。

决定参加比赛的时候。挑选舞台服装的时候。到达音乐厅的时候。有好多次，她的眼睛里都现出这样的神情。在这个瞬间，亚夜的心已经不知道飞到哪里去了。那是奏也不知道的地方。她想追过去，但却追不上。

如果那是音乐的世界、艺术的世界还好，但好像并不是。

一股不安和焦躁涌上心头。

亚夜在观众席坐了很长时间，已经习惯了当一名观众。她对舞台不再执着，没有憧憬，可以毫无牵挂地从舞台上下来，毫不留恋地离开舞台。

"小亚——"

马赛尔老远认出了两人，朝她们挥着手，走了过来。

闪闪发光的王子。每次出现在眼前，都被他的光环亮到眼睛。也许这只是暂时的光环，但现在眼前的他，散发着一切胜券在握的光芒。

"小马，辛苦了，真厉害——"

"真的？我真高兴。"

马赛尔的喜悦溢于言表。

他打心底信赖亚夜的音乐感觉。两人有相通的地方、相似的地方，可以分享共同感受。指导过马赛尔的老师，肯定也有相同的感觉。

"看节目单的时候就很有感觉，实际一听，果然是小马才会选的曲子啊。"

"那就好，我的西贝柳斯怎么样？是不是太甜美了？"

"没有，很干脆。甜美得恰到好处。虽说现在不流行甜美，不过，这世界上，还是必须有甜美的东西啊。"

"不愧是小亚，真懂我。"

奏发现，自己十分冷静地旁观着两人。在海边，她曾经感到了孤独，还有对天才的羡慕，但现在，她发现自己又生出某种类似怜悯的情绪。天才们的天真无邪。他们无法体会那些普通人的微妙的感情起伏，这竟令她有些怜悯起他们来。

"小亚，去吃午饭吧。我肚子饿了。"

马赛尔伸了个大大的懒腰。

"我也是，光是听音乐，就觉得饿得很。奏，我们吃什么？"

亚夜忽然问道。沉浸在自己世界的奏慌忙回答道：

"是嘛……要不吃咖喱？"

"啊，好啊。"

"不过，咖喱太辣了，不能吃太刺激的东西。"

"哦，我正想吃辣的呢。"

"难道小马你也喜欢吃辣？"

"很喜欢。回国之前，我想去试试东京的美食介绍上那家惠比寿的超辣拉面。"

三个人并肩往外走。奏偷偷看着正在说话的两个人。

马赛尔的登场，对亚夜来说是一件好事，她想。

作为同一场比赛的选手，虽说最好不要接触太深，但如果是一般人，不会引起亚夜内心的震动。

这是幼年时曾经有过交集的天才。不管是作为音乐家，还是作为男朋友，他都是一个很棒的有魅力的男孩。奏暗地里期待，他能够把亚夜唤回到舞台上。

确实，某种程度上，确实奏效了——但是，或许，这两个人太过相像？

奏仔细地观察着两人，想要看出两人身上相似的东西究竟是什么。

奏明白了。

亚夜就像马赛尔的分身，而不是对手，虽然马赛尔有几分把亚夜视为对手。

也许，只要自己的分身能够呈现出出色的演奏，亚夜就满足了？她是不是把自己的音乐寄托在他身上，而准备自己就这么待在观众席？

"咦，风间尘呢？"

亚夜好像想起了什么，嘴里嘀咕着，停下脚步环视大堂。

"没看见他。"

"在音乐厅里？"

"也没有看到呢。真奇怪，他肯定在现场。这孩子也说自己一直在场听比赛。"

亚夜带着惊讶的表情东看西看。

奏恍然大悟。

这么说来，让亚夜坐在钢琴面前的是——真正带她重返舞台的是——

奏的脑海里，浮现出那个身穿T恤和长裤的少年。

亚夜他们吃咖喱的时候，风间尘正在住的地方跟房子的主人面面相对。主人的手在灵巧地挥动着剪刀，他目不转睛地盯着看。

"尘，晚饭吃了吗？"

主人富樫瞥了一眼专心致志盯着他的手的少年。

连自己跟他说话都好像没听见。

房间的空气,仿佛都被他吸进身体内部。富樫对这个少年凭空生出几分敬畏感。

"啊?啊,吃过了。"

如镜子般透明的瞳孔总算有了反应,少年动了动身子,看着富樫。

富樫这才松了一口气。

忘了是来的第几天,风间尘提出来要学插花。

富樫经常要出门,回到家也总是在店里和工作室忙来忙去。所以,几乎没有机会和老友委托他照顾的孩子碰头。他把他托付给家里人和员工,风间尘似乎已经习惯寄人篱下,完全不需要照顾,这让他挺放心。但自己不能亲自照顾他,多少有些感到对不起。

某天早晨正准备出门时遇到风间尘,他忽然提出有空的时候教他插花。原来,他不时在店里和工作室看到富樫插花。

来参加音乐比赛,还有空学插花?不过,他对自己的工作感兴趣,让富樫很高兴,于是爽快地答应了他。

但是,富樫本人也很忙碌,每天的工作像填字方格一样塞得满满当当,一直都没有机会。

富樫知道,芳江国际钢琴大赛水平很高,经常捧出明星,但他并不清楚风间尘的实力,也不知道他在大赛上已经成了一大话题,只是从家人那里听说他进了第三次预选。

也许一旦尘埃落定,他马上就会回到法国,像这样见面的机会也不会太多。

此时因为客户那边的关系,正好一件工作取消了,他早上对风间尘说,今天的这个时间可以教他插花。风间尘等第三次预选的第一天比赛一结束,就马上回来了。路上他吃了几个在便利店买的饭团,赶紧跑回家。他说已经吃了晚饭，倒不是说谎。

这孩子的演奏，肯定挺厉害的。

他总算抽出时间，这是第一次和风间尘有时间相处。

一瞬间，富樫已经感觉到眼前的这个少年才华非凡，从某种意义上来说，他跟自己一样，是一个拥有特殊才能的人。

作为著名的插花家，同时能够经营鲜花业的人其实并不多。他们大多数从自己熟悉的鲜花店买花。富樫却认为，经营鲜花业才是自己的本业。在人们所常说的"花道"的世界，他算是一个异端。就像钢琴家，并不选择自己喜欢的乐器来演奏，制造钢琴的人同时兼任钢琴家。

富樫不把自己的工作叫作"插花"，而叫作"野插"。

本来他家的流派，是京都自古流传到现在已经非常稀少的"景色插"。

所谓"景色插"，如其名所示，是重现野山或者名胜的风景。其中有再现平安时代景色的作品。平安时代庭园的景色重现在插花中，甚至有历史学家把他们的插花当作参考文献。

"景色插"有时会成为大型的造景，但这种机会很少。正好最近要举行活动，他在做这方面的准备，被风间看到了，因此产生了兴趣。

富樫简单解释了所谓"天地人"等插花时的基本原则，开始在尘的面前插花。

不过，自己的"野插"技术的根本在于怎样不给植物增加负担，让植物的生命延续传承。切花折枝这些具体的技巧，还有水、气温，植物的生物圈的知识等，要综合把握这些，才能成功"野插"。

尘认真地听着这些讲解，问："我可以试试吗？"目光投向富樫手里的花剪。

"可以，不过，要使用这个剪刀，需要很大的力气，你是钢琴家，明天还有重要的演奏，会给你的手造成负担。稍微试试就可以了。"

富樫这样说，尘把手伸向花剪，开始剪着枝叶，尝试着各种手法，他的目光就像一个研究者。看来他的观察力也是非同一般。

"嗯,尘,把你的手给我看。"

少年拿剪刀的手势,根本不像是个新手。

富樫惊叹之下,拉过少年的手。

"哦。"

真是一双漂亮的手。

富樫不由得发出感叹的声音。

手很大,饱满,又柔软。

这不是艺术家那样纤细的手。大大的,很适合实用性的工作。既可以当工匠,又可以当实业家,什么都可以,这双手让人感到前景广阔。

忽然,富樫产生了一种奇妙的似曾相识的感觉。

已经老去的自己,和长成仪表堂堂的青年的风间尘,两人抱着许多树枝,在人种各异的人群熙熙攘攘的大会场里插花——

会场里还有大钢琴。在插花的富樫旁边,尘打开钢琴的盖子,蹲下来调音——

这幅画面让富樫有些困惑,他摇了摇头。

怎么回事,刚才那是怎么回事?

"那个,富樫先生,插花的时候应该想什么呢?您插花好快,就像脑子里已经有一幅图了。"

尘再次把花剪拿在手里,用手抚摩着弯曲处。

看富樫插花,大多数人都会被他的速度吓到。他似乎争分夺秒,速度快得惊人,转眼就插好了。

"是啊,快的话,植物就没有负担,我很注意这一点。"

富樫在寻找语言。经常有人问他这个问题,他总是这么回答。但对眼前这个少年,他感到不能这么简单回答。

"确实,一站在那里,就感到景色浮现在自己眼前。虽然只是一瞬间,但不能让它一闪而过。我想尽快把脑子里浮现的景色再现出来，所以必须手脚利索。要手脚快，需要技术熟练，所以之前还要拼命练习。一开始，自己磨磨蹭蹭之间，眼前浮现的景色已经不知消失去了哪里，也曾令我懊恼不已。"

"哦——"

风间尘发出佩服的感叹声。

"速度。"

他在嘴里念着。

"对，为了抓住一瞬间的风景，需要速度。"

少年陷入了沉思。

他的眼睛又变成了一面镜子。

"不过——恕我失礼，插花真是很矛盾啊。把自然界里的东西切断，折断，再把它们弄得像活着一样。从某种意义上来说，就像杀生以后再打扮成活着的模样，您不觉得矛盾吗？"

他淡淡说出自己的疑惑，让富樫吃了一惊。看来天真烂漫的少年，此时却让人感到分外老成。

"是的。"

富樫直率地回答道。

"但是，我们本身就是矛盾的存在，不杀生就无法生存下去。这已经成了我们生活的根本，比如进食这件事。进食这一行为的快乐，和它的罪孽深重，只有一纸之隔。我在野插的时候，常常感到内疚和罪孽深重。所以，我把插花的成功当作至上的目标。"

富樫一边想着一边说。

"化妆品公司的广告商有这样的话，一瞬间，一辈子，美丽。也许，一瞬间就意味着永远。反过来也成立。创造出至上的一瞬，插花的我也存活在那至上的一瞬间。那一瞬间就是永远，可以说永远地存在下去了。"

风间尘抬头看着天花板，似乎在咀嚼富樫的话。

"嗯，插花和音乐很像。"

"是吗？"

尘把花剪轻轻放在榻榻米上，抱起了手臂。

"就再现某一刻来说，和插花一样，音乐也只是一瞬间。不能永远存在于这个世界上。总是一瞬间，马上又会消失。但是，那一瞬间就是永远，再现的时候，这永远的一瞬又会活过来。"

尘的目光落在富樫插花的枝头。

红叶已经插完了，接下来是点缀上零散的叶子。

"嗯。"

尘再次自言自语道。

"——那么，把音乐带出去就是——"

"啊？"

富樫不太明白少年低语的意思，反问道。

把音乐带出去。他好像是这样说的。

尘微微抬起头。

"我和教我钢琴的老师有个约定，要把囚禁在狭窄地方的音乐带到宽广的天地。"

富樫一片茫然。

把音乐带出去。

参加音乐比赛的少年，竟然在想着这样的问题。虽然他不清楚音乐界是怎么一回事，但是这个年纪就想到这样的问题，还真是少见。

"那当然不光是指在野外演出音乐吧？"

富樫反问道。少年再次自言自语。

"我想不是。我和老师在户外演奏过很多次，不是指这个。我还没能带出去。"

少年一边摇头，一边再次轻轻拿起花剪，目光投向黑色放光的刃。

"富樫先生动手的话，枝叶和花都会活过来，就像完全没发现自己已经被杀死了。"

"杀死"这个词让富樫一惊,他不由得盯着目光被剪刀吸引的少年。

"一瞬间和永远,再现——"

少年似乎看不到富樫的视线,一直盯着闪光的刃。

我想要你

眼睛睁开,起床,窗外一片黑暗,玻璃在摇晃。

好像下起了冷雨。光是走近窗边就能感到冷空气袭来。

三枝子不由得打了个寒战。

这是冬天第一场雨吧。

她不由得这样想。

终于到了第三次预选的最后一天。今天看来也是漫长的一天。

疲劳已经过了顶峰,那阵最疲劳的时间过去之后,反而变得兴奋起来。第二次预选一开始的时候最难受。

一想到今天实质上的评审就结束了,反而精神抖擞起来。在对迎来解放的期待中,还掺杂着想继续听下去的爱才之心。

对,是这样的。

三枝子一个人点着头。

越到比赛的尾声,越是会依依不舍。

虽说多少有派系之分和意见不一,但一起共同度过了这么长时间,评审都变成了战友。

我们一起战斗过,大家心中都涌起这样的感情。

有些评审年事已高,三枝子只能算是小辈,这些评审总体来说都很严格。如果不严格,恐怕也不能让人来听自己的音乐,在这行活不下去。不仅如此,活过了发生战争的那个世纪,这些音乐家从里到外都毫不松懈,十分强悍。

简短地打声招呼后,大家进入了会场。

像往常一样，最先映入眼帘的是纳撒尼尔的身影。

说来说去，她发现自己的眼睛总是不经意就在寻找他的身影。

曾经爱过的男人，一起生活过的男人，经历了共同岁月的男人。在身体的某个部分，还残留着经过反刍的感情的遗迹，每次看到他的身影，那里还会微微发疼。

纳撒尼尔在就坐在座位上，似乎陷入了沉思。

他在想什么呢？自己弟子的未来，还是分手的妻子和可爱的女儿？或者，是下个礼拜要指挥的管弦乐团？

不，她知道。

三枝子坐在座位上，摇了摇头。

也许，不光是纳撒尼尔，大部分评审脑子里或多或少都在想着同一件事情。

风间尘是否能留到决赛。

不，准确地说——是否让风间尘留到决赛。

无疑，这是今天评审的焦点所在。

其他并没有什么有争议的问题。其他能进入决赛的选手应该能顺利地选出来。

评审们坐在各自的座位上，静静地等待演出开始。

不过，三枝子知道。

就算假装平静，也按捺不住期待。

到底魔术师会演奏出什么样的音乐，大家都在暗中期待。

不能否认，三枝子自己也在暗自欢欣雀跃。

自己就像一个小孩，等不及看到他会有什么样的表现，带来什么样的礼物。

从第一次预选开始，评审就分成支持和拒绝两派，风间尘如履薄冰，穿过悬崖上的小路，走到了这里。

有趣的是，时间越久，支持他的人越多。

对他展现出生理上的拒绝的评审中，也渐渐滋生出想再听一次的感觉。表现出露骨的嫌恶的人,"言不由衷"地说出"总之,再听一次吧",可以说已经成为风间尘的忠实粉丝。

到底他是什么人?

到底他是怎么回事?

支持他的人也都在暗自猜测。听了两次他的演奏,但还是不知道怎么评价他。

三枝子也是这些人中的一个。

斯米诺夫他们所说的"背叛",令她多少还有些不肯承认,但毫无疑问,她现在已经被他的演奏吸引了。但是,自己的判断到底对不对,自己是不是陷入了什么骗局,她仍然没有打消这个疑虑。

而且,评审们也都隐约感觉到了。

霍夫曼的圈套既狡猾又可怕。

也就是说,是否让风间尘进入决赛,显示了自己作为音乐家的立场。

三枝子仿佛看到霍夫曼在笑。恶作剧后的暗自窃笑,不可思议的笑容。

回想起来,在巴黎的试听中,我们就已经陷入了圈套。从那时候到今天,根本就是一条导火线引燃而来。

我们被霍夫曼包上的华丽包装纸迷惑,根本没有发觉,盒子里装的是破坏力多么大的炸弹。

他安放的炸弹,有一条长长的导火索。

这个计划应该从霍夫曼生前,不,从很早以前他开始指导风间尘时就开始了。不知道他是什么时候点燃导火索的,火没有熄灭,而是坚强地燃烧着,眼看马上就要华丽爆炸了。

手上捧着盒子的,正是这里的评审们。

真是个危险的礼物啊。

连着盒子的导火线上的火焰,眼看要烧到尽头了。

是选择连盒子扔出去,还是踩熄导火线上的火焰,还是抱着箱子,等美丽的焰火升起?

三枝子不由得感到,霍夫曼现在正睁着冷澈的眼睛,窥探着这边的动静。

纳撒尼尔应该比谁都更强烈地感觉到了老师的视线吧。

怎么办?"你们"会怎么做?作为"音乐家","你们"会怎么做?

这个问题像一把尖刀,刺进每个评审的心里。

如果把盒子扔出去,霍夫曼肯定也不会责备他们。在最后关头,"还是不行",慌忙踩熄导火线,扑灭火焰,他也只会耸耸肩膀吧。

如果我们把盒子扔出去,披着毛巾躲避爆炸,看到这幅情景,他应该也只会啪嗒啪嗒走过来拾起盒子,一句话也不说就离开吧。

如他所言,把风间尘当作礼物还是灾难,全在于我们。

三枝子含了一口矿泉水。她发现自己的喉咙干燥无比,这令她吃了一惊。

哇,我真的很紧张,不由自主地。

她又咕咚喝了一口水。

不过有一点她是确信无疑的。

三枝子再次擦了擦嘴巴,身体靠在椅背上。

如果今天让风间尘落选,在以后——不远的将来——自己身上就会贴上一个标签,那个淘汰风间尘的评审。

大厅里又像昨天一样,一开场就马上挤满了人。

眼睛里放着光的观众,争先恐后地在抢占座席。

亚夜和奏、马赛尔也在后面找到了座位,总算松了一口气。

观众席有难以压抑的兴奋和热情,已经让人感到有些气闷。

"真厉害,已经有这么多人了。"

"看来会很热闹。"

亚夜和马赛尔两个人在窃窃私语。果然,两个人之间还是隔着一层透明的墙壁。那是已经表演结束的人和还在等着表演的人之间的无形之墙。

"真好啊，马赛尔可以放松听第三次预选了。"

马赛尔一脸轻松，亚夜不由得羡慕起来。

"小亚，真不走运，是最后一个。"

马赛尔苦笑着。

"不过，以自己的演奏为比赛谢幕，也是很少有的经验吧，会成为参加比赛时间最长的人。"

"是啊，也可以这么想。"

亚夜也苦笑了。

品味比赛的时间最长，能够好好体会比赛的感受。换句话说，也就是受折磨的时间最长。

"风间尘呢？"

马赛尔看看四周。

亚夜不由自主地有些紧张。

"没看到他。他本来一直都在那边的角落里。"

奏也左顾右盼。

"那个孩子说比起观众席过道更好。"

"那边听得更专注。"

"昨天晚上也没见他。真是的，应该是在哪里练习吧。"

听着马赛尔和奏的声音，亚夜感到胸中有奇妙的骚动。

啊，怎么回事？我真是莫名其妙。完全意识不到自己是比赛选手，有什么影响到我了吧。

亚夜想看清楚自己心中的骚动的源头，但心中很快又平静了下来，完全感觉不到异样，这也令她疑惑。

好好感受比赛。

确实，我发现了比赛，听各种演奏的乐趣，看到各种各样的参赛者的背景，也很有趣。这就是比赛的乐趣，作为观众，我很充实。

但是，马赛尔说的"好好感受"跟自己不一样。

可以成为参加比赛时间最长的人。

他所说的是作为参赛者，作为音乐家。他是指好好享受战斗。

但是自己呢，并不是这样。我没有作为参赛者"好好享受"比赛。我只是一个普通的观众。

亚夜感到自己的心渐渐沉了下去。

重力紧紧攀附着自己的身体，她感到自己的座位都在往地狱沉下去。

我到底为什么坐在这里？

一直逃避的疑问再次浮上心头。

周围的喧哗都渐渐远去。亚夜一个人孤单单坐在会场里。

确实，在舞台上很享受。在听众面前演奏，很有快感。

还可以见到母亲，可以飞上宇宙。

自己只是在逃避。她认识到，自己只是在装作看不见自己的恐惧。

这是十分珍贵的体验。

她再次深切感到音乐的伟大。

但是，这是怎么回事？

亚夜感到自己作为参赛者，对音乐比赛已经失去了兴趣，这令她愕然。

音乐很伟大。

音乐是绝对的真实。

今后，我也将和音乐共生。我会一直演奏，一直和音乐相伴。这一点毫无疑问。但是，这件事和眼前的比赛，并没有连接在一起。线在哪里断掉了。比赛和自己今后的音乐人生没有连在一起。

亚夜不由得有些害怕。

比赛结束，想着"啊，真有意思，下次也来听"，转身离开会场的自己的身影似乎就在眼前。

为什么这画面让她如此恐惧呢？

亚夜陷入了混乱。

这样不是很好吗？自己就是这种人。明明很喜欢能把参加的比赛当作一场加长演奏会来看待的自己。

但是，这样就可以了吗？

她继续自问自答。

这样就满足了吗？今后，我会变成什么样？

没关系。另一个自己回答说。

那个声音有些歇斯底里，拼命想说服自己。

已经有成绩了，总之，没有给浜崎老师丢脸。观众也很开心，连记者都来采访了。保住了面子，不算辜负了他的期待。

但是，真的是这样吗？

惊讶的声音继续说下去。

今后，我要怎么做呢？

亚夜发现，自己身上已经沁出了冷汗。

铃声响起，观众们都慌忙就座。她一个人在孤单的会场，感觉座席的重力仿佛要把她拉下去。

第三次预选第二天的第一位参赛者是一个韩国男孩。

他身材修长，气质不凡，演奏以拉赫玛尼诺夫为中心，恰到好处地展现了娴熟的技巧。

"啊，真是华丽啊。"

"第一次、第二次预选的时候没有这个感觉呢。"

马赛尔和亚夜窃窃私语。

奏也有同感。

参赛者类型气质各异，有些后发制人的选手，随着比赛进行，越发将自己的本领发挥得淋漓尽致。他们自身的劲头和比赛的日程契合，成正比例越来越大。进入第三次预选，更是加强了他们的自信。

"他可真帅。"

奏悄悄在亚夜耳边说。

"嗯，应该很受欢迎。"

有很多观众持同样想法，演奏结束，响起了热烈的欢呼。

接下来又是韩国的选手，这次是个女孩。

这次是个能让人静下来的选手。

成功进入第三次预选，每位选手几乎都给人"非他莫属"的印象。

虽然才刚刚二十岁，演奏却十分成熟，她的选曲很能引起观众共鸣。

这么年轻，演奏却如此老成。奏十分佩服。

"她也不错。"

"大家都很棒。"

两人又开始窃窃私语。

再次深切感受到比赛的水准之高。每位参赛者即使作为演奏家站在舞台上，也毫不逊色。

这么看来，才知道，马赛尔和亚夜能崭露头角，他们的才华多么出色。

还有那个风间尘。

奏觉得，观众们在下意识里，等待着风间尘。

昨天的观众在等待马赛尔，今天，观众等待的是风间尘。

他那独特的气质，独特的音乐。

完美又煽情，狂热又令人不安。不知道怎么形容才好。不可思议的才华。听的时候会完全成为他的音乐的俘虏。听完以后，无法形容他的魅力。

到现在，奏还不知道怎么评价他。很少碰到这样的情况。

会场一角那片黑影。

今天从早上开始就有人站着看演出。

他在哪里呢？现在在想着什么？

奏一直惦记的风间尘，此时正在会场最后面。

一大早醒来后就待不住，冒雨在外面东逛西逛的他，临近开演才溜进会场，一会儿站着，一会儿蹲着看演出，不仔细看根本看不出是谁。

他灵巧地佝着腰，摇头晃脑开心地听着韩国女孩充满热情的演奏。

嗯，这地方也不错。

他和女孩一起，沉浸在她的音乐世界里。

那是一个城堡吧。古老建筑的里面，一个庄重静谧的世界。岁月沉淀，空气纹丝不动。女孩穿着传统服装，全心全意沉浸在自己的世界里，完全没有注意到尘就在她身边。

尘好奇地打量着四周。

石造的墙壁。铺着木地板。

煤油灯的火焰在摇曳。

啊，这是一个历史悠久的地方——是古代的欧洲吧。

但是，尘感觉有谁在叫自己，离开了她身边。不久，他的意识渐渐被吸引向了远方。

去外面，去外面。

尘出了城堡，到了一个宽敞的所在。

鞋底感觉踩到了草。这是一片广阔无边的草原。

远处可以看见霍夫曼老师走过草原的身影。他的手交握在身后，微微低着头。

去外面，去外面。

怎么把音乐带出来呢？带到更广阔的天地？

尘追随着老师的背影。

老师，等等我。

风吹过来，脸颊感觉到了光。

光是明亮的，但四周仍是微暗的。在这里能感觉到光，令他有些茫然。

老师站住了，忽然转过头来。只能看到他的侧脸轮廓。老师又向着那边走过去。

这时，传来噼啪噼啪的声音。

尘停下脚步，看着声音传来的方向。

富樫先生正在剪树枝，用那把锋利的花剪。他敏捷地剪掉细柱柳的枝叶，抱在手臂里。

动作要快，要让它们意识不到自己已经死亡。

仿佛听到富樫先生在这样说。

永远就是一瞬，一瞬就是永远。

尘猛地睁开眼睛。

热烈的掌声。

不知何时，女孩的演奏已经结束了。她在舞台上深深地鞠躬。欢呼和掌声更大了。

身后传来沉重的大门打开的声音，尘慌忙站起来。

他被拥出大门的人群拥挤着，走到大厅外面。

去外面，去外面。

尘若有所思，慢慢走近大厅外面与天空相接的大玻璃窗。

玻璃窗那边，有刺骨的冷空气溜进来。

外面一直下着冷冷的雨。雨伞一个接一个撑开，人在走动。

已经是冬天了。

尘轻轻以手触摸玻璃。玻璃意外地冷冰冰，他赶紧反射性地缩回了手。

看着现实中的景色，他的心依然停留在刚才的草原上。两幅景色重合在一起，停留在他的视线里。

霍夫曼老师的背影眼看就要消失在远方的雾霭中。

怎么办？应该怎么办？

尘对着老师远去的背影追问。

曾经他和老师一起在野外弹过钢琴，但是那不一样。那不是解放音乐。虽然那时也很快乐，但老师所说的"带出去"，不是这么回事。

老师，你有过这样的感觉吗？

他曾经问老师。

老师微笑着回答他。

"有啊。虽说很少——只有过几次而已——屈指可数。"

说这话的时候，他的手指做着抓住什么的动作。

尘慢慢走起来。他想呼吸外面的空气。

自动门打开，一阵冷空气唰地吹进来。

冰冷潮湿的空气。

有冬天的味道。

尘开始轻快地走起来。

音乐厅在综合大楼里面，可以走到车站附近而不淋到雨。前面没有屋檐的部分，雨淋湿了石板地。

尘抬头望天。

没有风，只有雨静静降下。

远处，有低沉的雷鸣。

冬天的雷声。有什么东西在心底深处冒泡。

看不见闪电。

天空是灰色的，涂抹着不分浓淡的均匀的灰色。

在一片灰色中，雨画着黑线降下来。

站在屋檐底下，也不时有雨吹进来，濡湿了尘的脸颊。

去外面。

被冷冷的空气包围，尘感觉到一种被紧闭起来的闭塞感，就像早上起床时感觉到的那种坐立不安的焦躁。

应该去哪里呢？要把音乐带到哪里呢？

他拉了拉帽子，迈步走起来。

通往车站的长长地道。

荧光灯的灯光中，收起雨伞的人们在默默走动。

尘汇入人群之中。

出去吧，去宽广的地方，我想出去。

空气潮湿的地道让人呼吸困难。

不是这里。

尘加快了脚步。

他几乎跑起来，跑出了地道。

眼前是空荡荡的车站广场。

尘屏住呼吸，站在原地。

雄伟的车站高楼耸立，但天空更为广大。

灰色的天空漠然地延展着。到处都没有光。

雨悄悄地叩打着他的帽子。整个世界只有沙沙的雨声。车辆的喇叭声、揽客的喧哗声中，雨声显得如此安静。

今天没有蜜蜂飞舞。

听不到令人怀念的羽翅声。

老师在哪里呢？尘想着。

舞台监督田久保看见少年如同幽灵一般呆呆站在舞台侧翼，吃了一惊。

舞台上，风间尘前面的参赛者正在演奏。

"怎么了，风间君？"

田久保尽量保持平静，跟他打招呼，少年毫无反应。

通常，下一位演奏者都会在可以练习的休息室等候，等前一位参赛者退场以后就来叫他上场。

有人会马上上场,有人在上场的前一刻还在练习,风间尘则几乎完全没有练手指头,他说他想尽量多听其他参赛者的演奏,总是直到表演前一刻才出现,田久保已经习惯了。

不知是哪个心大的工作人员领他进来的,很明显风间尘的样子有点奇怪。

田久保在跟他说话,他却明显眼睛不对焦。

头发还是跟往常一样乱糟糟,似乎从头到衬衫都被雨淋湿了。

"谁能拿条毛巾来?"

田久保走到稍远处的工作人员身边,低声嘱咐。

马上有人递来了毛巾,他把毛巾递给少年,说:"用这个擦吧。"少年仍然处于恍惚之中。

没办法,他拉住少年的手腕,把他带到舞台侧翼的角落,帮他擦干头发。

柔软的头发沙沙的手感,忽然让他想起自己的儿子年幼时的情景。

啊,多久没有这样擦过孩子的头了。

一种酸酸甜甜、令人怀念的情绪充满了他的心胸。

"风间君,有问题吗?是不是身体不舒服?"

他轻声问道,忽然少年好像恍然惊醒,睁大了眼睛,看着四周。

田久保将食指竖在嘴唇上,低声说:"嘘——"

"这里是舞台侧翼。"

"该我了?"

风间尘似乎一脸惊讶。

"不,还没到。你前面的选手演奏还没到一半。"

"是嘛。"

他一瞬间好像不知道说什么,只叹了一口长长的气。

他好像总算回到了现实世界,眼睛里又有了颜色。

"坐下。"

田久保指着一个小凳子,少年顺从地坐下。头上裹着毛巾,又陷入了沉思。

虽说回到了现实世界，他的眼睛里似乎有些新的东西，以前从未见过。

他全神贯注，甚至令人害怕。

幸运的是，他不是身体不舒服，也没有陷入恐慌。

田久保总算放下了心。怎能把这样的他领到舞台侧翼？回头必须去跟工作人员确认情况。

后来的近半个小时，尘一动不动，一直在沉思着什么。周围的情况似乎完全都没有进他的眼睛，正在演出的参赛者的演奏他似乎也听不到。

这孩子，真是每次都让人吃惊。

田久保在旁边将余光瞥向少年，同时关注着舞台上的情况。

最后一曲结束了。

田久保拉开大门，只听见快要震破玻璃的掌声和欢呼声，他微笑着迎接一脸兴奋归来的俄罗斯青年。

啊，这一瞬间，看到这张脸的开心，是什么都无法取代的。

欢呼声还没有停止。

台下叫着安可。青年脸上浮现出害羞的笑容，再次走上舞台。

又上去了。

田久保的目光投向风间尘，又吃了一惊。

他一直盯着地板上的一点，一动不动。

欢呼声、掌声，他都没有听见。

一边对归来的参赛者表示祝贺，田久保一边留意着坐在舞台侧翼的黑暗中的少年。

他到底在想什么？他看见了什么？

俄罗斯青年沉浸在演奏成功后的满足感中，在工作人员的祝福中离开了。完全没有注意到，下一位参赛者正蹲坐在这个角落。

他心中十分不安，此时观众已经离席熙熙攘攘地走出音乐厅。

调音师浅野来了。

"你好。"

浅野打着招呼,田久保望了一眼坐在原地的风间尘,对他使了个眼色。

"啊,已经来了啊。"

浅野上前打招呼,也马上发现了风间尘的异样。

"怎么了?"

浅野小心地问着田久保。

"不知道,好像在思考什么。"

"但是,必须调音了——刚才弹得真激烈啊。"

风间尘要用的是同一架钢琴。

"风间君,风间君。"

浅野走到少年身边,弯下腰叫他。

"啊,浅野君。"

意外地,风间尘马上抬起了头。他的表情很镇定,田久保不由得想道:"好了,没问题。"

"那么今天要怎么做?听你吩咐。"

浅野对他微笑着,尘认真地想了想,开口说:

"——能够飞上天空的音乐。"

"啊?"

浅野和田久保同时反问道。

尘一脸认真地指着天空。

"我要让霍夫曼老师听到。"

他的声音十分认真。

浅野被他的气势压倒,慌忙正了正身体。

他吞下一口唾液。

"——具体来说?"

"要柔和一点。"

尘马上回答道。

"跟响亮相反。拜托了!"

荣传亚夜等候在休息室,早早换上了礼服。

这是套接近火红的红裙。已经是第三套礼服了。

她想起了詹妮弗·陈的红裙。每一条都很漂亮。不知道在哪里买到的?像她那样的有钱人,大概都是定做的吧。

装在酒店盒子里的银色礼服裙浮现在她眼前。那是准备决赛时穿的裙子。自己还有机会穿吗?

她手脚利索地换好礼服,化了简单的妆。袖子是褶裥袖,胳膊和手腕都可以自由活动。她仍然穿着低跟鞋,准备在舞台侧翼换上演出鞋。

好了,OK。

亚夜试着挥动双臂,对着镜子对自己用力点着头。

亚夜也几乎没有在赛前排练。

必须早点返回会场,听风间尘的演奏。

穿着这身礼服的话,在会场太引人注目,她在外面披上一件黑色罩衫,准备开演前回来。但有很多人来听风间尘的演奏,甚至是从头到尾站着,能不能顺利溜回来她都有点担心。

不知为什么,比起等待自己的演出,等待风间尘的演出的时候,更忐忑不安。自己的演奏,知道要弹些什么,问题只是怎么让演奏顺利结束。

我在他身上下了赌注。

她忽然想道。

什么赌注?

她问自己。我到底在他身上下了什么赌注?他是个天才,莫非我单方面地在他身上有何寄托?我和他有什么关系吗?在他看来,恐怕只是一个麻烦吧。就算我在他身上有寄托,有期待,跟他有什么关系呢?

但是，我确实在他身上寄予了一线希望。现在我似乎仍然在祈祷。

亚夜紧紧交握双手。

真是不可思议。

回过头来看，第一次预选的时候也是这样的。

当时的绝望感，现在似乎还残留在身体某个角落。当时她觉得，已经不行了，就要止步于此了，甚至认为自己没有音乐才能。

但是，听了风间尘的演奏，她很想弹琴，想站在舞台上。因为风间尘，她才能站在舞台上，才能弹奏钢琴。

第二次预选也是一样。

因为他弹奏的《春天与阿修罗》，自己才能弹出自己的《春天与阿修罗》。他的演奏，在自己一直灰暗的心里点燃了火焰。

也就是说，自己是被他拉扯着才能留在这里。他牵引着她，她才能弹奏钢琴。

但是，接下去会怎么样呢？

这几天来，她一直感到不安。比赛结束，以后，自己的将来，自己的音乐生活。背上有火烧般的不安，几乎要变成恐惧。

这种感觉，她无法对马赛尔和奏说明，也说不清楚。

但是，如果是风间尘的话，也许可以帮到自己。他能够理解自己。她的直觉这样告诉她，要相信他。

也许他会带我回去，会给我真正踏入音乐世界的理由。

在心底深处，她一直在祈望着。

曾经在传说中听到过，有些老牌钢琴家因为天才新人的出现而实现了自己的复出，也有些巨擘完成了引导新秀的工作之后，功成身退。

当然不是把自己跟老牌钢琴家和巨擘相比，但似乎能够理解他们的心情。

在内心深处，一直在等待着一个契机，一直在等待着那一个瞬间。

所以，拜托——

亚夜对着风间尘说。

拜托，把我拉回来，给我一个回到那个无比痛苦又无比精彩的世界的理由吧。

她一边在心中默念，一边对着自己苦笑，这是多么厚脸皮的请求啊。

镜中出现的，是一个带着苦笑的少女的脸。

什么？不想当钢琴家是因为妈妈，想重新登上舞台是为了一个比自己小的男孩？

那么，如果那孩子没能给出符合自己期待的演奏，又怎么办呢？如果不尽如人意，期望落空，自己还是会放弃弹钢琴吧。

镜中的少女脸上浮现出讽刺的笑容。

最终还是怪别人，什么都靠别人。本来你就不是真正的音乐家。看看马赛尔吧，还有奏，还有其他参赛者。

他们已经决心一辈子都要当音乐家，毫不犹豫，所以他们已经是音乐家了。但是，你不是音乐家。你以前曾经是音乐家吗？一直把命运交给别人决定的你，已经有今后将人生献给音乐的觉悟了吗？

背上热辣辣的感觉，变成了一种疼痛。

所以，别再在谁身上下赌注！

她对着镜中少女叫道。

马赛尔很棒，很出色，奏对音乐的真挚和诚实，也让自己自愧不如。他们身上有我缺少的东西。我很羡慕，自愧不如。

承认吧，你总是看不清方向，总是狡猾地把错都推在别人身上。今后应该也会一直迷路，会出丑。

但是——尽管这样，音乐是多么美丽啊。钢琴是多么美好。

我也想弹，那么美好的钢琴。

亚夜盯着镜中自己苍白的面孔。

她感到自己心跳越来越快，太阳穴上都出了冷汗。

远处传来铃声。

她恍然初醒,看着挂在墙壁上的钟。

不知不觉,快到风间尘的演奏时间了。

亚夜深呼吸,再次看了一眼镜中少女,拉起礼服的裙裾,跑出了休息室。

"——风间君,到时间了。"

田久保平静地说道。

"是。"

风间尘回答道,马上站起身来。

调音师浅野有些忐忑不安地看着风间尘的样子。

本来他想尽全力满足风间尘的期望,不知道他是否对调音满意?

浅野已经完全成为他的粉丝。门打开了,少年在逆光之中走向舞台。浅野带着祈祷的心情,目送着他的背影。

在一阵热烈的掌声中,浅野仿佛看到了幻影。

在门的那边有一片无边无际的荒野。

高高的天空。远远飘浮的白云,荒芜一人的原野。

风间尘一个人,昂首阔步走向那片荒原。

他孤独的身影,朝向遥远的地平线。

那是谁也不曾踏足的,没有道路的荒原。

你要去哪里?

浅野对着消失在门那边的少年叫道。

出现在舞台上的风间尘,和之前的两次有些不一样。

前两次,他似乎一刻也等不及地奔向钢琴,马上就开始了弹奏。这次他一步一步走在地板上,似乎下了某种决心,慢慢靠近钢琴。

咦,真稀奇,难道他紧张起来了?

一开始三枝子这样想。"不,不是。"她马上打消了自己的念头。

如今的他，正在看着遥远的地方。

他不再是之前那个沉浸在自己世界的少年了。他把自己曾经沉迷的玩具放在一边，仿佛第一次抬起头，接触到了外面的世界。

少年孤身一人。

站在舞台上的演奏家总是孤独的，但是他看起来更加孤独。

为什么？

三枝子问自己。

为什么他看起来如此遥远？就像独自一人，在空无一人的世界里，被虚无的空间所包围。

少年走到钢琴面前，给大家深深行礼。

鼓掌声停下来，观众吞了一口唾沫。

少年坐在椅子上。

以前都是马上开始弹奏，他今天忽然仰头朝天，有一瞬间，似乎神游天外。

观众也感觉到了，他跟以往不一样。

少年口中念念有词。

是祈祷吗？还是只是自言自语？

如果这个时候三枝子站在舞台上，站在风间尘身边，也许能够听到他在对霍夫曼诉说着什么。

少年绽开笑容，三枝子放下心来。

那笑容天真无邪，仿佛一朵白色的花绽开。也许他自己都没有发现自己微笑了。

那是无意识的微笑，是从没见过的，无我的微笑。

接着，少年开始演奏了。

哇，马赛尔的内心在欢呼。

这应该是第一次在比赛中听到埃里克·萨蒂的曲子吧。以后恐怕再也听不到了。

洒脱不羁的《我要你》。轻快的华尔兹，仿佛要飘起来。

简单的旋律把会场立马变成巴黎的街角。

咖啡店里玻璃杯碰撞的声音，还有周围的喧哗声，都如同近在耳边。

他的音乐很时髦，虽然还年轻，但已经掌握了萨蒂的精髓，他的诠释非常成熟。

这首小小的曲子是长达一小时的独奏的开场白，也是序曲。

接下来渐渐舒缓起来——

忽然到了下一首曲子。

门德尔松的《无言歌》中著名的《春之歌》。

哇，马赛尔再次在心中叫道。

场景的转换真是历历在目。

忽然之间，眼前出现了芬芳馥郁的花园。

春天盛开的繁花浮现在眼前，还能听到鸟儿的鸣叫。

真美。

这是多么富于视觉感、色彩洋溢的演奏啊。

接下来是勃拉姆斯，《b小调随想曲》。

行云流水般变化的指法。这也是一个精巧的小品。

他的演奏举重若轻，带着轻微的幽默感，又有几分狡黠。

这幅画面是蓝色的吧。

马赛尔闭上眼睛。

微微泛蓝的风景，不知何处安静的湖畔的建筑。在一个宽敞的空间，身着民族服装的男女在跳着舞。挥舞丝巾舞蹈的女性的身影浮现在眼前。

这已经不是音乐比赛的演奏了。

马赛尔一边感叹，一边惊讶。

简直就像是想到哪里就即兴弹到哪里。从正在弹奏的旋律，联想到接下来的曲子，不断地弹下去，真有一种不可思议的 live show 的感觉。

这就是 live show，与其说是音乐比赛或者说是独奏，不如说是风间尘的 live show。旋律忽然消失了，勃拉姆斯结束了。

风间尘停顿了一会儿，再次按下琴键。

观众席发出模糊的惊叫，包括马赛尔在内。

又是埃里克·萨蒂。

大家都陷入了迷惑之中。

风间尘再次弹起了《我要你》。

他脸上带着微笑，弹奏着这首曲子，看来这并非失误。他本人很清楚，自己正在重复弹一开始的那首曲子。

难道他是故意的？

马赛尔察觉到这一点，吃了一惊，他感到有些不安，这样可以吗？

虽然节目单里面写着《我要你》，但没有写要弹两次。现场演奏跟提交的节目单不一样，也许会被视为违反规则。

音乐比赛在遵守规则方面可是很严格的。

弄不好的话会被取消资格。

马赛尔心中一惊。

这不是开玩笑，有这样的才能却被踢出去。

他额上甚至冒出了冷汗。

他完全没有注意到观众席上的焦躁不安吧？

舞台上的风间尘，脸上浮现着天真的微笑，继续轻快地弹奏着萨蒂。

难道是明知故犯？难道他觉得这是比赛的规则允许之内，还是——
接着，第二遍的萨蒂又渐渐舒缓下来，开始了下一首曲子。

德彪西《版画》的第一首曲子《塔》。

这里的"塔"被标记为"佛塔"。德彪西描述的是东方风格的"塔"。

风景马上一变。

一幅古老的画,大幅,镶着历史久远的画框。

黄昏暗淡的村落。黏糊糊的亚热带湿气。草原的味道,热风的味道。古老的塔。

一座立体的岛。

就像 3D 电影。

风景从舞台上浮现出来,观众甚至感觉到风景扑面而来的重量。

奏听着风间尘的演奏,脑子里的一个角落也在想:这是置规则于不顾吗?

这是音乐比赛。评审对于第二次弹奏的萨蒂怎么看呢?

而且第二次弹奏的萨蒂,没有弹完整首曲子。在中途忽然退出,换成下一首曲子。这就是混合编排了。

但是德彪西那低声诉说的琴声抓住了她的心,把她带到了远方。

奏甚至怀疑,你知道什么是规则吗?

德彪西的音乐的可怕之处,在于每次听到都能对旋律产生新鲜的感觉。每次听到都会心中一惊——心有所感——有新鲜的感觉。克劳德·德彪西,你还真是天才,她每次都这样想。

"塔"——这幅微微发暗的西洋画风景,不可思议地加速起来。

情动,应该这么说吧。在心底深深的黑暗的地方,满溢的水被眼睛不能看见的力量摇晃,发出低沉的翻滚的声音。

德彪西这出人意料的加速,将听众带到了异空间。

德彪西的音乐的魅力加上风间尘令人惊讶的加速琴音,更令人印象深刻。

奏全身起了鸡皮疙瘩。

从极弱音到极强音的加速,没有中气外泄,也并非虚张声势,而是自然地,转瞬之间就加强到了顶点。

就像赛车,悄无声息就一下子加到了最大速度。

如同悄悄行进的戏剧,带着热度展开。

就这样，开始了《版画》的第二首曲子《格拉纳达之夜》。

观众不知何时被带进了伊斯兰风格的世界。

"格拉纳达"这个词，让人有各种各样的联想。西班牙南部，安达卢西亚，基督教和伊斯兰教混合的地方。蔚蓝的天空被暮霭渐渐吞没，令人联想到"无限"这个词。回廊上均匀排列的白色柱子，被夕阳染红。

哈巴涅拉舞的旋律，黑发的女人，手持扇子舞蹈的女人。

身体内部情绪的海洋又产生了波动。那不稳定的、无精打采的下午。

对人生深深的祝福和诅咒交错，某一天的黄昏。

被染红。

奏忽然感到——

从舞台上照射过来的夕阳的光，已经将观众染成了红色。

观众席上的人们一动都不动。

似乎某种巨大的能量壁一样的东西，从舞台移动而来，观众就像被缝在座席上，一动也动不了。

喉咙发干，连呼吸都不顺畅了。

接着风景又变化了。

《版画》的第三曲，《雨中庭院》。

忽然气温下降了。

刚才照亮了观众席的红色光芒消失。观众被带到寒冷的北法兰西。

下雨的庭院，树木生长旺盛，这是一个午后的庭院，天空忽然变暗，潮湿的风开始吹起。啪嗒啪嗒降下雨滴。

不久，风越吹越大，疯狂地摇动着树木。雨敲打着树叶和花朵，摧残着它们，让它们弯下了腰。

孩子们躲着雨奔跑，狗也一起跑。

啊，下雨了。

观众呆呆地看着舞台，看着雨一直淋着的庭院。

有小小的水洼。

从屋檐滴下雨滴。

街角的石板路上，汇成了小小的溪流。灰色的溪流从坡上流下来。

刚才闷热的格拉纳达还沐浴着黄昏的暮霭，现在又是怎么回事呢？雨的味道，街角混合的北法兰西的气味包围着观众。

奏感到脸颊上有冰冷的雨滴。

弹完了印象鲜明的德彪西，风间尘马上开始弹奏拉威尔的《镜子》。

他的这副做派观众已经习惯了。

但是不可思议的是，他们没有感觉到一点不自然。

原来如此，在这孩子脑子里，《版画》和《镜子》是连在一起的。难道这是从曲子表现的风景产生的联想？

纳撒尼尔·席尔伯格对于他重复弹奏埃里克·萨蒂这件事情，并没有太在意。

也许有评审觉得这是一个大问题，到时候再说吧。

比起这件事，他更在意的是风间尘的演奏，到底是遵循着怎样的逻辑。

他已经听过两次他的现场演奏，这个孩子对作品的理解角度是很独特的。

这几年，音乐界有很明显的"作曲家主义"倾向。大部分演奏者都是在理解作曲家的意图基础之上，主动去靠近曲子。作曲家想创造出怎样的画面？结合当时的时代背景，作曲家自己是如何产生灵感的，在这些调查的基础之上，来接近作曲家脑中的意象。

但是这孩子却相反。可以说他是把曲子拉到自己身边。这也许会招来职业钢琴家或者某些啰唆鬼的反感——不，也并非完全如此。他将曲子变成了自己世界的一部分，通过曲子再现自己的世界——不管弹什么样的曲子，都会变成某个巨大的东西的一部分。

镜子里映出的五幕风景。

夜蛾、忧郁鸟、沧海孤舟、小丑的晨歌、钟之谷。

拉威尔描绘的风景，风间尘栩栩如生地再现了出来。他所描绘的风景十分壮阔。不光是让人眼前浮现画面，而是似乎将整个风景搬到了舞台上。他的钢琴在风景中移动，将观众带到景色之中。

用钢琴演奏出华丽的拉威尔并非易事。如果在细微的技巧上下太多功夫，视野容易变得狭隘，会看不到周遭的事物。但是,他似乎轻松地避开了这个陷阱。

越听越惊叹于他的技术。他技巧高超，却十分自然，几乎没有刻意的痕迹。这些技巧仿佛并非花了一番精力才掌握的，而是自然而然就有的。这种能力近乎本能，甚至不能用"技术"这种机械化的语言来形容。

真是个不可思议的孩子。

不知何时，纳撒尼尔已经听得入了迷。

他能够将观众完全带进他的风景——那个广阔又充满惊奇的世界。

纳撒尼尔忽然看见，眼前有一片广阔的原野，一直延伸到远方。

霍夫曼老师？

不知怎么的，感觉霍夫曼老师就在前面。

你的目的——你指导这个孩子——

就是为了这个原因吗？

他仿佛看到霍夫曼露出了笑容。

《镜子》的第五曲让人陷入深深的冥想，《钟之谷》静静地结束后，他第三次弹起了埃里克·萨蒂的《我要你》。

毫无疑问，风间尘这就是明知故犯。这首曲子成了连接曲子的间奏，轻快的旋律让观众们都松了一口气。

然后，曲子又隐身而去，接下来是肖邦的即兴曲。

荣传亚夜站在站着看的观众中间，感到一阵奇妙的感觉袭来。

她感到自己仿佛和舞台上的风间尘合为一体。

风间尘虽然身在遥远的舞台上，却更像近在眼前。

就像自己在舞台上——就像自己在演奏。

不，不对。现在我就在舞台上，站在钢琴旁边，和正在弹着钢琴的他说着话。

他抬头看着我，露出笑容，对我说：

"小姐姐，喜欢钢琴吗？"

我老实地点点头，轻轻抚摩着他弹的钢琴。

"嗯，喜欢啊。"

风间尘带着微笑，看着琴键。

"有多喜欢？"

"有多喜欢？喜欢到说不出来。"

"真的？"

他浮现出恶作剧般的微笑，快乐地弹奏着肖邦的旋律。

"什么啊，你那表情，难道以为我在说谎？"

亚夜盯了风间尘一眼。

"那个嘛，你看起来很迷惑。"

亚夜吃了一惊。

"我看起来是那样？"

"嗯。站在舞台上不这样，但下了舞台一直都迷迷糊糊。"

亚夜无话可说。被看穿了，她想。

"我喜欢钢琴。"

"有多喜欢？"

这次轮到亚夜问了。

"这个啊。"

风间尘看了一眼天花板。

"就算世界上只剩下我一个人，只要荒原里有一架钢琴，我就会一直弹下去，有那么喜欢。"

世界上只剩一个人。

"在这里?"

亚夜看看四周。

四周是一望无际的荒野。

风在吹,远处有鸟的声音。

从很高的地方有光降下来。

这是一个四周空荡荡、庄严无比而又让人心中安定的地方。

"对,这种地方。"

"就算没有人听?"

"嗯。"

"没有听众的话,还能叫作音乐家吗?"

"不知道,不过,音乐就是本能。就算世界上只有一只鸟,它也会歌唱吧。不是一样吗?"

"对,鸟会歌唱。"

"对吧。"

风间尘轻触琴键,难道他现在在即兴演奏?

"小姐姐不想歌唱吗?"

他看着亚夜。

"想唱吗?不知道。"

亚夜对着降下的光眯起眼睛。

"看着你演奏,就想唱了。因为你,我才两次站在了舞台上。如果没有你的演奏,恐怕我也不会弹钢琴了。"

"是吗?"

少年耸了耸肩。

"是啊,所以,我不知道,我是不是想歌唱。"

亚夜弱弱地回答道。

"我觉得，不是这样的。"

少年晃动着身体，看着亚夜。

"什么不是的？"

亚夜有些生气。

"我和姐姐一样，姐姐在我身上，看到了自己。"

"一样？"

"嗯，音乐就是本能。姐姐也是这样的。音乐是我们的本能，所以必须歌唱。就算世界上只剩下你一个人，小姐姐也会坐在钢琴前面。"

"我？"

亚夜再次看看四周。

不知哪里吹来一阵暖暖的风。亚夜拨了拨自己的头发。

"嗯，绝对是的。"

"是吗？"

"是的。"

风间尘笑了。

"我坚信。前几天，我们还一起飞到月亮上去了。"

"啊，对，那时我们飞到月亮上去了。"

亚夜也笑了。

"对，飞起来了。小姐姐那也是第一次吧。所以，相信我吧。"

"对，你说的话……"

"对，我说的话，没错。"

风间尘浮现出微笑，继续弹奏钢琴。

亚夜忽然回过神来。

风间尘还在远处的舞台上。

他的身影有些模糊。

怎么回事？亚夜拿手摸脸，才发现，自己已经哭了。

不知何时，泪水不停地冲刷过两颊。

谢谢。

亚夜对着舞台，在心中喊道。

谢谢，风间尘。

亚夜悄悄地用手擦着脸。

风间尘的最后一曲。

这可以说，是今天最令人印象深刻的曲子了。

就像之前翘首企盼风间尘出场一样，大家都在无意识中等待着他的最后一曲。

圣－桑的《非洲幻想曲》。

本来这是一首十分钟左右的钢琴协奏曲。

圣－桑当年被非洲大地深深吸引，数次来到非洲，这首钢琴协奏曲被他称为"埃及风"，一共有五首曲子。《非洲幻想曲》是在一八八九年去西非海岸的金丝雀群岛途中产生构想，一八九一年完成的。

当时的欧洲人对"非洲"这片土地抱有的异国幻想，成为这首曲子的旋律特征。确实也加入了突尼斯民谣的特色。

看节目单上风间尘的第三次预选的曲目，肯定会被一点吸引目光——在作曲者一栏，写着"圣－桑、风间尘"。

也就是说，编曲就是风间尘本人。换句话说，这是该曲子的首次演出。

到底做了怎样的改编呢？

到底是怎样的呢？如何让它成为一个小时的独奏的结尾，为这一小时的钢琴独奏谢幕呢？

马赛尔满怀期待地等着那一刻。

现在，肖邦的即兴曲结束了。仅仅是舒了口气的工夫，风间尘又开始以颤音弹奏起原曲中以小提琴演奏的紧张十足的前奏。

观众席都紧张起来。

低音部他以左手演奏着主题旋律。

多层和音,一边加强一边重复着主旋律。

来了,来了。

让人兴奋不已,有杰作的预感。

高音部进入主题,开始正面决一胜负。

观众瞬间兴奋起来,激情高涨。

真的,甚至感觉观众席的温度一下子上升了好几度。

华丽,让人目眩神迷。

马赛尔有这样的感觉。

让人心旷神怡、充满异国情调的旋律。重复的节奏,感觉很舒服。

哇,真棒,我也想弹出这样的曲子。

这是他的第一感觉。他脑中出现了按出那旋律和节奏的自己的身影,光是想一想,就能感到一阵快感。

不愧是定音之曲,充满了娱乐性。

而且,他的改编充满独创性。

脑子里的某个角落,有另一个马赛尔在冷静地分析着他的改编。

将协奏曲改编成钢琴曲,管弦乐团所承担的部分和钢琴部分的配合,通常最后会改编整合成类似"总谱"的东西。相反,把钢琴曲改编成管弦乐,要将钢琴弹奏的部分分散放进各个部分。穆索尔斯基的《图画展览会》,还有拉威尔的《华尔兹》,这种管弦乐和钢琴曲都很有名的曲子,大体都是这个类型。

但是风间尘的改编不太一样。

确实听到这首协奏曲时观众会发现,弦乐部分承担的主旋律,最关键的部分隐藏起来了,在此之上,形成了一首钢琴曲。

他没有弹出所有的弦乐部分,怎么说呢——他抽取出了曲子的中心概念和主题思想,把它表现了出来。

圣-桑所感觉到的异国风情。非洲——对人类之根的怀念，节奏唤起了身体里沉淀的感情。

节奏就是快感。

展开部分，从高音部到低音部行云流水般重复的音阶，高音部分的颤音，低音部分的和音，这些都巧妙地组合起来。弹奏出了只要是人类都会感到悦耳的和谐感。

这个乐谱是什么样的呢？

马赛尔忽然想起这件事。

大概他事先有写出谱子吧。在读谱子的时候，会认为这是很棒的改编吗？还是说不实际演奏就不知道呢？

难道他是边改编边弹奏这首曲子的？

马赛尔觉得不可思议。

因为是自己的改编，所以充满了现场演奏的感觉，他能够理解。但是那短短的一段短句，甚至可以称为是灵光一闪的主题，在原曲里面是没有的。

难道他是当场编曲？

马赛尔不禁有这种感觉。

在静静流泪之后，亚夜忽然飞向了色彩斑斓的非洲大地。

那大概就是圣-桑所感觉到的非洲的色彩、非洲的声音、非洲的风景，从舞台上飞扑下来。现在就算亚夜不上去舞台，舞台自己从上面跳下来了。整个观众席都变成了非洲。干燥的风呼呼地从正面对着他们的脸吹。

风间尘在微笑。

仿佛要让亚夜看见自己一个人在孤独的大地上奔跑。

他没有停留在舞台上的一点。虽然他在弹钢琴，亚夜却感觉到他以极快的速度在奔跑。

他扔下我们跑远了，不，不对，我们被他吸进去了——他的宇宙，不是一个黑洞,而是一个纯白的宇宙,将我们吸进去。

跟刚才自己所在的荒原不同,是光芒耀眼的大地。

华丽的旋律和节奏,包围在令人目眩的光芒之中,闪着光从天而降。

跳舞吧,跳舞吧。

亚夜伸开双臂,像要承受从天而降的光芒,像孩子一样欢跳着。

没有目的。只是要用手捧住光芒。心中很快乐,于是这样做。

就像遵从自己的本能,灵魂在寻求快感。

我想要更多更多的光、色彩、声音。

亚夜在笑。

她伸展开双手,向天空高处,挺直了身子。

风间尘。我好想知道你是谁。

亚夜置身于色彩的潮水和光的雨水之中。

曲子渐渐迈向了高潮。

多么宏大的声音。

三枝子几乎不敢相信自己的耳朵和眼睛。

琴声的压力,似乎抽打着脸。

她的皮肤好像感受到了刺激和疼痛。

怎么能发出如此宏大的声音?难道是我的错觉?就像拥有巨大能量的物质在那里,向四面八方放射着能量。

难道刚才是我的错觉吗?

三枝子甚至感觉自己全身都在出冷汗。

真傻。

那种震撼的感觉,从脚底升上来的感觉。

难道自己在不由自主地摇摆?

不可能,这明明是圣-桑的曲子,然而,就像在 live house 听四四拍的爵士乐——好不容易才踏准节拍。

怎么会有这样的事情？

但是，三枝子内心产生的感觉，很明显是跟古典音乐比赛毫无关系的感情、冲动和快感。

和三枝子一样，纳撒尼尔·席尔伯格也有这种感觉。

这种感觉就像兜风。内脏变热，感觉全身的血液在逆流，这到底是怎么回事？

他感觉到了恐怖。

那是对君临舞台之上的未知事物的敬畏。

闭上眼睛，嘴角泛着微笑，将大厅里所有的人带往地狱（无限接近天堂的地狱）。这个少年，让他后背直起鸡皮疙瘩。

你去哪里？

你要去哪儿？

纳撒尼尔意识到，自己现在追问的对象不是风间尘，而是自己。

霍夫曼老师，他要把我们带到哪里去？

不，不对。

另一个纳撒尼尔在叫喊。

我要去哪里？在这远东的岛国，作为评审，坐在这里，我到底在干什么？

纳撒尼尔陷入了混乱。

现在坐在这里的是赤裸裸的我。

我不是评审，不是音乐家，没有名字也没有属性，正在听着风间尘的音乐。

为什么会有这种感觉？

是第一次有这种感觉。

风间尘的曲子进入了最后的收尾部分。他到底有几双手？这孩子。

音量巨大，似乎所有的琴键都按到了。

乐谱里本来有这个部分吗?

这难道不是即兴演奏吗?

这个念头在脑中闪过,纳撒尼尔和其他的评审,大厅里所有的人,都被涌过来的音波所压倒,被吸进去,被来回拉扯。

把他们连根拔起。

祸到临头了。

纳撒尼尔在脑中这样叫着。

但是,曲子已经结束了。

风间尘呆呆地坐着。钢琴声停止了。

但是大家仿佛还在听着他的琴声。

整个大厅都沉浸在他最后的收尾里面。

纳撒尼尔身体里面似乎也还有声音在回响。

这一幕真奇妙,演奏已经结束了,演奏者、观众席,都筋疲力尽,没有声音,静止不动。整整过了三十秒。

风间尘这才回过神来,摇摇晃晃地站起来。

观众席这才仿佛从咒语中解放出来。少年深深鞠躬,久久没有抬起头。

嘈杂的惊叹声充满了整个大厅。

近乎狂热的喊叫和掌声,如暴风雨般,持续了五分钟以上。

喜悦之岛

这是第几次站在这里了?

——接下来,还能再站在这个舞台上吗?

说实话,对于站在这里的意思,我到底弄明白了吗?

"——荣传小姐,要坐下来休息一会儿吗?"

亚夜静静地站在舞台侧翼,舞台监督轻声跟她打招呼。

亚夜微微一笑,摇了摇头。

总监马上领会了她的意思,点点头退回阴影里面。

亚夜望向舞台那边,挺直了上身。

风间尘的演奏留下的狂热是惊人的,一直有人在叫着安可,最后一位参赛者的演奏,比起预定时间晚了十分钟。

观众们都松弛下来,就像比赛已经结束了。

亚夜察觉到了这一点,但并没有放在心上。

她想站在这里。

在站在那个明亮的舞台之前,她用全身体会着站在这里的意义、欢喜和敬畏。

她第一次体会到这种心情。

之前,站在这里的时候,她心中波澜不惊,只是在等待出场时间。时间到了,就出去弹钢琴。

不害怕,也不兴奋。

她以前只是把这里当作一个等待的场所。

以前曾经听说过,在纪录片里也看到过,有些业界公认的大师,在舞台侧翼会紧张,甚至会因恐惧而颤抖,到最后关头甚至会"不想出去""不想弹钢琴",搞得身边人十分为难。

在学校,在比赛中,也曾见到过有人在这种时候仰天祈祷,一脸苍白,扭动身体,拼命压抑出场的恐惧感。

亚夜从没体验过"怯场",因此只把那当作"别人的事",看过就忘。她能够理解他们的紧张,但无法理解他们的"恐惧"。

为什么会恐惧?难道大家不都是期盼着来这里吗?不是因为想弹钢琴才来的吗?那为什么会感到恐惧呢?

曾经她这样吐槽过。

这对亚夜来说,只是一个自己不能理解的疑问。但朋友听了她的话,一脸的震惊,令她难以忘怀。原来,这种话是不应该说出口的,一瞬间,她深深地明白了这一点。人和人是不同的。不,应该说,自己与众不同。

不过,今天,在这里,亚夜第一次有了敬畏感。

对,这种感情,只能称作"敬畏"。

亚夜再次在嘴里重复念着这个词。

敬畏。

忽然,她想起了很久以前的事。

那时,她刚开始弹钢琴,在窗边静静地听着雨声。

锡皮屋顶上落下的雨敲出不可思议的节奏,她第一次感觉到是"雨中马在奔跑"。她能够清楚地听到奔驰过天空的马蹄声。

亚夜仿佛能闻到雨水的味道,感觉又变回了那个幼小的自己。

大雨降下的静寂之中,我曾经见过奔跑的马。

对,就是那时候的感觉。

察觉到世界正是由自己所不知道的秘密法则构成,她对窗外那个高远的存在感到了敬畏。

世界充满了自己所不知道的——不,也许是谁都不知道的无比美丽的事物。

察觉到这一点的瞬间，她对自己是如此孤独渺小的存在这一事实感到震惊，同时感到了敬畏。

是的，我了解这种感情。

从那时候，我第一次听到充满自然界里的音乐时起。

她好像听到不知何处传来锡皮屋顶上雨的马群的蹄声，亚夜忽然睁开眼，她不由得打量着四周。

真是不可思议。

像这样清清楚楚感受到一切，一切尽在掌握之中的感觉，还是第一次。所谓"觉醒"，就是这种状态吧。

音乐厅里观众的对话，舞台后面工作人员的想法，就像许多旋律流进自己体内。

亚夜闭上眼睛。

啊，真的，这个世界上充满了音乐，门开关的声音、敲打大厅窗户的风声、人们的脚步声、说话声。每一句话，都散发着感情，充满了这个世界。

自己现在的心情，完全不同于第一次预选时所感受到的绝望。

那时的事，现在想起来就像是发生在遥远的过去。现在回过头看，觉得那时的自己十分幼稚，完全无知。肤浅的伤感和自我辩解。那时的自己不堪入目，亚夜苦笑着，不由得羞红了脸。

这场比赛，一再让自己痛苦地感觉到自己的愚蠢，现在最痛。真是羞耻。

曾经，她以为自己的狭隘是正当的，总共也只活了这么二十年，自己不是已经足够出色了吗？自己认为自己已经成熟了。她以那点小气的自尊心做着音乐，只有自己懂得音乐的自负膨胀得无比大。

自己曾经多傻啊。反倒是还是个孩子的时候，那个自己更聪明，正确地理解了这个世界。

我完全没有长大，只看到自己想看的东西，只听到自己想听的东西。在我的镜子里，只映照出对我有利的东西。

甚至没有好好去听音乐。

她感到一阵苦涩涌上来。

音乐很伟大,我叫着要一生不放弃音乐,实际却做着相反的事。我对音乐撒娇,让音乐抚慰我,沉浸在心灵鸡汤般的音乐中。只要躲避在音乐中,我就感到轻松。总是觉得自己与众不同,却根本都没有享受音乐。

亚夜越想,越是冷汗淋漓。

想想奏凭着对我的信任,劝我来参加比赛时我的态度、挑选礼服时的态度。那时的我,是多么形容可恶,不知感恩,恬不知耻啊。

亚夜轻轻叹了一口气。

她甚至憎恨起自己的愚蠢来。

奏他们,并没有抛弃我这个自以为是的笨女孩,忍受我的任性,给我信任,他们真是算得上滥好人了。

然而,直到第三次预选快要结束,我才察觉到这一点。

亚夜一个人苦笑起来。

如果现在有谁一直在旁边看着亚夜的脸,可能会觉得她是个怪异的危险人物,赶紧躲开吧。一会儿笑,一会儿扭曲着脸,一会儿脸红,连她自己都觉得自己怪异无比。

不过,现在察觉到这一点,太好了。

现在能对舞台上的阴影感到敬畏,太好了。

那么,还来得及吗?

亚夜在对着谁说话。

隐约浮现的,是风间尘的面孔,还有奏,还有妈妈。

我还来得及吗?

在隐约浮现的脸后面,远处还有谁在。

喂,说什么到底来不来得及,你还没有开始呢。

似乎觉得从哪里传来风间尘惊讶的声音。

上了舞台再说吧。

说得对，亚夜想。

在弹奏之前，就问我弹得是不是很棒，是没有答案的。

亚夜转过头和肩膀。

现在，风间尘在哪里呢？大概怕被观众发现脱不了身，已经躲起来了吧。

又或者，他平时总是十分低调，现在也跟往常一样戴着帽子摇摇晃晃走在大堂吧。

小马呢？

她的胸中忽然泛起一阵苦涩。

亚夜再次感到了惭愧。对真挚地追求音乐的小马，自己采取的态度可以说是无礼至极。

也许，是自己一直在逃避；也许，是自己后知后觉。坦然面对音乐，在这个残酷的世界上拼搏的他，对我来说太过刺眼。

小马却遵守了跟我和老师的约定。

要弹钢琴哦。说定了哦。

她想起那个瘦弱的少年深深地点下的头。

小亚，我遵守了我们的约定。

她想起了青年自豪的笑脸。

我真是个笨蛋。笨到头了。什么都不知道，什么都不懂。

亚夜再次轻叹了一口气。

真可怕。马上就要上台了，我感到恐惧无比。我不知道，我自己是不是有音乐才华，我是不是能听到音乐，是不是有值得别人听的东西。

她感到自己的身体颤抖起来。

啊，难道，这就是恐惧的颤抖？

这新鲜的感觉，让她不由得俯视着自己的身体。

虽说很害怕，但同时，我也很期待。

亚夜承认这一点。

在舞台上我能做些什么？能创造出什么？对自己很期待，舞台上的光让我兴奋不已。会发生什么，我比任何人都更想知道。

亚夜双手合十，仿佛在祈祷。

我的音乐总算要开始了。

总算可以开始了。

开演的钟声响彻全场，响亮得令人吃惊。亚夜这才恍若梦醒。

舞台侧翼和观众席一片嘈杂。

人们纷纷拥进音乐厅，来听第三次预选最后的演奏。站着听的观众也开始紧张起来。我是最后一个了，这真是一种奇妙的感觉。

用自己的演奏来给音乐会谢幕，不也是一种难得的体验吗？

马赛尔的声音在耳边响起。

之前她没有任何感觉，此时却觉得心中一动。

嗯，确实，还真是少有的体验啊，小马。

感觉观众席都坐满了。些许疲劳，些许期待，还有准备听到最后的义务感混为一体，连她都感觉到了。

风间尘已经获得了观众的欢心，我就像是附赠的礼品。从某种意义上来说，更轻松了。

亚夜静静地深呼吸。

我已经觉醒了，这种感觉还在。

世界无边无际地伸展开来。

背后和舞台侧翼的人们都变得安静起来。绷成一根弦的紧张感。刚才喧哗的观众席又忽然迎来了安静的瞬间。

"好，荣传小姐，时间到了。"

平稳的声音传来。

熟悉的声音。很久以前。在这里，他的声音也曾经送我上舞台，亚夜隐约想起来了。

她微微一笑。

旁边伸出一只手,门打开了。

眼前忽然一片光明。

不知不觉中亚夜浮现出开朗的笑容。

好,开始弹奏音乐吧。

第三次预选最后的参赛者荣传亚夜出场的瞬间,意料之外起了一阵奇妙的骚动。

场内并没有欢呼,但看到她的脸的瞬间,每个人都吞了一口口水,感觉有微妙的感情变化。当然,高岛明石也是其中一个人。

这是怎么回事?她的表情。

她在微笑。

好像从来没有见过这样的笑脸——那不是工作时,或是作为舞台礼仪的笑脸,是真正的开朗清新的笑脸。

就像雨过天晴的天空。

明石不禁这样想。连绵不断的雨,时而变大,不知这坏天气什么时候才会结束,人们都缩着身体,屏住呼吸一直忍耐。终于,到最后雨停了,抬头看见了晴天。这时露出的就是这样的表情吧。

之前的两次预选也是这样,观众看到亚夜出场的瞬间,都有相同的感受。

风间尘的演奏让人兴奋、狂热、筋疲力尽,感觉被填饱了肚子,正在摇头晃脑,然后又出现了这孩子。我们还有她呢。大家此时才怀念地想起来。

接着观众再次迎来了觉醒。

之前几天听了这么多参赛者的演奏,终于到了最后的演奏者。

演奏者和听众,都觉得比赛像是一段长长的旅程。大家一步一步走到现在,都怀着不可思议的心情看着最后的风景。

亚夜径直坐在椅子上，盯着钢琴上的一点。

她一直都看着那里。

能看到什么呢？

现在她也看到了什么吧。

明石忽然感到一股苦涩又发热的东西涌上喉头。

我也想到那里去，我也想看看她看到的东西。

不，我看到过了，虽然也许只是一瞬间。

我想继续下去，想继续弹钢琴。

明石对着舞台上的亚夜叫道。

我也想成为音乐家，我想做音乐家。

在第二次预选的舞台上获得的那种感觉，身体被音乐充满，几乎要洋溢出来的那种感觉。自己变得十分丰富，十分充实。音乐不停涌出来，源源不断，那种全能的感觉。一旦品尝过那种感觉，就逃不掉了。会一直期待，一直寻求：再来一次，再品尝一次同样的感觉。

我想坐在那里，想和荣传亚夜还有我憧憬的音乐处于同一个舞台。

他感到自己从来没有如此强烈的愿望。

全身的皮肤都在隐隐作痛，好像是冰冷的火焰的膜覆盖在上面。

我的比赛已经结束了。

本来应该这样想。

我玩得很尽兴，很充实，没有什么遗憾，本来应该是这种感觉，我应该心满意足地回到日常生活当中。

但不是这么一回事。

明石再次痛感自己的天真。

当时那么想，不光是因为疲劳，还有自己长时间的准备终于结束了，瞬间感到了虚脱。

这只是一个开始。

明石在恐惧之中确定了自己的想法。

我总算站在起跑线上了。今后也一直对那个地方、对音乐怀着热望。

是这次比赛让我确认了这一点。

还有现在坐在那里的荣传亚夜。

明石忍耐着不让自己哭出来。亚夜开始静静地弹奏肖邦的《第一叙事曲》。听到第一个音的瞬间，他已经忍耐到极限的感情决堤了。

叙事曲。

亚夜有一次偶然翻开音乐词典，里面是这样写的——舒缓的节奏，感伤的情歌。

人们对这首曲子大多抱着这样的印象。

在钢琴曲专辑里面应该放进去的一首两首。在比赛中独奏，此时乐队的其他成员正好休息。艺术家都得有几首代表曲目。恋人们一边倾听这首曲子，一边互相依偎，沉醉其中。

就是这首曲子吧。

但是，"叙事曲"这个词曾经含有"民歌"的意思，这说明作曲者的意图并非如此——更接近民谣（这里所说的"民谣"也和日本语中的意思不太相同，是"本来"的意思，某地当地的民歌）。"本来"是歌咏实际发生的事，表达朴素心情的音乐。

肖邦所创作的四首叙事曲似乎正好处于"叙事诗"和现代的"叙事曲"之间。

曾经歌曲这种东西是为了记忆才存在的。所谓叙事诗，是为了记录下历史，作为文字的替代，一代代传唱下来的。但是后来它的性质改变了。它所描述的不是当时发生了什么，而是当时有什么样的感觉。人们在生命中的一瞬间体验到的普遍的感情、普遍的心情。

肖邦的叙事曲里面有童年的感情，就像唱着童谣时所感觉到的，嵌入我们遗传因子的那种感情。

这就是我现在所感觉到的那种孤独。作为一个人，降生到这个世界上的瞬间开始，每个人都有这种孤独，是谁都无法逃脱的情绪。

肖邦的曲子旋律性很强，朗朗上口，就像自太古之初就已经存在。读乔治·桑的著作，其中曾经写到他是如何为作曲煞费苦心，连这样的天才都有这一面，更让人感到心中一震。他那些看起来如行云流水的曲子，从刚开始一闪而现的短句，到一首完整的曲子，经历了不为人知的艰辛。那是当然，如果听者能够听出其中的心血，这首曲子也就无法吸引到听众了。

孤独沉淀于动荡不安的时间长河的水底，平时似乎没有任何感觉，没有时间多愁善感。然而它仍然藏身于日常生活的背后，成为人生的底色。不管是谁，就算生活在令人艳羡的幸福的顶端，过着圆满的生活，在幸福背后，人这种生物，总是背负着孤独。

这一点不能深究，一旦发现这一点，就会被打败，发现自己的软弱，所以人们一直躲避这种宿命性的孤独。

正因为如此，我们必须歌唱这种孤独——那些孤独，那些瞬间，那些在漫长的岁月中看起来只是一瞬的人生的幸与不幸。

数百年或者是数千年以前的人们，肯定也有同样的感觉。

真的，作为一个人，能做的事太少了，所拥有的时间太短了。

在如此短暂的人生中，我遇见了钢琴，在钢琴上花费了不算短的人生，才收获了这些观众。

这件事本身就是一个奇迹啊。每一个瞬间、每一个音符，传到了恰巧与我同处一个时代、正好在这里听音乐的人耳朵里，这是多么令人惊喜的奇迹啊。越是这么想，越是让人畏惧，不由得全身发抖起来。

现在的我，畏缩、胆怯，正在浑身发抖。

但是，同时感到了无比的喜悦。

令人无限热爱又无限惆怅。

亚夜一边品味着如此复杂的感情，一边又比任何时候都更冷静。她有一种感觉，仿佛能看到观众席的每个角落，不，似乎能穿过音乐厅的墙壁看到整个世界，这种感觉从刚才在舞台侧翼就产生了，一直延续到现在，自己感到无比清醒。

这是怎么回事？

忽然，一个疑问掠过脑海。

这难道是今天的偶发情况？还是说,这种感情,以后每次演奏都能体会到?

不清楚。

就算现在，就算自己感到看穿了一切，却不能断言以后会怎样。

以后，对亚夜来说，仍是一个未知的世界。

亚夜所感觉到的畏惧和颤抖，观众也都感觉到了。

这不是曲子本身想表达的东西，但亚夜在演奏中，倾注了对人世间的怜惜和热爱。

马赛尔只能张大嘴巴盯着她。

又一次——她又一次进化了。今天她的脸也和之前完全不一样。

带来这种变化的，又是风间尘的演奏吧。马赛尔多少感到有些遗憾。

天才少年，还真令亚夜焕然一新。

亚夜所弹的每一个音，都自然地深入心扉。

小亚，就像是个女神，长着翅膀。

马赛尔有些惊奇。

就这样，看着她在眼前，慢慢越升越高。

第一次预选时听到她的演奏，感觉两人好不容易重聚，现在又离自己而去。接下来，自己还要多努力才能追上呢？

再次见到她的时候，自己以为如果不紧紧拉住她的手，她就会离开音乐，不知道消失去哪里。现在才发现，她并没有离开音乐，还在这里。他在安心的同时，又发现她竟去了不可及的地方，这件事更让他恐惧。

不过，果然不愧是小亚，真厉害。

接下来，他心中充满了自豪。

他知道，坐在自己身边的奏，也同样感到自豪。她从亚夜小时候起就坚信她的才华，相信自己的耳朵。现在，她是多么引以为豪啊。

就像波浪退去，叙事曲安静地结束了。

静寂。

风间尘弹奏的时候，观众也知道他会马上继续弹下去，因此并不鼓掌。

现在，亚夜沉浸在自己的世界里，也没有站起来——观众也还没有从那个世界苏醒过来——仍然没有鼓掌的必要。

观众静静地等待下一首曲子。

亚夜坐直身体。

风格一变，一首华丽的曲子开始了。曲子的结构、弹奏的技巧，都让人感觉很舒服。是舒曼的新事曲。

这首曲子真棒，下次我也想弹。

马赛尔感到忽然有眼泪涌上来，自己也吃了一惊。

怎么回事？这首曲子明明不是听了会哭的。

但是,想哭泣的冲动并没有停止，而是越来越强烈。胸中的悸动越来越剧烈。

马赛尔感到，自己和亚夜一起经历了漫长的旅程。

好长好长的时间，就像大长篇读到了第三部。

小亚，我们的人生虽然不算长，但各自旅行去了很远的地方，才再度重逢。就像围绕太阳系的星星划着各自不同的轨道，回归太阳系。

马赛尔发出不成声音的叹息。

小亚真的回来了。在我们曾经交会的地方，画出了一道壮丽的轨道线。在这个时刻，在这里再见，真好。

他不由得涌起这样的感慨。

不知为何，幼时的亚夜和自己的身影反复在眼前浮现。

拉着自己手的亚夜，带自己去绵贯老师那里去的亚夜，号啕大哭一脸失望的亚夜。

自己说想学钢琴时父母惊讶的脸。

一开始一脸平静的音乐大学学生，听到马赛尔的演奏，眼看脸色都变了。

第一次踏进巴黎国立高等音乐学院的情景。

在茱莉亚参加面试时的情景。

自己被介绍给纳撒尼尔·席尔伯格时的情景。

真是的，又不是临死了，为什么这些情景都像走马灯一般浮现在眼前？

马赛尔在自己内心深处问，拼命忍住眼泪。

忽然，他发现不只是他，身边的观众也都在忍住眼泪，不禁吃了一惊。还有人在悄悄抹眼泪。

哇，不光是我。

他内心感到震惊。

我因为认识小亚，才会哭，原来不是这样，难道大家都在为新事曲哭泣？

当然，旁边的奏甚至都没有准备抹掉眼泪。她一直死死盯着舞台上的亚夜，静静坐着。

啊，这肯定是自从刚才的叙事曲开始，到听到亚夜的琴声，一直默默积蓄的感情，此时如决堤的洪水满溢出来。

亚夜的琴声，渗入了观众内心深处，简直可恨。

本来是十分明快的曲子，此时却如同连绵不断的雨淅淅沥沥降下来，充满人们的心中。让人们发现，自己内心竟然有这样的感情，不禁哑然看着自己的感情浪潮的起伏。他们通过亚夜，凝视着自己的内心。

原来是这么回事。

马赛尔盯着舞台上的亚夜。

坐在那里的，仍是那个浮现出晴朗笑容的少女。

原来是这么回事。怎么了？——我怎么在哭？

她明明弹奏得那么开心，那么轻快。

接着，眼前浮现了在比赛中再次遇到的她。

电梯前惊讶的脸。

睁大眼睛，张开嘴巴叫"小马"的时候的脸。

有些不安的脸，无助的脸，看人的时候的眼神，安心地笑着的脸。

把她介绍给纳撒尼尔·席尔伯格时，老师吃惊的脸也浮现在眼前。

他知道，当时老师肯定忍住没有吐槽。这可不是爱上自己对手的时候，没工夫去为女人神魂颠倒。他脸上写得明明白白。但是，马赛尔很清楚老师身边的女人是谁。是他的前妻，现在两人还藕断丝连，当着她的面，他说不出口。

马赛尔对自己老师的观察和理解超过席尔伯格的想象。

老师，也许我会输给她。不，她已经超越分胜负的阶段了，更何况，还有一个风间尘。

马赛尔不知何时对着脑中的老师倾诉起来。

老师告诉我要去赢，要拿第一名——我本来也是这么想的——但对手是他们，我能怎么办呢？

老师肯定也是这么想的吧。

马赛尔一边呼唤着老师，一边发觉，这似乎也是为了忍住自己的眼泪。

啊，自己变得多愁善感了。

最终还是没有忍住，马赛尔悄悄擦了擦眼睛。

新事曲已经轻快地结束了，亚夜还是没有站起来。她闭着眼睛，嘴角浮现出微笑，静静坐着。

当然，观众也跟她一样。

静寂，她的世界没有被破坏。

新事曲竟然会如此令人想哭，真是想不到。

马赛尔在内心吐槽。

接下来应该是更催泪的曲子，这场独奏的重头戏，重量级的勃拉姆斯《第三钢琴奏鸣曲》。

马赛尔苦笑着看见亚夜抬起手指,准备弹奏勃拉姆斯的第一个和音,视线忽然模糊了。

他当然知道原因。但是,还没开始弹自己就哭起来,接下来的半小时怎么办?他已经完全无可想象了。

勃拉姆斯的钢琴曲,集中在他作为作曲家的一生的开头和最后。

特别是独奏曲,大多是在他的早年生涯中创作的。

《f小调 第三钢琴奏鸣曲》,勃拉姆斯写于他二十岁时,也是他最后的钢琴奏鸣曲。

虽说是二十岁时的作品,但后来的听众一听到"勃拉姆斯"时所联想到的特色,已经完全表露无余。音符的厚重,曲子结构的宏大,引人注目的浪漫气息。

作为一个作曲家,一生避开钢琴奏鸣曲,在音乐生涯的最初也是最后创作的这首曲子,也是拿得出手的出色代表作。

演奏者荣传亚夜,和勃拉姆斯创作这首曲子时的年龄一样,也是二十岁。

但是,勃拉姆斯那个时代的二十岁,和现代的二十岁,在经验和状态上完全不一样。现在的二十岁,跟那个时代相比,就像幼儿一样。

所以,就算是神童和天才,只有勃拉姆斯,没有成熟的人生体验是无法演奏的。

只有勃拉姆斯。

纳撒尼尔·席尔伯格不得不承认,自己必须撤回这条意见了。

荣传亚夜开始弹奏肖邦的《第一叙事曲》,他已经有了这种预感。

不知不觉中,他不再是一个评审,而成了一个普普通通的观众。听了她的勃拉姆斯,他才确定自己应该撤回那条断定。

天才少女的复出剧。

当然,他知道她以前的故事。

但是，眼前的她并不是那样——也许，在她没有开展演奏活动的时候，潜意识中也在持续进化。不过，自从登上比赛舞台，她的进化真是超乎想象——每一曲，每一天都在进化，就像目击了她对自己音乐的信仰越来越深。

她的手指下发出的每一个音都饱含深意。曲子的每一个角落都有她的呼吸，同时她又是一个匿名的存在，存在于音乐的本质之中。

真的，音乐真是不可思议——他再次想到。

在那里演奏的，是一个小小的个体，从她指间生出刹那间就会消失的音符。然而，那里同时存在着近乎永远的东西。

生而有限的动物，却创造出了永远，多么令人惊异。

让人不由得感到，我们通过当下才有的、梦幻一般的一次性的音乐，接触到了永恒。

只有真正的演奏家，才能让我们产生这种感觉，现在自己眼前的，毫无疑问就是真正的演奏家。

荣传亚夜静静地闭上眼睛，久久等待。

观众也一样。没有人拍手。

接着，她又开始弹了。

曲子的开头部分，旋律生动活泼。

这首曲子的开头充满戏剧性，很容易陷入太过夸张的陷阱。

不过，这样的担心当然是杞人忧天。

从最开始的音符开始，观众都相信，她的音乐中充满了真实。观众席上充满了安心和期待，大家都觉得，可以放心地把自己的人生交托给这个演奏家。

啊，我们可以把自己交托给这个音乐家了。

把我们的情思交给琴声吧。

她是如此强大，让我们都放下心来。

她替我们发出声音——她开始淡淡又不失庄重地诉说我们的人生故事。

我们想要对谁倾诉却又说不出口的那些故事，默默封锁在日常生活中的情感，隐约感觉到，却未形成语言的那些心事——

她肃穆而又准确地诉说着我们的心事。她声音不大，像巫女一样一边抹去我们的存在，一边诚实地继续讲述着。

进入第二乐章，静静的讲述仍在继续。

波澜不惊地讲述着无数人的人生。

观众盯着舞台上的她，一面听着她的演奏，一面看到了自己，自己的人生，以前的轨迹，都出现在舞台上。

有人也看到了荣传亚夜自己的人生吧。

纳撒尼尔就看到了她的人生，就像电影在上映——跟随她身后拍摄的纪录片胶片，和她演奏的画面重叠在一起。

作为神童开始了早熟的人生，周围的惊叹、狂热、期待。忙到飞起来的每一天，旅途中的生活。

家人的死和挫折。迎面而来的诽谤和中伤。整个世界都与自己为敌。

长久的沉默。

从第一线退下来，开始"普通"的人生的安心和迷惑。

她得到安宁了吗？还是品尝了幻灭？

人生过早进入了疲倦期吧，是不是面对他人已经萎缩了呢？

比其他人更早见过了天堂和地狱，不再信任他人，感觉自己内心一片空虚，对吧？

也许，以上一切，她都经历过。

但是，她再次回来了。从她身体中，再次溢出了某些东西。

一开始是小小的潺潺的无心细流。

但是，不久，细流变成了时刻不停的小河，奔流不息。冲刷着河岸，奔腾过荒山，发出哗哗的水声，不久就悠然奔向河口，汇入大河。

第三乐章。

曲调忽然一变，变成了戏剧化的谐谑曲。

这是人生的展开部分。

好久没有来参加音乐比赛了。

肯定一开始是心怀畏惧的吧。好奇的目光,有色眼镜,都投向她身上。演奏不能平庸。她只能给出震撼人心的演奏,这是她唯一的路。

比起这些,首先对自己怀有最大的恐惧。自己真的会弹钢琴吗?已经做好回归舞台的准备了吗?

舞台对于每个音乐家来说,都是神圣的所在,令人恐惧的场所。正因为这样,曾经离开舞台的人,再次回到舞台时,比第一次登上舞台需要更坚强的决心和更大的力量。

也许,她对自己也是半信半疑吧。

前几天她跟马赛尔在一起的时候,看起来有一丝迷茫,根本没有已经回归舞台的感觉,似乎也没有自己是音乐家的自信。

不过,她和马赛尔重逢了。跟自己曾经发掘出来的音乐家,已经成长为优秀音乐家的人。

纳撒尼尔的心情十分复杂。直到现在,他仍然相信,马赛尔会获胜,她作为一个对手出现,只是让马赛尔更加振奋。但是,同时,她能够在比赛中获得如此大的进步,一个重要的原因就是马赛尔。

以前,两个人有天壤之别,自己曾经指导的人,现在超越了自己,变成音乐家出现在眼前,这种冲击超乎想象。在这种情况下,任何人都会涌起斗志。

还有风间尘这个不可思议的少年。

作为演奏家,比起马赛尔,荣传亚夜给人的感觉更接近风间尘。和自己相同类型,又有着和自己同等甚至超过自己天分的人,她还是第一次遇到吧。

天才只会被与自己平等的人影响。有些东西,只有天才之间才会懂得。

纳撒尼尔和其他评审从风间尘那里受到的冲击,荣传亚夜也感受到了吧。可以想象,她有可能比评审们更受冲击。

于是,她终于显露出了自我。

不，应该说是再一次发现了自己应该站在哪里。

在第四乐章里，她在内省。

那是深刻的内省，俯瞰着以前的自己。

从前没有看到的东西，没有听到的东西，现在都无比清晰。自己的狭隘、自己的愚蠢、自己的幼稚，都历历在目。

而且，自己现在，正是一个音乐家——

每个人都屏息凝视，静静观看亚夜的演奏。她的人生，自己的人生，无数人的人生，唯有现在才能碰触的永远，都展现在舞台之上。

亚夜自己，还有看着她的观众的人生。所有灵魂的轨迹如今都展现在大家面前。

最后，第五乐章。

朝着最后一幕，旋律一步一步盘旋上升。

河口快到了。感觉前面，还有一片广阔的海洋。每个人都感到气氛和刚才不一样，海风的气息扑向脸颊。

马上到了，马上到了，我们会到一个无比广阔的天地。

已经不能回头了。昨天的自己已经不存在了。

前面还会遇到以前没有经历过的严峻困难吧。但是，以前从未体验过的欢喜，也在远方等着我。

我们知道，我们确信这一点。以后的自己，将会对着自己的人生，大声叫出"YES"！

亚夜弹完最后一个和音。

弹完这个音，她本来伏在钢琴上的上半身反弹起来，一下子站起身来。

亚夜站起身，观众也和她一起起立。狂热的欢呼声，像暴风雨一样摇晃着剧场。

舞台上的少女，似乎被这盛大的欢呼声震惊，同时也有些虚脱，现出一副不知所措的脸庞。

掌声久久不息,但节目单上还剩下一曲。
亚夜露出笑脸,频频低头致谢,再次坐到椅子上。
掌声总算停止,观众也坐下来。
奏轻叹了一口气。
漫长的比赛总算迎来了闭幕之曲,德彪西的《喜悦之岛》。

这首曲子放在最后,真是机缘巧合。
奏想,她的感动和感慨持续了很久,已经陷入了一种虚脱的状态,和令人舒适的疲劳混在一起。
比赛的节目单是由亚夜决定的,当然,爸爸和指导教授也给了她建议。但亚夜最后提交的是她一开始就定下的节目单。
也许亚夜也没有注意到,她的复出之路,就像是已经设定好的——比赛的进行中,她不断在进化,这一点似乎早在预料之中,节目单跟她的成长完全吻合。
她想起了亚夜犹豫着该不该来参加比赛时迷茫的表情。
也许,她隐约预感到了自己的复出。虽然也有犹豫和不安,但在她内心深处,已经预想到自己将要回到音乐界的最前线。正因为知道这一点,确定以后她就不再踌躇不前。同时作为一个音乐家,她已经开始冷静慎重地从战略上考虑自己的曲目。
奏不禁这样想。
《喜悦之岛》从鲜明的颤音开始。
据说这首曲子是德彪西跟他的第二位妻子爱玛一起私奔旅行时构思的。也有人说,实际上,两人一起去海岛之前一年,这首曲子就已经完成了。
不论如何,如曲名所示,这首曲子里所表现的是令人目眩的欢喜和高昂,充满幸福感,是首华丽的曲子。

弹奏这首曲子的亚夜，也洋溢着光闪闪的欢喜。

真的，亚夜自己就在放射着明亮的光芒。演奏音乐的喜悦，和观众融为一体的喜悦，发挥自己才能的喜悦。

以前从没有过的，作为音乐家的喜悦，从她的全身发散出来。

亚夜的幸福感，观众也都跟她一起体会着。

奏感觉到那令人陶醉的喜悦充满了自己的心中。

回来了。

她已经完全回到了舞台上。

想到这里，她感觉又有泪水要涌上来了。

第一次预选的时候，第二次预选的时候，也有这种感觉。

但那时亚夜只是站在了舞台上。像现在这样，她回归到音乐的世界的这种感觉，还离得很远。现在是真正的——真的，她相信。

服侍音乐之王的才华横溢的臣下回归了。她已经不再犹豫是否要当音乐之王的仆人。

奏产生了一种自豪的心情。

看，果然吧。

爸爸，我说对了。

我曾经预言这孩子会成为出色的音乐家，我没有说错。

奏很想站起来这样叫。

我说对了，我赢了。

这是奏的欢喜，只属于奏一个人的欢喜。她的欢喜闪闪发光，盛大无比，不比亚夜的欢喜逊色。

这首《喜悦之岛》真不错。

三枝子睁大了眼睛，盯着舞台。

荣传亚夜的身影看起来比以往任何时候都更高大，压倒了评审。

到了最后的最后，大家都已经听得累了。没想到在最后关头，有这样令人精神一振的演奏。

这么一来，就不知道冠军该属于谁了。

三枝子很想看看纳撒尼尔·席尔伯格的表情，但她忍住了。

这幅情景就像在跑道上，本来以为已经落后了一圈的选手，忽然急速追上，在最后一圈，一下子赶上来了。

在短短时间内目击如此巨大的变化，真是好久不见了——不，也许是前所未见。

亚夜果然是天才，天才是最可怕的。

她见过很多天才，现在又看到了另一个与众不同的天才。她跟马赛尔和风间尘身上的格局不同，拥有另一种广阔、异样的深刻。

到了后半，曲子渐渐迎来高潮，爆发性的欢喜。

每个评审都对这完美的总结感到很满足。

能够遇到这样有实力的参赛者们，自己真是幸运。评审们一定这样想。

忽然，她产生了一个疑问，霍夫曼所设下的炸弹到底是什么呢？

对，她一直在思考——霍夫曼所射出的箭，到底目标是哪里呢？

从巴黎的试听会上那个少年出现开始。

从听到那煽情的演奏开始。

当时，带着霍夫曼的推荐信来的风间尘，给出魔术师一般的演奏，让观众沸腾，引起了评审的议论，成为一个话题。

我自己也感到，包括自己的音乐观都受到了挑战，怀疑自己的耳朵还灵不灵。因风间尘产生焦躁，自己的心情嘛，对他的评价，一直摇摆不定。

但是——

霍夫曼的目的，如斯米诺夫所言，难道就是把一个超乎寻常的天才少年带来，挑战既成的音乐教育吗？

一眼看去，这似乎是最正确的解释。让那些声名在外的评审战战兢兢，正是霍夫曼期望的反应吧。

我把风间尘送给大家。

就像他信上写的一样，风间尘是一个礼物。

也许是上天赐给我们的。

推荐信好像由霍夫曼本人读出来。

经受考验的不是他，是我们，是我们大家。

把他当成真正的礼物还是灾难，由大家，不，我们来决定。

三枝子一边听着《喜悦之岛》，一边仿佛听到了霍夫曼的声音。

我把风间尘送给大家——送给大家。

忽然灵光一闪。

现在我所目击的，就是答案。

挥洒着爆发性的欢喜的参赛者，在比赛中完成进化，开出了花。

对，风间尘引爆的并不是音乐教育，他自身的才能成为引爆剂，他的才能让隐藏的天才们开始弹奏。那不是千篇一律的演奏、技巧性的演奏，是真正的有个性的才华，以风间尘的演奏为触媒开出的花。这才是霍夫曼设下的炸弹。

其结果就是自己眼前目击的天才演奏。

是这么回事吗？

三枝子一阵茫然。

我们已经接受了许多礼物，而不是灾难，是很棒的礼物，霍夫曼送给我们的礼物，以我们意想不到的形式。

三枝子觉得自己已经热泪盈眶。

不光是因为亚夜的演奏十分出色，而是她深深地感到霍夫曼的遗志如此清晰地传达给了她。是这样吗——

一边迸发着欢喜一边演奏的亚夜，风间尘的演奏、马赛尔的演奏、霍夫曼的演奏，渐渐重叠起来。

每个人的身影都是充满着无限欢悦的"礼物"。

我们真是幸运。

能在这里感受到这一切，多么可贵啊。

三枝子带着不可思议的感动，注视着舞台。

终于，《喜悦之岛》开始迈向高潮。

演奏的喜悦，倾听才能的喜悦，后继有人的喜悦。

真的，我们就在《喜悦之岛》上。

大家都沉浸在欢喜中，接受着上天的祝福。

每个人都在接受着音乐这个礼物。

最后的短剧。

直冲上高音部，然后一下子降下来。

勃拉姆斯的奏鸣曲结束的时候，无意识中站起来的亚夜，这次跟上次不一样。

她怀着坚定的信念，脸带欢喜的微笑，姿势优雅地站起来。

迎接她的是盛大的掌声。这些掌声，是献给参赛者的，也是献给观众，献给评审，献给所有人的。

钢琴大赛的第三次预选结束了。

足足两个礼拜，战斗结束了。

剩下的就是决赛。接下来能够演奏的只有进入决赛的六名选手。

"不仁之战"的主旋律

轻盈，空气轻盈。

置身于大堂里拥挤的观众中，雅美感觉终于解放了，不由得舒了一口气。

感觉自己手里的摄像机都变轻了。

观众们的背影也显得格外轻松。每个人都感到身体轻快多了，从重压下解放出来，精神也清爽无比。

每个人的表情里都有几分安心。

也可以说是虚脱感和疲劳感。

漫长的评审工作终于结束了。所有的演出都顺利结束了。

感觉大堂上空都飘浮着"结束了"三个字。

过去的那段日子，是多么紧张啊。

雅美环顾周围观众的脸。

大家似乎都刚从梦中惊醒。连续两周分享了近百名参赛者的人生——在这紧张不已、浓缩起来的时间里，大家似乎培养出了战友一般的情谊。

原来如此，这就是音乐比赛的奇妙之处。

雅美再次深有感触。

身体已经被喂饱了，暂时不想再听钢琴了。不过，又觉得再稍微听一些也无妨，评选的过程很有意思，想再体验那些精华时间，她心里已经在这么想。

结果宣布的瞬间的悲喜交加——欢喜和沮丧、愤怒和忌妒，包围着参赛者的这个俗气的人世间和各种利害关系——所以这一切都包含在内，音乐比赛真的很有吸引力，是一幕充满了人的光影的正剧。

在处于虚脱状态的观众中，雅美发现了认识的人，高声叫道：

"高岛君！"

高岛明石一怔，才后知后觉地望向这边。

"啊。"

他的脸上也是一片茫然，露出和普通观众一样的表情。

"辛苦了。"

"你才是，辛苦了。"

两人打着招呼。

两人之间，也有了一种曾经并肩作战的同志情谊。

"接下来才是我的正戏，总算要开始编辑工作了。"

"啊，不过，还有决赛呢。"

两人并肩走着，看着观众从好多个打开的门走出大堂。

"大家都回去了。"

"大部分都回去了。稍后才会公布结果。有些人还会再回来。"

"高岛君要等结果吗？"

"嗯，虽然我已经没机会了，还是想听听自己参加的比赛的结果。"

"还会听决赛吗？"

"是这么打算的。"

"嗯，很值得听啊。我感觉已经吃饱了。"

雅美伸展一下身体。

"每个人的演奏都很棒，最后那个女孩，真厉害。"

雅美无意中自言自语道。

"我可是第一次有那种体验——听着演奏的时候，不知道为什么，小时候的事情，小时候父母的脸，自己的家人，全都浮现在眼前。"

是啊，那可真是不可思议的体验。

听着荣传亚夜的演奏，令人意想不到的是，记忆栩栩如生地出现在眼前。

遥远的记忆复苏，鼻子酸起来，很想哭。"真的，变得很想哭出来。"

雅美无意中看了看身边的明石，吃了一惊。

明石一脸惊讶——而且满脸通红地盯着她。

雅美慌忙看着他。

"啊，怎么了？我说了什么不该说的话吗？"

"没有。"

明石笑着摆摆手，转过脸。

"不是的，不是的。"

但是，他看起来热泪盈眶。

"啊，怎么了？发生了什么事？"

"什么都没有。"

明石的表情像哭又像笑，害羞地背过脸。

怎么回事？

雅美慌了。

他在哭。为什么哭呢？难道是因为没能通过第三次预选，心痛万分？也许，到现在，失败的悔恨才发作。

她不去看他的脸，苦苦思索着。

难道我说了什么不当心的话？因为我夸奖了最后那位参赛者的演奏，别人的演奏？

在这次的拍摄中，怎么跟参赛者们说话，大家都非常当心，雅美在许多方面也变得十分警惕。

所以，她并不明白，此时明石的泪水，是感动的眼泪。

连明石自己，也还没有弄清楚，自己为什么流眼泪。

雅美无意中透露的对荣传亚夜演奏的感想，他听了很开心。雅美并不是铁杆的古典音乐迷，她也有同样的感动，这件事深深触动了他。

真的，音乐真伟大。

自己来参加音乐比赛，真是个正确的决定。这一年时间，自己都撑过来了，真好。参加这次比赛，是一种荣幸。

这些感慨都一起涌上心头，他不由得泪流不止。

雅美好像发现了认识的参赛者，往那边去了，他放松了些，站在大堂一角，再三擦着眼睛。

没有人看见吧，自己都一把年纪了，站在这里哭，真是好笑，真是可怜。

接着，他眼前出现了她——她的身影忽然映入眼帘。

牛仔裤配毛衣。脸洗过了，没有化妆的痕迹，素面朝天的少女。没有丝毫装饰，令人联想不到这就是那场出色演奏的音乐家，这个一脸懵懂的少女。

为什么自己心中如此激动呢？他自己也不知道。但是，自己意识到的时候，明石已经快步跑到她身边。

"谢谢。"

荣传亚夜似乎吃了一惊，抬头看着忽然跑过来的明石。

原来是这么娇小的一个少女。

明石也十分意外。

眼前的少女，天真无邪，只有眼睛大大的，眼神就是典型的二十岁女孩子的眼神。

"谢谢，荣传小姐。"

明石又说了一次。

亚夜还是一脸茫然。

"你刚才的演奏，太精彩了，谢谢——谢谢你回来。"

明石真诚地说。

亚夜这才一副恍然大悟的表情。

忽然，她的眼睛里出现了表情。

她好像想起了什么，意识到了什么。

她睁大的眼睛里，眼看含满了眼泪。

明石感到，泪水也冲到了自己的眼眶。

不知道为什么。亚夜和明石，此刻分享着相同的感受，他们知道，他们在为同一个理由哭泣。

"啊。"

亚夜的脸色忽然变了。

蓦地，亚夜紧紧抱住明石大声哭起来。

哇，她大声痛哭，声音就像从胸中挤出来的。紧紧抓住明石的手指越来越用力，被她抓住的地方生生发痛。

明石也跟着她哭起来。

真是一幅奇怪的画面，脑子里虽然警告着自己，两人仍然抱在一起哇哇大哭，而且，他们的泪水充满了不可思议的愉快和高兴。

周围的人感觉到了这里的异样，大家的目光集中在两人身上，但两人停不下来。

"小亚，怎么了？"

远处传来惊讶的声音。

那是身材修长的马赛尔·卡洛斯。旁边跟着一个长头发的女孩，两人一起走过来。

"啊，嗯——"

"啊，那个——"

明石和亚夜抹着眼泪，擤着鼻涕，准备解释，却都说不出话来。

马赛尔他们呆呆看着哭皱了脸的两个人，不知道他们是不是遇到了什么麻烦事，这才发现并不是明石惹哭了亚夜，不知道什么原因两人哭得像两个孩子。两人摸不着头脑，面面相觑。

明石和亚夜这才察觉到眼前这种尴尬状况，两人都涨红了脸，对视一眼，笑出声来。

"对不起。"

"对不起，刚才——"

两人一起说出口,又一起闭上嘴,觉得这番情景太过滑稽,哈哈哈地笑弯了腰。

两人笑了一阵子,总算收住了眼泪和笑声。

"失礼了。我也参加了这场音乐比赛,从以前开始就是你的乐迷。"

明石正准备自我介绍,亚夜摇摇头,打断了他。

"你是高岛明石先生吧?我很喜欢你弹的钢琴。"

亚夜眨着闪闪发光的大眼睛说。

明石不由得"啊"地叫出声来。

"你记得我的名字啊。"

"对,我还想听你的下一次演奏呢。"

这并不是违心的安慰,明石一下子就明白了。

真的,荣传亚夜喜欢我的演奏。

就像打了一个寒战,一阵震动传遍全身。

"那么,再见。"

"嗯,肯定还会再见。"

亚夜微笑着,离开了明石。

"怎么回事,小亚,你认识那个人吗?"马赛尔问。亚夜回到马赛尔和女孩身边。明石目送着亚夜的背影,动弹不了。

真的,这就是一个开始。

明石在心里叫着。

全身流动着腾腾的热血。

这次的比赛,只是一个开始。现在才是我开始演奏自己的音乐,作为一个音乐家出发的起点。

这不是预感,这是确信。

他兴奋地全身颤抖,在心中一再对自己说。

"——啊?"

早已到达玻璃构造的大堂入口的马赛尔,发出诧异的声音。

"怎么了?"

亚夜在他后面,稍后才追上。

"啊,好累。"

亚夜手撑着膝盖,气喘吁吁,耸动着肩膀。

真是的,两个人的身高差,再加上脚掌长度完全不一样,用相同的速度行走完全跟不上他。

"好像结果还没有出来。"

"啊?"

奏也是气喘吁吁,她反射性地看了看手表。亚夜也凑过去看了一眼。

八点四十二分。

按照本来的时间表,八点过后就会公布第三次预选的结果。但是,因为观众的狂热反应,一再返场,演出结束时间也推迟了,公布评审结果的时间也往后推到了八点半。

芳江国际钢琴大赛,评审结果的公布听说以前就很少拖延。前面几次也都如传言中的,第一次、第二次预选大致都在预定时间公布了结果。

亚夜和奏面面相觑。

第三次预选结束后,等待结果公布的时间里,他们悠悠然地去了车站附近喝茶。好不容易放松下来,一不留神,就到了公布结果的时间。于是,三个人这才慌慌张张跑过来。

大堂里,聚集的都是一脸诧异的参赛者和他们的亲友。

剩下的都是熟悉的面孔。不过,也许是下了舞台,第三次预选结束后大家都从压力下解脱出来,每张脸上都有安心和疲劳,似乎还有一种解脱感。

漫长的评审结束,大部分人都变回了普通的学生。跟在舞台上看到的不同,每张脸都看起来稚气未脱。

但是，漫长的评审时间，让大堂里慢慢飘荡着一丝急躁和紧张。

焦躁不安的空气。

记者们都渐渐聚集，照向评审们的聚光灯和麦克风也都准备好了，但最重要的评审们却完全没有要出现的迹象。

"真少见。"

"真的。"

无所事事等得心慌的人们中间，那条紧张的弦眼看就要绷断，说话声也越来越高。

一分又一分，时间慢慢过去，一种莫名的不安涌上来，在人群中传染开来。

"难道有什么分歧？"

"有分歧也难怪啊。"

有人在窃窃私语。

忽然，一位女工作人员啪嗒啪嗒从楼上跑下来。每个人的目光都被她牵引。

她一脸苍白，仿佛被什么事夺去了心神。大家的视线都集中在她身上，她却完全没有注意，对着大堂里的员工快速耳语。听了她的话，那位员工的脸上也笼罩上了阴云。

不久，工作人员都不知去了哪里，不见了身影。

"怎么回事？"

亚夜他们也一直观察着情势发展，工作人员身边有人听到了谈话内容，有人在交头接耳。

"——取消资格。"

"取消资格？"

"好像是有人被取消资格了。"

"啊？"

"怎么回事？"

"所以才耽误了时间。"

窃窃私语眼看传播开来。大堂里充满了不安的情绪。

"取消资格？"

马赛尔看着亚夜和奏的脸。

大家都想着同一件事。

不管怎么想，都应该是风间尘的演奏。

他没有按照节目单演奏，而是弹了好几次埃里克·萨蒂。而且不是整首曲子，他只是选取了一部分弹奏。

演奏期间他们都在担心，难道真的因为这个原因被取消了资格？

"难道真的……"

亚夜的表情很紧张。

"真的取消了资格？"

马赛尔无话可说，眼睛里的表情既非否定，也非肯定。

亚夜甚至无法说出风间尘的名字。一旦说出他的名字，感觉整件事情就成真了。

假的吧，真的有取消资格这件事？

奏心里也产生了一丝焦躁。

"那孩子，现在在哪儿呢？"

奏也不提风间尘的名字，左顾右盼在大堂里寻找他的身影。

少年的身影不在任何一个角落。现在，他在哪里做什么呢？肯定完全没想到自己会被取消资格吧。

亚夜的心不禁怦怦直跳。

难道是真的，真的被取消资格了？他的演奏那么出色，那孩子把我带回了舞台。真是岂有此理。

感觉自己的双脚在往下沉。

看着她苍白的脸，马赛尔深深吸了一口气，展开双手说："OK，OK。"

"我们还什么都不知道，取消资格的也不一定是他。也可能是有其他原因。

可能是其他人。"

"但是，还能想到什么理由？"

奏说出了自己的怀疑。

"大家都掐准了演奏时间，也没有人被打断过。还有什么理由会导致取消资格呢？"

这冷静的反问，让马赛尔哑口无言。

没有人能接上话。

看来，除了风间尘，也没有第二个人有被取消资格的嫌疑了。

取消资格。

寥寥几个字传达的意思令人不禁胆战心惊。

是很严重的事情吧。特意来到芳江，在这里度过的两个礼拜，都变成了水泡，甚至不能算作有比赛经验。所有的一切都成了泡影。不管花了多少精力，投入了多少感情，之前付出的一切都等于白费。

和风间尘一起度过的时间，和他说过的话。

亚夜的脑中，全是他天真无邪的笑脸。

这种事情……

亚夜陷入了从未有过的震惊。就算是发生在自己的身上，也不会如此令她心神不定。

但是，似乎不光是亚夜他们，其他人也都认为被取消资格的是风间尘。

不久，在人声喧杂中，大家都在传播着同一个名字。

"风间尘被取消了资格。"

"啊？蜜蜂王子？"

"取消资格了。"

"说是演奏不符合规定，所以取消了资格。"

所谓的集体无意识，真是可怕。

不知何时，这似乎已经成为既定事实，变成了充满自信的传言。

取消资格，风间尘被取消资格了。

新进来的人，也都分享到了这个消息。啊，是吗？有人惊讶地反问道。大堂一片喧哗。

但是，评审还是没有现身。

记者们也开始行动起来，抓住工作人员问东问西，但工作人员似乎也不清楚详细情况。

已经过了九点。

大家不清楚发生了什么事，总之肯定发生了异常情况。

聚集在大堂里的人都心悬在半空。疲劳和焦躁已经让空气变得分外沉重。

"不过，还真是慢啊。"

"就算是取消资格，怎么需要这么长的时间啊？"

马赛尔和奏小声抱怨着。

亚夜仍然处于混乱之中。周围的景色都失去了色彩。灰色，这已经变成了一个灰色的世界。

忽然，有个人走进大堂。

只有那个人影有颜色，而且微微放着光。亚夜的眼睛一下子就被吸引过去。

那是一张清新无邪的脸，置周围的疲惫感于不顾。

"啊。"

亚夜不由得叫出声来，马赛尔他们顺着亚夜的视线看过去，也发现了。

"风间尘。"

周围人的目光，也都聚集到他身上。

风间尘发现大家都在看着自己，似乎有些受惊地站住脚步，缩了缩身子。

亚夜想起了他第一次出现在舞台上的情景。

在如雷的掌声中，他停下了脚步，那个时候。

少年似乎有些吃惊地看着四周。

"啊？"

气氛明显有些异常。大家都带着一种严肃奇怪的表情看着他。

亚夜很同情他。到底发生了什么事,他要被这种目光注视,他还完全不明白。

"风间君,过来。"

奏抬起手向他招手,低声叫他。

少年也发现了站作一堆儿的亚夜他们,似乎松了一口气,战战兢兢地往他们这边走过来。

但是,周围的目光也追着他过来,他惊讶之下身体缩得更紧了。

"怎么了?我落选了?"

他心惊胆战地问亚夜。

亚夜没有说话,摇了摇头。

"结果还没有出来。"

"啊,都这个时间了。"

少年看了看挂在大堂的钟。

"喂,你之前在哪里?"

亚夜板着脸问他。

少年一脸疑惑地回答。

"我在看师傅工作。"

"师傅?钢琴老师?"

"不,是我住的地方,花店的师傅。"

"花店?那里的师傅?"

奏不知道说什么好。

"嗯。"

风间尘轻轻点了点头。

"今天去了一个很大的场面,有一个庞大的插花作品,我让他带我去的。离市中心稍微有点距离,所以路上花了不少时间。我还以为结果早就出来了。"

亚夜和奏都不知道说什么好,互相看了一眼。

不过，演奏已经全部结束了，做什么是每个人的自由。

"那么，是怎么回事呢？大家都看着我。"

风间尘看着四周。

不过，大家已经回过头去继续交头接耳了，没有在看风间尘。

"好像出了些问题。"

奏尽量以平静的声音说。

"问题？"

"好像有人被取消资格了。"

奏瞥了一眼马赛尔。马赛尔也一脸为难。

"取消资格？什么是取消资格？"

少年一脸惊讶，抬头看着马赛尔，似乎在等他解释。

马赛尔慌忙说道：

"我经历过一次。演奏了不该演奏的曲子，结果就不行了。还有超过演奏时间，这种问题也会被取消资格。"

"哦……"

风间尘不知道有没有听懂，带着半懂不懂的表情看着亚夜。

好像希望她能解释得更清楚。

亚夜不由得避开了少年的视线，想说些什么，又闭上了嘴。

忽然，他似乎恍然大悟，露出一副受打击的表情。

他睁大了眼睛，脸上的表情凝固了。

"难道……"

他这戏剧化的不安，让亚夜他们都慌了神。

第一次看到他这样的表情，亚夜他们也吃了一惊。

风间尘嘴唇颤抖着。

"是我？"

他有些胆怯地来回看着三个人的脸。

"我被取消资格了？所以大家才看着我？"

"不，还不知道。"

亚夜和马赛尔同时叫起来。

"只听说有人被取消资格了，还不知道是谁。"

"但是，大家都看着我。都觉得是我？"

少年一脸混乱，打量着四周，又看看亚夜的脸，好像她的脸上写着答案。

"真的不知道。还没有人来公布结果。"

"我已经落选了？"

少年呆呆地自言自语道。他的眼睛里，已经看不见任何人了。

"啊，不能买钢琴了。"

"啊？"

他的自言自语，亚夜还以为听错了。

刚才说什么？不能买钢琴了？

此时，喧哗声越来越大，大家都抬起了头。

大堂里的空气有了波动。

"啊，来了。"

大堂里人群的视线，都投向连接大堂和二楼的楼梯。

感觉有人要下来了。

评审出现了。

人群骚动起来，聚光灯亮了。周围一片明亮，室温好像忽然升高了。

满脸疲倦，但脸上带着微笑的评审一个个走下来。

奏看着他们的脸，发现他们都很镇定。

感觉并没有发生什么问题。大家的表情可以说是十分满意。

严格的评审们。她的目光飞快地扫过评审们的脸。

如果风间尘被取消了资格，他们应该为此花了不少时间来讨论。拖了这么长时间，也就是说，有相当多的人反对取消他的资格。最后的结果让每个人都满意了？那到底结果是怎么样的呢？是取消了资格还是没有？

她的心怦怦跳个不停。

工作人员把麦克风递给领头走下来的评审委员长奥莉加。

话筒传出打开开关的"嗡"的一声，大堂一片安静。

"——大家好，久等了。"

奥莉加在漫长的评审之后，仍然心平气和，落落大方，丝毫没有疲惫感，看上去神采奕奕。

虽然结果公布迟了，她看起来似乎并没有很在意这件事。

"下面公布第三次预选的结果。"

于是，奥莉加开始慢悠悠地进行点评。

这次比赛的水平非常高，评审们都感到非常充实，虽然很累，但这次评审收获颇丰。在这次比赛中落选，也并不意味着对其音乐才能和选手本人的否定。希望大家不要泄气，继续前进。奥莉加再次郑重重复着这些安抚的话。

当然，新闻记者、等待已久的亲友们，都没有在认真听。

为什么拖延了这么久？

还有，大家都想知道最后的结果。

一切都似乎早已在奥莉加预料之中。她看穿了每个人都在心焦地等待最后的结果，甚至都迫不及待了。

奥莉加缓缓低下头，戴上眼镜。

"好了，关于这次评审花了这么长时间的原因……"

奥莉加停顿了一下。

"实际上是，发生了意想不到的情况，很可惜，一位参赛者被取消了参赛资格。"

人群一片喧哗。

果然如此啊，人们议论纷纷。

亚夜感到，身边的风间尘，已经全身僵硬了。

她轻轻把手放在他肩膀上，少年浮现出虚弱的笑容，无精打采地回望亚夜。

亚夜对他说了声："别在意。"看着他的眼睛点了点头。

"确认事实花了不少时间，因此再度进行了评审，才拖延到了现在，真是抱歉。"

奥莉加淡然地低头致歉，然后打开了手上的纸。

确认事实？什么意思？

奏想道。取消资格还需要确认事实吗？

奥莉加轻轻吸了一口气。

"接下来，公布第三次预选的结果，进入决赛的是下面六名选手。"

大堂里再次一片寂静。

奥莉加的眼前，是摊开的纸。

每个人都盯着她的手，令人心痛的寂静弥漫了整个空间。

亚夜和风间尘依偎着，仿佛呼吸都停止了，远远看着她。

不知道是不是错觉，奥莉加念出名字的那段空白时间，长得很不自然。

会场被异样的沉默所包围，每个人都盯着奥莉加的手。奥莉加则态度悠然，甚至让人怀疑她故意让人心急。

终于，她的声音响起来了。

"十九号，金思炯。"

场内爆发出一阵欢呼声。

一脸绯红的青年，听到结果，此时数次举起了胜利的拳头。

"三十号，马赛尔・卡洛斯・雷・阿纳托尔。"

欢呼声更大了。

大家都望向马赛尔。马赛尔皮笑肉不笑，一脸复杂的表情。他很在意风间尘的事，根本笑不出来。

"第四十一号，弗雷德里克・唐。"

又是一阵欢呼声。

转眼间已经宣布了三位选手。

还剩三个人。

亚夜紧紧倚靠着风间尘,风间尘也靠向亚夜。

"第四十七号,赵韩山。"

欢呼和尖叫。

那叫声简直是声嘶力竭。

啊,终于到了。

一瞬间,亚夜似乎感到自己要昏过去了。从来没有感到过如此巨大的压力。

她很怕听到下一个名字,真的很难忍耐。

奥莉加的嘴巴在动。

"八十一号,风间尘。"

哇,叫声再次响遍全场,不知是哀号,还是欢呼,还是狂叫。

风间尘。

亚夜感觉,周围的空间变得宽广无比。

不可思议的解放感,明亮、轻盈。

亚夜和尘不敢相信似的对望了一眼,他们脸上一副难以置信的惊讶表情。两人怯生生地回望向马赛尔和奏。他们俩脸上也带着相同的表情望过来。

欢呼声渐渐停息,会场里转眼间又安静下来。

风间尘留下来了,他没有被取消资格。

奥莉加沉稳的声音再次传来。

"接下来,第八十八号,荣传亚夜,以上选手进入了决赛。"

她放下手里拿着的纸,扫视着观众。

亚夜似乎在听别人的事情。

欢呼声继续响彻全场,兴奋都收不住了。

奥莉加冷静地傲然独立于众人中心。

终于，声音和时间都回来了。

"太棒了，三个人都留下来了。"

马赛尔举起双手，声嘶力竭地叫道。

听了他的声音，亚夜这才感到身体里涌起了温暖的欢喜。

风间尘似乎松了一口气，一脸疲惫。

"太好了！"

"真的，太好了！"

两个人拥抱着苦笑了。

奏和马赛尔都露出放心的表情。

"哎，真是白担心了。"

"真是太惊险了。"

总算可以轻松地开玩笑了。

啊，真是太好了。还好风间尘得到了应得的评价。

亚夜脑子里回荡的都是深深感谢的语言，虽然不知道是向着谁说。

谢谢，谢谢，谢谢，谢谢你们把风间尘留下来。

最初的兴奋和冲击平息下来，那么到底是谁被取消了资格呢？大家开始议论纷纷。

奥莉加仍然是一副悠然的样子，好像不准备说出来。记者和在场的人们的压力似乎让她最终难以抵抗，她很不情愿地终于开口说：

"实际上还有一个人，从得分上来讲，应该可以留到决赛的。但在第三次预选之后，他身体不舒服，紧急回国了。这件事情好像没有及时传达给事务局。所以我们需要时间来确认他是否真的回国了，接下来是否还能演奏，确认的结果是，他已经回国了。阑尾炎突发做了紧急手术，现在正在住院，所以他无法参加决赛。"

原来是这么回事儿，人群议论纷纷。

还真是！众人的目光都瞥向风间尘。

亚夜和风间尘只能再次苦笑。

没办法，连亚夜他们都觉得风间尘被取消资格了。

奥莉加等到周围平静下来，才开口说：

"进入决赛的参赛者们，恭喜你们。你们每位都是音乐才华非凡的人。我们对这次的比赛非常满意。进入决赛的各位都要对自己有自信，尽情发挥，期待着你们的演奏。那些很遗憾没有能进入决赛的选手，我之前也说过了，请不要因此否定自己和自己的音乐才华。接下来有评审参加恳谈会，请和评审多交流，肯定会对你们今后的音乐活动有所帮助。好的，我们决赛再见。"

在这样和谐的气氛中，评审们都一个个离场而去。

大堂里的空气舒缓下来。大家都在自由说话走动。

亚夜他们，不知是从谁开始，一个接一个伸起了懒腰。

马赛尔哈哈笑着，抚着胸。

"还是第一次这么紧张。"

"对呀。"

"真是太好了。"

亚夜和奏互相拥抱，开心不已。

风间尘脸上又重新绽开了那无邪的笑容。

"简直是寿命都要缩短了。必须得给爸爸报告这件事。"

奏往大堂一角安静的地方走去。

马赛尔的手机响了。

马赛尔接了手机，看了一眼亚夜。

这是事务局打来确认日程的电话，明天和后天要与决赛时的管弦乐团排练。

接着过了一会儿，风间尘和亚夜的手机也接到了电话。

决赛。

真的进入决赛了。

挂了电话以后，才有几分真实的感觉。

都走到这一步了。

亚夜不由得想着。

开始比赛之前,从来没有想到。

而且,跟比赛之前相比,我好像变了一个人。她这样想。

亚夜再次在心中感谢着那个人。

大堂里装饰着一排参赛者的照片。

进入决赛的选手的照片已经装饰上了丝带花。

有三朵丝带花的参赛者只有六个人。

高岛明石感慨万千地看着那些花。

自己的照片上只有一朵花,但是他并不后悔。

风间尘也进入了决赛。这六个人,都毫无争议。

明石长长叹了一口气。

对他来说,这次比赛意义重大。

原来他只是想来参加比赛试一试,把它当作一次纪念。准备通过这次比赛来整理自己对于音乐的迷恋。

但是在比赛中,他反而获得了勇气。听到了各种各样的演奏,自己站在舞台上,也坚定了今后作为音乐家生活下去的决心。

当然,确信是一点一点建立起来的,我所做的事情没有错。以后要像之前一样,一边继续日常生活,一边开展音乐活动。一点点地做出自己的音乐。

他这样想。

好了,回去吧。

明石转过头,迈出脚步那一瞬间,他的电话响了。

是谁?

一看,原来是"大赛事务局"的电话号码。这一年间,这几天,都多亏了这个号码。不过很快,他就要把这个号码删去了。

"喂？"

他有些惊讶地接了电话。"是高岛明石先生的电话吗？"一位女性的声音传来。

"对，我是高岛。"

"这里是芳江国际钢琴大赛事务局。您现在在哪里？"

真是奇怪的问题，明石想道。

"在芳江，接下来准备回东京。"

"是吗？那么比赛的最后一天二十四日星期天，您能来这里吗？"

事务性的声音。

"最后一天？"

明石更加不知道是怎么回事了。也就是决赛的第二天，当然，他本来就准备来听决赛。

"对，我是准备来听决赛。"

"是吗？那太好了，那你能参加颁奖仪式吗？"

"颁奖仪式？"

明石有些吃惊。

女性继续淡淡地说。

"对，刚才评选出决赛选手的同时，也评选出了其他的奖项，讨论的结果，高岛明石先生得到了奖励奖。菱沼先生将给您颁奖。"

"啊？"

明石吃了一惊，反问道。

"什么？奖励奖？"

"菱沼奖。"

女性耐心地重复道。

明石惊呆了。

"菱沼奖，也就是说……"

"对。菱沼忠明先生，从这次比赛演奏《春天与阿修罗》的参赛者中间，选出了最佳演奏，颁给他这个奖。"

"是我吗？"

明石几乎要大叫着反问。

"是的，祝贺您。"

还是事务性的声音，但似乎对方嘴角浮现出了一丝微笑。

"谢谢。"

明石深深低头致谢。

他的心脏怦怦直跳。

我，我得了"菱沼奖"，甩开了风间尘和荣传亚夜。《春天与阿修罗》的演奏得到了承认。

而且还有奖励奖。虽说自己没能进入决赛，但给大家留下了深刻的印象。这个奖是有未来的参赛者的。

真的吗？

他欢喜得快要跳起来了。

他确信自己可以作为一个音乐家走下去。

女性的声音还就各种联络事项进行了详细的说明，但是明石完全没有听进去。

"——那，风间尘呢？"

三枝子问马赛尔。

马赛尔耸耸肩。

"知道结果以后就先去自己住宿的地方了，说是还要帮那边师傅的忙。"

"师傅，他现在是谁的徒弟？"

三枝子气势汹汹地质问。当然，在身边的纳撒尼尔也对"师傅"这个词很敏感。

"不，不是钢琴的师傅。"

马赛尔一脸为难地摇摇头。

"不是钢琴，难道是读谱或是作曲？"

亚夜在旁边苦笑。

"好像是花。"

"花？"

三枝子和纳撒尼尔同时叫起来。

"对，他父亲的朋友，是一个大型花店的主人，也是一位花道家，他在学习插花。"

"啊！"

三枝子和纳撒尼尔面面相觑，发出惊讶的声音。

他们在会场邻接的酒店的宴会厅里。

评审和参赛者们的恳谈会，进行得很融洽。只剩下决赛了，评审和参赛者们都感觉解放了。当然在会场的每个角落，一脸认真听着评审说话的参赛者也随处可见。对大部分参赛者来说，比赛虽然结束了，他们仍然需要很多建议。今后他们也将把自己的人生奉献给音乐。这次的比赛只不过是一个经过的中间点，还有以后呢，在他们心中已经开始为下次做准备了。

"哎呀哎呀！这个家伙真是出乎意料啊。"

纳撒尼尔摇了摇头。

"每个评审都很想跟他聊聊，他却自己先跑了啊。"

"是吗？"

马赛尔反问道。

"我们还以为风间尘肯定被取消资格了呢。"

"不，关于他的演奏，没有一个评审质问是不是应该取消资格。本来是个很严重的问题，重复弹奏的事，不过听着听着，就连一开始不喜欢他的评审也都变成了他的粉丝。"

"啊，那就好！"

"好吗？留下了一个对手。"

纳撒尼尔看着马赛尔的眼睛。马赛尔笑了。

"如果没有风间尘，我就算赢了也没意思。"

"还真是豪言壮语啊。"

"真是的。"

三枝子和纳撒尼尔看看马赛尔令人信赖的脸，笑了。

"——真是的。"

亚夜低声说。

"真的，风间尘留下来，太好了。"

三枝子心中一动。

亚夜脸上的表情完全变了。她脸上有一种放下心来的沉静，之前见到的迷茫已经完全消失了，哦，已经完全复出了。

三枝子目眩一般地看着她。

能看到年轻音乐家这样的瞬间，作为评审，这真是无法形容的喜悦。

"不过，还是当心为好。这次的决赛可是超激烈。大家都在拼命往前跑，不管谁赢都不意外。决赛的演奏决定最后结果，不知道结果会是怎样？"

三枝子说着，这次轮到马赛尔和亚夜互相对看了一眼，笑了。

他们充满自信的笑容十分耀眼。现在他们只是享受自己的演奏，胜负已经不放在眼里了。

但是说真的，胜负的结果真的难以预料。

已经进入决赛的六个人。

进入了决赛，那就是说评选的大部分工作已经结束，决赛相当于确定名次。跟管弦乐团一起演奏，从某种意义上来说，会增强感染力，可能会完全改变之前给人的印象。不管之前的演奏有多么出色，协奏曲没有把握好，可能会起到反效果。

"很期待。"

三枝子意味深长地看着纳撒尼尔。

你的弟子能够获胜吗?

纳撒尼尔也完全理解了三枝子眼神的意思。

"我也很期待。"

他回敬了同样的台词。

两人都笑意盈盈,但他们知道自己的眼睛里没有笑。

明天和后天是决赛的排练。比赛暂时休息。

所有的命运都在四天后的颁奖仪式上才揭晓。

决赛

管弦乐团彩排

在举办芳江国际钢琴大赛的综合大楼里，有三个大厅。

前三次预选，都是在能容纳千名观众的中等厅。

地下还有能容纳四百名观众的小厅。

还有一个最大的音乐大厅，能容纳两千三百多个人。

决赛将在这个音乐大厅举行。

今年进入决赛的出场者所选择的协奏曲和演出顺序如下。演奏顺序是抽签决定的，只有马赛尔和弗雷德里克·唐换了个顺序，其他都跟选手号码的前后顺序一样。

金思炯（韩国）拉赫玛尼诺夫《第三钢琴协奏曲》

弗雷德里克·唐（法国）肖邦《第一钢琴协奏曲》

马赛尔·卡洛斯·雷·阿纳托尔（美国）普罗科菲耶夫《第三钢琴协奏曲》

赵韩山（韩国）拉赫玛尼诺夫《第二钢琴协奏曲》

风间尘（日本）巴托克《第三钢琴协奏曲》

荣传亚夜（日本）普罗科菲耶夫《第二钢琴协奏曲》

决赛前的排练已经进入了第二天。

带领新东都音乐爱好者乐团，担任本次决赛指挥的小野寺昌幸，已经四十过半，是中坚世代的指挥。

他已经身经百战，但为音乐大赛担任伴奏，工作之繁重比观众想象更甚。

虽说规模有大有小，但音乐比赛就是音乐比赛。乐团演奏者如果是业余水平，会影响到比赛的结果，跟不上参赛者的节奏，无法很好地烘托参赛者的演奏，成为掉链子的那一环的话，自己也是无法接受的。更何况，在芳江这个级别的国际知名度很高的国际赛事中，更是责任重大。

准备起来就很辛苦。决赛中要演奏的奏鸣曲一共有数十曲，而且都是作为保留曲目的名曲，是一般的管弦乐团作为撒手锏的难曲。每一首都必须排练到决赛中随时可以演奏的程度。自从第三次预选选出决赛选手那一刻起，决赛中演奏的曲子就在某种程度上定了下来，从那时起就开始准备。

这次参加决赛的六个人每个人的曲目各不相同。对管弦乐团来说既是一种幸运，也是一种不幸。

以前，小野寺参加的其他比赛中，曾出现过决赛的六位选手中四个人选择演奏贝多芬的《皇帝》，剩下的两人演奏肖邦的《第一协奏曲》的情况。整场听下来，观众也审美疲劳，虽说乐队是专业的，但光是《皇帝》都重复到了第四遍，也开始顶不住了，记得大家都丧失了动力。

接着演奏肖邦的《第一协奏曲》，说实话疲惫不堪。有些曲子对于独奏者来说是梦寐以求的，但对管弦乐团来说十分枯燥，肖邦的《第一协奏曲》就在其中。肖邦钢琴大赛的决赛只有肖邦《第一协奏曲》和《第二协奏曲》两个选择，就算肖邦是国家的骄傲，没有人不爱肖邦，但决赛上的管弦乐团一定无聊死了，小野寺对他们深表同情。

这次的六首曲子，都是颇有难度的大曲。参赛者、管弦乐团，对两者来说许多曲子都有难度。

小野寺从知名舞台监督田久保那里，一早就打听到了进入决赛的选手的信息。他跟每位参赛者都接触过，听过他们的演奏。田久保描述的参赛者在舞台侧翼的表现，还有田久保的眼里观察到的参赛者的性格，都有助于他理解选手。

当然，事前他也看过了他们的简历，确认了他们有曾经跟管弦乐团共同表演的经历，然后又听了他们第三次预选的演奏。

音乐比赛参赛者的经验千差万别，有些人是第一次和管弦乐团合作协奏曲的新手,有人已经有数次经验。有些人独奏很精彩,但到合奏的时候却完全不行。

抛开这些不谈,协奏曲最重要的是经验,融入管弦乐团中一起演奏的难度,不亲身体验是不会明白的。

首先,这和通过CD或者在观众席听完全不同。CD就不用说了,在音乐厅的观众席上,观众听到的是修补美化过的音。

其次,乐器就在身边发出声音,在舞台上,各个乐器之间的距离或近或远。在声音"内部"听,自己所熟知的曲子会完全变成另一副模样。加入合奏的时机、体感时间等,完全不一样。

在音乐比赛的决赛上,小野寺曾经有两次演奏中止的体验。

第一次是因为参赛者过于陶醉于自己的演奏中(不,应该说已经陷入了混乱),完全听不到管弦乐团的演奏,拍子都乱了——准确地说,是前后差了一小节。

第二次,参赛者对于自己的演奏是否跟上了管弦乐团,完全失去了自信,音量越来越低。独奏的声音变小了,管弦乐团当然也想听清楚独奏的声音,于是也降低音量,整体音量也都变小了。最后,声音小到都不成一首曲子了,独奏者和管弦乐团双方都停止了演奏。

彩排进行得很顺利,本来焦躁不安的管弦乐团成员,也都露出放下心来的表情。

这次的参赛者水准都很高,田久保也评价十分中肯。六个人中间,有五个人都有和管弦乐团一起演奏过的经历,之前已经和其中四个人彩排过,基本上没什么问题。

他们都有自己独特的音乐才华,虽然年纪轻轻,却处事成熟老到。特别是昨天一起演奏的马赛尔·卡洛斯·雷·阿纳托尔,乐团成员已经全都被他迷住了,大家都确信将要见证一个明星的诞生。

对于管弦乐团来说,跟一位出色的演奏家一起演奏,也特别愉快。独奏者牵动着曲子的节奏,管弦乐团跟上去,这时的惊险刺激,带来了难以言说的快感。

小野寺每次和出色的独奏者一起演奏，就会感到自己陷入灵魂附体的状态。虽然是自己在指挥，但似乎是独奏者借自己的手在做出"这样弹""往那边走""好，变速了"的指示。

休息时间要结束了。

乐团团员都三三五五回来。每首曲子都不能大意，大家充满疲劳感的同时，也感到十分充实。

接下来，终于轮到唯一完全没有与管弦乐团合作经验的选手，日本的风间尘了。

对于与他的排练，小野寺半是期待，半是不安。他第三次预选的演奏十分出色，搞不好，这孩子是唯我独尊的类型，不适合合奏，他内心里有些担忧。

而且，他要演奏的是巴托克的《第三协奏曲》。

抱着乐谱，小野寺开始思索起演奏的策略。

跟管弦乐团的第一次合奏就是巴托克，难度不小。轮流表演的部分很多，如果互相听不清楚，那就更难了。首先，要演奏巴托克，时间配合上难度最大。他的旋律所特有的停顿时间是很独特的。

走进音乐厅，调音师还在给钢琴调音。

他还以为，风间尘已经进来演奏了呢。

但是，调音师正在不时望向观众席。

"怎么样？"

"嗯。"

他一看，观众席后面坐着一个少年。

啊。

小野寺睁大了眼睛。

本来以为是工作人员，那不是风间尘吗？他怎么在那里？

"可以了，不过要等管弦乐团的人进来，浅野先生到这边来听听吧。"

"好啊。"

443

小野寺惊呆了。

他听田久保说过，这孩子耳朵非常好，连调音师都很吃惊。但像这样，参赛者和调音师一起合作，一起调音，这种事情还真没听说过。

浅野注意到了小野寺，低头致意。

"对不起，马上就要结束了。"

"不，没关系。"

小野寺把乐谱放在乐谱架上。

乐团团员也都一个个进来了，为了不挡住大家，调音师下到观众席那边。

风间尘轻快地走过来，跳上舞台。

"我是风间尘，请大家多关照。"

"我是小野寺，请你多关照。"

小野寺对他打个招呼。首席小提琴手也过来打招呼，和风间尘握手。

真是个可爱的孩子。

朴素又充满着野性，全身洋溢着天真烂漫的氛围。

"那，我们怎么做呢？要不要先试一次，如果中途有觉得不对的地方就停下来？或者说，加入合奏的地方需要抽出来练习？"

小野寺向少年提议，风间尘轻轻摇了摇头。

他一双清澈的眼睛盯着小野寺。小野寺心中一动。

可以啊。

看来胆子不小。

"可以请大家演奏第三乐章吗？"

小野寺有些茫然。

"啊？只有我们吗？你呢？"

"我在后面听。"

说着风间尘跳下舞台，沿着观众席的走道，跑到了后面。

小野寺和首席小提琴手面面相觑。

"可以吗？"

"那就这样吧，我们也可以练习。"

但是，一想到不知道他是不是在试试管弦乐团的实力，就让人感觉有些不爽。

"拜托啦。"

风间尘小小的身影在后面挥着手。

小野寺露出宽容的笑容，对着乐团团员点点头，举起了指挥棒。

团员们脸上似乎也不太高兴，他们做好了准备。

巴托克的《第三协奏曲》第三乐章。

华丽的合奏占了大部分篇章，闪闪发光的高潮向着终场奔去。

管弦乐团的演奏，充满力量。

既然他想看，就让他看看吧，看看我们的力量。

大音量的最强音。

这么大的音量，钢琴如果能够对抗的话，就秀给我们看看吧。如果他的独奏加入之后音量变小，那可是要被我们笑话的。

乐团队员的想法小野寺敏感地察觉到了。

将近七分钟的第三乐章结束了。

小野寺回过头来，风间尘和调音师在窃窃私语。

真的让人觉得不像一个参赛者。

"多谢！"

风间尘叫着，再次跑过来，轻快地跃上舞台。

嘀，刚才跳得真高。

正想着，少年转眼间走进管弦乐团中间。

他要干什么？他挪动着椅子，搬动乐谱架，开始四处调整周围的布置。

大家都很惊讶地看着少年的身影。

"对不起！能在那边再站一会儿吗？"

他甚至拜托了低音大提琴。

有团员苦笑着，耸了耸肩膀。

第一次和管弦乐团一起表演的少年，居然教有几十年经验的名手站在哪里。

有些人脸上明显露出了不快的表情。

但是少年却一脸平静。

"——这里，换了地方，演奏的难度会变大。"

大号手小声埋怨着。

少年转过头来。

"嗯，对了。这里的地板翘棱了。可能是几年前有修理过吧。在底下贴了三合板，所以变重了，密度不一样啊。不过站在那上面，声音就没有办法很好地传播了。"

中管手吃惊地抬起脸。

大家互相看了一眼。

少年淡然地走到钢琴面前，坐在椅子上。

"嗯，对不起，请大家再弹奏一次第三乐章，浅野先生，能跟着帮我听听平衡感吗？"

少年对着观众席上的调音师叫道，然后看了一眼小野寺，微微一笑。

小野寺不由得点点头，照他的指示，举起指挥棒。乐团团员也都好像着了魔似的，继续开始演奏。

一瞬间的沉默。

少年开始弹奏低音部的颤音，大家都吃了一惊。

声音真大。

乐团团员瞳孔的颜色都变了。

声音好大。

声音如此清晰地跳进耳朵里。

看着管弦乐团团员们吃惊的面孔，小野寺挥下了指挥棒。

条件反射似的，管弦乐团一起发动了。

大家都跟上了节奏。

木管和钢琴轮流升高，金管加入，还有定音鼓的重低音。

钢琴的独奏。

扎扎实实、充满自信的旋律。

就像有看不见的机车在牵引，管弦乐团被拉着往前走。

一点都没有松懈，钢琴带领着曲子前进。

这是多么圆润清晰、深入人心的钢琴音啊。

弦乐器也加入了。

不会吧。

小野寺陷入一种难以置信的心情。

刚才已经以大音量演奏了，但这次更大，而且，被风间尘的声音牵引，大家发出的声音更响亮了。

乐团团员的表情都变得十分专注。应该说他们正在拼命——不要被风间尘的钢琴甩掉，不要拖后腿，大家都在拼命努力。

小野寺同时发现了另一件事。

比起刚才，平衡感好多了。

低音部融合进来，声音分层清晰。

他脑子里响起少年的声音。

声音没办法很好地传播出去。

他挪动椅子、乐谱架、乐器。难道他连这些都注意到了吗？光是听管弦乐团演奏了一次？

慢慢向着高潮前进。

每个人都对自己的演奏十分惊讶。他们不是在演奏，而是有人在借他们的身体演奏，他们的手腕都在无意识地运动。

小野寺惊讶地观察着管弦乐团团员的表情。

这个乐团的金管有这么好吗？之前经常被大家批评为能量不足，自己也觉得总有些力不从心。

浑厚的圆号，一步也不退让的钢琴。

最后的音阶。

风间尘就像在用铲雪机铲雪，以惊人的力量将钢琴的声音发挥到了极致。

全员合奏。

金管的鸣奏，让人感觉空气在嘶嘶作响。

真是巨大的快感。

小野寺一瞬间忘记了自己。

所有的声音集中于宇宙中的一点。留下华丽的余音最后消失。

指挥和管弦乐团的团员都哑然无声，只听见噼里啪啦的鼓掌声。

回过神来的小野寺望向观众席，调音师在后面拍手。

少年平静的声音。

"浅野先生，怎么样？"

"呀，真厉害，真棒，听得清清楚楚。"

"是不是再柔和一点更好呢？"

"这样就可以了。"

"是嘛。太好了。啊，那么，可以从第一乐章开始演奏吗？"

风间尘抬头看着指挥，一瞬间吃了一惊。

不光是小野寺，管弦乐团的所有人，都用看珍稀动物的目光看着自己。

"啊，怎么了？"

风间尘小心翼翼地问，所有人都苍白着脸，没有回答。

狂热之日

大门左右大大敞开。

人流迫不及待地拥进大堂。

之前两周的时间,他们进去的都是中等厅,这次,人们踩着红色的地毯,沿宽广的楼梯拾级而上。

不知是否有意为之,人们的表情跟平时不一样,服装也分外华丽。

在音乐大厅举行的决赛,第一天是夜场。外面已经彻底暗下来了。

之前一直到第三次预选,音乐厅里都充满了紧张感,现在却不太一样了。虽说比赛仍在进行,但空气中到处飘浮着轻松愉快的味道。

"原来如此,这就是决赛的空气啊!"

亚夜似乎心有所感,四处打量着宽敞的观众席。

舞台上,中央放着一架大钢琴,四周围绕着管弦乐团。

有好几个工作人员,四处走动做着准备工作,调音师正在专心进行最后的调音。

奏已经经历了数场音乐大赛,不论是作为参赛者,还是作为观众。

"这次不是青少年比赛,亚夜还是第一次经历吧。决赛就是这种感觉。"

"真是独特的气氛啊。"

旁边的风间尘一边笑着一边嘀咕着。

"真是的,你们俩都是第一次参加国际音乐大赛就进了决赛,真是难以置信。还真是幸运啊。"

奏都不知道怎么说他们好。

亚夜一边频频嘴巴里"嗯嗯"应着,一边在寻找语言来形容这种氛围。

"就像是经过了漫长的准备，辛辛苦苦爬上了山，呼呼地登上最后的岩壁，登顶了，太棒了，很有成就感，于是纷纷拍着纪念照片。实际上接下来还会很辛苦，必须毫不懈怠地一步一步脚踏实地走下山，就是这种感觉？"

"什么啊？"

"明白，明白，登上山顶，紧绷的弦就会断掉。"

风间尘听了亚夜的话，点了点头。

"不行啊，你们俩，还得再加把劲，打起精神来！"

奏敲了敲亚夜和风间尘的背。

她明白两人的心情。

在过度紧绷的压力中，连续通过了三场比赛，有很多参赛者到这里会忽然丧失力气。要保持长时间的斗志，对于一个职业演奏家来说也很困难。

"小马呢？"

风间尘左顾右盼。

"他说就不听第一场演奏了，去彩排室练指头去了，虽然挺想听的。"

"拉赫马诺夫《第三协奏曲》，很长啊。"

奏的目光瞥了一眼节目单。

第一位参赛者弹奏的拉赫玛尼诺夫《第三协奏曲》，是将近五十分钟的长曲。

亚夜呵呵笑了。

"你笑什么？"

"不是，我就想起来，小马曾经说过，拉赫玛尼诺夫的《第三协奏曲》，是钢琴家迷之自信侧漏。"

"他说过这话？"

奏不知道如何评价。

不过，亚夜似乎也太放松了。

"这么说来，风间尘，你为什么选了巴托克的《第三协奏曲》？这是你自己定的吗？还有其他想弹的曲子吗？"

亚夜似乎想起来，问道。

这个问题，其实奏也想问。以他的技术水平，不管什么曲子都能自由挥洒。参赛者选择哪首曲子来参加决赛，是一个饶有趣味的话题。自己无论如何都想弹奏的曲子，或是可以最大限度显示自己技巧的曲子，或是比起技术，更具表演价值的曲子。

"一开始，我是准备弹奏舒曼的。"

"《a 小调协奏曲》？"

"对。我本来准备，第一乐章最后的华彩乐段，自己来改编。"

"哦，那个超有名的华彩乐段？"

"嗯。老师说，这样的话，恐怕会引起争议了。"

"霍夫曼老师？"

"嗯。"

亚夜有些吃惊，然后又味味笑了。

照风间尘的实力，即兴弹奏的话轻而易举。但是，虽然乐谱上写着"华彩乐段"，一般很多人都去模仿前人的演奏。在古典名曲中，弹奏自己作曲的华彩乐段，简直就像是禁区。

"对了，风间君弹奏《非洲幻想曲》的时候，也曾经自己改编过呢。"

奏对霍夫曼所说的"争议"意味着什么，不甚了了。在古典音乐的世界，有很多人认为，加上自己创作的乐句，等于是冒犯名作。

"嗯。所以，我就放弃了舒曼，在普罗科菲耶夫的《第三协奏曲》和巴托克的《第三协奏曲》之间犹豫了好久。"

"啊，那么，差一点就跟小马撞曲了。"

"是啊，幸好我没选普罗科菲耶夫。"

风间尘做出抚胸的动作，亚夜和奏都笑了。

不过，天分如此之高的风间尘，都不愿意跟马赛尔撞曲，更让人感觉到马赛尔的才华之耀眼。

像风间尘这样"天然而又古怪"的天才，是容易理解的。马赛尔同样是天才，却并非同一类型。这几天交往下来的感觉，马赛尔的人格十分平衡，虽然拥有突出的才能，但作为普通人的感觉也很敏锐。大概在音乐的世界里，他终究会成为一号人物吧，不管从哪方面看，他都很杰出。

"那么，你选择巴托克的决定因素是什么？"

亚夜兴致勃勃地看着风间尘的脸。

"那很简单啊。普罗科菲耶夫的《第三协奏曲》很受参赛者欢迎，所以选巴托克不容易撞曲。"

"啊？就是这个原因啊？"

"对啊。"

"我和小马也说，风间尘很适合巴托克。"

"我很适合巴托克？"

"嗯，倒也说不具体为什么。"

他明白亚夜的意思。

风间尘身上那种自然的感觉，那种无法预测的不合拍的气场，不知为何跟巴托克有几分近似。

"姐姐为什么要选普罗科菲耶夫的《第二协奏曲》呢？为什么不是《第三协奏曲》？"

这次轮到风间尘一脸无邪地问她了。

亚夜脸上现出吃惊的表情。

奏也一样。

现在，我和亚夜脸上表情一样吧。

奏想道。

普罗科菲耶夫的《第二协奏曲》。

那是亚夜参加这次比赛之前，最后一次在大众面前弹奏的曲子。奏还记得。

在此之前，她有很多擅长的保留节目。

柴可夫斯基的《第一协奏曲》，格里格、贝多芬，还有莫扎特，拉赫玛尼诺夫的《帕格尼尼主题狂想曲》。

但是，那天，她唐突地背叛了舞台。

她一个人走下舞台，走进看不见面孔的黑暗之中。

那天晚上，她本来应该演奏普罗科菲耶夫的《第二协奏曲》的。

亚夜迷蒙的眼光，让奏感觉到，她和自己一样，被卷入了往日岁月。

忽然，她涌起一阵感慨，终于走到这一步了。

亚夜总算回到这里了。

她的目光碰上了亚夜的目光，两人不约而同笑着点了点头。

风间尘惊讶地轮流看着两个人的脸。

"——是我的作业吧？"

亚夜自言自语道。

"啊？"

风间尘不禁反问道。

"这首曲子，是我的作业，很久以前留下来的。"

"哦。"

"明天总算要交作业了——这么看来，真是做了很久呢。嗯，又好像一眨眼的事。"

亚夜的眼睛望向远方。

对啊。

奏在心中同意道。

我也一直在等待，等着亚夜回到舞台，坐在观众席上听她演奏那天没能演奏的曲子。

她在心里咀嚼着亚夜刚才的话。

很长，又感觉只是一眨眼的事。

开演的铃声响了。

观众们都奔向座席。

两天的决赛终于开始了。

"好,我们拭目以待,看看是不是像小马说的,拉赫玛尼诺夫的《第三协奏曲》是钢琴家侧漏的迷之自信。"

亚夜坐直了身子。

"什么叫迷之自信?"

风间尘有些奇怪地问道。亚夜吃了一惊,望向他。

"啊?你不知道?连在纽约的小马都知道。"

"我,几乎没有去上学。"

"有没有看日本漫画?"

"嗯。"

"演出结束后我告诉你。听演出的时候你可以体会体会。"

"明白了。"

这次轮到奏哧哧窃笑了。

观众席渐渐暗下来,不久就被静寂包围。

管弦乐团的成员,早早地从舞台左右入场了。

响起了轻轻的掌声。

这些掌声,是对接下来两天他们为决赛伴奏表示感谢,同时包含着鼓励。

有人抱着乐器,一边谈笑一边走过来,也有人走近自己的乐器,开始调试。

接下来,是试音。

首席小提琴手跟钢琴弹出的 A 音校音,其他乐器的声音也跟上来,配合着,杂音充满了音乐厅。

这一瞬间,总会有某种不可思议的兴奋和恐惧涌上心头。

啊,现在已经是决赛了。

坐在观众席上,高岛明石用憧憬的目光望着台上的一切。

不过，他的眼睛里，并没有距离感，反而充满了共鸣和亲近感。

我也能站在那里。我要站在那里。今后我要达成这个目标。

他的表情平静而充满自信。

正在校音的团员们，同时停止了下来。

一瞬间的静寂。

接着，通往舞台的门打开了。参赛者和指挥入场了。

兴奋的掌声。

决赛的第一位演奏者，韩国的金思炯带着安静的笑容走上场来。

他在比赛期间，一直穿着全黑的舞台服装。

今天也是，从上到下，黑色的西装，黑色的衬衫，端端正正。

全场响起了热情的欢呼。

在漫长的比赛期间，他后劲十足，状态越来越好，渐渐越来越有自信，他望向观众席的目光显示他游刃有余。本来就身材高大，此时更显得伟岸。

我懂。我懂，他渐渐一点点更明白自己在做什么，站在哪里了。

明石这么对自己说。

音乐比赛是很繁忙的。要成功举行一场音乐比赛，需要很多准备，各种事务性的手续十分烦琐。好不容易走到门口，反而一时失去了现实感。分秒必争的日程继续着，转眼就站在了舞台上。

自己已经参加了比赛，这种感觉反而是后知后觉。

比如这次，明石好不容易有现实的感觉，是第二次预选结束之后。

啊，对了，自己也参加了芳江国际大赛，在自己梦寐以求的舞台上演奏过了。他这样想。

刚能够体会到参加比赛的喜悦，就得知自己落选了。

明石苦笑了。

也许，现在站在台上的参赛者，都从一开始就很明白自己在参加比赛。

有趣的是，有了管弦乐团的加入，反而能更清楚地看到演奏家的格局。这倒不是说身材是否高大，而是说他们作为个体的强弱很明显地凸显出来。

之前都是一个人单独在舞台上，集中精神表演时没有察觉到的东西都一一显现。显现出来的正是音乐家的格局、大小，还有蕴含的能量。

参赛者坐到椅子上。

他似乎正在确认自己在舞台上，有一瞬间的沉默。

他抬头看看指挥。

两人眼神交汇。

曲子平静地开始了。

旋律带着淡淡的哀愁，主题单纯美好。

拉赫玛尼诺夫的《第三协奏曲》在众多钢琴协奏曲中算是重量级。曲子很长，音符也特别多。

作为一首曲子，体量十分庞大，演奏者没有某种程度的格局和强韧，不可能弹好。

这位参赛者，选择了适合自己的曲子。

明石看着全身黑衣的青年。

演奏家和曲子是否相合，这是一件饶有兴趣的事情。

虽说自己喜欢、自己擅长的曲子，通常观众听了也会有同样的感觉，但有时候自己并不擅长、很头疼的曲子，别人听了反而评价很高。

明石自己，总觉得自己适合曲风明媚的莫扎特这类古典的曲子，但是很意外的是，他对现代曲子的诠释得到了大家的认可。也许是自己都没有察觉的本质部分，无意识中反映到了曲子里面。

真的很强韧。他应该经常锻炼身体吧。

参赛者的背挺得直直的。

他应该也是在美国的音乐学院学习的吧。

留学曾经是明石憧憬的事。但是他感觉以自己的实力，就算去留学恐怕也跟不上。

不过到了现在也无所谓了,他觉得。就算不去西洋音乐的主场欧洲,去其他的国家学习,也能够得到其他收获。

明石在参加比赛之前憧憬的"生活者的音乐",已经具备了能够自然产生的环境。

没有出过日本,一边在公司工作,一边参加音乐比赛,他的音乐却意外地获得了赞赏。也就是说,生活者的音乐的时代已经到来了。

这种模糊的预感,到了比赛的尾声,已经在明石的心中成形了。

激烈的乐章,带着管弦乐团一起奔腾。

就像闪闪发光的宏伟寺院。拉赫玛尼诺夫。

跟起承转合完美的《第一协奏曲》《第二协奏曲》比起来,拉赫玛尼诺夫的《第三协奏曲》,多少有一些冗长无趣的感觉。

现在想想,在《第二协奏曲》受到狂热的欢迎之后,恐怕所有人都产生了"我想要更多这样的感觉"的愿望。

也就是说,他们的要求是"从头精彩到尾"的曲子。

在日本的歌谣曲中,某首曲子大热之后,就会出现创作相似品位曲子的要求。或是抽取大热曲中的精彩部分,在下一首曲子中重复使用,这样的情况经常会出现。

当时应该也是类似的情况。拉赫玛尼诺夫自己决定创作"一首到处都是亮点,无论取出哪一段都很棒,会成为演奏中的最大看点的华丽协奏曲",也并非难以想象。不管怎么说,他自己本身就是超人气的钢琴家,他也希望在演奏会中有撒手锏。

所以听《第三协奏曲》,会有一些冗长无趣的感觉。亮点就像短片一样一个接一个,弹来弹去都是高潮。不像《第一协奏曲》和《第二协奏曲》那样,一点点上升,慢慢到达高潮,所以让人有一种冗长的感觉。

所以,弹奏拉赫玛尼诺夫的《第三协奏曲》,需要极度冷静的头脑。在曲子本身煽情的部分,如果演奏者太过投入,忘记了自我,就会变得空有激情,失去感染力。

这一点，参赛者似乎也非常清楚。

他本身带有神秘冷酷的气质，很好地驾驭了容易变得轻飘飘的拉赫玛尼诺夫，将曲子的华丽感保持在低位。

就算如此，这首曲子也真是精彩。

明石一脸惊讶地看着舞台上镇定自若地秀出顶级技巧的演奏者。

第一次读拉赫玛尼诺夫的谱子，记得当时自己的感觉是，这种谱子到底怎么弹出来？音符多得令人吃惊，乐谱上几乎都写不下了。两只手都弹不过来的和音，乐谱上一片漆黑。

明石曾经试着弹奏浪漫的《第二协奏曲》，但似乎这是一件不可能的任务。当时自己的技术虽然不够纯熟，但也相当可以了。光是处理部分细节，就花去了自己几乎全部的精力，根本没有力气将整首曲子弹完。

现在坐在舞台上的参赛者，不知道花了几千个小时，不，也许是几万个小时来练习，才能坐在那里。明石感慨万千，对这个人产生了同志般的感情。

不光是参赛者。

他身后管弦乐团的团员，还有指挥，也都从小就花了令人吃惊的大量时间去练习。一直在追求着这样的最高瞬间。

真了不起。

明石这样想。

漫长的岁月。热情奇迹般地融合在一起，这就是自己现在看到的瞬间。

有这么多人赌上自己的生涯，相信音乐的价值，弹出了这样的音乐。

他忽然感到有些可怕。

所谓音乐家到底是一个怎样的职业？这是一件怎样的工作啊？

说是职业算是美言了。其实是孽债，生命的孽债。很难填饱肚子，也不能永存于世。为这些花上自己的整个人生，只能说是孽债了。

有这么多为此花费一生的人聚集在这里，不光是这里，在音乐厅之外，在城市之中，在全世界——

明石产生了一种奇妙的心情。

大家到底选择了一条怎样的道路啊？

他的背上一阵寒意，几乎喘不过气来。

但是自己选择了这条道路。这条道路虽然艰险，但也能够获得从其他地方无法品尝的喜悦。

舞台上的演奏渐渐越来越激烈。演奏充满了戏剧性。

几十年来在世界各地演奏的这首曲子，现在在自己的眼前活了起来——

明石强烈地感觉到自己身处音乐历史的长河之中。这件事让他深受触动。

就算只是一瞬间就会随波而去的一滴水，自己仍然置身在这条河流之中。

巨大的欢呼声。

回过神来，近五十分钟的曲子已经结束了。

演奏者露出满面的笑容，脸稍稍有点红，站起身来。

管弦乐团团员也放下琴弓，向演奏者表示敬意。

明石依然呆坐着，有点后知后觉，然后忘记了一切，拼命地拍着手。

决赛的休息时间只有十五分钟，很短。

铃声响起了，观众慌忙就座。

接下来登场的是法国青年，个子小小的，一头金色的卷发。第一位参赛者身材高大，全身上下一身黑。他则一身明亮的浅色系出现在舞台上。

他跟前一位参赛者完全不一样。空气中充满着轻快的气氛。

他选择的是肖邦的《第一协奏曲》。

在决赛中，大家选择的都是重量级的曲子。这首曲子应该是其中最流行的协奏曲吧。

大家熟悉的旋律开始了。管弦乐团开始认真地演奏主题乐句。参赛者专注地听着。

不久，管弦乐团安静下来，钢琴开始独奏，重复着同一个主题。

演奏一开始，亚夜不由得在心中低语。

真有趣。

人们常说到"个性"这个词，但这个词其实难以捉摸，虽然它确确实实存在。

容易理解的个性表露在外，很容易识别，容易用语言形容。可能是奇怪的举止，也可能是奇怪的发音方式，都是表面上的东西。

这位法国参赛者，他的个性并不明显，不容易成为众人议论的对象。他在国际比赛中积累了许多奖项，但并没有那种让人一眼就能看出的"个性"。

但是在他开始弹奏肖邦协奏曲的一瞬间，他的实力，还有他不平凡的个性，给人以强烈的印象。

听着这样的演奏，更加感觉评审老师们真的很厉害。

他们听过了数百个，也许是数千个年轻人的演奏。观众听的时候很难注意到，或许演奏的人自己也没有注意到自己的个性，评审们却能发现。

有时，为了显示"充满个性的诠释"，演奏者会把拍子改得面目全非，或是十分勉强地在曲子中间设置停顿。但是在他身上，这简直是他自己的停顿、自己的拍子、他自己的声音。

在他身体中有一种独特的美的意识，或者可以称为一种灵气。在他所弹奏的肖邦中，能够发现这一点。

肖邦的《第一协奏曲》，如果就么弹下去，恐怕会变成平淡无聊的曲子。

这首曲子中必须要跟指挥提前对好的合奏部分很少。合奏的时机也不难掌握。管弦乐团的背景音乐只是伴奏。如果只是普通人听听是没有问题的。

所以如果演奏者没有有意识地去添加创意，无法令人兴奋和震颤。但是所添加的创意如果太过浮于表面，因为旋律相当正统，反而会给人性急的印象。

但这些地方他都以他自己充满个性的诠释来弥补了。

曲子没有紧赶，也没有慢追，他只是轻松地率领着管弦乐团。他的表情活泼而又开朗。

感觉真棒，还能这样弹。

亚夜心情愉悦地沉浸在他和管弦乐团的轮流演奏中。

果然，肖邦的《第一协奏曲》很棒，她这样想。

忽然，她的眼前浮现出前几天跟她说话的高岛明石的脸。

真是不可思议，两个人的共鸣。他们确信双方共同拥有某种情感体验，并为此兴奋。

跟自己第一次说话的人，忽然相拥而泣，这还真是第一次。

对了，他决赛本来也预定弹肖邦的《第一协奏曲》。

这个人弹的肖邦《第一协奏曲》，我也想听。他所弹奏的肖邦肯定令人感动，令人心中一紧。

她眼前似乎浮现出那个场景。

啊，怎么回事？真奇怪。

亚夜产生了一种不可思议的心情。

现在她眼前浮现出高岛明石演奏的场面，并不是在这次的比赛中会出现的场面，而是以后会出现的场面。这是她的预感。

以后会在哪里听到那个人的演奏吧。

亚夜呆呆地盯着舞台上的参赛者。

在某个地方，我一定会听到那个人弹奏的肖邦《第一协奏曲》——

高岛明石弹奏钢琴的身影，和这个金发青年重合在一起。

这才是听古典音乐的乐趣。如果是那个人弹奏这首曲子的话，如果那个人这么做的话……沉浸在浮想联翩之中的乐趣。在每位演奏者的乐器里，响起已经久久流传的曲子时的惊喜。

如果是小马弹奏肖邦《第一协奏曲》，一定会生气勃勃，充满戏剧性吧，同时也会浪漫无比。女孩子们都会瞬间爱上他。

如果是风间尘弹奏，一定会充满惊喜，充满魔力，会成为很不一样的肖邦协奏曲。

如果是我的话……

亚夜想到这一点，自己吓了一跳。

自己要怎么弹呢？自己要怎么弹奏自己心中的这首曲子呢？

她恍然发觉，自己很久没有像这样思考了。

如果是我的话，要这么弹。我想这样弹。我对这首曲子的感觉是这样的——

那是久已忘怀的感觉，十分亲切，以至于让人一时陷入迷茫。

确实，在这次的音乐比赛上看到了风间尘，听到了他的音乐，然后，自己也想弹钢琴了。我想做音乐，想像他一样弹琴，想回到舞台。

这是她的感觉。

但是，自然地想到"如果是我应该怎么弹呢"，真的是好久没有的事了。

做音乐，在我自己的身体里。

曾经，小时候自己会自然而然地这样做。那些很久忘记打开的抽屉，感觉现在被自己无意中打开了。

原来是这么简单的事啊。

亚夜一时失神。

我会这么弹，我想这么弹，还可以这样——

啊，这样太好了，可以像呼吸一样，极其自然地做音乐。

她体会着这种心里一块石头落地的感觉，感觉自己全身都变轻盈了。

音乐里蕴含着历史，同时也有在一直更新的部分。自己去发现就好了。不用去讨好任何人，自己去思考。然后，用自己的手指弹出来。

忽然，眼前似乎豁然开朗。

从舞台上，一阵风唰地迎面吹向亚夜。

我想继续下去。接下来，我也要做音乐——

她确信。

过去她从没有过这样的确信。这不是赌气说的"做给你们看"，也不是模棱两可的希望，而是水到渠成的确信。

这是多么轻松的感觉啊。

这是多么安心的感觉啊。

亚夜一直在咀嚼这种不可思议的感觉。

舞台上，参赛者并未思虑深远地弹奏第二乐章，他的演奏轻松愉快，甚至有几分戏谑的味道，此时正进入跳跃感洋溢的第三乐章。

能弹奏的旋律。

管弦乐团也呼应着钢琴，越来越紧张。

第三乐章以速度感满溢的绝高技巧，向着高潮华丽地上升。庆祝节日般的生动的旋律。其中跳跃着参赛者的美意识。妖艳妩媚，似乎另有所图，指尖在键盘上轻快地纵横跳跃。

真精彩。

亚夜从心底里感到幸福。

真棒。钢琴真是好东西。肖邦的《第一协奏曲》，真精彩。

音乐真是伟大。

明亮活泼的终乐章结束了。参赛者在如雷的掌声中站起来，亚夜在掌声中脸上浮现出幸福的微笑。

好，走吧。

马赛尔长叹了一口气，然后深深吸了一口气。

人类的呼吸，不是"吸气，呼气"，而是"呼气，吸气"。

婴儿降生于这个世界的时候，会大声哭出来。刚从妈妈肚子里出来，先是"呼气"。

然后，到了人生的最后，是轻轻地"吸一口气"。最后是"吸气"。

以前跳高的时候，马赛尔曾经尝试过各种呼吸法：积蓄能量的呼吸、调整精神状态的呼吸、集中取胜时的呼吸。

身体向着大地，仿佛趴在黑暗之中，吐出气来。散落向世界四面八方的无数的能量的粒子,闪闪发光的光的颗粒被吸了进去。

对,现在,我正在收集散落于世界四面八方的音乐的碎片,让它们在我身体里形成结晶。我身体里充满了音乐,我就像一个筛子,不久它们会成为我的音乐,再度出现在世界上。不是我造出了音乐。以我为媒介,我将存在于这个世界上的音乐再返还给这个世界——

他目送着一个个离场的管弦乐团团员。

这已经是决赛第一天最后的演奏,之前已经有两位参赛者表演完毕,大家脸上都现出放松的表情,一边谈笑着,一边走下舞台。

演出。

协奏曲是参加人数众多的壮观的演出。所有的音都是事先预定的。不过,正因为事先已经定好,才有无限诠释的可能。

管弦乐团开始校音。

弦乐器和管乐器一起发出声音。正式开始演出前的预告。

哇,心跳不已。

马赛尔闭上眼睛,以全身感受着门对面那光明的场所。

这一瞬间,他的心在跳跃,他有一种预感,接下来将要迎接精彩万分的音乐。

声音停止了。

世界降下了不可思议的沉默。

观众席、舞台、舞台侧翼,都笼罩在难以形容的浓厚的沉默中。

此时,舞台监督田久保点了点头,站在旁边的指挥小野寺也同时点了点头,望向马赛尔。

温和的笑容,充满鼓励的笑容。

马赛尔也报以微笑。

"到时间了。"

这是这场比赛上第四次听见田久保报出时间。

他向着光芒之中,充满精彩音乐预感的地方。

满场掌声。

马赛尔感觉到，自己被观众和管弦乐团深爱着。

彩排的时候，他就感到自己已经"抓住了"管弦乐团，现在，他确信他们"爱"他。

我现在快乐得不得了。

马赛尔感到了快乐、兴奋和战栗。

普罗科菲耶夫的《第三协奏曲》。

木管悠扬的开场。好像有什么要展现在眼前了，宏大而又壮美的风景。旋律缓慢上升，带着这种预感，弦乐器也加入进来。

接着，定音鼓加入进来，和弦乐器一起奏出轻快的旋律，仿佛煽动着观众的兴奋，渐渐加强。

钢琴加入了。

在这一瞬间，马赛尔总是面带微笑。

这个开场，是多么精彩，多么令人期待啊。他每次都这么想。

他跟亚夜也提到过，每次这个时候，他脑子里浮现出的就是宇宙空间。

这是《星球大战》的世界。

消失在银河那边的字母，介绍着故事梗概。

一个接一个向宇宙深处出发的大舰队。

飞翔在无边无际的天空中，整首曲子荡漾着一种独特的飘浮感。

普罗科菲耶夫的《第三协奏曲》，在他有限的协奏曲中，也算是音符特别多的。

虽说音符多了演奏起来很累，但马赛尔并不讨厌这种好像一片一片填满一个巨大拼图的感觉。不，相反，复杂地游走在旋律之间，仿佛走在迷宫之中，有一种坐上快速滑行车的快感。

不过，普罗科菲耶夫还真是超级摩登啊，就算是自由爵士都没有这样的旋律呢。

这位伟大的旋律创造者，创作这首曲子的时候脑子里到底浮现出了怎样的风景呢？他常常感到不可思议。那些组成古典音乐的灿烂群星一般的巨匠，在那个时代一个接一个涌现，创作了至今都无法超越的无数名曲，这真是不可以思议的奇迹。

例如生物进化，似乎也都是突然发生的。某天忽然爆发了生物大进化，多种多样的"源生物"同时出现，不是一个一个出现，而是在同一时间点，一下子全部出现。

同样的情况，在那个时代，也忽然发生在音乐界。

音乐到底是怎么一回事呢？音乐的进化，到底是什么？

它带给了人类什么呢？自太古时代，人类就和音乐密不可分，其中有什么秘密所在吗？

不明白。

就算自己现在正在弹奏钢琴，沉浸在琴声之中，仍然说不清其中的缘由。

只不过，无限的欢喜、快感，还有恐惧，确确实实存在。

比赛啊，决赛啊，得奖啊，这些事情，似乎已经远远飞向宇宙那边。

为什么？我为什么在弹钢琴？

音乐为什么会进化成这样？

同时，马赛尔感到，自己也在不断进化。

在演奏中想到这些事情，真是不可思议。在舞台上，和管弦乐团一起演奏，同时在思考人类的进化、音乐的进化。

你平时在想些什么？

他的朋友里有些人不是搞音乐的，曾经这么问过他。

在演奏的时候，你在想什么？

这个问题真难回答。

似乎在想着很多事情，又似乎什么都没有想。有时候似乎有许多难以言说的感情掠过心头，有时候从头到尾，就像待在一个静寂无声的湖边。

看，今天我思考的，就是人类和音乐的进化。

当然，还有一个自己，在冷静地想着，管弦乐团状态绝佳，决赛第一天排在第三个演出，对我来说刚刚好。

忽然，一个答案落入胸中。

音乐，恐怕它是和人一起出生的，它让人变得和其他生物不一样，进化为一种灵性的存在，和人一起进化着。

自己所说的"灵性"，跟基督教里面使用的这个词是很不一样的。

他并没有以人类为万物之灵长而骄傲。不管哪种生物，既然生活在地球这条方舟上，生命的价值就是相同的。

但是，人类这种存在，为了多少摆脱地球重力的束缚，创造出了除生存以外的产品。

"做音乐"就是其中最显著的行为。眼睛看不见，出现了又会立即消失。人类对这项行为倾注了热情，奉献自己的人生，并让音乐主宰自己的情绪。这就是人类给自己附加上的，与其他生物区别开来的，魔法一般的功能选项。

嗯，自己似乎触摸到某种真实了。

马赛尔自己一个人在内心对这个答案点点头。

也就是说，现在我是在为了发挥人类的这个附加功能而努力。

虽然是微不足道的努力。

但是没关系。

这点对人类微不足道的贡献,对我来说,是无上的快乐,是上天给我的礼物。

马赛尔从头到尾一直面带微笑。曲子终于进入到了华丽无比、音符繁多的第三乐章，他和管弦乐团一起快速奔跑着。

在衣柜里的灯光下闪闪发光的银色礼服。

亚夜久久盯着这件礼服。

银色的光泽，等着她伸手去触摸。

"怎么啦，没问题吧，礼服有什么不对吗？"

奏有些担心地出声问她。

亚夜回过神来，发现自己已经盯着这件礼服看了好长时间。

"不，没什么。"

她赶紧关上衣橱的门，里面的灯光消失了。

亚夜有些羞涩地笑了。

"我还真没想到有一天会穿上这件礼服，真是感慨万千啊。"

"是这样啊。"

奏微笑着点了点头。

听完了决赛的第一天，她和马赛尔吃过饭后回到了酒店。

"哎，小马真是一脸轻松，让人羡慕啊，所有的演奏都结束了。今晚可以好好睡个好觉了，羡慕啊。"

"亚夜的演奏又是最后一个。"

"嗯，最后一个，结尾。"

亚夜握紧拳头，奏看着她。

奏的眼神里充满了慈爱。

真是的，就像她的母亲。

亚夜忽然这样想。

在比赛期间，就一直在旁边守护着她的奏。

就像过去妈妈那样，一直在自己身边。

"挑选礼服是很久以前的事情了。"

奏走到边桌旁边，往马克杯里放进茶袋，倒了热水。

"嗯，那时候从来没想过会有这样的一天。"

亚夜坐在床上。

"亚夜那时候应该很迷茫吧，说了好多令人担心的话啊。"

"想起来真不好意思。"

亚夜抓了抓头。

"总算——可以听到亚夜的普罗科菲耶夫的《第二协奏曲》了呢。"

奏一脸放下心来的表情。

亚夜也点了点头。

从那天开始——从自己逃离舞台的那天开始，经过了好长时间。

"太好了，真的太好了。亚夜来参加比赛，能够走到决赛。"

奏似乎长叹了一口气。

亚夜心中一动。

这么长的时间，她一直如此关心着亚夜，为亚夜操心。

"奏，谢谢你。"

亚夜忽然扑过来，抱着她。奏脸上现出惊讶的表情。

"真的，这么长时间，多谢了。让你担心了，真对不起，我真是个傻瓜，我什么都不懂。对老师我也要说声对不起！"

奏一脸惊喜，然后粲然一笑。

"可别误会啊，啊。我刚才说的'太好了'，意思是说，我没有听错，太好了，我放心了。"

"啊？"

亚夜有些惊讶地看着奏的脸。

"不，应该说我对自己的耳朵有自信。我确实也曾经想过要是亚夜没能留到决赛，应该怎么办。难道我错了吗？难道我品位不行吗？那可就完了。"

"啊，原来是这样。"

"嗯，这是为了我自己，我是为了自己高兴呢。"

奏用手抚摩着自己的胸口。

"现在我可以说了，实际上呢，如果亚夜能够走到决赛，我准备转去学习中提琴。"

"啊！"

亚夜吓得向后一仰。

"是吗？你以前就这么想吗？"

"对的。之前很是犹豫。我对亚夜有信心，如果我的耳朵没错，我就准备正式转行。"

"啊，什么啊，那么看来，我还责任重大啦。"

亚夜指着自己的脸。

"对呀。嗯，我的内心也很复杂。当然，我也希望亚夜为了自己也能够走到决赛。不过也有我自己的私心，所以可担心了。"

"真是的，我还不知道呢，老师知道吗？"

奏摇了摇头。

"不知道，我还没有告诉爸爸。不过我不会把这个问题留给爸爸决定，这是我的决定，所以，准备等比赛结束后就去跟他说清楚。"

"嗯，奏去拉中提琴啊。"

亚夜沉思着。

"嗯，不知道怎么的，有点能明白。嗯，挺不错的啊。"

"你这么说我就放心了。"

"幸好我之前不知道，要是我知道了，肯定会更紧张。"

"哈哈哈，也许吧。"

两个人喝着茶。

"不过，亚夜，比赛结束了，你准备干什么？还是像以前一样，继续开音乐会吗？"

奏问道。

"不知道呢。"

亚夜歪着头想着。

"不过就算是我想，也不一定可以吧。"

两人陷入了短暂的沉默。

"如果有人想听我的弹奏，我也很想弹钢琴。"

奏的眼睛放出光芒。

"真的吗？"

"嗯，我还想站到那个舞台上，还想弹钢琴。"

"真的？"

"嗯。"

两个人无言地微笑互望。

她回来了。

奏再次坚定了自己的信心。亚夜这次是真的回到了音乐的最前线。

"必须要感谢风间尘啊。"

亚夜看着天花板。

"果然是风间尘。那小马呢？"

"嗯，也要感谢小马，要感谢大家。"

"已经确定可以获奖了，这样一来风间尘就可以买钢琴了，对呀，他会买哪里的钢琴？那孩子自己会调音，真不错。"

"说不定还会自己造钢琴呢。"

"啊，真有意思。风间尘的手制钢琴。他看起来手很巧。"

亚夜呵呵笑着。

"好想去听风间尘的彩排。想跟他一起开音乐会。"

"不错啊，来做计划吧，肯定会有人来听的。"

"在巴黎和东京。"

奏看了看手表。

"那是比赛之后的事情了，时间不晚。明天还有演奏，不早了，早点睡觉吧。"

"对呀对呀，现在可不是聊天的时候，还有比赛，还没结束呢。"

亚夜轻轻打着哈欠，跑进洗手间。

决赛第二天，也就是比赛最后一天的演奏，从下午两点开始。决赛的入场券已经卖完了，今天会公布比赛结果，所以开场前已经聚集了热心的乐迷，本来预定半小时前开场，最终提早了十分钟。

今天的第一位参赛者是韩国的赵韩山，曲目是拉赫玛尼诺夫的《第二协奏曲》。

拉赫玛尼诺夫《第二协奏曲》是很有人气的钢琴协奏曲，特别是在日本，被视为"协奏曲之王"，是一首非常华丽的曲子。曲子有着充满戏剧性的开场，能够一下子吸引住观众，精致的细节带着这首曲子慢慢走向高潮。这首杰作可以说是对观众的心理有着异常透彻的了解。

赵韩山和前一天弹奏拉赫玛尼诺夫《第三协奏曲》时一身黑的金思炯不一样。他只有十八岁，脸上还残留着几分稚气。但是他的演奏非常端正高雅，不流于流行，给人正统派的印象。

马赛尔轻松地坐在观众席的后面。

没有看到奏的身影，大概她还陪在亚夜的身边吧。

好久没有自己一个人听演奏了。

接下来没有自己的演出了，可以轻松地欣赏决赛最后三个人的演奏。里面还有他的朋友，风间尘和荣传亚夜的演奏。

朋友。

马赛尔想着，有一种奇怪的感觉。

在这次大赛中认识的两个人（和亚夜是再度重逢）。如果不在这里，恐怕没有机会认识。在短时间内如此频繁地接触，只有在比赛这种特殊的场合才可能。

也可以称他们为对手，但是，他没有这种感觉，还是叫朋友比较合适。

他们都是参赛者，在这种严峻的情况下成了朋友。恐怕这才是真正的朋友吧。

接下来可能会天各一方，但有些东西连接着我们。接下来不管这两个人身在何方,我都会一直牵挂着他们。

他有这种预感。

如果可能的话,不想跟小亚分开,我想一直在她身边。

他在心里默默许愿,他相信不久就会再见面。

结果会是怎样的呢?

马赛尔忽然回到现实。

我肯定能进前三位,但是没有绝对的胜算。

但是,听众奖会是我的吗?

马赛尔冷静地思考着。

在决赛中,观众一人一票,投给自己深受感动的参赛者的表演。得票最多的人会获得听众奖。在昨天的演奏中,如果从三个人中选一个人,会有很多的票数到我这里,今天投票的去向就不一定了。这么来说,情况对我还是有利的。

观众鼓起了掌,指挥和参赛者都进来了。

当然,我也很想弹这首曲子。

马赛尔一边看拍手,一边看着舞台。

我还不能弹,我还没有做好准备。

这首曲子,要到一个圆满的状态——到一个非如此不可的时刻,我就可以弹了。这首曲子对我来说有着非比寻常的意义。

拉赫玛尼诺夫的《第二协奏曲》,据说在首次公演的时候受到了狂热的欢迎。

在那个时代,不像现在一样有流行歌这种东西。现在虽然被称为"古典",但在当时是站在潮流尖端最新的流行曲。在那个时代,大多数人只有去现场才能听到音乐。第一次听到这首曲子的人们,还有那些听到了风评,自己也想去听,于是买了演奏会票的人,他们听了现场演奏,受到了多大的感动,有多么兴奋啊。

想到这里,不禁让人感到,那些在第一次公演现场的人,是多么幸福和幸运啊,真是令人忌妒。在现场听到了这首曲子的第一次公演,当时的感动和兴奋该怎么形容?

那种狂热已经不会再出现了吧?

马赛尔想着。

第一次演奏的钢琴协奏曲——接触到最新乐曲的欢喜,已经无法再品味到了吧。街头巷尾都流传着同一首曲子,每一首新的曲子诞生,就会传遍整个世界。在这个时代,为什么无法再度体会听拉赫玛尼诺夫《第二协奏曲》第一次公演时的喜悦呢?

马赛尔并不讨厌所谓的"现代音乐"。现在的音乐大多数没有曲调,拍子都很不清楚。演奏的人和听众都必须忍耐着。有完整的旋律反而会被轻视。音乐上的价值已经反转了,但听下去也有它的乐趣。

但是这种仿佛已经走入歧路的音乐,轻视旋律优美、观众听了会感动的音乐,以不流行为傲,似乎也说不通。

难道已经不能再产生经典了吗?

马赛尔被包围在拉赫玛尼诺夫《第二协奏曲》第一乐章中,脑子里想着。

当然先人们都是无限伟大的,他们的存在,他们创作出的曲子,都无限接近奇迹。同样的情况不会第二次出现。在今天,所有的音乐都可以轻易入手,信息无限膨胀,出现同样的奇迹是很难的,这点他清楚。

但是也不能说完全不可能。被既成观念束缚的迷信才是抑制新的"经典"出现的原因。

那么,我呢?

这个想法很自然地出现在马赛尔脑中。

什么时候我来试试吧。

新世纪的拉赫玛尼诺夫《第二协奏曲》,什么时候我来演奏吧。

只要我开头,后面就会有人跟上来。不,这个世界是同步的。不光是我,有很多音乐家也在想着同样的事情,他们潜伏在这个世界上,只要有人开了头,就会一起行动,就会掀起一场运动。这样会出现新的钢琴协奏曲。观众才会期待,才会成为话题。

马赛尔不知何时陷入了梦想之中。

在舞台上弹奏着拉赫玛尼诺夫《第二协奏曲》的参赛者，不知何时和未来的自己的身影重合在一起。现在演奏的正是拉赫玛尼诺夫《第二协奏曲》，却又不是。从这里会产生——也许是马赛尔自身的——未来的拉赫玛尼诺夫《第二协奏曲》。

马赛尔不由得颤抖起来。

奇妙的心动。

这是对于未来的期待和对于自己的期待。自己压在自己身上的未来责任如此之大，让他不由得颤抖。

还有很多事情必须要做。历史、作曲，过去的作品，我都需要好好学习。

道路还很长，要做的事情还很多，马赛尔一瞬间感到了压力。

自己才只有十九岁，正在参加比赛，但是这些都已经像是遥远的过去了。

回过神来，已经进入第三乐章了。

管弦乐团重复着轻快的旋律，有节奏的开场，准备转调。

华丽的钢琴独奏。

接下来一气呵成。

观众们脸上的表情都放松下来，此时曲子却渐渐加速迈向高潮。

观众的期待越来越高涨。

大概在场的所有观众都已经很熟悉这首曲子，正因为熟悉，所以才知道华彩要来了，马上就要来了，这种预感在心中跳跃。

马赛尔的胸口也变热了。

他跟往常一样想道，这是多么美妙的旋律啊。

即使被演奏过数千次甚至数万次，但仍然无损曲子的魅力，每次听都会感动，每次这旋律都触碰到人心中的按钮。

人最美丽的形象就是音乐。

他这样想。

不管人身上有多么污秽可怕的部分，这一切形成了人间这个混浊的沼泽。正因为有这个混浊的沼泽，才会盛开出音乐这朵美丽的莲花。

我们必须让这朵莲花永久盛放，要让它开出更大的花朵，更无邪的花朵。这就是我们生存于世的意义所在，也是我们获得的报酬。

还有一种说法，听说莲花的种子就算经历千年也能吐出芽来。

一直在沉睡的种子，等待着再次开放的种子，现在恐怕已经撒下了无数——

马赛尔眼前仿佛浮现出奇妙的景象。

莲花在四处盛开的景象。

不知道这是不是真的，莲花盛开的时候。听说会有"砰"的一声明亮的爆裂声。

"砰——砰——"洪亮的声音响彻了整个世界。

浅桃红色，没有一点瑕疵的花瓣，开放在身边。

让人眼前一亮的风景。

从花中放出光芒来，每一朵花都在向世界散发着光芒。

光芒成为一个个圆球，轻飘飘地飞上天空。

无数的光，不断地涌现，向着宇宙飞升。

哇，真美。

马赛尔一直抬头看着。

那是发生在舞台上的吗？

不，好像是发生在遥远的太空。

一个一个小小的光的球体。像幻影一样闪着光，轻飘飘地飘浮着，互相碰撞，互相挤压，轻轻飘升。

光明，这是多么光明啊！

马赛尔感叹道。

拉赫玛尼诺夫《第二协奏曲》的高潮到来了，光集中起来，变成同一道光芒，升得越来越高。

真是美丽无比的景象，那是什么地方？难道是天国吗？

马赛尔轻轻苦笑着。

如果把我刚才看到的幻象告诉给小亚，她会怎么说呢？

啊？小马升天了？难道小马是基督教徒吗？

亚夜一脸不可思议的面孔浮现在眼前。马赛尔一个人偷偷笑了。

不，我不是教徒，我妈妈是教徒。

马赛尔在想象中这样回答亚夜。

说不定我是一个很危险的家伙吧。跟风间尘和小亚的天才相比，我还以为我是一个正常人呢。

他加入如雷的掌声中，一个人偷偷笑起来。

舞台上的工作人员开始挪动椅子。

"是这里吗？"

"那里贴着胶带。"

观众一脸不可思议地看着台上的景象，面面相觑。

不过站在后面的亚夜，似乎很了解他们的用意。

也就是说，管弦乐团正在按照风间尘的方式来布局。

她已经发现，在之前的演出中，也会事先将舞台上的其他钢琴移动到微妙的位置。肯定是风间尘的指示和希望。

风间尘的耳朵很特别、很独特。

经常有人说日本人的耳朵能把噪声听成音乐。他的耳朵更厉害。

到底听到了什么呢？他能听到些什么呢？他听到的到底是什么样的声音呢？

连亚夜和风间尘在一起的时候，都会对他的耳朵产生敬畏。

第一次在音乐大学听到他弹奏肖邦《第一协奏曲》的时候受到的冲击。

现在想起来像是很久以前的事情了，但当时的冲击在亚夜心中仍然鲜活如初。

那次以后，每次他的演奏都推了亚夜一把，给了她灵感。自己能站在这里，都是因为有他。

所以，这次他的协奏曲她也必须听，就算是为了自己以后做一个音乐家。

亚夜已经换上了最后的礼服，站在那里。

样式简朴的银色礼服。

在自己出场前提前换上礼服，披着一件羊毛衫，这已经成为亚夜的习惯。

再来一次吧。

亚夜有些焦躁不安。

最后一次，请你再推我一把。

比起在这里的观众，比起评审，她比谁都更希望风间尘快点登场。她心里有这种奇妙的确信。

对，比谁都更希望他登场的是我。他来参加这次比赛，收获最大的肯定是我。

以后不知道还有没有机会和风间尘站在同一个舞台上。在自己演奏之前，听他的演奏，让他推自己一把，这种体验还会再有吗？

想到这里，她发觉自己不由得身体一震。

拜托了，这是我最后的拜托。

不知为何心跳得厉害。

让我听听风间尘的巴托克《第三协奏曲》。让我弹出自己的普罗科菲耶夫《第二协奏曲》。

她在心里祈祷着。

开演前的铃声响了。

会场还嘈杂一片。从左右的侧翼，管弦乐团团员一个个进来。掌声充满了期待。

团员们都微笑着，看起来自信满满地就座了。

接下来，更大的掌声迎来了指挥和风间尘。

风间尘的脸上浮现出自然的微笑,好像聚光灯只打在他的身上,他看起来闪闪发光。

这个少年肯定没有发现他背负着我的人生。

亚夜这样想着,觉得有点滑稽。

自己单方面将这么重的使命压在他身上,真是对不起。

但是,这副重担,他似乎察觉到了,而且一脸无所谓地背在身上。

对不起,总之,拜托了。

亚夜在心中默念道。

风间尘坐在椅子上。

指挥摆好了姿势。

那亲切而又特别的沉默降临了。

安静如同微波一般的弦乐器的颤音加入进来。

开头的一个音,清澈得让观众的耳朵都清醒了过来。

当然,亚夜也是观众中的一个。

不知道该怎么形容,仿佛是无比清澈的美妙声音响彻了森林。

风间尘虽然说,自己原本想弹普罗科菲耶夫的《第三协奏曲》,但因为太有人气,才用排除法选了巴托克的《第三协奏曲》,但看来他的选择是正确的。亚夜在听到第一个音的瞬间这样想。

巴托克的音乐,不知为何常让人联想到户外的场景。听他的曲子,总感觉自己敞开双臂走在大自然中,不时有清风吹拂而过。

匈牙利、罗马尼亚、斯洛文尼亚,从东欧到中欧,巴托克搜集了多种多样的民族音乐,他的旋律带着其他音乐家的曲子中看不到的地方特色,沉淀着森林的颜色、风的颜色、水的颜色。

这和风间尘身上带着的野性相重叠,奏出不可思议的低吟。这种效果,在其他参赛者身上就不会出现。

从第二次预选的节目单上就能感到,风间尘的音乐里有"自然的声音"。《阿西西的圣方济向小鸟布道》中，仿佛真的有小鸟在啼叫。

也许正好相反，亚夜想道。

本来，人都是从自然的声音中听到音乐。我们听到的东西变成乐谱，变成曲子。但是，风间尘却是在将曲子还原为"自然"。将我们在世界上听到的音乐，还给这个世界。这也是为什么，他独特的音乐，虽然是写在乐谱上的音符，却不可思议地让人有即兴创作的感觉。

在亚夜的脑子里快速分析着的亚夜，和沉醉于他的音乐中的亚夜，毫不抵触地共存着。还有一个人，那是作为演奏家在思考自己应该怎么弹的亚夜。她也在现场，认真地听着风间尘的巴托克。

不过，管弦乐团的表现，真的跟演奏昨天三首曲子和刚才拉赫玛尼诺夫《第二协奏曲》的完全不一样。

生动无比，有些忧郁，有种平面的感觉——简直就是巴托克。

不过，也许本来就该如此吧。演奏每位作曲家的协奏曲听起来都一样，那才奇怪呢。也许是无意识中，因为参赛者不同，管弦乐团的表演也不同。但是，这并不意味着，不管哪位作曲家的曲子，都能演奏出其独特的味道。

但是，至少，现在风间尘的演奏中，管弦乐团确实是在演奏着巴托克的音乐，也许是在风间尘的带领下。

听到了精彩的演奏，尽管这首曲子自己很熟悉，仍然会觉得是第一次听到，真是不可思议。而且会产生一种不可思议的安心感，原来这首曲子是这样的啊。

第二乐章的柔板。

悠扬而又庄严的管弦乐团的导入部分，仿佛能看见树林中有小鹿在悠然走动。

淡淡的雾霭升起，有微微的寒意，一种神秘的空气充满了这个早晨。

天还没有完全放亮，静寂在四下飘浮，让人不禁屏住呼吸。

不知何时，亚夜也走在微凉的晨雾之中。

她不再是分析家，也不再是观众和演奏家，只是放松地在早晨的森林里散步。

冰冷的水滴令肌肤十分清爽。脚下有树枝啪嗒一声折断的声音。

在牛奶色的晨雾中,有耀眼的光芒照射进来。

现在虽然还没有天亮,但看起来今天是个晴天。

小鹿竖起耳朵,抬起头。

似乎察觉到了远处的动静。

鸟在高空中鸣叫,在鸣啭,在歌唱,扇动翅膀飞过天空。

晨雾渐渐散去,出现了弹着钢琴的风间尘的身影。

柔板。

就像坐在轻轻晃荡的贡多拉上,风间尘的身体也在轻轻摇晃。

嗨,姐姐,你感觉怎么样?

风间尘看到了亚夜,微微一笑。

还不错。你还真是征服了管弦乐团啊。跟小马的方式很不一样。你是怎么做到的?

亚夜问道。

彩排的时候,我请管弦乐团单独演奏,然后请他们移动了乐谱架、大号,还有低音乐器。

原来如此。很适合巴托克啊。这样的巴托克,除了你没有人能演奏。

风间尘愉快地轻轻笑了。

我和霍夫曼老师有个约定。

什么约定?

要把音乐带出去。

哈哈,原来如此。怪不得是这样的音乐。

怎么样,我成功了吗?

嗯,我觉得算成功了。

要是真的就好了,不过还有些阻碍。

风间尘微微侧着头。

他的睫毛在晨晖中闪着光。

我和老师说过。现在的世界上，充满了各种各样的音，但是音乐被关在箱子里面。其实，在以前，世界上是充满了音乐的。

啊，我明白了，从前人们从大自然中听到音乐记录下来，现在没有人能从大自然中听到音乐了，自己的耳朵已经封闭起来了，他们以为自己耳朵里能听到的才是音乐。

对，所以，我和老师说过，要把被关起来的音乐放回到原来的地方。应该怎么做呢？我和老师做了各种尝试，但是还没有找到出路。老师已经去世了，我和他约好要继续尝试。

哦，原来这才是你的动机啊。

是嘛，我倒是没有细想过。

挺好的，可以在如此美妙的早晨散步。

是啊。

风间尘轻轻笑了。

我觉得，小姐姐可以跟我一起，把音乐带出去。

我？

嗯，把音乐还给这个世界。

哦，我也没有好好想过这个问题。我愿意帮忙。

谢谢。

嗯。

亚夜走近钢琴，思考着。

对啊，一直以来，音乐给予了我很多东西。我们都想着从音乐那里获得什么，却没有回报。光是榨取，却没有还礼。该是致谢的时候了。

对啊。我已经忍耐很久了。悠着点儿吧，不能光消费。偶尔也要施点肥，洒点水。

哈哈哈，我明白。受了音乐不少馈赠，那种贪得无厌的态度，是怎么回事？

说得对，绝对正确。

是啊，必须还回去。

亚夜忽然抬头看天。

明亮的天空，远方有鸟成群飞翔。

必须还礼了，对这个充满音乐的世界。

蔚蓝的天空打动人心。

对充满这个世界的音乐。

风间尘静静地看着亚夜。

好吧，我们约好了。

嗯，明白了。对着世界和音乐，要还礼了。

风间尘轻轻点着头，然后又摇摇头。

不过，我们再定一个约定。

亚夜看着风间尘的脸。

什么？

等会儿做给我看。

等会儿？

普罗科菲耶夫的《第二协奏曲》。

亚夜吃了一惊。

两个人四目相对。

今天，等会儿做给我看，姐姐遵守约定的证据，给我看看你的决心。

风间尘小鹿一般圆滚滚的眼睛睁得大大的，盯着亚夜。

说定了——

回过神来，巴托克的《第三协奏曲》已经进入第三乐章了。

风间尘那鲜明的音阶直奔而上，管弦乐团也加入进来。

充满跃动感，令人心跳不已的巴托克的世界，伴随着惊险和速度，发光，膨胀。

真厉害。管弦乐团的演奏气势磅礴,都能感到音压扑面而来。

亚夜有些迷惑不解。

然而,风间尘的钢琴却更清晰地浮现在合奏之上,这是怎么回事呢?

钢琴和弦乐器轮流演奏。互不相让,紧张得让人不禁屏住呼吸。

音乐变成一个整体逼近,继续膨胀,接着膨胀——

观众被压倒,似乎要被演奏吸进去。

整个世界充满了音乐。

风间尘的声音,在亚夜脑中回响。

说定了哦。

金管、木管、弦乐器、钢琴、风间尘、亚夜、观众、音乐厅、芳江,都在奏鸣。

世界,世界,整个世界在奏鸣,发出充满兴奋的音乐和欢呼声。

说定了哦。

演奏结束了。观众盛大的欢呼声响彻音乐厅。那一瞬间,亚夜的脑中,只有风间尘的声音,如同钟声余韵一般持续回响。

比赛即将谢幕,名副其实最后的演奏。

观众席上不可思议地充满了"即将结束"的疲劳感和成就感,还有长时间听音乐后的倦怠感。

即将结束,比赛即将结束。

不过,结束的瞬间,又是新的开始。

现在在这里有多少人察觉到了这一点呢?

奏脑子里模糊地想着。

说起来,我一直在等待着这一天,等待着这一刻。

虽说并不是时时刻刻挂在心上,但在身体的某个角落,我似乎已经预知,这一天将会到来。

奏已经不太紧张了。

在整个比赛期间，奏比亚夜还要紧张。因为不是自己演奏，所以更加焦躁不安。说实话，每次亚夜演奏，她都会因为紧张而疲劳不堪。

但是过了第一次预选，第二次预选，第三次预选，紧张渐渐缓和下来。

到现在，可以说十分放松了。

最后的演奏——是因缘颇深的普罗科菲耶夫的《第二协奏曲》。本来以为，直到这首曲子结束，自己都没法放松下来。

这种安心感。

她只是心无杂念地期待着演奏。

说实话，这还要感谢风间尘。

风间尘给出了漂亮的演奏，亚夜也会给出漂亮的演奏，她相信这一点。

真是不可思议的邂逅。亚夜、马赛尔，还有风间尘，在这里相遇，这只能说是命运，是奇迹。

对，这三个人是注定要相遇的。他们的相遇，对他们各自来说，既是必要的，又是必然的，缺少了其中任何一个人，都不会有现在这个瞬间，她不由得这样想着。

真希望早点开始。

奏靠在已经坐惯的座席椅背上，心中一片安宁。

到时候了。

等亚夜的演奏结束，我就会站起来，开始我自己的道路。亚夜的复出，也是为了我的复出。从这个意义上来说，这三个人的相遇是为了我。我也是他们相遇的一部分。

奏在最后的这一段空白时间里等待着。

短暂的等待之后，新的演奏就要开始了。

亚夜站在舞台侧翼，静静等待着那个时刻。

第三次预选的演奏之前，她的那种全能感，现在已经没有了。

当时那种气氛十分戏剧化，现在自己只有平静的感觉。

曾经自己在弹奏普罗科菲耶夫《第二协奏曲》之前，站在舞台侧翼的那一瞬间，和今天连在了一起。

啊，我要改写那个时刻。

这是一种奇妙的感觉。

那个年幼的孩子似乎完全进入了现在的自己体内。

难道这个时候不应该感到恐惧吗？那是一种精神创伤吧。

她脑中浮现这样的疑问。

那天，我觉得那里什么都没有。舞台上的大钢琴，看上去就像一个空虚的墓碑。

那里没有音乐，我的音乐消失了。

她想起自己那时的感觉。

她又想起了那天以前的感觉。台上黑色的箱子里面，塞满了闪闪发光的东西，它们想要溜出来。自己要赶紧跑过去把它们取出来。

那么，现在的我呢？

她悄悄地问自己。

通往舞台的门还关着，还看不到那个黑色的箱子。曾经那是一个充满惊喜的玩具箱。那天，却看上去只是一个空荡荡的箱子。

这是怎么一回事呢？

亚夜回想起在比赛期间自己的情感起伏。

第一次预选，在舞台侧翼；第二次预选，在舞台侧翼；第三次预选，在舞台侧翼。

我都想到了些什么？走上舞台的瞬间，那个黑色的箱子看起来是什么样的呢？

她歪着头。

已经想不起来了。

那已经是遥远的过去的事情了。

曾经的玩具箱、空荡荡的墓碑，那已经只是过去的事。可以成为回忆，但我现在已经是另外一个人了，只不过是取出过去的照片在缅怀往事。

在这场比赛期间，听了风间尘和马赛尔的音乐，亚夜的音乐似乎也被涂上了新的色彩。

不，等等，不是这么回事儿。

亚夜再次想道。

并不是被涂上了新的色彩。或许他们的音乐，更像是安全打，将亚夜音乐上积累的灰尘和污垢洗去、刮掉，挖掘出了在底下沉睡的亚夜的音乐。

我的音乐。

她在口中默念着。

我的音乐，不存在于妈妈身上，也不在那个黑色箱子里。

一直在这里，在我的身体里，它一直陪伴着我，我却没有察觉到，就是这么回事儿。

她心里一片平静。

我回来了，回来了。经过了数年的迷茫，我再次回到了自己的道路上。这是一条宽敞的道路，不是生满了青苔的羊肠小道。我和大家一起走在了宽广的主干线上。虽然宽敞，但并不轻松，竞争很激烈。前面是不成道路的路。每个人都必须为自己开路。

舞台的大门打开了。

管弦乐团的团员们都一个接一个被舞台吸进去，观众席的喝彩，如同微波一样传来。

啊，音乐充满了大厅。

亚夜感觉到。

每个人的音乐都如同细流一般汇入舞台，充满了整个舞台。

满溢的音乐,我们要将它引向这个世界,向着观众的心这个河口前进。

首席小提琴手用钢琴弹响了 A 音符。

从高音双簧管开始,弦乐器、木管、金管,奏响了 A 音符,开始校音。

对接下来的音乐的预感和期待都一下子膨胀起来。

接着,静寂到访。

被压抑的紧张和兴奋。

亚夜闭上了眼睛。

静寂,沉默。

感觉世界的中心都集中到了亚夜的额头正中。

亚夜睁开眼睛。

身边的舞台监督和指挥都以同样的眼神对着亚夜点了点头。

好了。

好了,去弹奏音乐。

好了,去弹奏我的音乐。

好了,去弹奏我们的音乐。

亚夜微笑着点了点头。

"荣传小姐,时间到了。"

舞台监督低声说。他的声音仿佛包含着一丝微笑。

"好的。"

亚夜清楚地回答道。

忽然,身体里涌上一阵温热的东西。

很温暖——有些甘甜,有些凄美,很像是眼泪。

不知不觉中,亚夜走向了舞台。响亮的鼓掌令人吃惊,她沐浴其中。

管弦乐团对面黑色的箱子映入眼帘。

静静地沐浴在灯光中。

亚夜冷静地看着那个箱子。

那不是玩具箱。

不过也不是空空如也。

对呀，因为箱子里的东西就在这里呢，在我身体里面，和我一起同在。

亚夜低声说。

而且这里已经充满了音乐。

对吧？

亚夜对不知身处会场何处的风间尘说着。

看，这个世界已经充满了音乐，不光是这里。我们要回报音乐了，给它还礼了。

你说对吧？

风间尘没有回答。

亚夜和首席小提琴手握手，站在大钢琴旁边。

热情的掌声，让人误以为演奏已经结束了。

亚夜微笑着，深深低下头，坐在椅子上。

指挥静静微笑着，看着亚夜的脸。

两人向对方轻轻点点头。

好了。

好了，音乐，来吧。

我的音乐，我们的音乐。

指挥棒挥动起来了。

爱的问候

"——所以,老师的目的到底是什么呢?"

纳撒尼尔低声自言自语道。

"不知道呢,真是不明白。"

三枝子缩了缩肩膀。

"到了现在这个地步,也无所谓了。"

"什么啊?"

纳撒尼尔用责备的眼神望向她。

"不过,至少我们知道了风间尘并非灾难,而是礼物。不是很好吗?"

纳撒尼尔一脸被戳到痛点的表情。

"礼物?他是礼物吗?"

"是啊,我是这么想的。结果不是证明他确实是礼物吗?就算对你心爱的弟子来说也是。"

纳撒尼尔陷入了沉思。

"嗯,这倒是。"

"对吧,因为有了这孩子,这次的音乐比赛才变得这么有趣。因为有了那孩子出人意料的演出,马赛尔的演奏也更有王者风范了。"

"也许吧。"

"而且,他像一种催化剂,给其他参赛者也施加了影响,比如她……"

"你是说亚夜?"

"对啊。"

"她的演奏很棒。"

纳撒尼尔一脸认真。

"决赛时的普罗科菲耶夫《第二协奏曲》,就算她得奖也不奇怪。"

"对啊。真没想到,普罗科菲耶夫《第二协奏曲》也能如泣如诉。就算是我也为她的复出高兴。"

"她应该会重新开始演奏活动吧?"

"听说只要有邀请,她会考虑的。实际上,好像已经有了。"

少女清纯的面孔浮现在眼前。

"真是不可思议的邂逅。听说她和马赛尔是青梅竹马的好朋友。"

"马赛尔已经陷入情网了吧。你应该提醒他吧,两个人都是钢琴师,还是放弃吧。看看我们就知道了。"

纳撒尼尔呵呵笑着。

"这个嘛,你都为我操心到这个地步了。"

他叹着气,神情之中却暗自得意。

两人坐在酒店的酒吧里。

已经快要打烊了,其他客人也都离开了。

店里空荡荡的。吧台里面,只有酒保在擦拭玻璃杯。

颁奖仪式已经结束了,媒体也已经招待完了。参赛者和工作人员,今晚都能睡个好觉了。

两个人这么喝着酒,空气中飘浮着安宁和虚脱的氛围。

三枝子轻轻伸了个懒腰。

"每次参加音乐比赛,都觉得不应该接受这份任务,但结束之后,又觉得还不错,真是不可思议。"

"特别是出现了很多有趣的参赛者的时候,更有这种感觉。"

纳撒尼尔喝了一口威士忌。

"也就是说,"他把酒杯放在吧台上,"我们一直做着一个永远不停的梦。肯定在某个角落,还存在着我们没有听过的精彩音乐,会有年轻人带着他的音乐出现。"

"对啊，霍夫曼先生也是这么想的吧。"

礼物。

我把风间尘，送给大家。

我们收到了，先生。

三枝子轻轻举起酒杯。

"什么啊，你这是？"

纳撒尼尔疑惑地问。

"干杯。"

"跟谁？"

"霍夫曼先生。"

"原来如此。"

他也学着三枝子，举起酒杯。

"马赛尔准备怎么办？"

短暂的沉默后，三枝子问道。

"还会再参加比赛吗？他去参加任何比赛都没问题了。"

"不清楚啊。"

纳撒尼尔侧着头。

"在我祝贺他之前，他说要学习更多，特别是学习作曲。"

"作曲？"

"嗯，以前也提到过。当然古典音乐还要加强学习，不过最终，他想自己作曲，自己演奏。"

"啊，野心倒不小呢。"

"他总是说，希望钢琴家发表新曲这种事变得更常见。"

"嗯，那应该会挺有趣的。"

忽然，眼前似乎浮现出风间尘在街头演奏的情景。

来往的人们都停下脚步,眼睛里闪着光倾听着他的演奏——

这是怎么回事,这幅画面——

"恐怕以后会有这样的潮流吧——风间尘这样的人,也可以发表自己的原创音乐,他改编的《非洲幻想曲》确实厉害。"

"的确很精彩。那孩子的演奏好就好在,能让我们听了也想演奏。"

纳撒尼尔凝视着自己的双手。

"好久没有这么想弹钢琴了。"

三枝子被他带动,也看着自己的手。

"嗯,我明白。我也想弹,立刻就想弹。你最近一直都在做指挥和制作人吧?"

"真的,那孩子是不可预测的。两年后会变成怎样呢?"

"今后,谁会教导他呢?"

"霍夫曼老师好像把他托付给了巴黎国立高等音乐学院的谁。"

"他进了前三名,他总算能拥有自己的钢琴了。"

纳撒尼尔苦笑了。

"本来就是很少见的情况。"

"在他身上,异常情况才是日常。从巴黎的试听开始,一直都是这样。"

"这么一来,你们就有资本自夸了,是你们发掘了他。"

"是啊,心情真好!"

三枝子似乎早早忘了当初自己对他的演奏怒火冲天,大声笑起来。

"也太不谦虚了。"

酒吧拿来结账单。

这是告诉他们,要关门了。

纳撒尼尔一边签名,一边自言自语道。

"还有,你考虑过了吗?"

"什么?"

三枝子一边站起身来,一边反问道。

"比赛一开始我问的问题。"

说着,他直直地抬头盯着三枝子。

让她回到他身边的事。

三枝子内心一阵慌乱。

"哎呀,你还记着呢?难道说,你是认真的?"

"真过分,我当然是认真的。"

"吓死我了。"

三枝子缩起了肩膀。

两人慢悠悠地向外走去。

"我现在有男朋友。"

"但是还没入籍吧,不是丈夫。"

"对。"

她心中忽然一动。

也许可行。毕竟,自己和这个男人,在灵魂深处有共鸣。

"那也得等你解决离婚的那些麻烦事吧。"

"那就是说,我有希望了?"

纳撒尼尔单纯的喜悦溢于言表。三枝子苦笑了。

"那,再会吧。"

"下个月东京有演奏会,马上就会再见。"

这个男人,真是的。

三枝子在内心哭笑不得。

这么快就想重新打乱自己的生活。

不过,这样的他,令她十分怀念。她忽然产生了一种想哭的冲动。

她赶紧甩掉身上的感伤。

"给我邮件。"

"知道了,我会给你留座位。"

站在电梯面前,纳撒尼尔对她眨了眨眼睛。

两人默默看着电梯的数字。

接下来,我们也要回到自己的音乐生活了。

看着移动的光标,三枝子想着。

回到各自的日常,回到各自的音乐。

音乐

黎明前的大海,十分平静。

静静的波浪声,从冷冷的空气底下温柔地传过来。

少年站在岸边,侧耳倾听。

很有可能,以后再也不会回到这里了。

他吐出热气,温暖着冻僵的手指。

季节正在迈向冬季。

今天举行了获奖者音乐会,明天要去东京。在东京有演奏会,然后马上要回巴黎。

没有风。海面平静得可怕。

不过,你听。

少年闭上眼睛。

侧耳倾听,能听见世界上充满了音乐。

老师?

少年开始对话。

光降下来,云在蠢蠢欲动。

水平线上,有橙色的三角在轻轻摇晃。

那是什么呢?充满着这个世界的,如此浓密的东西。

少年睁开眼睛,缓缓环顾四周。

这种命运的味道,命运的预感,人们把它叫作音乐。恐怕这才是音乐的本来面目。

少年坦然地想着。

脚边有什么东西在闪闪发光。

他反射性地蹲下来,拾起海螺。

如同宝石一样,形状完美的小小的海螺。

他用食指和拇指捏着海螺,举向天空。

"斐波那契数列啊。"

他嘴里自言自语道,露出笑容。

忽然,他想高声笑出来。

幸福,真幸福,这个世界充满了音乐。我要把音乐带出室内,让它充满整个世界。

我有同伴,我找到同伴了。

少年伸开双臂,深呼吸。

不知何处,传来了蜜蜂的羽翅振动声。

是哪里的蜜蜂呢?是巴黎,还是阿尔萨斯,还是里昂?

啊,对了。

他忽然想到。

自己一直听到的羽翅声,是祝福这个世界的声音,是不辞辛劳收集了生命的光辉的声音,是生命自己的声音。

我也必须回去了,回到能听到那声音的地方,那个一直以来给我能量的声音所在的地方。

少年再次大大伸了一个懒腰,转身背向大海。

他用力奔跑起来,转眼就跑得远远的。

Music,这个词的语源,是"神的技艺",是缪斯的丰收。

少年就是音乐。

他本人,他的一举一动,都是音乐。

音乐在奔跑。

在这受到祝福的世界上,一个人的音乐,一首曲子,分开黎明的寂静,远远地奔向世界那方。

第六届芳江国际钢琴大赛评审结果

第一名
马赛尔·卡洛斯·雷·阿纳托尔

第二名
荣传亚夜

第三名
风间尘

第四名
赵韩山

第五名
金思炯

第六名
费雷德里克·唐

听众奖
马赛尔·卡洛斯·雷·阿纳托尔

奖励奖

詹妮弗·陈

高岛明石

菱沼奖（日本作曲家演奏奖）

高岛明石